KNAUR

Julia Fischer

Der Geschmack unseres Lebens

Roman

KNAUR

Besuchen Sie uns im Internet:
www.knaur.de

FSC
www.fsc.org
MIX
Papier aus verantwortungsvollen Quellen
FSC® C083411

Originalausgabe September 2019

Ein Imprint der Verlagsgruppe
Droemer Knaur GmbH & Co. KG, München

Redaktion: Dr. Gisela Menza
Covergestaltung: Carolin Liepins, München
Coverabbildung: Shutterstock (© ronnybas frimages, nito)
Satz: Adobe InDesign im Verlag
Druck und Bindung: CPI books GmbH, Leck
ISBN 978-3-426-22682-7

2 4 5 3 1

Für meinen Bruder und Dich,
Max, mein Großer

»In starkem Grad besitzt einer nur, was ihm fehlt,
da er's suchen muss.
Im Suchen lebt er. Alle suchen etwas.«

Robert Walser, *Schwäche kann eine Stärke sein*

Prolog

Piemont, Alba, August 1990

»*La vita è una torta di compleanno. Una torta di compleanno*«, sagte Francesca immer wieder – das Leben ist ein Geburtstagskuchen – und schlug mit schnellen routinierten Bewegungen aus dem Handgelenk den Eischnee schaumig. »Du nimmst dir ein Stück, Stück um Stück, Stück um Stück.« Die Küche des dreihundert Jahre alten Landsitzes in den Hügeln des Piemont am Stadtrand von Alba glich einem Schlachtfeld: teigbeschmierte Rührschüsseln, Konditorenmesser und schokoladenbenetzte Abkühlgitter stapelten sich auf den Arbeitsflächen, abgestoßene Kuchenformen, schwer und emailliert, Spritzbeutel, Pinsel und Backpapier. Die Knethaken der Küchenmaschine arbeiteten auf höchster Stufe, feiner Mehlstaub tanzte in der Luft, und Radio Cuneo Nord spielte in voller Lautstärke *La Isla Bonita*. Auf dem Herd kochte gerade mit lautem Zischen die Milch über. Francesca zog den Topf von der Kochplatte und wischte sich mit ihrer Küchenschürze den Schweiß von der Stirn. Der Spätsommer brachte keine Abkühlung, und der mächtige Ofen war schon seit Stunden angeheizt ... oder waren es Tage? Die Zeit war eine relative Größe, nicht wie Milch in einem Messbecher oder Mehl auf einer wackligen Waagschale. Die Zeit dehnte sich aus und ergoss sich über jeden Topfrand, sie verdampfte, zerstob.

Francescas Gedanken sprangen umher wie die Reste der Milch auf dem glühenden Herd. Runde Kügelchen, die munter auf und ab hüpften, bis sie sich unschön einbrannten. Ein eiliger Blick in die selbst verfassten Rezepte, und die Zeitschaltuhr am Backofen rasselte schleppend. Die junge Frau zog das Blech mit dem Biskuitteig heraus und öffnete die Tür zum Garten, dem Stückchen verdorrter Wiese, an das die Plantage anschloss, die den ganzen Hügel bedeckte. Es war schwül, die Luft schien aufgeladen. Sie war wie sie und nahm den Ausbruch vorweg. Francesca sah die Schatten der Haselnussbäume, Reihe um Reihe auf elf Hektar Grund, und dachte an den Tag zurück, an dem sie mit zwei Koffern und dem Geruch des Meeres im Haar hier gestrandet war – schaumgeboren und an Land gespült. Jetzt hing das herbe Aroma der Nüsse in ihren Kleidern.

Senzafarina – ohne Mehl –, die *torta di nocciole* wurde nur mit Eiern und den Tonda Gentile del Piemonte gebacken, den besten Haselnüssen der Welt. Francesca gab Muscovado-Zucker dazu, der aus Mauritius kam und diese feine Karamellnote hatte. Fühlte sich an wie feuchter Sand. Sie überlegte, den Küchenboden damit zu bestreuen, einen Strand aus Südseezucker anzuhäufen und Ellas Geburtstag am Meer zu feiern. Aber sie hatte nur noch zwei kleine Säcke in der Vorratskammer. Es reichte gerade, um den langen Esstisch zu dekorieren. Sie verrührte Eigelbe und Zucker und gab die frisch gemahlenen, gerösteten Nüsse dazu. Perfekt!

Dein Leben ist ein Geburtstagskuchen, mein Kind, schrieb sie kurz darauf in ihr ledergebundenes Rezeptbuch, doch kaum einer würde es lesen können. Weil sie zu langsam waren, alle! Viel zu langsam in ihrem Denken und Fühlen und Tun, viel zu träge! Nicht wie sie, die sie auf Sternschnuppen reiten konnte, die Sonne im Bauch und ihr Glühen in den Gliedern.

Im Radio liefen jetzt Nachrichten, und Francesca sang ein altes Schlaflied: *»Ninna nanna, coccolo della mamma«* ... War es schon Zeit, die Kinder ins Bett zu bringen? Sie mussten doch ausgeschlafen sein, sie wollten schließlich feiern: das Licht und das Leben!

Als Francesca Ellas großen Bruder Danilo vor sieben Jahren geboren hatte – ihr erstes Kind, das sie für immer an dieses Leben band –, da war die Dunkelheit über sie hereingebrochen. Monatelang. Angelina, die strenge Hebamme mit den festen Händen, hatte ihr damals mit dem Baby geholfen und Chiara, die mit den Erntehelfern aus Kalabrien gekommen war, so wie sie. Denn an der Stiefelspitze gab es keine Arbeit, und die 'Ndrangheta regierte das Land. Aber man sprach nicht über die Mafia, und das Verschwinden verschwieg man auch.

Francesca schob die Erinnerung beiseite, hob den Eischnee unter, füllte die luftige Kuchenmasse in eine Springform und stellte sie in den Ofen. Die ganze Küche war erfüllt vom Duft der Schokoladen und gerösteten Nüsse, dem Marzipan und Nugat und dem Aroma der feinen Marmeladen, die sie zwischen die Schichten der Biskuitteige strich. »Stück um Stück«, wiederholte sie ihr Mantra, um es nicht zu vergessen. Sie sollte es aufschreiben, in ihrem Buch, zu den Rezepten, es war wichtig.

Die Küchenuhr schlug zur vollen Stunde, ihr Pendel schubste die Zeit in steter Bewegung vor sich her. Ticktack, ticktack, es war erst drei und doch schon dunkel. Francesca sah hinaus und wunderte sich. War es nicht eben noch Mittag gewesen? Als sie den Garten für Ellas Feier dekoriert und ihre Geschenke überall verteilt hatte? Die Tische unter die Haselnussbäume gestellt und Stühle hinausgetragen? Jetzt war es plötzlich Nacht geworden, und es donnerte weit entfernt, aber das Wetter würde vorbeiziehen. Oder nicht? Sie stellte sich vor, wie die Sonnenschirme davonflogen, kleine bunte Inseln im Wind, und musste lachen. Sie würden sich in die Luft schrauben wie Dorothys Farmhaus in *Der Zauberer von Oz*. Das Farmhaus in Kansas, das ein Tornado mitriss und bei seiner Landung im Land der Munchkins die böse Hexe des Ostens unter sich begrub. Das Märchen war zum Kriegsende mit den Amerikanern nach Italien gekommen. Francescas Mutter hatte ihr das Buch geschenkt und Francesca die Abenteuer der kleinen Dorothy auf ihrem Weg in die funkelnde Smaragdstadt wieder und wieder gelesen. Dem Mädchen mit den silbernen Schuhen, das Zeit und Raum überwand und am Ende seiner fantastischen Reise nach Hause zurückfand. Das Gefühl, in einer fremden Welt aufzuschlagen, kannte sie selbst, einer Welt, die jeder Realität entbehrte und sich doch echter anfühlte als die Wirklichkeit der anderen.

»Du nimmst dir ein Stück, Stück um Stück.« Francesca schrieb es auf die Tischplatte, malte kryptische Zeichen in den Mehlstaub, der das dunkle Holz überzog. Das war gut, so konnten ihre Gedanken nicht so schnell durch die feinen Ritzen der Dielen und Türspalte schlüpfen. Sie waren einfach zu beweglich, unstet und immer auf Reisen. Drehten sich, schraubten sich in himmelhohe Höhen und stürzten dann ab wie Dorothys Farmhaus.

Die Zeitschaltuhr rasselte schon wieder, die *torta di nocciole* musste aus dem Ofen. Ein Rezept aus der Familie ihres Mannes.

Als Philippe Donati im Morgengrauen nach Hause kam – er hatte die ganze Nacht über einen Streit mit seiner jungen Frau hinuntergespült –, war die Küche bereits aufgeräumt und bis ins kleinste Eck geputzt. Francesca saß am langen Esstisch, der jetzt mit einer dicken Schicht Zucker bestreut war, und es standen Pralinenschalen und Tortenplatten darauf: Drei verschiedene Schokoladenkuchen gab es, Biskuitrollen mit Heidelbeer-Mandel- und Preiselbeersahne, eine Mascarpone-Feigentorte, einen Panettone, die *torta di nocciole* und Berge von Waffeln. Ein Blick ins Schlaraffenland – *la cuccagna.* Sie hatte die Kuchen mit Schaumküssen und Gummibärchen garniert, bunten Schokolinsen und eingelegten Kirschen. Cocktailschirmchen schmückten die Anmutung eines Strandes. Philippe ging zum Radio und stellte es ab. Francesca konnte unmöglich die Kinder hören, wenn sie nach ihr riefen.

Sie sah ihn an und strahlte, betrachtete ihr Werk und sagte: »Stück um Stück, Philippe. Du verschlingst dein Leben Stück um Stück, verstehst du, weil es so gut schmeckt und du es auskosten willst, aber es verschlingt dich auch.« Sie wartete auf seine Zustimmung, aber sie kam nicht, denn er verstand sie kaum. Sie sprach viel zu schnell, und ihre Worte machten keinen Sinn. Etwas brachte ihr Blut zum Kochen, als würde Brandbeschleuniger durch ihre Adern fließen, und jeder zündende Einfall glich einer Explosion.

Draußen begann es zu regnen. Philippe sah im ersten Morgenlicht neue Kleider in den Haselnussbäumen – aufgesteckt wie bunte Fahnen –, Schuhe und Strümpfe. Francesca hatte sie zusammengebunden und über die Äste gehängt. »Hast du noch mehr Geschenke für Ella gekauft?«, fragte er mit unterdrückter Wut, die ihm die Luft abschnürte.

»Ja, *ciccino,* Bücher und ein Fahrrad und ein Puppenhaus mit einer richtigen Küche. Dort können wir zusammen backen, in Ellas eigenem kleinen Haus. Aber du musst es gut festmachen, es darf nicht davonfliegen, hörst du!«

»Was?«

»Das Haus, es darf nicht davonfliegen. Siehst du denn nicht, dass ein Sturm aufzieht?« Francesca strich sich eine dunkle Haarsträhne aus dem erhitzten Gesicht. Sie sah aufgelöst aus, ihre zarte Statur wirkte zerbrechlich. Philippe machte sich Sorgen, sie aß viel zu wenig und schlief kaum noch. Verzweifelt schlug er mit der flachen Hand auf den Tisch. Der Zucker rieselte auf den frisch gewischten Boden, die Cocktailschirmchen zitterten, und Francesca erschrak. Jetzt griff er nach ihren Armen, zog sie daran hoch und schüttelte sie. »Du bist verrückt, Francesca, hörst du? Verrückt!«, schrie er sie an. »Womit hast du das denn alles bezahlt? Kannst du mir das sagen?« Sie holte seine Kreditkarte aus ihrer Schürzentasche und zeigte sie ihm. »Wir haben Schulden, Francesca!«, rief er aufgewühlt.

»Aber wir ernten doch gerade«, erwiderte sie verständnislos und erzählte dann aufgeregt, wen sie alles zu Ellas Geburtstagsfeier eingeladen hatte. »Wir müssen feiern, Philippe«, sagte sie beschwörend, »bevor wieder ein Stück vom Kuchen fehlt. Mit den Kindern aus der Stadt, unseren Nachbarn, den Freunden …«

»Freunden?!« In welcher Welt lebte sie denn nur? »Wir haben keine Freunde«, warf er ihr vor, »und es werden auch keine anderen Kinder kommen. Niemand wird kommen!« Niemand. Weil sie hinter ihrem Rücken redeten und Francesca für genauso verrückt hielten, wie er es tat. Nur dass er sie liebte, heillos und ohne Hoffnung. Ella würde allein an ihrer Geburtstagstafel sitzen, nur mit ihrem Bruder und einem Dutzend Torten und Pralinen zwischen dem irrsinnigen Ausverkauf einer Kinderboutique und eines Spielzeugladens. Diese Übersprunghandlungen ruinierten ihn. Ihre spontanen Einkäufe und unvorhersehbaren Ausflüge, wenn sie mit den Kindern ins Auto stieg und ans Meer fuhr, immer wieder ans Meer. Beim ersten Mal hatte sie ihm noch einen Zettel auf dem Küchentisch hinterlassen: »Ich fahre nach Hause, alles wird gut.« Gott sei Dank war niemand verletzt worden, als sie völlig übermüdet von der Straße abgekommen und von den *carabinieri* aufgegriffen worden war. Philippe war vor Angst fast umgekommen. Und jetzt fühlte er sie wieder, diese Ohnmacht und das Entsetzen. Er wusste nicht, wie er es aufhalten konnte, wie er sie aufhalten konnte.

Die Bank hatte ihm geschrieben, er kam seinen Kreditverbindlichkeiten nicht mehr nach. Er würde Land verkaufen müssen, das er nicht entbehren konnte – noch mehr Land, das seine Familie über Generationen bestellt hatte, Krieg und Krankheiten zum Trotz.

Philippe ging in die Plantage hinaus, stieg auf die Tische und holte die nassen Kleider und Schuhe aus den Bäumen. Der Regen wurde stärker. Er warf Ellas Geschenke auf einen Haufen: ihr Rad, die vielen Päckchen in buntem Papier mit kunstvollen Schleifen, die Kleider und das Puppenhaus. Nass bis auf die Haut, trat er danach, bis eine aufgeweichte Sperrholzwand barst und Francesca aufschrie und weinte. Sie rannte ins Schlafzimmer hinauf und packte in Eile ihren Koffer. Dann lief sie, noch immer barfuß und in der Küchenschürze, zu ihrem Wagen hinter dem Haus. »Ich verlasse dich!«, schrie sie unter Tränen. »Diesmal verlasse ich dich wirklich, und die Kinder nehme ich mit!« Sie hatte ihnen doch noch kein Schlaflied vorgesungen …

Philippe kam ihr nach. Sie standen jetzt an der Auffahrt, und er versperrte ihr den Weg zurück ins Haus. »Dann geh doch! Glaubst du nicht, wir wären ohne dich besser dran?« Ihre Drohungen und leeren Versprechen konnte er schon nicht mehr zählen.

»Ich will nur noch die Kinder holen.«

»Keinen Schritt«, entgegnete er kühl, »die Kinder bleiben hier.«

Francesca schlug nach ihrem Mann, und er schlug unvermittelt zurück. Zum ersten Mal in all den Jahren und viel zu fest. Sie fiel zu Boden und sah ihn fassungslos an. An einem Fenster im ersten Stock bewegte sich ein Vorhang.

»Dino!«, rief Francesca hinauf, so laut sie konnte. »Dino!« Doch das Prasseln des Regens und der Wind verschluckten jeden Ton. Es donnerte und blitzte, die Welt schickte sich an, unterzugehen.

»Steig in den Wagen, sonst weiß ich nicht, was passiert«, sagte Philippe gefährlich ruhig und erkannte sich selbst nicht wieder. Alles um ihn brach zusammen. Da kroch sie wie ein verwundetes Tier zu ihrem Auto, setzte sich hinters Steuer und raste den Hügel hinunter.

Ella schlief noch, als ihre Mutter am Morgen ihres fünften Geburtstags ein grünes Leuchten am stürmischen Himmel entdeckte und beschloss, ihm bis in die Smaragdstadt zu folgen.

1

Piemont, Alba, August 2017,
an Ellas zweiunddreißigstem Geburtstag

Der Fliesenspiegel an der Wand hinter der Ladentheke war schön geworden. Ella hatte ihn selbst angebracht, um sich das Geld für den Handwerker zu sparen. Die gleichen blau-roten Ornamente, die auch in der Küche ihres Elternhauses über der Spüle verlegt waren. Sie hatte die überzähligen Kacheln im alten Weinkeller gefunden. Den großen Herd hatte sie auch mitgenommen. Er stand jetzt in ihrer Backstube gleich neben der Pralinenküche im Souterrain des historischen Eckhauses, dessen dicke Wände im Sommer die Hitze abhielten. *Casa medioevale* las man auf der Steintafel an der Fassade – Haus aus dem Mittelalter – und *Torre medioevale* am Turm nebenan. Doch von den einstigen Geschlechtertürmen stolzer adeliger Familien, die Alba seinen Beinamen eingebracht hatten – die Stadt der hundert Türme –, war nur noch eine Handvoll übrig geblieben. Sie beherbergten jetzt Wohnungen und Läden.

Gestern erst war die lange Theke geliefert worden, Ella konnte also bald mit dem Backen und Pralinenmachen beginnen. Ihre Hände in feines Kakaopulver graben, dem leisen Rieseln des Zuckers lauschen und feine Teige mit Nussmehl bestäuben, bis sich ihre Gedanken beruhigten, ihre Sorgen in warme Schokoladenbäder tauchten und weichem Biskuitduft wichen. Ihre Chocolaterie sollte Anfang September öffnen, wenn die Albesi aus dem Urlaub zurückkehrten. Noch vor dem Ende der Schulferien und dem großen Touristenansturm zur Weinlese und der anschließenden Trüffelmesse.

Ein Mann mittleren Alters stand vor dem Geschäft und suchte nach der Hausnummer. Er sah das frisch gemalte Ladenschild über dem Schaufenster zur Via Cavour – *La Cuccagna* stand darauf, Schlaraffenland – und trat ein. »Signorina Donati? Ich hab Ihre Lieferung hier«, sagte er und deutete auf eine Sackkarre vor der Tür, die mit Kartons beladen war. Die Schokoladenlieferung: Maracaibo, Arriba, Bolivia und Criolait, Java und Edelweiß, von dunkel und bitter über mild und milchig bis hell und unconchiert. Nur ein kleiner Teil der Zutaten, die Ella brauchte, neben Kakaobutter, Nugat und Marzipan. Vieles musste sie frisch besorgen. Butter, Eier und Sahne etwa oder die Haselnüsse, die die Nussbauern der Region soeben geerntet hatten. Das Land rund um Alba war ein einziger Haselhain, Hügel um Hügel, Senke um Senke, so weit das Auge reichte. Wo kein Wein angebaut wurde, wuchsen die genügsamen Nüsse.

»Helfen Sie mir, die Kartons in den Keller zu tragen!«, erwiderte Ella, und ihre Bestimmtheit überraschte den Mann. Er betrachtete die zierliche kleine Person, ihr kastanienbraunes Haar, die lebendigen dunklen Augen, und seine Laune hob sich.

»Selbstverständlich«, sagte er und richtete den Kragen seines grauen Arbeitskittels, »und ich kann auch beim Auspacken zur Hand gehen, *bellezza.*« Ella schickte ihn zur Abkühlung alleine hinunter und wartete, bis er mit den leeren Verpackungen wieder heraufkam. »Das wird ein feiner Laden, denk ich«, versuchte der Mann sich erneut an einem Gespräch. Ella wischte gerade durch die Regale und polierte das Glas der neuen Theke. »Eine Konditorei?«

»Eine Chocolaterie. Und Kuchen«, gab sie knapp Auskunft und stellte fest, dass sie sich auf ihre neue Aufgabe freute. Die Selbstständigkeit war die richtige Entscheidung gewesen, auch wenn sie sich zuerst bei verschiedenen Bäckereien und Confiserien in der Gegend um eine Stelle beworben hatte. Doch ihre mangelnde Berufserfahrung hatte ihr immer wieder Absagen eingebracht, noch bevor sie sich persönlich hatte vorstellen können. Dabei machte sie sich in der Praxis so viel besser als auf dem Papier.

»Gleich gegenüber vom Bäcker?«, fragte der redselige Lieferant und blickte skeptisch in die Auslage der *Panetteria Barbieri* hinüber.

»Gleich gegenüber«, bestätigte Ella ungerührt. »Ich habe dort gelernt, und ihre Kuchen sind gerade mal Durchschnitt, Touristenware, nichts Besonderes. Die können mit meinen nicht mithalten.« Sie gab sich selbstbewusst, auch wenn ihr eine innere Stimme sagte, dass ihrer *torta di nocciole* noch eine entscheidende Zutat fehlte. Nur eine kleine Prise ... tja, wovon? Gehackter Kakao- oder Kaffeebohnen, die den Röstgeschmack der Nüsse besser hervorhoben? Ein Schuss Haselnusslikör oder Malzzucker statt des Muscovado? Im Rezeptbuch ihrer Mutter stand nichts darüber, nur unleserliches Gekritzel, eingestreute Zitate und eine Passage aus dem *Zauberer von Oz* unter den Honigtrüffeln: »Die Sonne und der Wind hatten auch sie verändert. Sie hatten den Glanz aus ihren Augen genommen und nur ein nüchternes Grau zurückgelassen.« Ella hatte das Märchenbuch, aus dem ihre Mutter ihnen früher oft vorgelesen hatte, wie einen Schatz gehütet – genau wie das Puppenhaus mit der ausgebesserten Wand. Es stand jetzt in ihrer Auslage. Sie würde in jedem seiner sechs Zimmer eine andere

Pralinensorte präsentieren und im Dachzimmer unter dem Giebel die *torta di nocciole,* die nicht so viel Platz brauchte wie die üppigen Torten oder der hohe Panettone.

»Sie sind ein mutiges Mädchen«, sagte der Mann, der noch immer in Ellas Laden herumstand. »Mutig und verdammt hübsch, wenn ich das sagen darf.«

»Sie dürfen mir Ihre Rechnung geben«, erwiderte Ella und seufzte. Schon wieder so einer, der sie niedlich fand! Ihr Vermieter war auch darauf hereingefallen, als sie mit einem unschuldigen Lächeln die Nebenkosten verhandelt und eine Mietpreisbindung herausgeschlagen hatte, weil sie jeden Cent umdrehen musste, seit sie den Kredit für die Ladeneinrichtung aufgenommen hatte.

»*Scusi,* Signorina«, entschuldigte sich der Lieferant und zog einen Zettel vom Klemmbrett. Ella nahm ihn entgegen, bedankte sich und griff nach ihrem Eimer.

Die Ladenglocke schlug erneut an, und ihre Kinder stürmten herein. »Fahren wir jetzt zu den Großeltern, *mamma?*«, fragte Lauro.

»*Nonnina* Francesca besuchen?«, ergänzte Lisa. »Und *nonno* Philippe?«

»Ihre zwei?«, fragte der Mann, der sich von Ella nicht losreißen konnte, und sie nickte. »Wie alt seid ihr denn?«

»Zehn«, erklärte Lauro etwas verlegen und sah zaghaft zu seiner Mutter hinüber. Ein scheuer Blick, den Ella von früher kannte, lichtblau und fragend, unbeantwortet.

»Und du, kleine Signorina?«, wollte der Lieferant von Lisa wissen.

»Ich bin auch zehn«, antwortete sie bestimmt, »wir sind doch Zwillinge!«

»Aber ihr seht euch gar nicht ähnlich. Und eure Mutter ist doch höchstens ...«

»Zweiunddreißig und vergeben«, unterbrach ihn Ella und überlegte, künftig einen Ring anzustecken, um solchen Avancen zu entgehen. Das Flirten lag ihr nicht, nicht mal mit Männern, die sie attraktiv fand.

»Accidenti!«, rief der Mann erstaunt aus, verließ den Laden und lief mit seiner Sackkarre in Mahesh Bai hinein, der gerade in der schmalen Seitenstraße zwischen Ellas Geschäft und seinem Restaurant, dem Samsara, die Tische für das Mittagsgeschäft eindeckte. Albas Altstadt mit den schönen roten Backsteinfassaden war Fußgängerzone, nur der Lieferverkehr rollte am Morgen die gepflasterten Straßen entlang. Die Ladenbesitzer stellten ihre Waren deshalb vor den Geschäften aus, und die zahlreichen Restaurants, die mit piemontesischen Spezialitäten um Gäste warben, breiteten sich bis weit in die Nacht hinein lautstark und raumgreifend rund um ihre Lokale aus. Das Vincafe in der Via Vittorio Emanuele, der Hauptader der Stadt, die die Albesi nur Via Maestra, also Hauptstraße, nannten, baute seine Tische und Stühle sogar bis zur Chiesa di Santa Maria Maddalena hinunter.

Mahesh winkte Ella und den Zwillingen zu und lächelte verträumt. Er war der schönste Mann, den sie je gesehen hatte. Etwa in ihrem Alter, mit mauretanisch-indischen Wurzeln, eine männliche Version der Scheherazade aus *Tausendundeiner Nacht.* Er trug sein schwarzes Haar schulterlang und seine Hemden gerade so weit aufgeknöpft, dass die Sehnsucht, ihn zu berühren, selbst satte Herzen streifte wie ein heißer Wüstenwind. Seit Ella ihren Laden renovierte, gönnte sie sich Maheshs Anblick und genoss es, wenn er zwischen seinen Tischen hindurchtanzte, Tischtücher aufschlug und Gläser zurechtrückte, ehe er in seiner Küche verschwand. Und wenn sie nachts nicht schlafen konnte, weil es in der Wohnung über ihrem Laden viel zu heiß war, dann schlich sie zu ihm hinunter, saß mit ihm in seinem mäßig frequentierten Restaurant und probierte seine regionalen Köstlichkeiten mit arabisch-indischem Einschlag. Die alteingesessenen Albesi mieden Maheshs Lokal, das er erst vor zwei Jahren von einem einheimischen Wirt übernommen hatte – der Ausländer, der hinduistische Götter anbetete und einen deutschen Wagen fuhr! Matilda Barbieri, die Frau des Bäckers von gegenüber, unterstellte ihm sogar eine Affäre mit Ella und erzählte jedem, dass Mahesh in Wahrheit Drogengelder aus dem Opiumanbau seiner indischen Familie wusch. Sie hatte in einer Illustrierten einen Artikel über süchtige Papageien gelesen, die in Madhya Pradesh Schlafmohnfelder plünderten, und ihre Schlüsse gezogen.

»Fahren wir?«, fragte Lauro noch einmal und strich sich durchs weizenblonde Haar. Eine Geste, die Ella an ihren Bruder erinnerte. Danilo und sie hatten viel zu früh Verantwortung übernommen, den Vater auf der Plantage unterstützt und im Haushalt geholfen. Aber trotzdem war alles vor die Hunde gegangen, das Land, das Haus und ihr Vater auch. Ella hatte es nicht aufhalten können, mit keiner Anstrengung der Welt. Sie hatte bis zum Schluss gekämpft. Allein, denn ihr Bruder war mit achtzehn Jahren eingezogen worden und hatte sich zum Wehrdienst verpflichtet. Er kam zum 4° Reggimento Alpini Paracadutisti, dem Fallschirmjägerregiment, und zog in einen fremden Krieg. Manchmal hatte er Ella geschrieben, und sie hatte vor Kummer geweint.

»Habt ihr die Wohnungstür oben abgeschlossen?«, fragte sie ihre Kinder und räumte den Putzeimer mit lautem Scheppern weg. Es war erst Mittag, aber für heute hatte sie genug getan. Das war schließlich ihr Geburtstag, und den würde sie nicht mit Putzen verbringen.

»Klar«, erwiderte Lauro.

»Und wo sind die Schlüssel?«, fragte Ella.

»Die hab ich dir grade dahin gelegt.«

»Wohin?«

»Na, da!« Lauro deutete auf die Ladentheke, aber die war leer und glänzte vorbildlich. Ella blickte skeptisch. »Hab ich!«, beharrte Lauro, und sie versuchte, sich zu erinnern, wann sie sie weggenommen hatte. Als der Lieferant gegangen war vielleicht und sie kurz in einen orientalischen Traum eingetaucht war. Das war doch zum Aus-der-Haut-Fahren! Ständig entwickelten die Dinge ein Eigenleben, entzogen sich wie von Geisterhand – Geldbörsen, Schlüssel, Schmuck –, ja, ganze Lebensentwürfe kamen ihr abhanden. »Du wirst noch einmal deinen Kopf verlieren, mein Mädchen«, hatte ihr Vater oft zu ihr gesagt, dabei hatte sie um ihr Herz immer mehr Angst gehabt.

»Im Putzeimer«, rief Lisa, die schon angefangen hatte zu suchen, »du hast sie mit dem Wischlappen reingeworfen.«

Ella steckte die Schlüssel in ihre Handtasche. »Blumen?«, fragte sie in die kleine Runde.

»Müssen wir noch kaufen«, erwiderte Lisa. »Aber wir haben ein Bild für die Großeltern gemalt.« Sie kramte ein Blatt aus ihrer Tasche, faltete es auf und zeigte es ihrer Mutter. Ein Hügel mit Haselnussbäumen und ein rotes Haus mit grünen Fensterläden obendrauf.

»Das ist wunderschön«, sagte Ella betreten, und Lauro wischte sich mit einer trotzigen Bewegung eine Träne vom Gesicht.

2

Ella fuhr mit ihrem klapprigen alten Fiat Punto über den Corso Piera Cillario am gewaltigen Ferrero-Werk vorbei. Der Duft der *pasta gianduja,* des berühmten Nutella, das hier produziert wurde, zog auch heute wieder durch die lauten, geschäftigen Straßen der Stadt. Doch entlang der Schleife des Tanaro, nur Minuten vom Zentrum entfernt, wurde es stiller, und Ella erkannte die ersten Felder. Im Häusermeer der Altstadt, in der sie jetzt mit ihren Kindern wohnte, gab es kein Grün. Wenn die Sehnsucht nach ihrem Elternhaus sie überfiel, musste sie auf den Turm von Maheshs Restaurant steigen und nach der Plantage Ausschau halten. Die Farben des Spätsommers in sich aufnehmen, das Gelb und Ocker und satte dunkle Grün und die schöne Symmetrie, in der die Landschaft sich präsentierte: unzählige bewirtschaftete Hügel mit Haselnussbäumen und Sträuchern, die in Reih und Glied an ihnen hochkletterten, und geduckte Weinstöcke, die die Erhebungen wie ein Quilt überzogen, von Rosen begleitet. Und obenauf, stolz und thronend, die Häuser und Kirchen, Burgen und Schlösser. Hier wurzelt unsere Identität, dachte Ella oft, wenn sie das Land vom Turm aus überblickte, und fragte sich, wie einer je wieder Halt finden konnte, wenn seine Wurzeln ausgerissen wurden.

»Ich nehme die Blumen«, erklärte Lisa und griff nach dem kleinen Strauß, den sie soeben besorgt hatten.

»Dann nehm ich aber das Bild«, sagte Lauro zu seiner Schwester auf der Rückbank, faltete es zusammen und steckte es ein.

»Ihr werdet doch jetzt wohl nicht streiten?«, ging Ella dazwischen. »Nicht heute! Wir sind gleich da.«

»Entschuldigung«, kam es leise im Chor, und kurz darauf wurde getuschelt.

»Können wir?« Ella parkte den Wagen und ging mit ihren Kindern auf den säulengetragenen Eingang zu, den Schlüssel schon in der Hand. Die beiden liefen voraus: Lisa, das Ausrufezeichen im Satzgefüge ihres Lebens, die ihr so ähnlich sah, und Lauro, der Blondschopf, in dessen Gesicht Ella immer ihren Bruder entdeckte. Er fehlte ihr so sehr.

Der *cimitero urbano* wirkte wie eine kleine Stadt, in der jede Familie ihr eigenes Haus besaß. Bis auf die, die sich nahe dem Eingang Urnennischen mit einfachen Grabplatten teilten, eingelassen in lange Wände aus kühlem Marmor. Sieben oder acht Reihen übereinander und so hoch, dass die Angehörigen auf Leitern hinaufsteigen mussten, um ein Bild zu küssen, ein Gebet zu murmeln oder die Blumen auszutauschen, die fast immer aus Plastik waren und trotzdem verblassten.

Neben dem schlichten Mausoleum der Donatis wuchs ein Haselnussstrauch, der heute mit bunten Schleifen geschmückt war. Salvatore musste hier gewesen sein, ihr ehemaliger Nachbar. Und vor der Glastür, die den schmalen Treppenabgang zur Familiengruft versperrte, entdeckte Ella einen frischen Blumenstrauß.

»Von wem ist der, *mamma?*«, fragte Lauro.

Sie hob ihn auf. »Ich weiß es nicht, mein Kleiner.«

»Nehmen wir ihn mit runter?«

»Natürlich.« Ella versuchte, sich ihre Verwunderung nicht anmerken zu lassen, während sie aufsperrte und die Treppe hinunterstieg, die ums Eck lief und Abgeschiedenheit garantierte.

»Hallo, *nonno*«, sagte Lauro jetzt. »Wir haben dir ein Bild gemalt, deine Plantage und den Hügel und das rote Haus.« Er legte das Papier auf den schmalen Sims vor der Grabplatte seines Großvaters, auf der dessen Name stand: Donati Philippe; geboren 3. Oktober 1941; gestorben 13. Januar 2017. Fünfundsiebzig Jahre und ein Tod auf Raten.

Juli 2006, kurz vor Ellas einundzwanzigstem Geburtstag

Ellas Hochzeitskleid hing am Schrank ihres Zimmers und funkelte in der Sonne, die durch die Fenster fiel. Von hier aus überblickte sie die Ausläufer der Stadt und das bestellte Land, erkannte die Kirche von Diano d'Alba im Süden und die Stadt Bra im Westen. Der Monte Viso dominierte das Bergpanorama, ein Götterthron und Himmelsstürmer mit immer weißem Haupt. Es war einer der wenigen klaren Tage, an denen die Luft nicht trüb war und das Licht härter als sonst. Einer der wenigen Tage, an denen Ella glücklich war. In sechs Wochen würde sie heiraten. Nicolo hatte sein Master-Studium in Mailand abgeschlossen und bereits ein Auslandssemester an der San José State University in Kalifornien absolviert. Mit einem Visum für sich und seine zukünftige Ehefrau in der Tasche wollte er nun für drei Jahre im Silicon Valley arbeiten. Sein großer Wunsch, seit er Alba verlassen hatte und zum Studieren nach Mailand gegangen war. »Du wirst es lieben, Ella, dort ist alles so anders, und du kannst aufs College gehen, wenn du willst. Du wirst Zeit haben«, hatte er gesagt. Und Ella hatte sich gefragt, was sie gerne werden würde, wer sie sein wollte jenseits des

Hügels und der kleinen Welt, die sie kannte. Jenseits der Verpflichtungen, dem ewigen Drehen des Mühlsteins, der den grauen Alltag zu Traumsand zerrieb, aus dem sie unermüdlich ihre heile Welt backte. Jeden Tag neu wie diese sattgelben Gugelhupfe aus der Vanillepuddingwerbung. Strahlende Kinderaugen und selige Mütter in gestärkten Küchenschürzen. Als junges Mädchen hatte sie davon geträumt, eine Chocolaterie in Turin zu eröffnen, die größte im ganzen Land! Jetzt befühlte sie den weißen Stoff ihres Hochzeitskleides, die Seide, die Spitzen und das breite lichtblaue Band, das die Taille umfing – eine Schleife aus Sehnsucht und zartem Satin –, und träumte wieder. Sie dachte an die Liebe, die Nicolo und sie verband, ihre erste gemeinsame Nacht vor zwei Jahren im Studentenwohnheim, wo sie ihn besucht hatte, und an ihre Trennung, als er in Kalifornien gewesen war. Doch anders als ihre Mutter war er zu ihr zurückgekommen. Und anders als ihr Bruder, der in irgendeiner gottverlassenen Bergregion Afghanistans stationiert war und ihr nur hin und wieder Postkarten schickte, auf denen nichts stand, das sie tröstete. Ihr großer Bruder, um den sie sich immer gekümmert hatte, obwohl er der Ältere war. Doch jetzt würde sie auch endlich fortgehen und ihren Vater und das Haus auf dem Hügel verlassen. Die Einsamkeit und den schleichenden Verfall. Ihre Heimat.

Als es an diesem Tag klingelte, öffnete Ella in ihrem Brautkleid die Tür und ließ Dottor Ruggiero herein, der bat, sie und ihren Vater sprechen zu dürfen. Philippe hatte sich in den letzten Wochen nicht gut gefühlt, aber das war nichts Neues, denn er trank zu viel und achtete nicht auf seine Gesundheit. Seit er vor zwei Jahren im ehemaligen Kelterhaus beim Einlagern der Nüsse ge-

stürzt war, war sein rechtes Knie kaputt. Ella wollte ihn damals ins Krankenhaus fahren, aber er hatte sich gewehrt. Jetzt stützte er sich beim Gehen auf einen Stock und im Leben auf sie.

Philippe begrüßte den Hausarzt der Familie im Wohnzimmer, wo er in seinem Sessel neben dem Kamin saß. Die dunklen Deckenbalken ließen den Raum niedrig erscheinen, der Steinboden wirkte rustikal. Ella hatte sich Mühe gegeben, hier alles etwas gemütlicher zu gestalten. Sie hatte die Teppiche aus den leer stehenden Zimmern zusammengetragen, Vorhänge genäht und die alten Möbel ein Stück ums andere frisch lackiert. »Die Ergebnisse sind da«, sagte Dottor Ruggiero und setzte sich mit ernster Miene. Ellas Herz schlug schneller, die Angst kroch durch ihre Glieder. Sie sollte sich umziehen, aber nicht jetzt. »Es ist ein Karzinom im Darm, und es hat bereits in die Lymphknoten gestreut.«

»Was heißt das?«, fragte Ella, während ihr Vater die Nachricht ohne Regung über sich ergehen ließ, so als hätte er schon viel zu lange auf seinen Tod gewartet. Allein sein Blick wanderte zu seinem Hochzeitsfoto, auf dem er stolz und selbstbewusst neben Francesca stand und ihre blauen Augen heller strahlten als das Kleid, das sie trug. Francesca, sein Stern, sein Licht.

»Sie müssen sich operieren lassen, Philippe, und anschließend eine Chemotherapie machen. Das ist Ihre beste Option.«

Ella setzte sich zu ihrem Vater, der mechanisch mit seiner linken Hand über die Sessellehne rieb, die an dieser Stelle schon ganz verschlissen war, und sagte: »Wir schaffen das, hörst du, papà.«

»Wir, Ella?« Er blickte ins Leere. Dort wartete etwas auf ihn.

»Ja, wir! Ich gehe nicht weg. Ich bleibe hier bei dir, bis du wieder gesund bist. Er wird doch wieder gesund? Oder, Dottore?«, fragte sie ängstlich, und der Arzt zählte ihr jeden möglichen Verlauf auf: den bestmöglichen, den schlimmsten und alles dazwischen. Die verschiedenen Behandlungsmöglichkeiten, das Grauen und den Schmerz in Variationen. Ella sah auf ihr Kleid und hörte aufmerksam zu. Sie gab sich alle Mühe, nicht verzweifelt zu wirken, ging, als Dottor Ruggiero fort war, in ihr Zimmer hinauf und starrte dann lange in den großen Ankleidespiegel. Jetzt weinte sie und spürte, wie ihr das Atmen immer schwerer fiel. Die Wut gewann die Oberhand. Sie griff nach einer Vase, in die sie erst am Morgen frische Blumen gestellt hatte, und warf sie ihrem Spiegelbild entgegen. Das Glas zersprang. Bruchstücke einer geborstenen Zukunft, die Ella später in einem Karton verwahrte, in der Hoffnung, sie irgendwann wieder zusammensetzen zu können.

»Soll ich noch Wasser holen, damit wir der *nonna* auch die anderen Blumen hinstellen können?«, fragte Lisa ihre Mutter. Sie standen noch immer in der kleinen Familiengruft. »Die sind doch für sie, oder?«

»Ich nehme es an. Warum sollte sonst jemand ausgerechnet heute Blumen bringen?«, sagte Ella.

Als Lisa vom Brunnen zurück war, stellten sie die beiden Sträuße auf den kleinen Altar an der Stirnseite der Gruft, und Ella strich zärtlich über das gerahmte Foto ihrer Mutter. Bilder – nichts anderes war ihr von ihr geblieben, und das Rezeptbuch. Die gemeinsamen Erlebnisse waren nur Fragmente aus zweiter Hand, die ihr Vater auf dem Grund einer Flasche mit ihr geteilt hatte oder die aus Danilos Erzählungen stammten. Erinnerungen, die er später mitgenommen und sie damit dem Vergessen überlassen hatte.

»Schau mal, *mamma*«, meinte Lauro und deutete auf die Daten der Großmutter: Donati Francesca; ved. Bruno; geboren 11. Mai 1958; gestorben 17. August 1990; I tuoi cari. »Als die *nonna* den Unfall gehabt hat, da war sie genauso alt wie du heute. Zweiunddreißig.«

»Du hast recht«, erwiderte Ella überrascht, »das war mir gar nicht bewusst«, und verlor sich in seinem lichtblauen Blick, der seit dem Tod des Großvaters mehr und mehr an Farbe verlor. Passierte es etwa schon wieder?

3

Der Sandsturm legte sich langsam, und Salvatore Rinaldi erkannte unter der gewaltigen Wolke auf der Plantage gegenüber seinen neuen Nachbarn auf der Erntemaschine. Michele Mariani hatte den Wendetraktor der Donatis mit der klapprigen Kehrvorrichtung und dem Sammelkorb durch einen dreirädrigen Vollernter ersetzt, der auf dem schwierigen Gelände deutlich flexibler war. Dort, wo im letzten Herbst bei Starkregen der Hang mitsamt den Sträuchern abgerutscht war, hatten Helfer die Erde wieder hinaufgebaggert und neue Haselnüsse angepflanzt. Hätte man's gleich gemacht, wären die Pflanzen noch zu retten gewesen, aber so hatten sie über Monate an der Grundstücksgrenze herumgelegen und waren verdorrt. Die Bäume auf Marianis Plantage waren zudem überaltert. Hier hätte der Bestand schon vor Jahren verjüngt werden müssen, aber es fehlte ja sogar am Rückschnitt. Die Ernte konnte nicht gut ausfallen, dachte Salvatore, und Mariani war spät dran. Die meisten Landwirte hatten ihre Haselnüsse bereits in den Trockensilos.

Die Gerüchteküche erzählte, dass der Neue jenseits der Straße noch Land dazugepachtet hatte. Einer der Neun vom Stadtpatz hatte es erwähnt, der ehemalige Bürgermeister Mancini oder Rizzo, dessen Tochter das Weingut führte. Gestern erst auf der Piazza Savona, wo sie sich jeden Abend einen der Stühle vom Café Savona aus dem Stapel nahmen, sie im Kreis zusammenstellten und ihre kleinen konspirativen Sitzungen abhielten. Nein, jetzt wusste Salvatore es wieder. Massimo Barbieri, der beleibte Bäcker, hatte es erzählt und dass Mariani seinen Betrieb auf Bioanbau umstellen wolle. Bio! Damit dürfte er die Lacher sämtlicher Haselnussbauern der Region auf seiner Seite haben. Aber was wusste *er* schon? Er baute lediglich etwas Spargel an, Tomaten, Zucchini und Paprika. Auf seinem kleinen Grund wuchs nicht viel, er finanzierte sein bescheidenes Leben mit seiner Trüffellizenz. Kannte die besten Plätze in den Wäldern der Bassa Langa, wie die Landschaft der Unteren Langhe auf Piemontesisch hieß, und hatte einen guten Hund. Den alten hatten sie ihm vor drei Jahren vergiftet, die Verbrecher! Irgendwelche Konkurrenten, die Giftköder auslegten und ohne Genehmigung nach Trüffeln suchten. Letztes Jahr hatten die Neun vom Stadtplatz so einem ehrlosen Kerl im Wald aufgelauert, ihn auf frischer Tat ertappt und seiner Frau daraufhin gesteckt, er verlasse sie nachts nicht zum Trüffelsuchen, sondern einer Geliebten wegen. Parisis hübsche Tochter Viola – Parisi gehörte ebenfalls zum Bund der Neun – hatte der Gattin des Übeltäters das vermeintliche Verhältnis sogar gestanden. Und damit war die Sache dann erledigt gewesen und der falsche *trifolao* auch. Wer sich in solchen Dingen auf die Polizei verließ, der war verlassen, das wussten die Neun und fackelten nicht lange!

Salvatore stellte die angeschlagene Schüssel, in der noch ein letzter Rest Risotto klebte, neben sich auf die Bank vor seinem bescheidenen Haus, trank den Arneis aus und streckte die alten Glieder. Hier im Schatten seiner Edelkastanie saß er mittags gern und überblickte die Nachbarschaft. Marianis Plantage, die kleinen Felder südöstlich und die Häuser, die an sein Grundstück grenzten. Hier war er geboren worden, und hier würde er sterben. Hier hatte er sich als junger Mann verliebt und für seine Freiheit gekämpft.

Mai 1944, Salvatore ist erst siebzehn Jahre alt

Der Krieg war in ihren Augen angekommen und grub sich in ihren schönen jungen Körper. Gianna war siebzehn, so wie er, und seit ein paar Monaten beim Widerstand. Eine Stafette, die gefälschte Dokumente, Lebensmittel und Geld vom geheimen Führungszentrum in Alba zu den bewaffneten Formationen in den Bergen schmuggelte und Nachrichten bis Turin. Die Aufzeichnungen der alten Frauen etwa, die hier vor ihren Häusern saßen und scheinbar teilnahmslos ins Nichts starrten, während sie notierten, wie viele Militärfahrzeuge der Deutschen Wehrmacht vorbeifuhren oder Truppen marschierten und welche Waffen sie dabeihatten. Manche vecchietta konnte weder lesen noch schreiben. Die führte dann Strichlisten. Großmütter, Mütter, Schwiegertöchter und Töchter schlossen sich der resistenza an, weil sie sich noch frei bewegen konnten, während die Männer deportiert wurden oder gezwungen, an der Seite der Deutschen gegen die Alliierten zu kämpfen. Seit die Wehrmacht weite Teile Oberitaliens besetzt hatte, waren Tausende Männer und Frauen in den Untergrund gegangen. So wie Maria Donati, Salvatores Nachbarin, die sich mit ihrem kleinen Sohn Philippe alleine durchschlug, denn ihr Mann war in Frankreich gefallen.

»Sie haben meine Mutter geholt«, flüsterte Gianna. Die Stille lag in diesen Nächten wie eine schwere Decke über dem Land. Keine Aufklärer am Himmel, keine Truppenbewegungen, nur hin und wieder ein paar verirrte Salven aus Maschinengewehren mit Leuchtspurmunition. Salvatore zog sie fester an sich und küsste sie aufs Haar. Es roch nach der Druckerschwärze der verbotenen Flugblätter. Seine Hand glitt zaghaft über ihre

grobe Bluse und spürte den Stern der Garibaldi-Brigade, den sie versteckt an der Innenseite ihrer Brusttasche trug.

Sie würde morgen in die Berge gehen, ins Mairatal, das an Frankreich grenzte, zu ihrem Bruder und den Männern der Brigade. In Alba war sie nicht mehr sicher. »Und meinen Onkel und Sandra haben sie auch«, sprach sie leise weiter und zitterte. Die Nacht war warm und der Boden, auf dem sie lagen, auch. Nur ein leichter Wind streifte durch die Blätter der Kastanie. »Sie verhören sie, weil sie mich und meinen Bruder suchen.« Salvatore atmete flach vor Entsetzen, denn er kannte sie alle, ihre ganze Familie. Sandra, Giannas kleine Schwester, die erst fünfzehn war, und ihre Mutter, die wie Maria Donati Waffen und Sprengstoff in ihrem Einkaufskorb transportiert hatte, versteckt unter den letzten Kartoffeln, die es noch auf Lebensmittelkarte gab. Und Munition und Handgranaten in Glühbirnenkartons, vor deren Detonation die Frauen sich mehr fürchteten als vor den Besatzern. »Sie werden sie nach Turin bringen, zum SD. Ich weiß es von einem Spitzel bei den carabinieri.« Gianna weinte. Wie müde sie war – und er auch. Letzte Nacht hatten sie einige Strommasten sabotiert und die Brücke über den Tanaro ausspioniert, die sie sprengen wollten, ehe der Winter kam. Sie mussten den Versorgungsweg der Deutschen zerstören, um sie von den nachrückenden Verbänden im Norden abzuschneiden. Die Partisanen brauchten ihn nicht, sie mussten keine Panzer, schwere Lastwagen oder große Munitionsvorräte bewegen. Und sie kannten das Gelände, jeden Stein, jede Untiefe, wenn das Wasser stieg.

»Sie kommen wieder nach Hause«, versuchte Salvatore, Gianna zu trösten. »Du musst daran glauben.«

»Nein, sie landen in Mauthausen, so wie Tibaldi und seine Leute im Januar. Ich weiß es von Toni.« Toni Versino von der 41. Brigade. Ein Deckname, so wie sie Gianna jetzt Larva nannten – der Schatten, der Geist –, aber in ihren gefälschten Papieren stand Verena Santacroce, der Name einer Toten. »Ich muss weg, bevor sie mich finden.«

»Du solltest dich zu deinem Vater durchschlagen«, beschwor Salvatore sie. Der war letztes Jahr mit seinen Kameraden über den Pass aus Frankreich zurückgekommen, nachdem Mussolini vorübergehend abgesetzt worden war. Sie hatten ihn in Zivilkleidung gesteckt und zu Verwandten in den Süden geschickt. Zehntausende italienische Männer waren so dem Schicksal entgangen, für die Republik von Salò erneut zu den Waffen greifen zu müssen. Gianna und ihre Kameradinnen waren sogar in Kasernen gegangen, zwei Schichten Kleidung am Leib, und hatten sie den Soldaten überlassen, die von dort fliehen wollten. Getarnt als ziviles Küchenpersonal, waren sie dann an den Wachposten vorbeimarschiert und desertiert. »In Neapel sind die Amerikaner. Wenn du's bis dahin schaffst, bist du in Sicherheit, Gianna«, sagte Salvatore, doch sie schüttelte nur den Kopf. »Bitte, Gianna, bitte, tu es für mich. Für deine Familie.« Salvatore wusste, dass er keinen Tag länger in der Angst um sie leben konnte. Sie lähmte sein Denken, jeden Schritt, den er tat, und lenkte jeden Schuss.

»Ich gehe in die Berge und kämpfe von dort aus für meine Familie, um den Krieg zu beenden. Das musst du doch verstehen, Toto.« Toto – so hatte sie ihn schon am ersten Schultag genannt und später, als er sie an ihrem fünfzehnten Geburtstag geküsst hatte, wieder. Und in der Nacht, in der sie sich zum ersten Mal geliebt hatten – mit-

ten im Krieg. Seine Hände kannten ihren Körper besser als seinen eigenen. Ihre Beine, die durch die Botengänge kräftiger geworden waren, durch die steilen Anstiege im unwegsamen Gelände. Und ihre Hüften, die sie in zarten Röcken schwang, wenn die Miliz ihr zu nah kam – ein naives junges Mädchen auf dem Weg zur Arbeit. Ihr Rücken war biegsam von der Verstellung und ihr Blick verdunkelt vom Hass. Gewalt und Willkür hatten alle Zartheit getilgt. »Ich gehe morgen los«, fuhr sie fort, und seine Arme umschlossen sie. »Mein Bruder sagt, sie sind gut ausgerüstet, die Engländer werfen Waffen ab.«

»Haben die Deutschen nicht erst letzten Monat einiges erbeutet? Unsere Leute sind doch über die französische Grenze geflohen.«

»Repressalien! Weil wir der Wehrmacht in Busca und Dronero Vieh abgenommen haben, das schon verladen war. Die Überfälle auf die Bahnhöfe haben sie ziemlich überrascht.« Gianna war gut informiert. »Aber unsere Kämpfer kommen zurück, Toto, das tun sie immer. Und wir werden jedes Mal mehr. Wir haben jetzt sogar deutsche Deserteure in der Brigade und Jugoslawen, die sich freiwillig gemeldet haben. Ehemalige Kriegsgefangene, Russen und Polen.«

»Aber doch keine Frauen, Gianna!«

»Selbstverständlich! Was denkst du denn?« Ihre Tränen wichen der Wut und dem wiedererwachten Kampfgeist. »Dass wir nur zum Postboten taugen? Wir kämpfen wie ihr, und wenn der Krieg vorbei ist, werden wir wählen wie ihr!«

Kein Wunder, dass Salvatore ausgerechnet heute daran dachte, an Francescas Todestag. Die Abschiede wucherten in einem langen Leben wie ein Myzel, ein unterirdisches Pilzgeflecht, und sie wurden immer mehr. Ganz im Gegensatz zum teuren *tartufo bianco,* der Königin der Trüffel, den fand er immer seltener.

Verfluchte Mittagshitze! Eigentlich hätte er sich ein bisschen hinlegen sollen. Er war immerhin neunzig und nicht mehr ganz so fit wie früher. Aber die Malven leuchteten so schön neben seinen Tomaten, und er beschloss, ein paar zu schneiden und sie zur Marienstatue in dem kleinen ummauerten Garten an der Straße unterhalb von Marianis Plantage zu bringen. Sie gehörte zu dessen Anwesen, aber jeder konnte durch das niedrige schmiedeeiserne Tor am Gehweg treten, das den langen Zaun unterbrach. Als Salvatore zuletzt dort gewesen war, um der Maria mit dem Haselnusszweig Blumen zu bringen, hatte er sich verliebt.

4

Das war der dritte und letzte Erntezyklus gewesen. Endlich hatte Michele Mariani alle Haselnüsse eingebracht. Das Reinigen und Auslesen von Steinen, Ästen und sogar toten Mäusen, die der Vollernter mit eingesammelt hatte, lief schon seit Wochen. Das Waschen, Polieren und Sortieren nach Größen. All das hatte er sich selbst beigebracht, aber er verließ sich auch auf seinen Vorarbeiter, der sich auf der Plantage zurechtfand, als hätte er nie woanders gearbeitet. Bruno hatte die Saisonarbeiter für ihn eingestellt und koordinierte und überwachte alle Abläufe. Eigentlich arbeitete Michele unter ihm, aber das war in Ordnung, schließlich war er der Neue und hatte von Landwirtschaft keine Ahnung. Michele war Konstruktionsingenieur. Er hatte in den letzten zwölf Jahren in Albenga an der Ligurischen Küste bei Piaggio Aerospace gearbeitet. War maßgeblich an der Konstruktion eines Turboprops beteiligt gewesen, dessen Technik in eine Aufklärungsdrohne einfloss. Doch seit die Firma Aufträge für das Verteidigungsministerium ausführte, hatte sich sein Aufgabenfeld verändert und er jede Begeisterung für seine Arbeit verloren. Pippa hatte ihm zugeredet. Sie meinte, es wäre ein Karrieresprung und den Einsatz wert. Sie verbrachte selbst sechzig, siebzig Stunden die Woche am Schreibtisch und arbeitete für eine PR-Firma mit internationalen Auftraggebern in Genua. Sie hatte sich ein Büro im Haus eingerichtet, weil sie Teile ihrer Kampagnen von hier aus betreute. »Wie lange muss ich diesen Baulärm noch ertragen, Michele?«, fragte sie ihren Mann, der gerade vor der Halle mit der Sortieranlage und den angrenzenden Lagerräumen eine Hammermühle modifizierte. Den veralteten Maschinenpark auf Vordermann zu bringen und an Innovationen zu tüfteln, machte ihm Freude.

»Es sind doch nur noch ein paar Malerarbeiten an der Fassade, Pippa«, versuchte er, sie zu besänftigen. »Dann kommt das Gerüst weg. Das dauert höchstens noch zwei Tage. Der Installateur hat mir gerade gesagt, dass die Bäder heute fertig werden. Also kannst du dir am Abend ein Bad mit Blick über die Hügel der Langhe einlassen.« Er nahm seine Frau in den Arm, küsste sie und wandte sich wieder der Hammermühle zu. Mit ihr wurden die Haselnussschalen zu Granulat vermahlen, das später zum Polieren der Nüsse oder als Dünger verwendet wurde. Sein Vorarbeiter hatte es ihm gezeigt.

»Ich habe einen Abgabetermin, Michele. Ich sitze seit heute Morgen um fünf an dem Projekt. Zweimal ist mein Rechner abgestürzt, und die WLAN-Verbindung in diesem gottverdammten Nest ist viel zu langsam.« Pippa fuhr sich nervös durchs glatte blonde Haar – ein kinnlanger Schnitt. »Wenn ich in deinem sogenannten Paradies nicht arbeiten kann, fahre ich in die Agentur!«

»Bitte, Pippa, wenn man in ein altes Haus einzieht, gibt es eben viel zu tun, das wussten wir. Aber dafür haben wir jetzt alles nach unseren Wünschen gestaltet.«

»Nach unseren? Wohl kaum!«, gab sie zurück und spielte auf Micheles Mutter an, die auf seine Bitte hin zu ihnen gezogen war und seither »dem Geist des Hauses« nachspürte, wie sie sagte, »seinem alten Glanz« und seiner Geschichte. Sophia Mariani hatte ihr Haus in Turin aufgegeben, wo Michele groß geworden war, und das Geld in das Land und das Haus auf dem Hügel gesteckt – der Traum ihres einzigen Sohnes. Auf den ersten Blick war es ein Hirngespinst, den sicheren Job bei Piaggio Aerospace aufzugeben und aufs Land zu ziehen, um Haselnüsse anzubauen. Die typischen Aussteigerfantasien eines Mannes Anfang vierzig! Doch wenn Michele träumte, dann mit ganzem Herzen, dann war er mutig und hoffnungsfroh. Wie viele Hürden hatte er in seinem Leben schon allein durch seinen Optimismus bezwungen? Und der war es auch, in den Pippa sich vor dreizehn Jahren verliebt hatte. Sein Optimismus und der jungenhafte Blick aus dunkelgrünen Augen, die sie an die windgepeitschten Wacholderbüsche sardischer Strände erinnert hatten. Damals hatten sie sich ein Leben versprochen, heute kämpften sie um jeden Tag.

Micheles verrückter Traum sollte ein Neuanfang werden und ihn darüber hinwegtrösten, dass sie keine Kinder hatten. Er sollte die Flucht in die Arbeit beenden und ihnen mehr gemeinsame Zeit verschaffen. Doch Pippa wollte nicht loslassen, sie konnte es nicht, nicht einmal hier. Michele fand seinen Frieden in der Natur, er hatte einen Gott, der ihn hielt, und damit ein Schicksal, auf das er vertraute, aber Pippa fand diesen Glauben und diese Bestimmung nicht in sich. Sie war nur, was sie selbst schuf, und schuf sie nichts, empfand sie Leere und Versagen. »Was hältst du von einem Picknick unter den alten Bäumen am Haus?«, fragte Michele seine Frau und nahm sie in den Arm, als könnte ein Lächeln alle Widrigkeiten fortzaubern. »Bruno meint, wir müssen sie fällen und neu anpflanzen, sie bringen kaum noch Ertrag. Aber ich mag sie so gerne, du nicht?«

»Wenn du meinst.«

»Pippa, das ist doch jetzt auch dein Zuhause. Gib ihm eine Chance, bitte. Gib uns eine Chance.« Pippa löste sich aus Micheles Umarmung und sah zum Haus hinauf. Der rote Anstrich, die grünen Fensterläden ... Sie war in Genua groß geworden und liebte die Farben des Meeres. Ihr Haus in Albenga mit Blick auf die Italienische Riviera war weiß gewesen mit türkisfarbenen Fensterstöcken und einer blauen Tür – hell und einladend modern. Doch hier hatten sie die alten Dielen lediglich aufarbeiten und den Putz nur teilweise erneuern lassen, die Türstöcke, Türen und Fenster nicht ersetzt, sondern saniert. Michele war geschickt und arbeitete mit den Handwerkern zusammen, den Schreinern, dem Elektriker, dem Heizungsbauer, ja, sogar mit den Zimmerleuten und Dachdeckern. Am Abend nahm er Pippa oft bei der Hand und ging mit ihr durch die Zimmer, um mit einem Glas Wein auf die Fortschritte anzustoßen. Einmal hatten sie sich im Wohnzimmer geliebt, vor dem offenen Kamin auf weichen Decken. Doch diese Liebe war Routine, lieb gewonnene Gewohnheit und vielleicht nicht mal mehr das.

»Darf ich stören?«, fragte Micheles Vorarbeiter. »Ich hab die Liste mit den Arbeiten, die anstehen, Signor Mariani. Und wir müssen über die Pachtflächen reden ... und die Ölpumpe.«

»Kein Problem, wir sind fertig«, gab Pippa dem Mann zur Antwort und ging. Sie wusste noch nicht, was sie von ihm halten sollte. Er war ein einfacher Kerl, genügsam, wie ihr schien, und tüchtig. Sie schätzte ihn auf Ende dreißig, aber vielleicht ließen sein sonnengegerbtes Gesicht und die Falten um die grauen Augen sowie seine wortkarge Art ihn auch älter erscheinen. Manchmal sprach er in einer seltsamen Sprache und entschuldigte sich, wenn er es bemerkte. *»Lenga d'òc«,* erklärte er dann, »das Okzitanisch steckt mir in den Knochen.« Pippa wusste, dass Bruno ihrem Mann keine Zeugnisse vorgelegt hatte und auch keinen Ausbildungsnachweis. Er war aus dem Nichts aufgetaucht, hatte eine Woche zur Probe gearbeitet und sich schnell unentbehrlich gemacht.

»Setzen Sie sich, Signor Bruno«, forderte Michele den Mann auf und ließ sich seine Notizen geben. Seine Schrift war ordentlich, aber er machte Rechtschreibfehler.

»Ich schreib nicht gern«, entschuldigte sich Bruno. »Das war schon in der Schule so.« Er zupfte an seinem Hemdkragen und überlegte, ob er die Legasthenie erwähnen sollte. Aber das wenige war schon mehr, als er im Mairatal an einem ganzen Tag gesagt oder gar von sich selbst erzählt hatte, mehr, als sie in den langen Wintern dort oben in einer Woche miteinander sprachen.

»Mir geht es nicht anders«, erwiderte Michele und lächelte freundlich. »Ich habe mein halbes Leben auf dem Papier verbracht und die Nase voll davon!«

»Ach ja? Was haben Sie gemacht?«

»Flugzeugbau, wir haben Drohnen konstruiert, für die Aufklärung in Kriegsgebieten.« Bruno nickte, über den Krieg sprach er auch nicht.

»Wir müssen im Herbst die Pachtflächen bepflanzen. Da drüben können Sie dann sofort biologisch wirtschaften, aber die Sträucher tragen in den ersten Jahren nicht viel.« Das war Michele klar. »Wissen Sie schon, was mit den alten Bäumen oben am Haus passieren soll?«

»Ich will sie behalten. Sie sind wie das Haus, das habe ich ja auch nicht einfach abgerissen und neu gebaut.«

Hätte nicht geschadet, dachte Bruno, wäre einiger Ballast entsorgt worden. Aber manche Menschen lebten anscheinend gern in der Vergangenheit, selbst in der anderer Leute. »Das wird Sie einiges kosten«, sagte er nachdenklich, »und Sie haben schon so viel investiert.«

»Die Bank hat das Darlehen genehmigt«, erklärte Michele seinem Vorarbeiter, »damit bringen wir den Betrieb wieder auf Vordermann. Wenn ich auf Selbstvermarktung setze und gute Produkte produziere, amortisiert sich das bald.« Davon verstand Bruno nichts. Er kannte nur Landwirte, die ihre Ernte an Ferrero verkauften, damit die Firma mit den piemontesischen Haselnüssen werben konnte, angeblich die besten der Welt. Tatsächlich bezog Ferrero jedoch den Großteil seiner Nüsse aus der Türkei, die Ernte in der Region war, am Bedarf gemessen, gering. »Dafür könnte ich einen Partner brauchen«, ergänzte Michele.

»Für die Selbstvermarktung?«

»Ja. Meine Frau arbeitet in der Werbung, sie versteht sich also aufs Verkaufen, und ich mache mich gerade mit den ganzen Auflagen vertraut, der Kennzeichnungspflicht, den Euronormen und diesen Dingen, aber ich habe keine Ahnung von den Produkten selbst.« Michele wollte seine Haselnüsse den Restaurants und Konditoreien in der Region anbieten und kleine, edel verpackte Gebinde übers Internet verkaufen, aber er brauchte auch Produkte, die sich von den anderen absetzten, die eine gewisse Magie verströmten und Begehrlichkeiten bei den Feinschmeckern weckten. Das nahe gelegene Bra war die Geburtsstätte der Slow-Food-Bewegung. Wer ins Piemont reiste, tat es der Küche und der erstklassigen Weine wegen. »Ich bräuchte jemanden, der kreativ ist und ein paar Geheimrezepte in der Schublade hat.«

5

Neben Ellas *torta di nocciole,* die sie zu jedem Geburtstag backte, stand wie immer auch eine Kerze für ihre Mutter. Ein kleines, verlässliches Ritual, wie Salvatores Bänder am Haselnussstrauch, das der Willkür des Lebens entgegenwirkte – eine Kerze, ein Kuchen, ein Anker in der Zeit. Die Zwillinge saßen mit ihr am Abend an dem kleinen Esstisch in der Küche ihrer Wohnung und feierten. Mahesh wollte später noch kommen, und Salvatore hatte vorbeigeschaut, nachdem sich die Runde der Neun vom Stadtplatz aufgelöst hatte. Viele Freunde hatte Ella nicht, aber sie hatte sich ja auch immer um ihren Vater gekümmert, um den Haushalt und – so gut es eben ging – die Plantage. Hatte Kochrezepte, Düngevorschriften und Krankenakten studiert und ihre Kinder großgezogen. Von ihrer Schwangerschaft hatte sie erst erfahren, als Nicolo schon in Amerika gewesen war. Damals wollte er nach Hause kommen und seinen Traum von einem Leben im Silicon Valley aufgeben, aber sie hatte ihn gebeten, dort zu bleiben, und versprochen, nachzukommen. Doch als dann an einem Tag im März das blaue Leuchten in ihr Leben zurückgekehrt war – es umspülte Lauros Blick wie ein klarer, von Kornblumen umstandener Bach –, da hatte sie sich gar nicht mehr fortgesehnt.

Es klingelte. Ella sprang auf, Mahesh hatte es früher geschafft. Sie drückte den Türöffner und hörte seine Schritte. Er ließ sich Zeit, sonst nahm er immer zwei Stufen auf einmal. Vielleicht trug er etwas Schweres? Die Eismaschine womöglich, die sie sich wünschte und die sie in die Pralinenküche würde stellen müssen, da in der Wohnung zu wenig Platz war.

»Schaffst du's heute noch?«, rief Ella ins Treppenhaus und erstarrte, als sich eine Gestalt aus dem Dunkeln schälte. Sie sah genauer hin, schlug die Tür wieder zu und zitterte. Ihr liefen Tränen über die Wangen. Plötzlich war da dieser Schmerz in der Magengrube, der sich aus Sehnsucht und Wut zusammensetzte – mehr Wut, viel mehr Wut –, und sie versuchte, tief zu atmen, als es erneut klingelte. Sie lehnte an der Tür und wartete, doch ihr Besucher bewegte sich nicht. Geduld war ihm zur zweiten Natur geworden. Jetzt öffnete sie zaghaft.

»Darf ich reinkommen?«, fragte Danilo, und sie trat zur Seite und ließ ihren Bruder in die Wohnung. »Alles Gute zum Geburtstag, Ella«, sagte er und gab ihr einen kleinen Stoffbeutel. Ohrringe aus afghanischem Turmalin, die er vor Jahren dort gekauft hatte. Bei einem Juwelier in einer zerstörten Stadt, in der es kein Wasser mehr gab und keinen Gott. Nichts als einen neuen Tag, den kein Gebetsruf mehr erfüllte. Er hatte mit Devisen bezahlt und sein Medipack dazugelegt – Verbandsmaterial und Morphin. »Entschuldige, Ella, dass ich einfach so in der Tür stehe … nach all den Jahren. Aber ich weiß nicht, wie man das macht.«

»Wie man was macht?«, fragte sie, um Fassung bemüht, und fühlte nur Konfusion.

»Zurückkommen.«

»Zurückkommen«, wiederholte sie und betrachtete ihn. Er war dünner geworden, das weizenblonde Haar struppig, die Sonne hatte seine Haut gegerbt. Er sah älter aus, so viel älter, wie Wüste und Fels. »Nun, ich weiß auch nicht, wie man das macht. Es *ist* nämlich nie einer zurückgekommen.« Danilo verstand. »Waren die Blumen vor dem Familiengrab von dir?«, wollte sie wissen.

»Ja. Ich konnte nicht rein.«

»Wer ist das, *mamma?*«, fragte Lisa, die in den Flur gekommen war, weil sie eine fremde Stimme gehört hatte, und Lauro tauchte neugierig hinter ihr auf.

»Das ist euer Onkel, *micina,* ihr habt ihn noch nicht kennengelernt.«

»Feierst du mit uns den Geburtstag der *mamma?*«, wollte Lisa wissen und lächelte den fremden Mann an. Sie hatte ihn auf einem Foto gesehen, in einer graugrünen Uniform mit einem lustigen Hut mit langer Feder, aber jetzt sah er anders aus. Ein bisschen verwildert.

»Wenn ich darf.« Danilo betrachtete seine Nichte und seinen Neffen und begriff, wie viel Zeit vergangen war. Dort, wo er herkam, stand sie still.

»Natürlich«, sagte Ella und umarmte ihn halbherzig. Er erwiderte ihre Umarmung und küsste sie aufs Haar. Sie war nicht mehr gewachsen, seit er fortgegangen war. Er schon. Danilo war jetzt fast zwei Köpfe größer als Ella und so drahtig, wie es nur Menschen waren, die schwer arbeiteten, draußen, bei Wind und Wetter. »Aber für euch ist es Zeit, ins Bett zu gehen«, erinnerte sie ihre Kinder, und diese protestierten. »Euer Onkel ist morgen ja auch noch da«, stellte sie in Aussicht und sah ihn fragend an.

»Das bin ich«, versprach er und erklärte: »Ich wohne bei Salvatore.«

Während Ella ihre Kinder ins Bett brachte und ihnen noch vorlas, sah sich Danilo in ihrer kleinen bescheidenen Wohnung um. Aus dem Nebenzimmer hörte er bald ein Schlaflied: *»Ninna nanna, coccolo della mamma, Ninna nanna, coccolo del papà …«* Ihre Mutter hatte es ihnen früher oft vorgesungen. Manchmal hatte es durch seine Träume geklungen.

Danilo studierte die Fotos in den Regalen, begegnete seinem Vater als altem Mann in einem Silberrahmen, sah seine Nichte und seinen Neffen auf seinem Schoß, auf der Plantage und bei ihrer Einschulung. Von Ella und ihm selbst gab es keine Bilder, ihre Kindheit und Jugend hatte niemand dokumentiert. Wozu auch, da war nichts, das man würde bewahren wollen. An der Wand neben dem alten Sessel seines Vaters mit der abgewetzten Armlehne hing das kleine Porträt seiner Ahnin. »Mariella Donati 1802« stand auf der Rückseite und *»Pour J.-B. L.«*. Initialen, mit denen niemand in der Familie etwas verband, obwohl sie sich auf dem Schlussstein der Nische wiederholten, in der die Maria mit dem Haselnusszweig stand: *»J.-B. L. Indimenticato«* – Unvergessen. Das Bild hatte früher seinen Platz im Flur gehabt und die Donatis an eine der vielen Generationen erinnert, die im Haus auf dem Hügel gelebt hatten. Danilos Großmutter väterlicherseits, Maria Donati, hatte es wie einen Schatz gehütet, als wäre Mariella eine gute Freundin gewesen, und auch Ella liebte es sehr. Vielleicht, weil sie ihrer Ahnin ähnlich sah – zarte Züge und Tatkraft im Blick.

Danilo setzte sich und entdeckte die Postkarten, die er Ella geschrieben hatte. Sie hatte sie zusammengebunden und zwischen die Bücher gesteckt.

»Ein Glas Wein?«, fragte sie ihren Bruder, als sie zurückkam, und er lehnte ab.

»Ich trinke keinen Alkohol«, erklärte er, »nicht mehr. Er hat mich fast umgebracht.«

»So wie *papà*«, erwiderte Ella.

»Ja, genauso.«

September 2001, Danilo ist fast volljährig

Im Spätsommer war es am schlimmsten, wenn sich ihr Todestag jährte. Dann trank Philippe mehr als sonst und stritt sich noch heftiger mit seinem Sohn. Danilo war jetzt fast achtzehn Jahre alt und beinahe so groß wie sein Vater. »Du tust so, als wärst du das Opfer, aber du hast sie rausgeworfen, ich hab es doch selbst gehört!«, schrie er ihn an. Am Morgen, als seine Mutter ins Auto gestiegen war, hatte ihn das Gewitter geweckt, und er war ans Fenster gegangen, um die Blitze zu sehen. »Du hast sie geschlagen und ihr gedroht, denkst du, das weiß ich nicht?!« Danilo hatte Jahre gebraucht, seinen Vater damit zu konfrontieren, und es Ella gegenüber nie erwähnt.

»Du verstehst es nicht. Nichts … nichts, was war …« Philippe sprach undeutlich, er hatte schon am Nachmittag die erste Flasche geleert und allein im Wohnzimmer vor sich hin gestarrt.

»Sie wollte uns mitnehmen!«

»Dann wärt ihr jetzt alle drei tot!«, brüllte Philippe seinen Sohn an und sah sich schon wieder mit seinen Kindern am langen Esstisch in der Küche sitzen. Elf Jahre war das jetzt her, aber die Bilder verließen ihn nicht. Draußen war es noch hell gewesen, und sie waren an einem Südseestrand mit Kuchen und Pralinen gestrandet. »Ella hat doch Geburtstag, papà«, hatte Danilo an diesem Abend zu ihm gesagt. »Und die mamma wollte uns vorlesen, das hat sie versprochen. Sie kommt ganz bestimmt.«

»Nein, Dino, sie kommt nicht, sie hat einen Unfall gehabt«, hatte er erwidert und zitternd nach seinem Glas gegriffen. »Sie wollte nach Hause kommen, hörst du, sie war auf dem Weg, aber dann ist sie verunglückt.«

»Aber sie hat's doch versprochen ... aus ihrem alten Buch, sie hat's gestern versprochen«, hatte Danilo insistiert und gegen die Tränen gekämpft. Da war Philippe aufgestanden, hatte wortlos den Tisch abgeräumt, und Danilo hatte sich in der Scheune versteckt. Dort weinte er lange, bis der Dämon ihn fand, und danach nie wieder. Seitdem war das Vermissen nur noch das Grau im Blau seiner Augen, das Matte, Fahle, der Urgrund des verblassten Leuchtens eines verloschenen Sterns.

»Wie lange wolltest du das vor uns verheimlichen?«, fragte Danilo seinen Vater jetzt, und der sah ihn verständnislos an.

»Was ... meinst du?«

»Das!«, entgegnete er und warf ihm ein Schriftstück vor die Füße, das er auf der Suche nach seinem Einberufungsbefehl in dessen Unterlagen gefunden hatte. Danilo sollte bald einrücken.

»Woher ... hast du das?« Philippe spürte Hitze in sich aufsteigen. Er sprang auf und wollte ausholen, auch wenn er nicht allzu sicher auf den Beinen stand. Er wollte seinen Sohn schlagen, so wie sie damals, genau wie sie, weil er schon wieder wie ein geprügelter Hund in der Falle saß und keinen Ausweg mehr sah.

»Du hättest das nicht aufheben dürfen«, sagte Danilo. »Ich werde es Ella zeigen, damit sie weiß, dass du uns angelogen hast. Unsere Mutter wollte gar nicht nach Hause kommen. Sie war nicht auf dem Heimweg, sie wollte uns verlassen, deinetwegen, für immer!«

Das war der Moment, in dem Philippe zuschlug und Danilo das Messer aus seiner Tasche zog, das er immer bei sich trug, um die Wassertriebe der Haselnüsse zu schneiden. Philippe hatte es ihm zum zwölften Geburtstag geschenkt. »Es zu tun ... und damit zu leben, sind zwei Dinge … zwei«, stammelte er und streckte seine Hand nach Danilo aus. »Bitte, mach dich nicht unglücklich, Dino. Bitte …« Seine wässrigen Augen füllten sich mit Tränen. Da steckte Danilo das Messer weg, bückte sich nach dem Schriftstück und nahm es an sich. Er packte seine Sachen und beschloss, sofort nach Turin zu fahren, denn er fürchtete sich vor Ellas Fragen. Den Dämon zu teilen, entmachtete ihn nicht.

Danilo saß seiner Schwester am Küchentisch gegenüber und vergrub die Erinnerung noch tiefer in sich, an einem Ort, den Ella nicht kannte. Sie sah ihm an, dass ihn etwas quälte, und sehnte sich danach, ihn zu umarmen, aber er war ihr so fremd geworden. Sie wollte ihn fragen, warum er so lange nicht zurückgekommen war, aber sie traute sich nicht. »Du warst nicht auf Vaters Beerdigung«, sagte sie stattdessen.

»Als ich erfahren habe, dass er gestorben ist, war es schon zu spät.«

»Ach ja? Wann hast du es denn erfahren? Und von wem?«

»Von Salvatore. Er hat mir geschrieben, aber die Post braucht ein wenig in die Berge hinauf, besonders im Winter.«

Ella war fassungslos. »Unser Nachbar wusste also die ganze Zeit über, wo du warst, und deine eigene Schwester nicht?!« Sie sprang auf. Am liebsten hätte sie ihren Bruder geschlagen. Ihn umarmt, für immer festgehalten und geschlagen, alles auf einmal.

»Salvatore hat noch Freunde im Mairatal, aus der Zeit des Widerstands«, erklärte Danilo mit ruhiger Stimme und unbewegtem Blick. »Als ich das Militär verlassen hab, bin ich dort untergekommen.« Zum Glück, denn er konnte damals nicht nach Hause zurückkehren. Nicht als der, den die Einsätze im Nahen Osten aus ihm gemacht hatten. Sand, Blut und Gewalt. Völlig abgestumpft, zitternd, Müll.

»Und du hast keinen Gedanken daran verschwendet, dass ich dich vielleicht gebraucht hätte? Als unser Vater krank geworden ist, zum Beispiel? Und ich nicht geheiratet habe, damit ich mich um ihn kümmern kann?« Ella hoffte, ihre Worte würden ihn genauso treffen wie sein Fortgang sie. »Oder als die Kinder noch ganz klein waren und er immer wieder ins Krankenhaus musste, nachts. Weißt du, wie das ist, zwei kleine Kinder aus dem Schlaf zu reißen, weil du den Krankenwagen begleiten musst und niemanden hast, der bei ihnen bleibt? Wenn sie weinen und auf den Sitzen im Wartezimmer kauern, bis endlich ein Arzt kommt, dessen Diagnose dich zum x-ten Mal in die Hölle stürzt? Weißt du das?« Sie funkelte ihren Bruder aus ihren dunklen Augen an. Der endlose Absturz hatte sich in sie eingegraben, das haltlose Fallen, Klammern und erneute Entgleiten. »Wenn die Bank die Zwangsversteigerung ansetzt, du dein Haus leer räumen musst und dann fremde Menschen dort leben?« Ella konnte einfach nicht anders, sie musste ihn mit Vorwürfen überschütten, denn sie hatte für ihre Familie und ihr Erbe viel zu viel aufgegeben. »Ich kann nicht mal mehr vorbeifahren, so weh tut mir das. Und ich träume davon.«

Fast jede Nacht. Ella ging schlafen und wachte in ihrem alten Zimmer wieder auf. Es sah aus wie früher, als sie klein gewesen war und ihre Mutter noch da. Das Bild von Dorothy, ihrem Hund Toto und ihren Reisegefährten war noch an der Wand: eine Vogelscheuche, ein Blechholzfäller und ein Löwe. Unterwegs in die Smaragdstadt zum großen Zauberer von Oz, damit er Dorothy wieder nach

Hause brachte. Ellas Mutter hatte das Bild selbst gemalt, fröhlich und bunt, aber ihr Vater konnte den Anblick bald nicht mehr ertragen. Er ließ es hinter frischem Putz verschwinden, während Danilo versuchte, ihn aufzuhalten. Kleine wütende Fäuste hatten auf den Vater eingeschlagen.

Jetzt, in diesem Traum, lag Nicolo neben ihr, und sie waren verheiratet. Draußen kam ein Wagen die Einfahrt hochgefahren. Das war er, der neue Besitzer! Er kam, um sich sein Haus zu nehmen, in dem sie gar nicht mehr wohnen dürfte. Ella versuchte, Nicolo zu wecken, doch er rührte sich nicht. Sie sprang auf, um ihre Kinder zu holen – schnell, sie musste schnell sein! Und dann stand sie auf einmal im Wohnzimmer, und alle Möbel waren wieder da, obwohl sie das Haus doch leer geräumt hatte, das wusste sie, auch wenn sie schlief. Eisige Kälte zog durch den Raum, und sie bemerkte den Staub von Jahren. Er lag auf den Regalbrettern, die die neuen Besitzer sicher längst aus der Wand gehebelt hatten, kroch über die Schränke, die auf dem Sperrmüll lagen, und über den dunklen Dielenboden. Das Geflüster, das in den Wänden wohnte, wurde lauter, und Ella befiel ein seltsames Gefühl. Als ob zwei Seelen sich berühren würden, die eine im Diesseits und die andere wandernd zwischen den Welten. In der Küche fiel die Zuckerdose um, die immer auf dem langen Esstisch gestanden hatte, und der Duft von frisch gemahlenen Nüssen und Schokolade zog durchs Haus. Jemand riss die Haustür auf, ein Mann kam herein, der neue Besitzer. Ella starrte ihn erschrocken an, er hatte kein Gesicht.

6

Anfang September stand die Eröffnung von Ellas Chocolaterie unmittelbar bevor. *La Cuccagna* war fertig eingerichtet, in den Regalen und Vitrinen stapelten sich die frischen Pralinen sowie Sesam-Nugat, Krokant mit Szechuanpfeffer, Calissons und schokoladenüberzogene Rosen- und Minzblätter. Außerdem Trüffel aller Art: Safran-, Kokos-, Sahne- und Guaven-Limettentrüffel, weiße und dunkle und alle nur denkbaren Haselnusskreationen. Ella bot genau zweiunddreißig Sorten an, für jedes Lebensjahr ihrer Mutter eine und alle aus ihrem Rezeptbuch. Satter weicher Schokoladenduft erfüllte ihren kühlen Laden, als sie am Tag vor dem großen Ereignis ihr Schaufenster mit alten emaillierten Küchenwaagen und Vintage-Porzellan dekorierte, handgenähte Kisschen in Herzform an Satinbändern über ihrem Puppenhaus schweben ließ und in seinem Wohnzimmer eine winzige Teegesellschaft arrangierte. Die *torta di nocciole* im Dachzimmer duftete verführerisch, und doch war Ella immer noch nicht zufrieden. Langsam wurde die Suche nach der letzten entscheidenden Zutat zur fixen Idee – aber irgendetwas suchte sie ja immer.

Als die Ladenglocke anschlug, weil Ella nicht abgesperrt hatte, sah sie auf und dachte kurz, Danilo würde sie besuchen. Er war an den letzten beiden Abenden bei ihnen gewesen und hatte sich Zeit genommen, seine Nichte und seinen Neffen kennenzulernen. Doch der Mann, der durch die Tür trat, trug sein blondes Haar länger als er. Lachfalten, grüne Augen und ein Ausdruck von Sorglosigkeit. Ein Mensch, der eine leise Unruhe schürte, nur eine kleine Irritation. »Ich öffne erst morgen!«, fertigte Ella ihn ab.

»Entschuldigung, das wusste ich nicht«, entgegnete Michele, »es sieht alles schon so fertig aus.« Er war auf dem Weg zum Samsara gewesen, um für Pippa und sich einen Tisch zu reservieren, da war ihm der neue Laden aufgefallen. Der Duft nach Schokolade und Nüssen war schon auf der Straße zu riechen gewesen, und Michele hatte einer spontanen Idee nachgegeben. »Ist die *crema di nocciole* Ihre eigene Kreation?«, fragte er Ella und ignorierte ihren Rauswurf. Er nahm ein Glas der Nusscreme aus dem Regal.

»Ein Rezept meiner Mutter«, antwortete sie knapp, ohne ihre Arbeit zu unterbrechen.

»Eier, Zucker, Mehl, Milch und Haselnüsse?«, fragte er.

»Unter anderem. Aber wenn Sie eine Zutatenliste brauchen, fragen Sie bei Ferrero an.«

Michele stellte das Glas zurück, betrachtete sie und registrierte Widerstand und Aufruhr und die Weichheit junger Haselnussblätter. Hellgrüner Samt. Die erste bewusste Berührung hatte ihn verzaubert, damals, kurz nach der Blüte. »Die Nusstrüffel sehen gut aus. Dürfte ich?«, fragte er.

»Probieren?«, kam es knapp zurück.

»Ja, bitte.«

»Morgen.«

Michele seufzte. »Machen Sie viel mit Haselnüssen?«, fragte er dann.

Der Mann war beharrlich. »Soll ich einen Katalog für Sie drucken?«, entgegnete Ella und konnte sich nicht entscheiden, ob sie ihn bedienen oder abwimmeln sollte. Sie entschied sich für Ersteres und reichte Michele mit der Pralinenzange einen Trüffel über die Ladentheke, den er sofort probierte. Er war Linkshänder und trug einen Ehering, ein schmales goldenes Versprechen, das sie gleich bemerkte. »Pralinen, Trüffel, Kuchen, Gebäck und die *crema*«, zählte sie dann geduldig auf. »Ich beziehe mein Haselnussmehl aus einer historischen Mühle und versuche mich gerade an Haselnussnudeln, die mit warmem Nussöl und den weißen Alba-Trüffeln fantastisch schmecken.« Sie wunderte sich, dass sie nun plötzlich doch so redselig war. Aber dieser Mann hatte einen Nerv getroffen, ihre Liebe zu Haselnüssen.

»Die sind ausgezeichnet«, sagte Michele, nachdem er den Trüffel verspeist hatte. »Schockierend gut!«

»Dann passt es ja. Ich nenne sie Trüffeltrauma.«

»Ach, wirklich?!« Er las die kleinen Schilder vor den aufgetürmten Pralinen und staunte. Himbeermeer, Erdbeerekstase und Kirschblütenrausch stand da. Die Champagnertrüffel nannte sie Elysium, das Fleur de Sel-Karamell Wüstenblume. Und dann gab es eigenwillige Erklärungen wie »Eine Gewürzexplosion mit Suchtfaktor« oder »Besser zu zweit«. Offensichtlich sprach sie ein jüngeres Publikum an, vereinte Fantasie und Leidenschaft – das war perfekt.

»Dürfte ich von dieser Erschütterung etwas mitnehmen?«, fragte er, denn Pippa liebte Pralinen, und Ella lachte. Mein Gott, dachte er, wie ein Sonnenaufgang über der Plantage!

»Hundert Gramm?«

»Mehr.«

»Also zweihundert«, erwiderte Ella und verpackte ihr Trüffeltrauma in einem kleinen Karton.

»Könnten Sie sich vorstellen, auch übers Internet zu verkaufen?«, fragte Michele jetzt.

»Meine Pralinen?«

»Ja, und vieles andere. Die *torta di nocciole* und die *crema* sind Verkaufsschlager in Alba, das weiß ich, aber auch andere Produkte aus Haselnüssen. Nudeln, Mehl, Nussbrand ... Wissen Sie, wir stellen unsere Plantage auf Bioanbau um. Ich möchte künftig eigene Produkte herstellen und vermarkten, um die Wertschöpfungskette auszunutzen.« Michele begeisterte sich. »Ich bin gut im Organisieren, aber mir fehlt jemand, der den kreativen Part übernimmt, Ideen hat, Rezepte, und etwas von der Herstellung versteht. Jemand, der gern experimentiert und das Bekannte neu erfindet.«

»Bieten Sie mir eine Partnerschaft an?«, fragte Ella überrascht.

»Ganz genau. Ich denke, Sie sind die Richtige für mich!« Ella stutzte. »Für das Projekt«, korrigierte er sich und schenkte ihr einen seiner wacholdergrünen Blicke.

In der Region gab es unzählige Haselnussbauern, und immer wieder übernahmen die Söhne und Töchter der alteingesessenen Landwirte die Plantagen ihrer Eltern. Ella kannte sie nicht alle, aber ihn hätte sie sich gemerkt. So wie er sprach, die leichte Färbung, kam er womöglich aus Turin. Ein Quereinsteiger, wie der, der ihr Elternhaus gestohlen hatte.

»Sagen Sie«, fragte Michele Ella in dem Moment, »die Fayencen hier in Ihrem Laden, gibt es die häufig in der Gegend?«

»Nein«, antwortete sie und sah den Schnellzug, der auf sie zuraste, nicht kommen.

»Eigenartig, in meiner Küche sind genau die gleichen. Und ich kenne ähnliche Fliesen nur aus alten französischen Manufakturen.«

Ella erstarrte. In ihrem Kopf überschlugen sich die Gedanken, und auf einmal tobte ein Raubtier in ihrem

Bauch. »Raus!«, schrie sie. »Raus, und zwar schnell, ehe ich mich vergesse!« Sie kam hinter ihrer Verkaufstheke hervorgeschossen und riss die Ladentür auf. Michele konnte sich ihre heftige Reaktion nicht erklären.

»Hab ich etwas Falsches gesagt?«, fragte er verunsichert.

»Finden Sie das komisch, Signor Mariani?«, entgegnete Ella aufgebracht und kochte innerlich. »Ausgerechnet *mich* zu fragen, ob ich für Sie arbeite?« Sie war nicht mehr zu bremsen. Als die Bank das Anwesen ihrer Familie zwangsversteigert hatte, kurz nach dem Tod ihres Vaters, war sie nicht dabei gewesen. Sie hatte den Meistbietenden deshalb nicht kennengelernt. Aber sie kannte seinen Namen, er stand in der Kaufurkunde, von der ihr eine Abschrift zugestellt worden war. Die Leute im Ort redeten über den Flugzeugbauer, der meinte, er könnte Landwirt spielen, und der mit seiner schicken Frau und seiner Mutter das ganze Haus umgebaut hatte. Der ihre Erinnerungen herausgerissen und das Andenken ihrer Mutter zerstört hatte. Seinetwegen hatten ihre Kinder ihr Zuhause verloren! »Verschwinden Sie, und lassen Sie sich hier nie wieder blicken«, schrie sie Michele an, und ihr Ausbruch veranlasste die Passanten auf der Straße, stehen zu bleiben. Gegenüber kam Matilda Barbieri aus ihrer *panetteria* gelaufen, um nichts zu verpassen. *»Va' sulla forca!«,* setzte Ella noch nach, als Michele aus dem Laden flüchtete, und warf ihm in ihrer Rage die Schachtel mit den Trüffeln hinterher – er hatte sie sowieso noch nicht bezahlt! Leider traf sie dabei Matilda, die aufschrie und nun ihrerseits auf Ella losging. Michele drehte sich noch einmal um und überlegte, ob er einer der beiden Damen helfen sollte, aber es schien ihm ratsamer, nicht einzugreifen.

»Du bist doch genauso verrückt wie deine überspannte

Mutter!«, brüllte Matilda und zerrte an Ella, bis ihr Blusenärmel abriss.

Der alte Barbieri kam nun ebenfalls aus seinem Laden, die Passanten standen in Trauben um die keifenden Frauen, und Ella explodierte endgültig. Sie gab Matilda eine Ohrfeige und schrie: »Du sagst kein Wort über meine Mutter, du Miststück!«

Sie wurde von den Umstehenden angefeuert, bis Mahesh aus seinem Lokal erschien, die Lage sondierte und Ella kurzerhand über seine Schulter warf und wegtrug. Er setzte sie in seinem Restaurant an den kleinen Tisch neben der Küche, wo sie noch eine ganze Weile weiterschimpfte über den Verbrecher, der ihr Haus gestohlen und auch noch die Stirn gehabt hatte, sie zu fragen, ob sie für ihn arbeiten wolle, und über die bösartige Stümperin von gegenüber mit ihren minderwertigen Kuchen.

Mahesh gelang es, Ella einen Martini einzuflößen und sie dann mit den *antipasti* seiner Abendkarte zu füttern. Wenn sie Hunger hatte, geriet sie schnell in Rage, das kannte er schon. Der Unterzucker war ein erklärter Feind höflichen Miteinanders. »Das wird ein Nachspiel haben«, meinte er betreten, »das wird die Barbieri nicht einfach auf sich beruhen lassen.«

»Mir doch egal«, konterte Ella trotzig, dabei schämte sie sich bereits für ihren unkontrollierten Gefühlsausbruch. Wie man einen Menschen, den man überhaupt nicht kannte, nur so hassen konnte!

»Hast du gesehen, wie sie uns angeschaut haben, als ich dich weggetragen habe, Göttin des Donners und der Unwetter? Ich hoffe, du verzeihst es mir. Ich bin sonst kein Höhlenmensch, das weißt du«, sagte Mahesh sanft.

Nichts läge ihr ferner als dieser Vergleich! Mahesh Bai war ein Ritter aus dem Morgenland und eine dunklere

Versuchung als Criollo-Kakao. »Sie denken sowieso, dass wir ein Verhältnis haben«, kommentierte Ella die Lage. »Und mir ist das recht. Das hält mir die Männer vom Leib.« Sie schnaubte. »Und dir schadet es auch nicht, wenn die Gerüchteküche brodelt. Das bringt dir sensationshungrige Gäste und erspart gewisse Fragen.«

»Ich bin ein ausgezeichneter Koch«, entgegnete Mahesh gekränkt, »das habe ich gar nicht nötig, auch wenn es mir schmeichelt, Licht meiner Augen.«

»Natürlich hast du's nötig! Du brauchst die Einheimischen in deinem Lokal und nicht nur ein paar Touristen, sonst kannst du von Dezember bis Mai zusperren. Das ist hier nicht Turin!«

»Als ob ich das nicht wüsste!«

»Die meiden dich, weil du fremd bist und viel zu exotisch«, redete Ella auf Mahesh ein. »Schon allein der Name deines Lokals, Samsara. Keiner weiß, was das sein soll.«

»Das ist der immerwährende Zyklus des Seins, der Kreislauf von Werden und Vergehen. Und so exotisch nun auch wieder nicht«, wiegelte Mahesh ab. »Hast du übrigens schon mein Lamm in *Zrigh* probiert?«

»In was?«

»In Kamelmilch, garstige kleine Rose. Das schreibe ich heute Abend draußen auf die Tafel, nur für die Einheimischen«, Mahesh hob eine Augenbraue, blickte Ella verführerisch an und lachte, »und ›Teufelsbraten *alla casa*‹, im eigenen Saft geschmort, falls du vorhast zu bleiben.«

7

Als Mahesh am Tag darauf das Kopfsteinpflaster vor seinem Restaurant fegte, sah er wieder und wieder zur Bäckerei der Barbieris hinüber. Er überlegte, noch vor dem Mittagessen in die Höhle des Löwen zu gehen und zu fragen, ob die *panetteria* sein Restaurant künftig mit frischem Brot beliefern würde. Er kaufte es im Großmarkt – gute Qualität zu akzeptablen Preisen –, und es gab eigentlich keinen Grund, das zu ändern. Aber irgendein Gastgeschenk musste er mitbringen, wenn er durch diese Tür treten wollte, und das wollte er unbedingt.

Mahesh stellte den Besen an die Hauswand und nahm seine Schürze ab. Andrea, die neue Aushilfskraft der Barbieris, stand hinter dem Verkaufstresen und bediente Kunden. Weitläufige Verwandtschaft des Alten, das hatte er bereits in Erfahrung gebracht. Sobald die Tür aufschwang, weil jemand den Laden betrat oder verließ, konnte Mahesh einen Blick hineinwerfen, und es verschlug ihm die Sprache. Aber war er schon so weit, sich wieder zu verlieben und einem anderen Menschen zu vertrauen? Er war jetzt seit zwei Jahren allein. Hatte nur Ella, die genauso verletzt war wie er, nur aus anderen Gründen, und seine Arbeit. Bei allen Göttern, Ella! Sie würde ihm eine handfeste Szene machen, wenn sie das mit ihm und Andrea herausfand. Falls es da überhaupt etwas herauszufinden geben würde ... Sie hatten ja noch kein Wort miteinander gesprochen. Aber Andrea hatte ihn beobachtet, wie er seine Tische eindeckte, so wie Ella es tat und andere auch – Männer wie Frauen. Es war schmeichelhaft und verwirrend zugleich, doch leichter machte Schönheit das Leben nicht. Sie war ganz sicher kein Garant für Glück.

Turin, im August 2014, vor drei Jahren

Auf der Piazza Castello in Turin tummelten sich die Touristen, die das Königsschloss und den Palazzo Madama besichtigen wollten. Die Cafés waren voll besetzt, Alt und Jung flanierten in der Spätsommersonne unter den langen Arkaden und in den herrschaftlichen Parks. Die stolze Mole Antonelliana, das Wahrzeichen der Stadt und ähnlich markant wie der Eiffelturm, lockte jene, die Turin von ihrer Aussichtsplattform aus überblicken wollten. Von hier oben erkannte man die Teststrecke auf dem Dach des ehemaligen Fiat-Werks, das Olympiastadion und den neuen Campus Luigi Einaudi der Universität. Mahesh liebte diese Stadt, in die sein Großvater gekommen war, um als Ingenieur zu arbeiten. Sunil Kumar Bai hatte als Erster seiner Familie Indien verlassen, in London studiert und sich später der Liebe wegen in Turin niedergelassen. Damals dominierte noch die Industrie die Stadt, heute war sie das kulturelle Zentrum des Piemont. Maheshs Vater hatte die Tochter mauretanischer Auswanderer geheiratet, sodass Mahesh nun von allen drei Kulturen – der indischen, der arabischen und der europäischen – geprägt war. Man fand sie in schönster Harmonie in seinen edlen Zügen wieder: das Wissen der alten Brahmanen im geheimnisvollen Blick, die afrikanische Sonne auf der olivfarbenen Haut und die westliche Weltoffenheit im heiteren Gemüt. Mahesh war ein Schöngeist, ein Genussmensch und Lebenskünstler. Als Küchenchef des Chez Manu wurde er von seinen Gästen gefeiert. Allabendlich schwelgten sie in acht und mehr Gängen, baten ihn dann zu sich an den Tisch und luden ihn auf ein Glas Champagner ein. Den scharlachroten Gastraum mit der feinen Holzvertäfelung hatte Mahesh selbst gestaltet. Die Vorhänge, Tischwäsche und das Geschirr ausgesucht und sogar die Livreen der Ober. Das Chez Manu war sein Zuhause, es gehörte Emanuele und ihm gemeinsam und war ihr ganzer Lebensinhalt. Kleine Erfolge, große Rückschläge und dann der ersehnte Durchbruch. An dem Tag, an dem das Lokal seinen Stern bekommen hatte, hatte Mahesh Emanuele einen Ring angesteckt.

»Ich mache heute ein vitello e peperoni in einer salsa tonnata, was denkst du, Manu?«, fragte Mahesh, als er an diesem Vormittag zeitiger als sonst das Lokal betrat, die Kisten mit den Einkäufen noch im Wagen, doch Emanuele war nicht da. Mahesh ging zum großen Reservierungsbuch, studierte die Namen der Gäste des heutigen Abends und hörte ein Geräusch – es kam aus dem Büro. Leise ging er den Flur hinter dem Gastraum entlang, und die Angst malte Bilder in ihm. Bilder des Betrugs, den er schon länger ahnte, aber nicht wahrhaben wollte. Doch jetzt konnte er nicht länger wegsehen, nicht heute an ihrem Jahrestag und ganz sicher nicht hier. Vorsichtig öffnete er die Tür, nur einen Spaltbreit, und sah Emanuele und Paolo, den neuen Oberkellner, zusammen auf der Couch liegen. Sie waren fast nackt und küssten sich. »Weißt du, wie lange ich das schon will, Paolo?«, raunte die vertraute Stimme. Mahesh erschrak, wollte wieder gehen, aber etwas hielt ihn zurück. Jetzt öffnete er die Tür noch ein Stück weiter, und Emanuele erstarrte. Er sprang auf und sah Mahesh schuldbewusst an. Die plötzliche Stille vermischte sich mit dem Geruch von teurem

Parfum – Emanueles Parfum, das Mahesh ihm erst am Morgen geschenkt hatte.

»Es ist nicht, wie es aussieht, Mahesh!«, sagte er jetzt und zog sich eilig an.

»Es ist genau so«, erwiderte Mahesh und spürte Tränen aufsteigen. Er hatte sich schon viel zu lange etwas vorgemacht.

»Paolo wird uns verlassen, Mahesh, das verspreche ich dir. Er geht!« Der junge Mann saß auf der Couch, suchte seine Sachen zusammen und traute sich nicht, aufzustehen.

»Nein, Manu, ich gehe. Ich packe noch heute. Du wirst mich auszahlen, hörst du, meinen Anteil am Lokal, und dir einen neuen Küchenchef suchen.« Mahesh hatte es mit fester Stimme gesagt und so ruhig er konnte, denn der Plan war längst gefasst. Er war in den Monaten gereift, in denen er die Zeichen ignoriert hatte, aber das Misstrauen schon schwelte. Jetzt war er bereit zu gehen und jeden Cent herauszuschlagen, der ihm zustand, im Tausch gegen seine Würde.

»Namasté.« Mahesh hatte sich ein Herz gefasst und in dem Moment die *Panetteria Barbieri* betreten, als Ella in ihre Pralinenküche hinuntergegangen war. Jetzt faltete er seine Hände vor der Brust und verbeugte sich andeutungsweise.

»Buon giorno, Signore«, erwiderte Andrea Barbieri die Begrüßung und strahlte Mahesh aus blauen Augen an. »Was darf es sein?«

»Was empfehlen Sie denn heute?«, fragte er in der Hoffnung auf ein Gespräch, denn der Laden war gerade leer.

»Nicht die Kuchen«, sagte Andrea hinter vorgehaltener

Hand und schenkte Mahesh ein Lächeln, das ihn verwirrte. »Die kaufen Sie besser bei Ihrer Freundin gegenüber.« Der junge Mann zwinkerte. »Aber die *focaccia* ist ganz akzeptabel. Möchten Sie eine?« Mahesh starrte Andrea an und versank in einem Tagtraum. Er war so ganz anders als Manu – jung, bescheiden und von stiller Anziehungskraft, geradezu magnetisch. Die Kraft eines Körpers, die weit in den Raum hineinwirkte – einfache Physik, komplexe Gefühle. »Und?«, fragte Andrea nach, denn Mahesh träumte noch immer.

»Ja«, sagte er nur und bekam Angst vor der eigenen Courage. Was, wenn er sich irrte? Wenn er die Zeichen völlig falsch gedeutet hatte? Sich aus der Deckung wagte, die ihn in dieser kleinen Stadt beschützte, und Andrea seine Gefühle gar nicht teilte?

»Gibt es diese *torta di nocciole* bei Ihnen?«, fragte eine Dame, die soeben den Laden betreten hatte.

»Schon, aber die kaufen Sie besser gegenüber, Signora«, antwortete Andrea gerade so laut, dass ihn hinten in der Backstube keiner hörte.

»Oh, danke«, entgegnete die Dame und ging zu Ella hinüber. Mahesh wunderte sich und nahm einen zweiten Anlauf.

»Sie gehören zur Familie, nicht wahr?«, fragte er Andrea.

»Ich bin der Großneffe von Massimo Barbieri.«

»Und haben auch Bäcker gelernt?«

»Nein, ich habe in Bra studiert.«

»An der Slow-Food-Uni?«, fragte Mahesh überrascht. Es gab sie erst seit dreizehn Jahren. Sie brachte Menschen mit Visionen hervor, die später bei der Welternährungsorganisation der Vereinten Nationen oder im Marketing traditionsbewusster Lebensmittelkonzerne arbeiteten. Sie gingen in die Forschung, gründeten eigene

Destillen, Brauereien oder edle Essig-Manufakturen. Studenten aus aller Welt, die die Slow-Food-Philosophie *buono, pulito e giusto* – gut, sauber und fair – beruflich wie privat umsetzten. Eine staatlich anerkannte Universität in der Findungsphase, Botschafter des genussvollen, bewussten und regionalen Essens. Mahesh hatte noch nie einen Absolventen getroffen, sie schienen Einhörner zu sein.

»Ganz genau«, erwiderte Andrea. Der alte Barbieri schob ein Blech mit *ciabatte* durch eine Durchreiche in den Laden und drückte auf eine Tischklingel, damit sein Großneffe es nicht übersah. Andrea nahm es entgegen und kippte das Weißbrot in einen Korb hinter sich. Mahesh beobachtete ihn dabei, die Nebensächlichkeit seiner Handgriffe, wie er der Hitze auswich und dem Duft nachspürte. Andreas Nasenflügel weiteten sich kurz, er schob das leere Blech zurück und war doch keine Sekunde abgelenkt. Er war noch immer ganz bei ihm.

»Haben Sie auch Kuchen?« Ein älteres Ehepaar war hereingekommen, hatte sich kurz umgesehen und das Ende des Gesprächs abgewartet.

»Nur abgepackt, die übliche Touristenware, die wollen Sie nicht. Versuchen Sie es gegenüber.« Das Ehepaar bedankte sich und ging ebenfalls zu Ella. »Ich weiß gerade nicht, ob ich meinen Master machen will«, erzählte Andrea ungerührt weiter. »Ich habe so viele Pläne und weiß gar nicht, wo ich anfangen soll. Eine kurze Auszeit zwischen den Backwaren hier tut mir sicher gut, um mich zu sortieren.«

»Ist es schön?«, fragte Mahesh.

»Was?«

»Bra.«

»Es ist klein«, sagte Andrea, »viel Land drum herum,

Haselnüsse, Wein, genau wie hier. Ist ja nicht weit weg.« Mahesh genoss jedes Wort, sie hätten auch über das Wetter reden können. »Die Uni ist in den Nebengebäuden eines alten Landschlosses untergebracht. Hogwarts für Food-Verrückte.« Andrea lachte, und die Ladenglocke schlug schon wieder an. Diesmal kam Ella herein, eine Schachtel Pralinen in der Hand.

Sie sah Mahesh und stutzte. »Was machst du hier?«, fragte sie ihn überrascht und witterte Verrat.

»Meine Brotlieferung ist nicht gekommen, ich brauche Ersatz«, versuchte er, sich aus der Affäre zu ziehen. »Und du, kleine Rose?« Ella zögerte.

»Na, Sie trauen sich!«, ertönte es da hinter Mahesh, und Matilda kam in den Verkaufsraum gerauscht. »Sie wollen wohl nachlegen, was?«

»Ich will mich entschuldigen, Signora Barbieri«, erwiderte Ella. »Das war ein dummer Unfall. Aber Sie hätten meine Mutter nicht beleidigen dürfen.«

»Ach, hätte ich nicht?!«, gab sie patzig zurück.

»Nein, hättest du nicht, Tante Matilda«, mischte Andrea sich ein.

»Du bist ganz still, das geht dich nichts an«, verbat Matilda ihm den Mund und nahm erneut Anlauf, doch Mahesh griff ein.

»Signora Barbieri, Ella und ich wollten Sie und Ihre Familie in mein Restaurant einladen, als Wiedergutmachung. Wir sind doch alle Geschäftsleute und sehen uns jeden Tag, da sollte es keinen Unfrieden geben, *Sahiba*.«

»Ach ja? Das sagen Sie der mal mit ihren provokanten Kuchen in der überladenen Auslage!« Matilda ärgerte sich immer noch, dass Ella ihren Laden genau gegenüber eröffnet hatte. »Wir haben eine Natter an unserem Busen genährt, Massimo«, hatte sie bei der Eröffnung geschimpft, »undankbar und unverschämt! Wo wäre sie denn heute ohne uns?« Und wo sind wir ohne sie, dachte ihr Mann da, der Ella noch immer vermisste. Sie war die talentierteste Kraft in seiner Backstube gewesen und ein großer Verlust, als sie ging, um zu heiraten.

Ella bereute bereits, nicht die verunglückten Schokoladenkaramellen in die Schachtel gepackt zu haben. Die wären Matilda wenigstens in den Zähnen und auf den breiten Hüften hängen geblieben – mit besten Grüßen ihrer »überspannten« Mutter.

»Wir kommen gern zum Essen«, erwiderte Andrea erfreut, »nicht wahr, Tantchen?«

»Wir kommen nicht!«, korrigierte sie ihn. »Was würden denn da die Leute denken?! Nichts für ungut, Signor …« Sie zögerte, weil sie Maheshs Namen nicht kannte.

»Bai«, sagte er höflich und sah Andrea dabei an, »Mahesh Bai.« Der signalisierte, dass er sich freue, ihn kennenzulernen.

»Nichts für ungut also«, sprach Matilda weiter, »aber Ihr Lokal ist schon sehr speziell. Wissen Sie, bei uns wird piemontesisch gekocht, traditionell, deshalb kommen die Touristen. Gute, ehrliche, regionale Produkte und Rezepte. Da tanzt keiner aus der Reihe.«

»Bist du dir da sicher?«, fragte Andrea, und sein Unterton verriet, dass es zu den guten, ehrlichen und regionalen Produkten der Barbieris durchaus etwas zu sagen gäbe. Sie warf ihm einen drohenden Blick zu, der keinen Zweifel daran ließ, dass er gerade seine dürftige Anstellung verspielte. Seit dieser windige Akademiker aus Bra zurückgekommen war, widersprach er ihr ständig, und der Umsatz sank. Aber was konnte man von einem, der glaubte, dass man Essen auf der Hochschule studieren müsse, schon anderes erwarten? Diese selbst ernannten

Verfechter langsamer Mahlzeiten hatten doch nicht alle Tassen im Schrank! Slow Food!

»Ich bin weiß Gott nicht ausländerfeindlich«, verteidigte sich Matilda, »nein, wirklich nicht. Wir haben sogar sizilianische Freunde.«

»Ich denke, wir gehen«, sagte Ella und zog Mahesh zur Tür.

»Aber diese Nomadenküche und der ganze indische Firlefanz, das ist nicht meins«, legte Matilda nach. »Außerdem ist das lose Verhältnis, das Sie beide da haben, eine Schande!« Sie wollte gerade noch Ellas ledige Kinder ansprechen, als die die Schachtel mit dem Lavendel-Orangen-Konfekt auf die Ladentheke knallte und mit den Worten »Ich hoffe, dass Sie daran ersticken!« die Tür aufriss.

»Entschuldigung, stimmt es, dass es hier die beste *torta di nocciole* in Alba gibt?«, fragte ein rundlicher Herr. Er war vom Concierge seines Hotels zu den Barbieris geschickt worden und stand jetzt im Türrahmen.

»Nein, die gibt es bei mir«, erwiderte Ella und hakte den Herrn resolut unter. »Gehen wir!«

»Das ist unlauterer Wettbewerb!«, rief Matilda ihr nach, ehe sie wutentbrannt in ihrer Backstube verschwand. »Das bringe ich im Stadtrat vor. Dafür machen sie dir den Laden dicht, du hinterhältiges Stück!«

Die plötzliche Stille war unwirklich. Andrea reichte Mahesh die *focaccia* über den Tresen. »Steht die Einladung noch?«, fragte er.

»Selbstverständlich. Heute Abend vielleicht?« Maheshs Herz setzte einen Schlag lang aus. Er vergaß zu zahlen.

»Da habe ich leider schon was vor. Aber wenn ich darf, melde ich mich«, sagte Andrea und lächelte. »Bis bald, Mahesh Bai.«

8

Die Traumhöhle war eine Kampfansage an Ellas Ordnungssinn und Balsam für die Seele, etwas, das sie gerade dringend brauchte. Der Ärger über Matilda war noch nicht verraucht, aber Ella nahm sich vor, ihr künftig aus dem Weg zu gehen. Dass Mahesh neuerdings mit dieser Brut Familienbande spann, war schlimm genug. Wenngleich ... Der Großneffe war wirklich nett ... und hübsch. Sie hätte zwar nicht gedacht, dass Mahesh sein Herz an einen so jungen Kerl verlieren würde, aber dass er sich wieder verliebte, freute sie. »Es wird auch für dich Zeit«, hatte er zu ihr gesagt, als sie ihm Vorwürfe machen wollte, weil es ausgerechnet ein Barbieri sein musste.

»Ich habe die Kinder«, hatte sie ihm geantwortet, »und den Laden. Ich wüsste nicht, wo da noch Zeit für eine Beziehung sein sollte.«

»Du hast Ausreden und Angst, das ist alles, kleine Rose, weil du denkst, dass wieder etwas dazwischenkommt, wie damals. Aber das musst du endlich überwinden!« An diesen Worten hatte Ella dann lange gekaut. Sie lagen ihr noch immer im Magen, denn unbequeme Wahrheiten verdauten sich schlecht.

Die Zwillinge hatten an diesem Abend sämtliche Decken und Kissen, die in der Wohnung zu finden gewesen waren, in Ellas Schlafzimmer geschleppt und sie rund um ihr Bett verbaut, sie gestapelt, über Stuhllehnen gelegt und an die Vorhangstange geknotet. Darunter lagen jetzt Lisas und Lauros Matratzen und unzählige Kuscheltiere, sodass Ella ihre Schranktüren nicht mehr öffnen, geschweige denn ihr Bett erreichen konnte, ohne über ihre Kinder zu klettern. Das war lästig, doch die Geschichten waren unter diesen Decken spannender, geheimnisvoller, sie machten glücklicher und hatten kein Ende. Die Geschichten klangen weiter durch die Geborgenheit der Nacht, in der kleine Hände Stofftiere umfassten wie Schwimmhilfen auf dem bewegten Strom nächtlicher Träume. Während der ambulanten Chemotherapien ihres Vaters, in den Wochen, in denen Ella tagsüber kaum Zeit für ihre Kinder gehabt hatte, hatten sie Traumhöhlen gebaut und am Ende der langen Kindergarten- und Schultage auch. Wenn die Tage sie trennten, teilten sie ihre Nächte, und wenn der Kummer zu groß war, um ihn alleine wegzuträumen.

Danilo besuchte seine kleine Familie heute zum dritten Mal. Ella überhäufte ihn noch immer mit Vorwürfen, auch wenn sie insgeheim glücklich war, ihn endlich wiederzuhaben, denn er füllte für Lisa und Lauro die Lücke, die der Großvater hinterlassen hatte.

»Ich hab ein Bild für dich gemalt«, flüsterte Lisa ihrem Onkel unter dem Deckenhimmel zu, »schau!«

»Malst du die Plantage oft?«, fragte er leise zurück, denn unter den Decken wurde getuschelt, gewispert und geflüstert.

»Schon, aber meistens für Lauro, der kann das nämlich nicht so gut wie ich. Kunst ist mein Lieblingsfach in der Schule.«

»Und deins?«, fragte Danilo seinen Neffen, und der sah zu ihm auf. Das Licht der Deckenlampe fiel matt in ihre lauschige Höhle.

»Sport. Und Rechnen. Aber lieber fahr ich Traktor und schneide die Bäume aus, die kleinen, an die ich hinkomme. *Nonno* Philippe hat gesagt, wenn ich groß bin, ernten wir zusammen.«

»Willst du mal mit mir in die Haselnüsse und Traktor fahren?« Lauro nickte. Sein Onkel hatte erzählt, dass er jetzt auf einer Haselnussplantage arbeitete. »Ich hab euch was mitgebracht, Geburtstagsgeschenke.« Danilo gab jedem eines der Päckchen, die er heimlich in die Traumhöhle geschmuggelt hatte, an Ella vorbei, die gerade die Küche aufräumte. Sie hatte gekocht, und sie hatten gemeinsam gegessen, so wie früher, alle an einem Tisch, nur fröhlicher und lauter.

»Aber wir haben gar nicht Geburtstag«, erwiderte Lisa, »den hast du verpasst.«

»Richtig«, gestand Danilo. »Ich hab sie alle verpasst. Das tut mir sehr leid.«

»Ein Malkasten!«, rief Lisa und verstieß damit gegen das ungeschriebene Gesetz der Stille unter den Decken. »Den hab ich mir gewünscht. Was sind das für Farben?« Sie blickte auf kleine bunte Würfel und Pinsel.

»Aquarellfarben. Die sind wie Wasserfarben, nur ein bisschen schöner. Eine alte Dame hat sie mir empfohlen, sie ist Malerin. Die Pinsel sind aus Fehhaar.«

Lisa lachte. »Du schwindelst! Feen gibt's gar nicht in echt.«

»Fehhaar sind Haare vom Eichhörnchenschweif, ganz feine«, erklärte ihr Danilo und war stolz, es sich gemerkt zu haben, denn er hatte es selbst gerade erst gelernt. »Und was wünschst du dir, Lauro«, fragte er seinen Neffen, der sein Geschenk langsam und bedächtig auspackte. Das Papier würde er aufheben, so wie jeden Karton seines Lego-Spielzeugs, seine alte Kindergartentasche und den Holzspan, der von der Haustür vom Haus auf dem Hügel abgesplittert war. Ella hatte kürzlich sogar eine Streichholzschachtel mit eigenartigen Bröseln darin unter Lauros Kopfkissen gefunden und ihn gefragt, was das sei.

»Radiergummi.«

»Radiergummi?«

»Ja, wenn man radiert, dann geht doch was ab«, hatte er geantwortet, »so Brösel.«

»Und die hebst du auf?« Sie war beunruhigt. »Warum tust du denn das, Schatz?«

»Weil ich in der Schule was wegradieren musste, aus einem Heft, in das der *nonno* reingeschrieben hat.« Ella schluckte und dachte an die Scherben ihres alten Spiegels. Der Karton, in dem sie lagen, stand jetzt in einem Regal in ihrer Pralinenküche.

Lauro antwortete nicht auf Danilos Frage und betrachtete sein Geschenk. Es war ein altes gerahmtes Foto: der Großvater, die *nonnina* Francesca, sein Onkel und seine *mamma* waren darauf zu sehen, vor derselben Schule, auf die auch er und Lisa gingen.

»Das war an dem Tag, an dem ich eingeschult wurde«, erklärte Danilo.

»Die *mamma* sagt, es gibt keine Fotos von euch«, meinte Lisa.

»Nicht viele«, gab Danilo ihr recht. »Ich hab nur das.« Lauro befühlte den Holzrahmen. An den Ecken waren Haselnussblätter geschnitzt. »Ich hab ihn selbst gemacht, für dich«, erklärte Danilo, »aus frischem Haselnussholz.«

»Kannst du mir das zeigen?«, fragte Lauro staunend.

»Schnitzen? Klar. Da, wo ich herkomme, haben wir viel aus Holz gemacht, Schüsseln, Löffel, Rechen ... In den Bergen kauft man nicht viel, da macht man sich selbst, was man braucht. Damit, siehst du?« Danilo zog sein altes Messer aus der Tasche, das ihn immer daran erinnerte, warum er damals fortgegangen war. »Man muss vorsichtig damit sein«, ermahnte er seinen Neffen, »aber das lernst du.«

»Zeit zum Schlafen!« Ella war unter die Decken gekrochen und gab ihren Kindern einen Gutenachtkuss. »Soll ich euch noch was vorlesen? Oder wollen wir das Schlaflied singen?«

»Nein«, sagte Lauro, »Onkel Dino erzählt uns Geschichten von da, wo er gelebt hat. Da ist es ganz einsam, und der Winter dauert bis Mai. Und es gibt Geheimwege, und die Leute sprechen eine Sprache aus einer anderen Zeit.«

»Die der französischen Troubadoure«, erklärte Lisa, die immer ein bisschen mehr wusste als ihr Bruder.

Als die Kinder eingeschlafen waren, kam Danilo zu Ella in die Küche. Sie hatte Limonade gemacht und schenkte ihm noch ein Glas ein.

»Du hast tolle Kinder«, sagte er und setzte sich.

»Und du viel verpasst«, entgegnete sie.

»Ja, das ist wohl so.«

»Hast du gefunden, wonach du gesucht hast?« Danilo sah sie fragend an. »Du hast mir geschrieben«, erklärte ihm Ella, »dass du etwas suchst. Was auch immer.«

»Ja«, sagte er, »hab ich.«

»Und?«

»Ich hab meinen Hass überwunden, Ella ... und Frieden geschlossen.«

»Mit *papà?*«

Danilo nickte. »Und mit mir.« Das vor allem.

»Er hätte sich gefreut, das noch von dir zu hören. Er hat dich vermisst ... und ich auch.« Danilo blickte zu Boden. Er hatte seinem Vater geschrieben, ein paar Jahre vor dessen Tod, und ihn gebeten, Ella endlich die Wahrheit über ihre Mutter zu erzählen, aber das wusste sie nicht.

August 1989, ein Jahr vor Francescas Tod

Francesca starrte in ein schwarzes Loch, das jeden Lichtstrahl absorbierte. Ein Vakuum, in dem sie schwebte. Sie hatte keine Gefühle mehr, atmete und war doch tot. Sie war ertrunken und gefangen im Tang. Saß in ihrem Schlafzimmer, das sie seit Tagen nicht verlassen hatte, und wartete – oder waren es Monate oder nur Stunden? Die Zeit war eine relative Größe, sie dehnte sich aus, verdampfte, zerstob. Francescas Gedanken zwängten sich durch die feinen Ritzen der Gegenwart ins Gestern und verdarben dort. Wenn sie denn überhaupt einen Gedanken fassen konnte, sie vermochte sich kaum zu konzentrieren und war so erschöpft. Ihre Kinder kamen ins Zimmer geschlichen. Sie sah sie und fühlte nichts. Sehnte sich nach der Sehnsucht und tauchte noch tiefer in den Tang. Er umschloss ihre Beine, die Arme, den Hals, verwob sich mit ihrem Haar, war ihr Haar und genauso kalt wie ihr grünes Herz. »Kommst du heute runter, mamma?«, fragte Danilo vorsichtig. »Ich räume mit dem papà meinen neuen Schulranzen ein. Ich hab ein Federmäppchen und Stifte bekommen und einen Füller. Willst du ihn sehen?«

Francesca sah ihren Sohn an und versuchte zu lächeln. Sie streckte ihre Hand nach ihm aus, und er setzte sich auf ihren Schoß. Sein lichtblauer Blick versank in ihrem, ein Aufeinandertreffen von Sternen, doch ihrer flackerte schwach.

Ella gab ihrer Mutter das Buch vom Zauberer von Oz.

»Du sollst lesen«, sagte sie und drückte die Puppe an sich, die ihr Vater ihr gestern zum vierten Geburtstag geschenkt hatte. Da hatte Francesca auch schon in diesem Sessel gesessen. An manchen Tagen fehlte ihr einfach die Kraft, hinunterzugehen. Ella … Francesca sah ihre kleine Tochter an, und die Traurigkeit in ihr verdichtete sich so sehr, dass sie kaum atmen konnte. Auf dem Grund des Ozeans gab es keine Luft. »›Wie komme ich da hin, fragte Dorothy‹«, begann sie zu lesen, und ihre Stimme klang unbewegt, anders als sonst. Die Zeilen tanzten vor ihren Augen. »›Du musst laufen. Es ist eine lange Reise durch ein Land, das manchmal angenehm ist und manchmal dunkel und furchtbar. Aber ich werde alle Zauberkünste, über die ich verfüge, einsetzen, um dich vor Unannehmlichkeiten zu beschützen.‹«

»Dann gibt die gute Hexe des Nordens Dorothy einen Kuss«, erklärte Danilo seiner Schwester, »und der beschützt sie auf ihrem Weg in die Smaragdstadt.« Aber Ella spielte schon wieder mit ihrer Puppe und hörte gar nicht mehr zu.

»Ja, Dino«, sagte Francesca, »das tut er«, und küsste ihn auch, denn das Vermissen streifte sie gerade wie ein leichter Wind. Ein Lufthauch, der von der Oberfläche kam, nicht mehr als ein Kräuseln der Wasserfläche, an der sich das Licht brach. Wenn diese Liebe Danilo berührte, lächelte er. Doch wenig später – schon wenn er die Tür ihres Zimmers hinter sich zuzog – verlor sich das schwere Glück und fiel einfach zu Boden. Dann wünschte er, er könnte noch träumen wie Ella, Tagträume, die sie beschützten, weil sie jünger war als er und nichts hinterfragte.

»Erinnerst du dich, Ella?« Danilo aß ein Stück ihrer *torta di nocciole*. Sie schmeckte wie die ihrer Mutter. Doch an Ellas viertem Geburtstag hatte es keine gegeben. Ihr Vater hatte einen Kuchen aus der *Panetteria Barbieri* mitgebracht, den keiner mochte.

»Dass unsere Mutter krank war, meinst du? Nein ...«

»Dottor Ruggiero war oft bei uns.«

Ella überlegte angestrengt. »Als ich schwanger war, hat er mir gesagt, ich müsste auf mich aufpassen, weil unsere Mutter anämisch gewesen sei und sich so was vererbt.«

»Ach ja?«

»Ja. Ich hab das nachgelesen, da ist man abgeschlagen und müde, kann sich schlecht konzentrieren, hat Schwindelanfälle, etwas in der Art. Aber mir ging es die ganze Zeit über gut.«

»Sie kam noch am selben Tag ins Krankenhaus nach Cuneo«, erzählte Danilo, der es von Salvatore wusste.

Ella horchte auf. »Diese Karte, die du mir geschrieben hast, kurz vor der Krebsdiagnose von papà, die kam doch aus Cuneo. Ich hab den Poststempel gesehen. Du hast mir geschrieben, dass du dort etwas gesucht hast.«

»Es ist spät, Ella, ich muss morgen früh raus«, entzog sich Danilo.

»Wann denn?«, fragte sie.

»Um sechs.«

»Lächerlich, da stehe ich längst in meiner Pralinenküche!« Sie gab ihrem Bruder einen leichten Schubs. »Du bist weich geworden, Dino.«

9

Sophia Mariani trug ein schlichtes Sommerkleid und hatte ihr langes weißes Haar am Hinterkopf zusammengesteckt. Nachts, wenn sie die Tür ihres Schlafzimmers hinter sich schloss, kämmte sie es, bis es glänzte, und ließ es über ihre nackten Schultern fallen, über die zarten Schlüsselbeine unter dünner Haut, die immer mehr hervortraten, über den weichen kraftlosen Busen. Nachts, wenn sie alleine war, betrachtete sie sich vor dem Spiegel, streichelte mit ihren Händen über ihren wunderbaren alten Körper, der keinen einzigen Blick mehr einfing, und war dankbar. Die Zeit hielt sie in sanften Armen.

Heute saß sie unten bei der Marienstatue und malte. Sie liebte Aquarelle: Bilder von der Ligurischen Küste, wo sie ihren Sohn und ihre Schwiegertochter früher oft besucht hatte, von den Parks in Turin, der Stadt, in der sie fast ihr ganzes Leben verbracht hatte, und jetzt von den Haselnusssträuchern und Weinbergen der Langhe. Hier im Piemont war jeder Blick ein Potpourri in Karamell, Honig und Zimt, ein Fest in Bernstein und Jade. »Grüne Erde« – es gab einen Farbton mit diesem Namen in Sophias Aquarellkasten, Nummer fünfhundertsechzehn, der dem lehmhaltigen, sandigen Boden der Gegend genau entsprach. Mit dem Blau des Meeres lasierte sie jetzt nur noch den Himmel und ließ die Hügel wie grüne Wolken darin schwimmen.

Sophia studierte die Landschaft und befeuchtete ihren Pinsel.

»Bondì«, grüßte ein alter Mann auf Piemontesisch und

zog seinen Hut. Ein großer, schlanker Mensch, ein Jahrhundert im Gesicht, mit schütterem Haar und einem weißen Lagotto Romagnolo an der Leine. Sie hatte ihn schon ein paarmal beobachtet, wie er Blumen zur Mutter Gottes brachte und betete. Heute hatte er einen prächtigen Strauß Dahlien dabei, ein betörender Farbrausch, und hielt ihn ihr entgegen.

»Für mich?«, fragte Sophia überrascht, wischte den Pinsel ab und stellte ihn zurück. Der Fremde nickte. Er lächelte wie ein Schuljunge und öffnete das schmiedeeiserne Tor. Dann schlüpfte er mit seinem Hund durch die Lücke zwischen der Mauer und der steinernen Nische, in der die Marienstatue stand, und überreichte ihr die Blumen.

»Salvatore Rinaldi, sehr erfreut, Signora«, sagte er und zog abermals seinen Hut.

»Salvatore? Wirklich? Ist das nicht ein Name aus dem Süden?«

»Nach einem Urgroßvater, der kam aus Bari.«

»Sophia Mariani«, stellte sie sich vor und nahm ihm die Dahlien aus der Hand. »Vielen Dank.« Sie überlegte kurz, tränkte ein Tuch in der Wasserschale, die neben ihr auf einem Klapptischchen stand, und umwickelte die Stiele. Dann legte sie die Blumen ab.

»Wir wohnen dort drüben«, sagte Salvatore und deutete auf sein Grundstück quer gegenüber, »ich und mein Hund. Und einen Esel gibt es auch noch, den hören Sie vielleicht manchmal.«

»Sie haben eine kleine Landwirtschaft«, erwiderte Sophia, und ihre Stimme klang genauso sanft, wie er sie sich in den letzten Wochen immer vorgestellt hatte.

»Nur ein bisschen Gemüse«, sagte Salvatore. »Und ich gehe in die Wälder und suche Trüffel.«

»Ich habe noch nie welche gegessen«, gestand Sophia.

»Das dürfen Sie hier in Alba aber nicht laut sagen, Signora.«

»Ich weiß!«, entgegnete sie und lachte erfrischend. Ihre Augen erinnerten ihn an einen Bergsee, an dem er einmal mit Gianna gesessen und bis auf den Grund gesehen hatte.

»Ich mache Ihnen eine *fonduta piemontese,* wenn Sie wollen«, bot Salvatore an, »das ist ein Käsefondue mit weißem Trüffel. Danach werden Sie ihn an jedem Tag vermissen, an dem Sie ihn nicht auf dem Teller haben, mein Wort.«

Sophia wunderte sich über die Wärme, die sie mit einem Mal durchströmte. Sonst waren ihre Hände beim Malen oft kalt und steif, selbst in der Spätsommersonne, doch jetzt spürte sie die alte Beweglichkeit wieder.

Salvatore betrachtete das unfertige Bild auf der gekippten Staffelei: Haselnussbäume, die über einen Hügel flossen, und bunte Lichter mit Gesichtern, die in den Zweigen tanzten wie die Kobolde aus den Mythen der Region. Die Signora schöpfte ihre Ideen aus einer anderen Welt, der alten Welt, dachte er und tauchte für einen Moment selbst hinein. Trat über die Schwelle des Diesseits in das Reich, das die Träume von Generationen bewahrte, und ruhte sich dort einen Augenblick aus. In den Wäldern, in denen er sein Leben verbrachte, jenseits der Zivilisation, konnte man mit einem einzigen Schritt hinübergelangen, durch unscheinbare Steintore oder Wurzelwerk hindurch. Einmal war er dem Klang des Blätterdachs gefolgt, seinem Rauschen, das sich zu Stimmen geformt hatte, und war erst zwei Tage später in dem Gefühl, es wäre nicht mehr als eine Stunde vergangen, wieder nach Hause gekommen. Die Taschen voll mit Trüffeln und das Herz angefüllt mit der Einsicht fünf gelebter Leben. Die Neun vom Stadtplatz hatten Witze gerissen, ihn habe wohl ein kleiner Schlag gestreift, und ihm einen Besuch beim Arzt angeraten. Unwissendes Pack! Nur Monsignore De Luca hatte genickt, denn der wusste ums Diesseits und Jenseits und die Welten dazwischen. »Schön«, sagte Salvatore jetzt, und Sophia malte weiter. »Bis morgen dann, *arvëdse*«, fügte er noch an. Und sie entgegnete ihm: »Bis morgen, Salvatore, *ciao*«, ehe er sich umdrehte und ging. Kurze Schritte, den Kopf leicht gebeugt, ein alter Baum im Wind. Der neue Vorarbeiter der Marianis winkte ihm zu, und Salvatore zog grüßend seinen Hut.

»Ihr könnt jetzt herauskommen«, sagte Sophia nach einer Weile und blickte sich um. Im Schatten der Bäume hatten sich zwei Kinder versteckt. Jetzt hörte sie ihr Lachen, und sie zeigten sich.

»Wie hast du uns entdeckt?«, fragte Lisa die fremde Frau auf der Plantage ihres Großvaters.

»Nur durch Zufall«, erwiderte Sophia und freute sich über ihren Besuch. »Kann es sein, dass ich euch schon an der Scheune gesehen habe? Zwei kleine Kobolde?«

»Wir sind keine Kobolde, Signora«, entgegnete Lauro mutig, denn er mochte die Frau mit dem weißen Haar und den schönen Farben. »Wir wohnen hier!«

»Ach ja?« Sophia war erstaunt. »Wieso weiß ich das denn nicht? Ich wohne doch auch hier.« Das waren liebe Kinder, ordentlich gekleidet und höflich, wie sie fand. Sie hatten bestimmt noch Ferien und waren zum Spielen durch die Lücke in der Mauer geschlüpft, durch die auch Salvatore und sein Hund hereingekommen waren.

»Wir haben früher hier gewohnt«, erklärte Lisa, »als die Plantage noch unserem *nonno* gehört hat. Aber jetzt wohnen wir in der Stadt.« Sophia studierte die kleinen Gesichter und vermisste das Leuchten in den Augen des Jungen, das seine Schwester im Übermaß besaß. Wie gerne hätte sie zum Pinsel gegriffen und es ihm geschenkt, aber das Licht war schwer einzufangen, ganz besonders im Aquarell. Da schuf sie es nur durch Aussparungen oder das vorsichtige Aufsaugen der Farben vom dichten Papier – dem Teichblau und Schwarzgrau der Schatten, Sepia und Payne's Grey. Nebst einer Prise Salz, nur einem Hauch, um Sterne in die Dunkelheit zu zaubern, feine mineralische Sprenkel.

»Oh, dann kenne ich euch ja schon«, sagte Sophia zu dem Mädchen, denn sie hatte die Spuren der Kinder im Haus längst entdeckt. Ihre und die früherer Bewohner – eingeritzte Initialen in einem Deckenbalken, ein Geheimversteck unter den Dielen und einen Schatz in ihrem Schlafzimmer, von dem aus sie an klaren Tagen bis Diano d'Alba, Bra und auf den stolzen Monte Viso sehen konnte. Und dann waren bei der Reparatur der kleinen Mauer, die das Gärtchen der Maria mit dem Haselnusszweig umschloss, auch noch die Briefe aufgetaucht, eingemauert für die Ewigkeit – die bis ins Jahr 2017 reichte. Sophia wusste, dass sie sie der Familie zurückgeben musste, die hier früher gelebt hatte, doch sie konnte der Versuchung nicht widerstehen, sie zuvor zu lesen. Dem Zauber zweier Menschen zu erliegen, die sich hier vor über zweihundert Jahren begegnet waren und das Haus seitdem nicht mehr verlassen hatten. Zumindest *seine* Seele war noch hier.

Alba, den 25. April 1801

Madame,

Sie hatten im Rathaus wegen der Lieferengpässe des für unsere Truppen benötigten Weines vorgesprochen, und ich habe mir erlaubt, mich in Ihrer Angelegenheit kundig zu machen. Die wiederholten Ernteausfälle der vergangenen Jahre aufgrund von Mehltaubefall und Schädlingen könnten eine Umstellung auf resistentere Sorten nötig machen, das Kultivieren von neuen, besser angepassten Varietäten ratsam erscheinen lassen sowie das gründliche Ausschneiden der vorhandenen Rebstöcke. Aber auch der Obstanbau scheint mir eine vielversprechende Alternative in dieser Region.
Sie schilderten mir, Ihr Gatte sei an der phthisie pulmomaire, der Lungenschwindsucht, erkrankt, weshalb Sie das Weingut der Familie ohne nennenswerte Unterstützung führen. Eine schwere Aufgabe für eine junge Mutter, die mit der Pflege eines Familienmitgliedes betraut ist, und der Grund, warum ich Sie von den verordneten Abgaben vorübergehend entbinden und Ihnen den Versuch einer Umstellung vorschlagen möchte. Als ehemaligem Versorgungsoffizier und derzeitigem Mitglied der französischen Militärverwaltung – ich wurde aufgrund meiner Sprachkenntnisse und der hinderlichen Kriegsverletzung auserwählt, die Sie so höflich übersahen – wäre es mir ein Anliegen, die Zukunft der befreiten Region mitzugestalten. So denke ich darüber nach, junge Haselnusspflanzen aus meiner Heimat einzuführen, die Sie und andere betroffene Winzer versuchsweise anbauen könnten. Sie sind sehr genügsam und weniger arbeitsintensiv

als Wein. An der Unterstützung durch Angehörige unserer Truppen sollte es beim Setzen nicht fehlen, da sich doch manche der stationierten Soldaten ähnlich wie ich nach der eigenen Landwirtschaft sehnen, die sie in diesen bewegten Zeiten zu Hause zurücklassen mussten.
Ich bitte Sie deshalb, Madame, in dieser Angelegenheit nochmals bei mir im Rathaus vorstellig zu werden.

Capitaine Jean-Baptiste Legrand

»Du bist bestimmt der Junge, der seine Murmeln vermisst«, sagte Sophia zu Lauro, und seine Augen wurden größer.

»Woher weißt du das?«

»Weil ich sie gefunden habe. Möchtest du sie wiederhaben?« Lauro nickte. »Dann würde ich sagen, wir gehen hinauf, trinken ein Glas Limonade zusammen, und ich gebe sie dir. Und dann zeigt ihr mir die besten Verstecke im Haus.«

»Im Dachboden und in der Scheune hinter dem alten Traktor und in der Küche«, sagte Lisa aufgeregt. »Aber unsere *mamma* sagt, das sieht jetzt alles ganz anders aus.«

Sophia sah zum Haus hinauf. Das Gerüst war abgebaut worden. »Eigentlich ist es nur ein bisschen frischer als vorher«, kommentierte sie das kräftige Rot der Fassade. Ihre Schwiegertochter hatte das Haus weiß streichen lassen wollen, doch Michele hatte sich durchgesetzt. Das Haus solle in der Landschaft nicht zum Fremdkörper werden, hatte er gesagt und es als Zeichen des Respekts verstanden. »Wollen wir?«

Sophia führte die Zwillinge durch die Zimmer und die

Kinder sie. Die Küche war neu, nur die schönen alten Fliesen über der Spüle nicht, das Wohnzimmer heller, weil die Fenster jetzt größer waren, und die Bäder sahen sehr schön aus, fand Lisa. Vor der Tür des großen Schlafzimmers im ersten Stock blieben sie stehen.

»Das war das Zimmer von unserem *nonno*«, sagte Lauro leise, und Tränen standen in seinen Augen. »Aber dann hat die *mamma* sein Bett runtergestellt, weil er die Treppen nicht mehr gut gehen konnte.« Er wischte sie fort.

»Ich verstehe«, sagte Sophia und nahm sich vor, ihren Sohn nach den näheren Umständen des Verkaufs zu fragen.

»Und unseres ist dahinten«, erklärte Lauro. »Hast du das Brett im Boden festgeschraubt?«

»O nein! Ich habe doch auch meine kleinen Kostbarkeiten, die ich irgendwo unterbringen muss.« Sophia öffnete die Tür zum ehemaligen Kinderzimmer, und Lisa und Lauro standen in einem Atelier. An den Wänden lehnten reihum Bilder. Die alte Dame kniete sich hin und hebelte vorsichtig in einer Ecke ein loses Bodenbrett heraus. »Hier«, sagte sie und gab Lauro das Säckchen mit Murmeln, das er beim Auszug vergessen hatte.

»Und was ist da noch drin?«, fragte er und sah auf ein Kästchen.

»Junger Mann«, Sophia lachte, »wir haben uns doch eben erst kennengelernt, und eine Dame verrät ihre Geheimnisse nie gleich am ersten Tag!« Sie schob das Bodenbrett zurück, hielt sich am Fenstersims fest und richtete sich langsam wieder auf. Das war schon mal besser gegangen, noch vor ein paar Jahren, jetzt spürte sie die Zeit in den Knochen. Die höhlte sie aus, schleichend und stetig. »Soll ich euch zeigen, was ich noch gefunden habe?«, fragte sie dann. »Den Schatz?«

»Hier im Haus?« Die Kinder waren aufgeregt. Sophia ging mit ihnen in ihr Schlafzimmer hinüber.

»Das war das Zimmer der *mamma*«, erklärte Lisa. »Schon als sie klein war, immer.«

»Dann kennt sie das vielleicht«, meinte Sophia und deutete an die Wand, an der früher Ellas Kleiderschrank gestanden hatte. Jetzt war sie freigeräumt. »Als wir den alten Putz abgeschlagen haben, haben wir das darunter entdeckt«, sagte sie. »Es ist ganz blass und an manchen Stellen kaputt, aber ich restauriere es gerade.« Die Zwillinge sahen ein Bild, das die ganze Wand einnahm. Dorothy und ihre Reisebegleiter aus dem *Zauberer von Oz* und am Horizont ein smaragdgrünes Leuchten. »Boah!« Lauro war begeistert.

Lisa trat einen Schritt zurück, um das Bild zu überblicken. »Das hab ich noch nie gesehen!«, sagte sie und staunte. »Das muss die *nonna* Francesca gemalt haben. Die hat das Buch, wo das vorne drauf ist, nämlich meiner *mamma* vererbt.«

»Sie lebt gar nicht mehr?«, fragte Sophia bedauernd.

»Nein, schon ganz lange nicht mehr.«

»Ist es ein Märchen?«, fragte Sophia, denn Märchen waren ein leichteres Thema als der Tod.

»Ja, ich erzähle es dir«, erwiderte Lisa und fragte: »Kannst du das Bild wieder so machen, wie es früher war?«

»Ich versuche es«, sagte Sophia und hatte plötzlich eine Idee. »Aber ich könnte dabei ein bisschen Hilfe gebrauchen. Kann von euch vielleicht jemand malen?«

»Ich«, rief Lisa, »nur nicht so gut.«

»Das kommt mit der Übung«, machte Sophia dem Mädchen Mut, »und ich kann dir auch ein paar Tricks zeigen. Wenn ihr wollt, kommt ihr morgen wieder, und wir fangen an. Möchtest du auch helfen, Lauro?«

»Ich fahre lieber Traktor.«

»Dann fragen wir doch gleich mal Signor Bruno, der kann das bestimmt einrichten.«

Der Vorarbeiter der Marianis kam gerade von der Scheune herauf, als Sophia mit den Kindern aus dem Haus trat. Sie winkte ihn zu sich, und er sah überrascht aus. »Was macht ihr denn hier?«, fragte er die Kinder.

»Spielen«, sagte Lauro schuldbewusst.

»Weiß eure Mutter, wo ihr seid?«

»Sie denkt, wir sind in der Bibliothek«, gestand Lisa. »Aber wir sind pünktlich zu Hause.«

»Sie kennen die beiden, Signor Bruno?«

»Meine Nichte und mein Neffe«, erklärte Danilo und reichte Sophia die Hand. »Danilo Donati«, stellte er sich dann vor, »der Sohn vom Vorbesitzer. Bruno ist der Mädchenname meiner Mutter.« Sophia sah verwundert aus. »Ich wollte nicht, dass Ihr Sohn sich unwohl fühlt, Signora, deshalb hab ich nichts gesagt«, erklärte er sein Versteckspiel.

»Wirst du unserer Mutter verraten, dass wir uns reingeschlichen haben, Onkel Dino?«, fragte Lisa ängstlich.

»Selbstverständlich, ich lüge doch meine Schwester nicht an!«

»Aber du hast ihr doch auch nicht gesagt, dass du hier arbeitest«, entgegnete Lisa.

»Dann haben wir wohl alle was zu beichten«, erwiderte Danilo und machte sich auf einen erneuten Ausbruch seiner kleinen Schwester gefasst. »Ich werde es Ihrem Sohn erklären, Signora«, sagte er dann zu Sophia, »und dafür sorgen, dass die beiden hier nicht mehr stören.«

»Aber nein, Signor Bruno«, entgegnete Sophia, »... äh ... ich meine, Signor Donati, die Kinder stören doch nicht, im Gegenteil. Wir wollten morgen zusammen malen, und Ihr Neffe wünscht sich, dass er auf dem Traktor mitfahren darf.« Sie streichelte Lauro zärtlich über den blonden Schopf. »Sprechen Sie doch bitte mit Ihrer Schwester und fragen Sie sie, ob die Kinder nicht vorbeikommen dürfen. Ich kläre das mit meinem Sohn.«

10

Danilo hatte mit seiner Nichte und seinem Neffen überlegt, wie sie Ella am besten beichten konnten, wo er neuerdings arbeitete und dass die Zwillinge von der Mutter des neuen Besitzers auf die Plantage eingeladen worden waren. Jenes Besitzers, den Ella für einen Ausbeuter hielt, der sich an der Not anderer Leute bereicherte.

»Wir könnten doch einfach nur sagen, dass wir dich zur Arbeit begleiten wollen, Onkel Dino«, schlug Lisa vor. »Solange sie nicht fragt, wo genau das ist, haben wir doch nicht geschwindelt.«

»Ich weiß nicht ...« Danilo zögerte. Ihm wäre es auch lieber, Ella und er würden sich erst noch ein bisschen näherkommen, ehe diese Bombe hochging. Andererseits war er ein ehrlicher Mensch, täuschte andere nicht gern – so wie seinen neuen Arbeitgeber ... und Ella. Aber das war eine andere Geschichte.

»Das ist höchstens eine Notlüge«, insistierte Lisa. »Bitte, Onkel Dino, ich möchte so gerne mit der Signora das Bild der *nonna* Francesca im alten Zimmer der *mamma* reparieren.«

»Das ist wieder da?!«

»Das war unter dem Putz, hat sie gesagt, und sie will es herrichten. Mit mir zusammen.«

Danilo wusste, dass das alte Wunden aufreißen würde, etwas, das auch er Ella nicht würde ersparen können. Nur noch nicht gleich, dachte er, nicht alles auf einmal. Und so erzählten die Kinder Ella am Abend nur, dass sie ihren Onkel am nächsten Tag bei Salvatore abholen wollten, wo sie mit den Fahrrädern hinfahren konnten, und er sie dann zur Arbeit mitnahm. Ella war einverstanden und fragte nicht weiter nach. Sie freute sich, denn sie hatte ein schlechtes Gewissen, dass sie so wenig Zeit für Lisa und Lauro hatte und den ganzen Tag im Laden verbrachte – ausgerechnet die letzten Ferientage. Die Selbstständigkeit hatte sie unterschätzt. Für alles alleine verantwortlich zu sein und auch noch Schulden abzuzahlen, war nicht leicht. Sie konnte sich keinen einzigen freien Tag mehr gönnen und hatte nie wirklich Feierabend. Dass das Geld vorne und hinten fehlte, kannte sie von zu Hause, damit kam sie zurecht. Doch da hatte sie wenigstens noch ab und an Zeit für Lisa und Lauro gehabt, trotz der Krankheit ihres Vaters – meistens jedenfalls. »Onkel Dino hat jetzt ein Handy«, hatte Lisa ihrer Mutter noch gesagt, »und er lässt ausrichten, dass du ihn anrufen kannst, wenn du dir Sorgen machst. Das ist seine Nummer.«

Als die Zwillinge am nächsten Tag an der Plantage vorbeifuhren, sahen sie ihren Onkel schon von Weitem zwischen den jungen Haselnusssträuchern auf dem Hang, der im letzten Herbst abgerutscht war. Also stellten sie ihre Fahrräder wieder unten an der Straße ab und schlüpften durch die Mauer. Lisa hatte das Buch mit dem Märchen vom *Zauberer von Oz* dabei.

»Lisa, Lauro, das ist Signor Mariani«, stellte Danilo den Zwillingen seinen Chef vor, als sie oben am Haus ankamen. Michele saß mit seiner Mutter bei einem späten Frühstück unter den alten Bäumen vor der Küche.

»Buon giorno«, sagte Lauro und musterte den Mann, der jetzt auf dem Land seines Großvaters lebte. Er hatte freundliche Augen, die lachten, und Grübchen. Er sah gar nicht aus wie ein Geier, das Wort, das die *mamma* be-

nutzt hatte, als sie mit Mahesh über ihn gesprochen hatte. Und er hatte auch nicht das Haus abgerissen oder die Bäume gefällt.

»Ciao«, entgegnete Michele und reichte Lisa und Lauro die Hand. »Ich freue mich, euch kennenzulernen. Ich hätte nicht gedacht, dass Ihre Schwester es erlaubt«, richtete er sich dann an seinen Vorarbeiter.

Danilo hatte Michele am Morgen von sich und seiner Familie erzählt und ihm erklärt, warum er bei seiner Bewerbung den Mädchennamen seiner Mutter angegeben hatte. Und er hatte ihm versichert, dass er für seinen Teil dem Anwesen nicht nachtrauere und die Veränderung begrüße. »So gut hat die Plantage lange nicht mehr dagestanden. Wir hätten das nie geschafft.« Da verstand Michele auch, was in der neuen Chocolaterie in der Altstadt passiert war, und bedauerte den unglücklichen Zufall.

»Wir haben meiner Schwester nur gesagt, dass die beiden mich zur Arbeit begleiten«, gestand Danilo seinem Chef jetzt, »aber nicht, wo das ist. Wir beichten es bald, versprochen.«

»Meine Frau lässt sich entschuldigen«, richtete Michele sich wieder an die Kinder, »sie ist heute ganz früh nach Genua gefahren. Aber ihr lernt sie sicher ein anderes Mal kennen.«

Dieser Tag auf der Plantage war perfekt. Lauro durfte bei seinem Onkel auf dem Traktor mitfahren und Michele bei der Kontrolle der frisch geknackten Nüsse helfen, dem Aussortieren von Schalenresten und dem Einlagern im Trockenraum. Es waren noch immer Helfer auf der Plantage, die sich um die letzte Charge der Ernte kümmerten, weshalb Michele sich Zeit für Lauro nehmen konnte. Er zeigte ihm seine Verbesserungen an der Polierstation –

eine Förderschnecke, die er mit Teppichauslegware beklebt hatte –, und sie standen gemeinsam an der lauten Hammermühle. Für einen Moment erlaubte sich Michele den Traum, dass der Junge zu ihm gehörte, denn Lauro und seine Schwester waren die Kinder, die er sich immer gewünscht hatte.

»Willst du's allein probieren?«, fragte Michele ihn beim Abfüllen der kleinen Gebinde, und Lauro kontrollierte gewissenhaft die Anzeige der digitalen Waage und verschloss jedes Säckchen mit einer Schnur, an der ein Schild mit einem Logo hing: das Haus auf dem Hügel und die Aufschrift Casa Rossa – rotes Haus.

»Wieso nennst du die Nüsse nicht so, wie du heißt?«, fragte Lauro.

»Das hat mich meine Frau auch gefragt«, antwortete Michele. »Aber ich halte es für eine gute Idee, sie nach dem Haus zu benennen, Casa Rossa. Das ist ein eingängiger Name, den man nicht so leicht vergisst.« Lauro hörte interessiert zu. »Und es gefällt mir besser als Nocciole delle Langhe oder Nocciole d'Alba. So heißen sie doch alle. Hast du Hunger?« Lauro nickte. »Dann schauen wir mal, was die Damen machen, und fragen sie, ob sie mit uns zusammen essen wollen.«

Sophia und Lisa waren gut vorangekommen. »Das Bild auf deinem Buch ist sehr hilfreich«, hatte Sophia gesagt und gemeinsam mit Lisa im *Zauberer von Oz* geblättert. »Den hier hätte ich gar nicht erkannt.«

»Das ist der Holzfäller aus Blech«, erklärte Lisa. »Der stand ganz lange im Wald und konnte sich nicht mehr bewegen, weil er eingerostet war. Aber dann ist Dorothy vorbeigekommen und hat seine Scharniere geölt.«

»Ein verhexter Blechmann, der früher ein Mensch gewesen ist und sich jetzt ein Herz wünscht, weil er wieder lieben will«, wiederholte Sophia Lisas Ausführungen. Langsam tauchte sie in die Geschichte ein.

»Genau!« Lisa malte an seinem Spitzhut, ein umgedrehter Trichter. »Er begleitet Dorothy in die Smaragdstadt, um den Zauberer von Oz darum zu bitten.«

»Und der feige Löwe geht mit, weil er meint, dass er Mut braucht«, wiederholte Sophia, »die Vogelscheuche, weil sie gerne Verstand statt Stroh im Kopf hätte, und Dorothy will, dass der Zauberer sie wieder nach Hause nach Kansas zurückbringt.« Sie studierte die eigenwillige Truppe. »Und was hat es mit dem gelben Weg auf sich?«

»Den dürfen sie nicht verlassen, sonst verlaufen sie sich.« Lisa sah zu Sophia hinüber, die dem kleinen Hund an Dorothys Seite gerade schwarze Flecken verpasste. »Hier im Buch sind Totos Flecken aber braun«, meinte sie.

»Zeig mal her.« Sophia betrachtete das Bild in dem alten Märchenbuch genauer. »Du hast recht. Dann hat deine Großmutter sicher auch Braun genommen.« Sie suchte nach dem passenden Farbton. »Hast du sie eigentlich noch gekannt, deine *nonnina?*«, wollte sie dann wissen.

»Nein, ich kenne nur die *papà-nonna.* Als die *nonna* Francesca gestorben ist, war meine *mamma* noch klein.«

Sophia schenkte Toto mit roter Farbe ein kleines Halsband und überlegte, wie sie das Silber für Dorothys Schuhe anmischen könnte. Immer wieder sah sie von der Arbeit auf und betrachtete das kleine Mädchen an ihrer Seite. Sie war ganz versunken ... und so begabt! So wie ihre Großmutter, die vor vielen Jahren dieses bezaubernde Bild gemalt hatte. Eine zarte Illusion, die in Kinderseelen schlüpfte und dort zum Leben erwachte, bis die kleinen Füße wahrhaftig den gelben Weg berührten, an die Kanten der losen Pflastersteine stießen und ihre staunenden Blicke in die smaragdgrüne Ferne richteten. Eine illustrierte Liebeserklärung. Sophia verstand, dass es Lisas Mutter schwergefallen sein musste, das alles aufzugeben, und den Kindern auch. Doch das Leben ging eigene Wege ... Dort, wo Michele und Pippa neu anfangen wollten, waren die Träume anderer Menschen gescheitert. Wo sie selbst ihren Lebensabend verbringen wollte, waren andere längst weitergegangen. Und doch blieb von jedem etwas zurück. Ein Geflüster, das in den Wänden wohnte und das Sophia zuweilen vernahm, und eine seltsam luzide Energie. Manchmal glaubte sie den Duft von frisch gemahlenen Nüssen und Schokolade zu riechen, und die Zuckerdose fiel um, ohne dass jemand sie angestoßen hätte. Sie ließ deshalb oft ein Stück Zucker auf dem Küchentisch liegen, damit die wandernde Seele wusste, dass sie im Haus auf dem Hügel willkommen war. So wie Jean-Baptiste Legrand, der ehemalige Versorgungsoffizier aus Napoleons Truppen, der im alten Weinkeller auf der Stirnseite eines Regals Bestände notiert und Zeilen von Rousseau unter seine Auflistung geschrieben hatte: *»Le destin nous séparera, mais nous ne pouvons pas le diviser«* – Das Schicksal wird uns zwar trennen, nicht aber entzweien können. Sophia kannte seine akkurate und doch verschnörkelte Handschrift mittlerweile gut und mochte den Geruch der frisch polierten Stiefel, der sein Sehnen in diesem Haus begleitete – eine Mischung aus Wachs, Harz und Ruß.

Alba, den 21. Juli 1801

Chère Madame,

ich hoffe, Sie verzeihen mir die vertraute Anrede, aber mir ist, als würden wir uns schon sehr lange kennen, obwohl seit meiner Ankunft in Alba erst ein paar Monate vergangen sind. Wie einsam ich mich doch in Ihrem schönen Land gefühlt habe, und wie sehr mich das Heimweh geplagt hat. Sie fragten bei unserem Treffen, ob es eine Frau sei, die ich so schmerzlich vermisse, aber es ist das Land, Madame, mein Land, der Weinberg meiner Familie und meine liebe Mutter. Das Kriegsgeschäft ist nicht meines, und ich will Ihnen die Umstände, die mich zu den französischen Truppen brachten, gar nicht erst näher erläutern. Es genügt zu wissen, dass ich im Herzen Landwirt bin.
Ihr Gatte versicherte mir bei meinem Besuch in Ihrem Haus, keine Einwände gegen eine partienweise Umstellung auf seinem Grund und Boden zu haben, solange die Steuerlast gesenkt würde. Er sagte, er vertraue auf Ihren Rat. Ich schlage also vor, das Land jenseits des Fuhrwegs nach Diano d'Alba zu bestellen sowie den nordöstlichen Teil des Weinbergs, dort, wo die Stöcke über die Jahre am meisten betroffen waren. Natürlich bedeutet dies für einige Jahre Mindereinnahmen, aber ich versichere Ihnen, es ist eine lohnende Investition in die Zukunft.
Madame, erlauben Sie mir zu sagen, dass ich erschrocken war ob der angeschlagenen Gesundheit Ihres Gatten. Ich kann mir kaum ausmalen, welche Bürde Sie und Ihr Sohn tragen. Bitte lassen Sie mich wissen, wenn die medizinische Versorgung nicht ausreichen

sollte. Zwar gibt es Engpässe allerorten, doch ich würde mein Möglichstes tun.

In Verbundenheit

Ihr Jean-Baptiste Legrand

11

Ella hatte eine Aushilfe eingearbeitet, die ihr künftig im Laden helfen sollte, wenn sie in ihrer Backstube und der Pralinenküche war. Eine zusätzliche finanzielle Belastung, aber unumgänglich. Greta hatte zuvor in einem Feinkostgeschäft in der Via Maestra gearbeitet und sich dort nicht wohlgefühlt. An ihr konnte es nicht gelegen haben, befand Ella, denn die junge Frau war freundlich, unkompliziert und von schneller Auffassungsgabe. Sie übernahm den Verkauf bald allein, sodass Ella ein paar Stunden für sich hatte. Zeit, die sie zum Aufräumen und Einkaufen nutzte. Auf dem Rückweg vom Supermarkt beschloss sie, Salvatore zu besuchen und ihn über Danilo auszufragen. Er hatte ihr all die Jahre verschwiegen, dass er wusste, wo ihr Bruder gewesen war!

Als Ella vom Corso Langhe in den Corso Enotria einbog, wurde ihr mulmig. Hier kam sie direkt an der Plantage vorbei, nicht auf der Nordseite, wo die Einfahrt war, sondern im Süden bei der Maria mit dem Haselnusszweig. Seit ihrem Umzug war sie nicht mehr hier gewesen.

Ella sah das rote Haus schon von Weitem. Es war frisch gestrichen. Der abgerutschte Hang war wieder bepflanzt worden, die Plantage sah gepflegt aus, worüber sie glücklich war, und doch spürte sie das Nagen der Ungerechtigkeit. Sie fuhr langsamer, ihr Herz schlug ihr bis zum Hals. Ihre Finger krallten sich ums Lenkrad, und sie erschrak fürchterlich, als sie neben der Straße die Fahrräder ihrer Kinder entdeckte. Nicht bei Salvatores Haus, nein, hier, wo sie früher schon immer durch die Mauer geschlüpft waren, wenn sie den Weg zur Schule abkürzen wollten. Ella rollte langsam vorbei. Dann parkte sie am Straßenrand, ging ein Stück zu Fuß und versuchte auf der Westseite, nach oben zu sehen. Die alten Bäume verdeckten das Haus, aber es gab einen Platz, von dem aus sie bessere Sicht hatte. Sie musste nur über den Gartenzaun der Orlandos und auf ihr Garagendach klettern, wie sie es als Kinder gemacht hatten. Ella schaffte es ungesehen, lief wie eine Katze hin und her und wäre beinahe heruntergefallen, als sie ihren Bruder entdeckte. Oder zumindest einen Mann, der ihm ähnlich sah. Sehr ähnlich auf die Entfernung. Was zum Teufel ging da vor?! Zusammen mit den abgestellten Fahrrädern konnte das eigentlich nur eines bedeuten: Ihr Bruder konspirierte mit dem Feind! Und er hatte Lisa und Lauro angestiftet, sie anzulügen. Jetzt fiel Ellas Blick auf Michele Mariani, der mit einem Jungen herumtollte. Sie bemühte sich, nicht zu explodieren, nicht hier auf dem Garagendach der Orlandos! Beim Hinunterklettern blieb sie auf dem letzten Meter mit dem Ärmel am Gartenzaun hängen und riss ihn sich der Länge nach auf. Die zweite Bluse in einer Woche, die ruiniert war, und schon wieder war dieser impertinente Mensch daran schuld! Wenn das so weiterging, würde sie bald nichts mehr zum Anziehen haben, denn ihr Kleiderschrank war überschaubar bestückt. Sie sparte lieber an sich als an den Kindern. Jetzt stieg sie in ihren Wagen und trat aufs Gas.

Als sie unten am Tor der Auffahrt Sturm klingelte, ertönte der Türöffner, und sie fuhr hoch zum Haus. Michele kam heraus, um zu sehen, wer es so eilig hatte, und bremste seine Schritte, als er die kleine *chocolatière* erkannte, die aus einem Fiat stieg, der bestimmt schon an die zwanzig Jahre auf dem Buckel hatte und jede Menge

Blechschäden. Sie trug eine weiße Bluse, deren linker Ärmel einen langen Riss hatte. In ihren Haaren hingen feine Buchsbaumzweige.

»Signorina Donati«, ergriff Michele gleich die Initiative, »ich freue mich, dass wir uns wiedersehen.« Ella holte Luft. »Es tut mir leid, dass wir uns kürzlich unter so unglücklichen Umständen begegnet sind. Ich wusste wirklich nicht, wer Sie sind.« Ella hätte ihn am liebsten beiseitegeschoben, um ins Haus zu stürmen und ihre Kinder zu holen – natürlich nicht, ohne ihrem Bruder eine ordentliche Standpauke zu halten –, aber ihr fehlte plötzlich die Kraft. Sie war wieder zu Hause, und da stand dieser Mann vor ihr, dessen warmer Blick sie einhüllte wie Schokolade splitternden Krokant. »Sie suchen sicher Lisa und Lauro«, sagte er.

»Ja. Ich bin zufällig vorbeigefahren, und ihre Fahrräder stehen unten an der Straße.« Ella sah zum Fenster von Danilos altem Zimmer hoch, in dem später Lisa und Lauro gewohnt hatten, zur frisch lackierten Haustür und dann auf die Schwelle, über die die Bestatter erst vor wenigen Monaten den leblosen Körper ihres Vaters getragen hatten.

Januar 2017, Ellas letzte Tage auf der Plantage

Eisige Kälte, Schneefall und keine Hoffnung. Philippe lag in dem Bett, das Ella in sein Büro im Erdgeschoss gestellt hatte, und sie spürte, dass heute etwas anders war als sonst. »Ruf nicht an«, bat er sie, »ich will nicht mehr ins Krankenhaus, Ella. Diesmal nicht.« Sie saß reglos bei ihm, das Telefon in der Hand, und hatte Angst. Unendlich große Angst, dass er ging und sie mit ihm so viel mehr würde loslassen müssen als nur ihren Vater und ihr

Zuhause. Er war ihre Rechtfertigung für alles gewesen, was sie in ihrem Leben nicht getan hatte, weil ihr in letzter Konsequenz der Mut fehlte. Die Rechtfertigung für die Vermeidung und das unbedingte Festhalten.

»Bist du sicher, papà?«, fragte sie ihn. »Wenigstens Dottor Ruggiero. Er braucht nicht lange. Er gibt dir etwas gegen die Schmerzen.«

»Nein, mein Mädchen, nein. Es ist spät, lass ihn schlafen ... und mich auch.« Für immer und bei ihr, dachte Philippe, dort unten in der kleinen Gruft, nebeneinander und nur noch durch die Schuld getrennt. »Sagst du ihm, dass ich ihn liebe?«

»Dino?«

»Ja. Er wollte, dass ich es dir sage ...«

»Was, papà?« Was redete er nur? Ella befühlte seine Stirn. Er hatte Fieber.

»Er hat darauf gewartet ...«

Draußen schneite es noch immer. Die Häuser und Hügel der Langhe verschwanden unter einer dünnen weißen Decke, nicht mehr als ein frisch gebleichtes Laken, und es war so still. Ella hörte nur den flachen Atem ihres Vaters, das Geflüster, das in den Wänden wohnte, und dann das Knarren der letzten Tür. Sie öffnete sich immer weiter. Ihr Vater griff nach ihrer Hand, doch er hatte kaum die Kraft, sie zu halten – die hatte er noch nie.

»Bitte verzeih mir, Ella ... ich hab es ... nicht ... über mich gebracht«, sagte er und schloss erschöpft die Augen. »Es hätte ... dir ... nur wehgetan, mein Mädchen.«

Ella fröstelte. Sie legte sich ein Tuch um die Schultern und löschte das Licht. Und dann saß sie im Dunkeln und zählte die Stunden, eine schleichende Prozession, die unheilvoll an ihr vorbeizog.

Als ihre Kinder am nächsten Morgen zum Frühstück

herunterkamen, bat Ella sie, leise zu sein, weil ihr Großvater eine schwere Nacht gehabt habe. Und als sie zur Schule gegangen waren, kehrte sie zu ihm zurück, kämmte ihn liebevoll und wusch ihm den letzten Kampf vom Gesicht. Öffnete die Fenster, ließ die kalte Luft herein, hängte ihr Tuch über den Spiegel und rief Dottor Ruggiero an, damit er den Totenschein ausstellte.

Sie wartete in der Küche auf ihn und malte Linien in den Zucker, der schon wieder umgefallen war. Feine weiße Kristalle. Wie Schnee. Starre. Leere. Gleißende Haltlosigkeit. Sie ertrug diesen Zustand nicht. Das Rezeptbuch ihrer Mutter stand im Regal. Sie holte es herunter und blätterte darin. Ging zum Kühlschrank, nahm frische Eier heraus, mahlte Nüsse, schlug Eischnee auf und gab etwas Salz dazu. Die Butter in kleinen Flocken, gelb und rahmig und schaumig gerührt, und dann die Schokolade raspeln. Als es endlich klingelte und Dottor Ruggiero kam, durchströmte warmer Kuchenduft das Haus.

»Ihre Kinder sind hier«, sagte Michele zu Ella und verscheuchte damit die dunklen Bilder. »Wir essen gerade zusammen.«

Ella standen Tränen in den Augen. Sie wollte sie nicht zeigen, aber ihr Körper gehorchte ihr nicht mehr. Und die Gefühle auch nicht.

»Bitte setzen Sie sich doch zu uns, Signorina Donati. Meine Mutter würde sich freuen, Sie kennenzulernen«, sprach Michele weiter.

Ella sah ihn an und konnte ihren Blick nicht mehr lösen. Alles um sie herum stürzte, fiel, und sie mit. Alles um sie zerbrach. Halt sie, sagte das Geflüster, stütz sie, raunte das Gewisper, denn Ellas Wut hielt sie nicht länger aufrecht, und ohne sie lag sie am Boden.

»Kommen Sie«, bat Michele und ging voraus.

Ella folgte ihm ins Haus. Sie versuchte, sich nicht umzuschauen, aber dann tat sie es doch und sah die alten Böden, die sie so oft mit Bohnerwachs eingelassen hatte, jeden Spalt, jede Fuge – frisch abgezogen und eingelassen. Und sie sah den abgestoßenen Türstock, an dem sie immer mit dem Staubsauger hängen geblieben war – repariert und poliert –, und die Deckenbalken im Wohnzimmer, in die Danilo die Anfangsbuchstaben ihrer Namen eingeritzt und dafür von ihrem Vater eine Tracht Prügel bekommen hatte – weiß gekalkt. Wie gerne hätte sie sie berührt, die raue, splitternde Erinnerung, und den weinenden Jungen noch einmal getröstet. Jetzt folgte sie Michele durch die Küche – der lange Esstisch, die einsamen Stühle, sie standen in ihrer Vorstellung immer noch da – und auf die Terrasse hinaus, wo ihre Familie mit einer weißhaarigen Dame am Tisch unter den alten Bäumen saß. Lauro lachte, und Lisa war mit der Frau in ein Buch vertieft.

»Ella?!« Danilo sprang auf, als er sie sah, und wurde blass. *»Mamma?«* Die Zwillinge erschraken, und Ella schämte sich, dass ihre Kinder Angst hatten, geschimpft zu werden, weil sie nach Hause gekommen waren.

»Signorina Donati, das ist meine Mutter«, stellte Michele Sophia vor, »Sophia Mariani.«

»Sie sind die Mutter der beiden?«, fragte Sophia und strahlte. Das Leben ging wirklich eigene Wege ... »Wie schön, Sie hier zu haben. Ihre Kinder sprechen so viel von Ihnen. Und sie haben mir schon erzählt, wie das Haus früher ausgesehen hat.«

»Ich möchte wirklich nicht unhöflich sein, Signora, aber ich muss kurz mit meinem Bruder alleine reden, wenn das geht.« Ella zupfte nervös an ihrem zerrissenen Blusenärmel und fuhr sich durchs zerzauste Haar.

»Wir gehen ein Stück«, erwiderte Danilo und führte sie zur Scheune hinunter. Lisa und Lauro lauschten gespannt, ob ihre Mutter ihrem Onkel jetzt den Kopf wusch, aber sie hörten kein lautes Wort. »Es tut den Kindern gut, Ella«, bekniete Danilo seine Schwester, nachdem er ihr erklärt hatte, wie es zu dieser Einladung gekommen war und warum sie sich nicht getraut hatten, ihr die Wahrheit zu sagen. »Und sie sind bei den Marianis immer willkommen.«

»Aber sie müssen sich daran gewöhnen, dass sie jetzt woanders leben. Wie sollen sie das schaffen, wenn sie immer wieder herkommen?«

»Genau wie du, Ella, langsam und jeden Tag ein bisschen mehr.« Ella schüttelte den Kopf, und Danilo zog ihr vorsichtig die feinen Buchsbaumzweige aus dem Haar. »Die Garage der Orlandos?«, fragte er.

»Klar. Was sonst?«

»Deine Bluse ist zerrissen.«

»Sie haben den Zaun nicht repariert.« Jetzt grinste Danilo und Ella auch. Eine absurde Situation trotz des bitteren Beigeschmacks. »Warum arbeitest du hier, Dino?«, fragte Ella. »Ausgerechnet hier?«

»Sie haben einen Vorarbeiter gesucht, und ich kannte mich aus.«

»So einfach?«

»Ja.« Danilo zog Ella zu sich auf die alte Holzbank. Sie stand noch immer vor der Scheune, in der er in jener Nacht im August seine Kindheit zurückgelassen hatte. »Ich bin nicht wie du, Ella. Ich schaue nicht zurück. Ich hab meine Antworten gefunden und ein neues Leben angefangen.« Das stimmte nicht ganz, einen Schmerz gab es, den Danilo nicht losgeworden war, aber den würde er für sich behalten. »Um den letzten heilen Ast der Familie nicht auch noch zu brechen« – die Worte seines Vaters, nicht seine. »Du erklärst dir alles aus dem, was gewesen ist, Ella«, sprach er weiter, »sogar dich selbst. Du siehst deine Kinder an und siehst uns. Du hast den Platz unserer Mutter eingenommen, im Haus und in der Familie. Ella, du lebst ihr Leben stellvertretend und hast dich selbst dafür aufgegeben.«

»Ich lebe das Leben aller Donati-Frauen«, sagte sie stolz. »Ich kämpfe für meine Familie und stehe auf, wenn ich am Boden liege. Das ist keine Selbstaufgabe, das ist Stärke.«

»Und Trotz ...«

»Na und?« Ella schnaubte. »Ich erlaube mir eben keine Schwächen.«

»Aber wo ist dein Schmerz, Ella?«, fragte Danilo zärtlich.

»Der ist in dir, Dino«, erwiderte sie, denn so war es immer gewesen. Es war sein Schmerz, den sie spürte, wenn sie an den Tod der Mutter dachte, seine Verlassenheit. Ganz nah und doch gerade weit genug entfernt, um nicht daran zu ersticken. Denn sein Leid konnte sie lindern, mit Kuchen und Küssen, und das eigene nicht. »Warum bist du überhaupt zurückgekommen, Dino, wenn du gar nicht an deinem alten Leben hängst?«

»Deinetwegen, damit du nicht mehr alles allein stemmen musst.« Und weil sein Vater ihn darum gebeten hatte.

»Hat Mariani erwähnt, dass ich ihm mein Trüffeltrauma nachgeworfen habe?«

Ja, im Gegensatz zu Ella hatte er den Vorfall heute Morgen erwähnt. »Hat nicht den Eindruck gemacht, dass er's dir nachträgt«, tröstete Danilo sie. »Und vielleicht überlegst du dir seinen Vorschlag ja noch mal und arbeitest doch mit ihm an diesem Selbstvermarktungsding.«

Noch mehr Arbeit, dachte Ella, aber auch ein willkommener Zuverdienst. Sie musste schließlich ihre Ladeneinrichtung und die Ausstattung der Pralinenküche abzahlen, die Miete aufbringen und Gretas Gehalt und die Lebenshaltungskosten für drei. Aus der Versteigerung der Plantage war ihr nichts geblieben, der Kaufpreis hatte gerade so die Verbindlichkeiten bei der Bank und den Gläubigern gedeckt.

Danilo küsste Ella auf die Stirn. In seinem Blick lagen jetzt die Berge, die für ihn zur Heimat geworden waren, die Einsamkeit und der karge Fels. »Steingrau«, sagte sie zu sich selbst, und: »Ich hatte irgendwann vergessen, wie ihre Augen ausgesehen haben.«

»Die unserer Mutter?«

»Ja. Aber dann hab ich Lauro bekommen und wusste es wieder. Lichtblau, so wie deine, früher.« Sie hatte es als Erlösung empfunden.

»Da fällt mir ein, Ella, Signora Mariani und Lisa werden dir was zeigen wollen. Gehen wir zurück?«

12

Kurz darauf war Ella mit Lisa und Sophia in ihrem alten Zimmer und blickte auf das Wandbild. Sie saß auf Sophias Bett und beobachtete die alte Dame und ihre Tochter, wie sie Pinselstrich um Pinselstrich die Farben wiedererweckten. Staunte über Lisas Talent und ihre Unbefangenheit, mit der sie jede Welt, die sie für sich entdeckte, zu ihrer eigenen machte – und die Menschen darin.

»Das Bild ist ein Teil vom Haus«, sagte Sophia zu Ella. »Ich konnte es nicht übermalen, als es aufgetaucht ist. Ich hoffe, es ist Ihnen recht?«

»Recht?!«, fragte Ella bewegt. »Es macht mich glücklich. Mein Vater hat einmal erzählt, dass meine Mutter dieses Bild in einer einzigen Nacht gemalt hat.«

»In nur einer Nacht? Ist so was möglich?«

»Ich weiß es nicht, aber es ist schön, wenn etwas von ihr dableiben darf.«

»Die, die gegangen sind, mein Kind«, erwiderte Sophia, »und die, die kommen, finden alle ihren Platz in einem alten Haus. Sie hinterlassen ihre Spuren und prägen seinen Charakter.« Sophia dachte dabei an die alten Briefe, die sie lieb gewonnen hatte und nun einen um den anderen las.

6. März 1802

Meine teure Freundin,

wie es aussieht, bleibe ich. Der Abzug der Soldaten schließt mich nicht mit ein. Ich bin meiner Regierung hier unentbehrlich geworden, so wie Du mir.
Bitte lasse mich Dir versichern, dass ich Dein Ehegelöbnis achte. Auch wenn ich Dich immer vor mir sehe, ehe der Schlaf mich erlöst, Deine unbeschreiblichen Augen, dunkler als die Nacht auf dem Feld, und Deinen Blick, tiefer als die Schluchten der Tarn bei Sainte-Enimie, meinem Heimatdorf. Wie gerne möchte ich es Dir zeigen, Dir meine Mutter vorstellen, den Vater, die Schwester. Aber Du, meine Freundin, bestellst Dein eigenes Land, und ich kenne keinen Menschen auf Gottes weiter Welt, der mehr mit seinem Boden verwachsen wäre als Du.
Jacques Tinet reist in diesen Tagen an, Du erinnerst Dich, ich sprach von ihm. Er ist ein Freund aus der Zeit des ersten Italienfeldzugs. Er reiste mit unseren Truppen und war maßgeblich an der Auswahl der Kunstschätze beteiligt, welche nach Paris verbracht worden und nun im Louvre zu sehen sind.
Erlaube mir, Tinet zu bitten, Dich zu porträtieren. Es wäre eine einmalige Gelegenheit und mir ein Trost, wenigstens dies kleine Stück von Dir ganz für mich zu haben.

Jean-Baptiste

PS: Ich konnte die schönen Fayencefliesen aus Lille für Dich beschaffen, die mein Vater in der Küche meiner

Mutter verlegt hat, blau-rote Ornamente auf hellem Grund. Sie werden Dich erfreuen.

»Man möchte glauben, das Haus sei ein Teil unseres Lebens«, sagte Sophia zu Ella und legte den Pinsel aus der Hand. »Dabei ist es genau umgekehrt, *wir* sind ein Teil *seines* Lebens. Es war schon da, als wir geboren wurden, und wird noch da sein, wenn wir gehen.« Sie setzte sich zu Ella aufs Bett und nahm ihre Hand in ihre. Ella mochte die Berührung, Sophias Fürsorge, die sanfte Erbauung. »Denken Sie nicht auch?«

»Wahrscheinlich haben Sie recht«, erwiderte sie. »Das Haus überdauert uns alle.« Es ist wie ein Geliebter, der weiterzieht, dachte Ella. Einer, den sie schmerzlich vermisste, weil er sie verlassen hatte und jetzt in den Armen einer anderen lag.

»Apropos überdauern«, Sophia stand auf, »da gibt es *noch* etwas, das überdauert hat und Ihnen gehört, denke ich.« Ella sah Sophia ratlos an. Hatte sie etwas im Haus vergessen? Ein Möbelstück vielleicht oder Papiere ihres Vaters? »Warten Sie, ich hole es.«

Sophia ging und kam mit dem Kästchen zurück, das sie unter den Dielen aufbewahrte. Sie legte es Ella in den Schoß. Lisa unterbrach ihre Arbeit nun auch und sah neugierig zu, wie ihre Mutter es öffnete. Ein Packen Briefe lag darin, etwa zwei Dutzend, gefaltet und mit gebrochenem Siegel. Ella war sofort klar, dass sie sehr alt sein mussten. »Als die Mauer hinter der Marienstatue repariert wurde, sind sie aufgetaucht«, erzählte Sophia, und Ella nahm vorsichtig einen der Briefe heraus. »Das Kästchen war regelrecht eingemauert.«

»Warum tut man so was?«, wollte Lisa wissen.

»Nun«, begann Sophia, »ich konnte nicht widerstehen,

die Briefe zu lesen.« Sie sah Ella entschuldigend an. »Ich habe ein Faible für Geschichte, müssen Sie wissen, nicht nur für Kunstgeschichte, die ich studiert habe. Und wie mir scheint, steckt auch ein Trüffelhund in mir. Einer, der Geheimnisse ausgräbt.« Ella lächelte. »Das da sind Liebesbriefe, an eine gewisse Mariella, die Anfang des 19. Jahrhunderts hier im Haus gelebt hat. Ich nehme an, eine Urahnin von Ihnen, Signorina.«

»Und von mir«, sagte Lisa.

»Und von dir, ja, natürlich!«

»Mariella war offensichtlich verheiratet, aber nicht mit dem Mann, der ihr diese Briefe geschrieben hat. Vielleicht hat sie sie deshalb versteckt, ein kleines Geheimnis unter den Dielen, du verstehst?« Sie zwinkerte Lisa vielsagend zu.

»Ich habe ein Porträt von Mariella«, erzählte Ella verwundert. »Es stammt von einem französischen Maler.«

»Wirklich?« Sophias Augen leuchteten auf.

»Niemand in meiner Familie weiß, warum er sie gemalt hat, sie war schließlich nicht berühmt.«

Sophia hatte da so eine Ahnung. »Ob ich es mir wohl mal ansehen darf?«, fragte sie. »Und vielleicht erzählen Sie mir bei der Gelegenheit etwas von Ihrer Ahnin.«

»Aber ich weiß fast nichts über sie. Nur, dass sie in einer Zeit schlechter Ernten als Einzige kein Land verkaufen musste. Damals wurde hier noch Wein angebaut.« Ella faltete einen der Briefe auf. »Schwierig, nicht?«, sagte sie und sah hilflos auf die gewundene Schrift auf dem vergilbten Büttenpapier.

»Sie finden sich hinein«, versicherte Sophia, »und auch in den Schreibstil.«

»Lesen wir sie zusammen, *mamma?*«, fragte Lisa.

»Ja, sicher, warum nicht. Dann können wir gleich ein

bisschen Geschichtsunterricht dranhängen.« Lisa mochte Geschichte fast so gern wie Sophia.

Es klopfte, und Michele kam herein. »Ah, die Briefe«, sagte er. »Meine Mutter hat sie gehütet, keiner von uns durfte sie auch nur anfassen. Schön, dass Sie sie jetzt haben.«

»Zweihundert Jahre«, sinnierte Ella und legte den Brief andächtig zurück. »So viele Generationen von Donatis, und *Sie* finden sie. Das sollte dann wohl so sein.«

»Wenn wir beim Pflanzen noch auf einen geheimen Goldschatz stoßen, gebe ich Bescheid«, versprach Michele, »aber bis dahin werden wir alle noch ein bisschen arbeiten müssen.« Ella klappte das Kästchen zu und stand auf. Er hatte recht, es war Zeit zu gehen. »Damit wollte ich nur sagen, dass ich gerne noch einmal mit Ihnen über unsere Zusammenarbeit sprechen würde«, hielt Michele sie zurück. »Würden Sie mich kurz begleiten, Signorina Donati, ich möchte Ihnen etwas zeigen.«

Michele ging mit Ella zum alten Kelterhaus auf der Nordseite des Hügels. Ein großer einstöckiger Bau aus Bruchstein mit offenem Giebeldach und schöner Balkenkonstruktion aus dem 18. Jahrhundert. Damals stand hier eine riesige Baumpresse. Das Gebäude war über die Jahre oft umgewidmet worden, die meiste Zeit über hatte es jedoch leer gestanden.

»Hier will ich die Produktion unterbringen, deshalb habe ich einen Stromanschluss legen lassen und den Innenausbau optimiert«, erklärte Michele. Er öffnete die neue Eingangstür, und Ella stand in dem großen, hohen Raum, in dem zu ihrer Zeit auf der Plantage die Nüsse gelagert worden waren und sich ansonsten Spinnweben breitgemacht hatten. Der aufgeplatzte Betonboden war jetzt gefliest, die Wände verputzt und weiß gestrichen. An einer Seite war eine lange Arbeitsfläche mit einer großen Spüle eingebaut worden, und es gab nun elektrisches Licht und einen Herd. Das Dach war frisch eingedeckt. Ella sah die restaurierten Balken und Unterseiten der roten Biberschwänze. »Morgen wird die Destillieranlage aufgestellt, und die Ölpresse sollte auch noch diese Woche geliefert werden. Sobald ich weiß, was wir sonst noch brauchen, schaffe ich die Geräte an, und wir würden loslegen«, sagte Michele.

»Wir?«

»Signorina Donati ...«

»Ella«, unterbrach sie ihn.

»Ella, glauben Sie nicht, dass es Ihren Vater freuen würde zu wissen, dass Sie hier weiterhin einen Platz haben und die Nüsse verarbeiten, die er gepflanzt hat?« Ella antwortete nicht. Sie fühlte sich ausgelaugt. »Glauben Sie an Schicksal?«, fragte Michele.

»Sie?«, fragte Ella zurück.

»Absolut. Und an eine Bestimmung, die jeder von uns hat. Wissen Sie, die letzten Jahre in Albegna, in meinem alten Job, habe ich gespürt, dass ich gegen meine Bestimmung lebe und mich selbst dabei immer mehr verliere.«

»Ich dachte, dieses Land wäre meine Bestimmung«, sagte Ella traurig. Sie hatte so viele Opfer dafür gebracht, ganz umsonst.

»Das denke ich heute auch ... dass das Land meine Bestimmung ist«, erwiderte Michele. »Bitte, Ella, nehmen Sie mir das nicht weg, indem Sie mir das Gefühl geben, mein Glück auf Ihrem Unglück aufzubauen.«

Er stand jetzt neben ihr in dem leeren Gebäude, und Ella glaubte den Duft von Wacholder zu riechen. Ein mystischer Strauch und Seelenspeicher, der die Wiederkehr der Verstorbenen ermöglichte. Sie war verwirrt, sie suchte nach Gründen, Michele abzuweisen. »Ich habe Angst, dass es mich traurig macht, hier zu sein«, sagte sie schließlich, »aber ich werde über Ihr Angebot nachdenken. Versprochen.«

13

Die Neun vom Stadtplatz kamen auch an diesem Abend auf der Piazza Savona zusammen: Parisi, ehemals Pförtner bei Ferrero; Mancini, der frühere Bürgermeister, der langsam schwerhörig wurde; Rizzo, dessen Tochter in einem kleinen Staatsstreich sein Weingut übernommen hatte und internationale Preise einheimste; Salvatore Rinaldi, der Einzige, den sie hier beim Vornamen nannten, und Monsignore De Luca, der amtierende Pfarrer von San Lorenzo. Sein Onkel war während des Zweiten Weltkriegs als Seelsorger in Dronero ein aktiver Unterstützer des Widerstands gewesen. Außerdem gehörte Massimo Barbieri, der beleibte Bäcker, zur Truppe der Neun sowie Caruso, Gallo und Lombardo, drei pensionierte Beamte der Steuerbehörde, die selten etwas von sich gaben, außer einer in der Runde hatte Probleme mit dem Finanzamt und bat um Rat.

Ursprünglich setzten sich die Neun aus Honoratioren der neun *borgi* zusammen, der mittelalterlichen Stadtteile Albas, deren klangvolle Namen wie Borgo delle Rane – der Frösche – oder Borgo del Fumo – des Rauchs – frei erfunden waren. Genau wie ihre Banner, die den Balkon des Rathauses zierten. Ja, sogar die Entstehungsgeschichte des alljährlichen Palio degli Asini, des Eselrennens, bei dem besagte Stadtteile gegeneinander antraten, entbehrte jeder Grundlage. Ein Wettstreit, mit dem die Nachbarstadt Asti verunglimpft werden sollte, hieß es im Prospekt des Fremdenverkehrsvereins, da Asti Alba 1275 belagert und sein prächtiges Pferderennen genau vor den Toren der Stadt abgehalten hatte. Eine Provokation, die

Alba nun mit einem eigenen Rennen beantwortete, begleitet von spektakulären Umzügen in mittelalterlichen Kostümen. Edle Damen in Samt und Seide und Ritter in eisernem Wams dominierten am ersten Sonntag im Oktober das Stadtbild, Bauern, Musikanten und Gaukler, falscher Klerus und Marketender. Sie alle zogen durch die Gassen der Altstadt, präsentierten sich in den Farben ihres Stadtteils und zeigten selbst inszenierte Aufführungen. Die Frösche hatten im letzten Jahr sogar einen fahrbaren Galgen dabeigehabt, an dem sie Parisi in der Rolle eines Wegelagerers auf ihrem Weg zur Rennbahn aufgeknüpft hatten. Ein gewaltiges Spektakel, dessen Höhepunkt der lärmende Auftritt der Gruppo Sbandieratori Città di Alba war, die die Fahnenträger, Trommler und Fanfarenbläser stellten.

»In gut drei Wochen ist es wieder so weit«, bemerkte Rizzo, der entthronte Winzer, und blickte verdrossen in die Runde der Neun. Neun alte Männer, die mit den Gründern ihres inoffiziellen Zirkels nicht mehr viel gemein hatten, außer dass sie in besagten Stadtteilen wohnten. Sie beriefen sich längst gegenseitig und mittels Abstimmung in ihren kleinen elitären Kreis. Starb ein Mitglied, wurde ein neues aus demselben *borgo* auf seinen Stapelstuhl vor der Banca d'Alba gewählt. Hier brauchte man Verbindungen, ein Mindesteintrittsalter von fünfundsechzig Jahren und musste Piemontesisch können, die »Amtssprache« der Neun.

»Richtig, am 1. Oktober, und ich muss mich wieder in mein dämliches Kostüm zwängen!«, schimpfte Mancini. »Und zusehen, wie diese Pantoffelhelden das fünfte Mal gewinnen.« Der Borgo dei Patin e Tesor – der Pantoffeln und des Schatzes – hatte den *palio* 2016 zum vierten Mal in Folge gewonnen, obwohl die Esel am Morgen vor dem

Rennen verlost wurden und man nicht darauf vertrauen konnte, ein besonders flinkes Tier zu bekommen oder eines, das sich wenigstens anschieben ließ. Eine himmelschreiende Ungerechtigkeit, die die Neun nicht länger hinnehmen wollten, auch wenn einer von ihnen, nämlich Caruso, aus dem Gewinnerviertel stammte.

»Dann drehen wir eben was«, schlug Barbieri vor und fuchtelte mit seinen dicken Fingern durch die Luft. »Dieser Sergio kauft in meiner Bäckerei ein und prahlt ständig mit seinen Siegen. ›Es kommt nicht auf den Esel an, sondern auf den Jockey‹«, äffte Barbieri den Reiter nach. »Seit August ist er auf Diät, dieser Aufschneider, als ob einen Esel ein paar Kilo mehr kratzen würden.«

»Deine paar Kilo schon!«, warf Parisi ein, ein schmaler Mensch mit fliehendem Kinn, der den Süßwaren seines ehemaligen Arbeitgebers nichts abgewinnen konnte.

»Vorsicht, mein Lieber«, entgegnete Barbieri, »sonst wirst du in diesem Jahr von deinen Leuten nicht nur am Galgen aufgeknüpft, sondern anschließend auch noch geköpft.«

Allgemeines Gelächter erklang, und Mancini musste nachfragen, weil er Barbieri nicht verstanden hatte. Er musste dringend mal einen Hörtest machen. Jetzt wurde es still, und die Neun saßen da und studierten das rege Treiben auf der Piazza Savona, am südlichen Ende der Via Maestra. Im September drängelten sich hier bereits die ersten Touristen.

Monsignore De Luca schien ein Gebet zu sprechen. Er stach trotz seiner Zurückgenommenheit aus der Gruppe heraus, weil er als Einziger einen schwarzen Anzug trug und der weiße Stehkragen ins Auge fiel. Auf die Soutane mit violetter Paspelierung nebst Zingulum verzichtete er beim Treffen der Neun.

»Ich denke nicht, dass Beten da hilft, Monsignore«, sagte Mancini, der direkt neben ihm saß.

»Ich bete auch nicht für den Sieg, meine Freunde, ich bete für euch. ›Denn ein gütiges Herz ist des Leibes Leben, aber Neid ist Eiter in den Gebeinen.‹«

»Ach, deshalb tun mir seit geraumer Zeit alle Knochen im Leib weh«, meinte Rizzo und stemmte sich aus seinem Stuhl hoch. »Ein Grund mehr, für eine gerechtere Verteilung zu sorgen. Nichts für ungut, Caruso.« Der Angesprochene gab mit einer wegwerfenden Handbewegung zu verstehen, dass ihm ein erneuter Sieg seines Stadtteils nicht besonders am Herzen lag, und Rizzo blickte erwartungsvoll in die Runde. »Salvatore, du hast doch dieses störrische Vieh zu Hause, den melden wir an«, schlug er vor.

»Damit wir ihn dann selbst über die Ziellinie tragen?«, gab Mancini zu bedenken, und die Übrigen nickten.

»Dann tauschen wir ihn eben *nach* der Verlosung aus«, schlug Rizzo vor und setzte sich wieder. »So können wir sicher sein, dass Sergio die lahme Krücke auch wirklich bekommt.«

»Keine Beleidigungen, bitte«, entgegnete Salvatore – seine ersten Worte am heutigen Abend. Er war in Gedanken ganz woanders, auf der Plantage der Marianis und in einen Plausch mit Sophia vertieft. Sie wollten einen gemeinsamen Ausflug machen, erste Trüffel aufspüren, wenngleich es noch etwas früh für die weißen war. Aber ein Probelauf in charmanter Gesellschaft, dort, wo er sich am wohlsten fühlte, unter seinen alten Eichen, Weiden, Pappeln und Linden, abseits der Wege, konnte nicht schaden. »Tornado kann, wenn er will«, verteidigte Salvatore seinen Esel.

»Dann will er wohl nie!«, entfuhr es Barbieri, der genau wie die anderen Salvatores Esel vor zehn Jahren beim Rennen erlebt hatte. Damals war Tornado mitten im Lauf stehen geblieben und hatte seelenruhig die Strohballen der Bande verspeist. Seither hatte Salvatore ihn nicht mehr angemeldet, er hätte sonst den Zorn jedes einzelnen *borgo* auf sich gezogen, einschließlich seines eigenen, La Moretta.

»Wie alt ist er denn eigentlich?«, wollte Parisi wissen.

»Jünger als sein Halter, will ich hoffen«, warf Mancini ein, und wieder brach die Runde in Gelächter aus.

»Tornado ist dreißig, ihr alten Esel«, sagte Salvatore, »und damit ein Jungspund. Ich fürchte nur, dass sich einer an ihn erinnert, er hat einen Charakterkopf.«

»Den hat Mancini auch«, erwiderte Parisi, »und den haben sie schon nach der ersten Amtszeit vergessen.« Mancini warf Parisi einen Blick zu, der ihm sagte, dass er die Guillotine für seinen Stadtteil höchstpersönlich bauen würde, und beschloss für sich, dass es gar nicht so schlecht war, das eine oder andere nicht so gut zu verstehen.

»Holen wir doch deine Tochter noch mal ins Boot, Parisi«, schlug Salvatore vor. »Viola hat ihre Sache mit dem falschen *trifolao* doch gut gemacht.« Parisi überlegte. »Wir setzen sie auf Sergio an, sie lenkt ihn ab, wir tauschen die Esel aus, und ehe er sichs versieht, sitzt der dumme Hund auf meinem Tornado und wundert sich.«

Monsignore De Luca schüttelte betreten den Kopf und fragte sich zum wiederholten Mal, warum er der Berufung in diese Runde und der damit verbundenen Verschwiegenheitserklärung nur zugestimmt hatte. Hatte er wirklich gedacht, er könnte diese Gauner noch auf den Weg der Rechtschaffenheit zurückführen? Gewiss, manchmal waren ihre Unternehmungen auch von hehren

Motiven getragen, da setzten sie sich für Außenseiter oder in Not geratene Bürger ein, begradigten soziale Schieflagen und beugten Ungerechtigkeiten vor. Sie waren durchaus von christlicher Gesinnung. Nur eben nicht immer – so wie heute. Da benahmen sie sich wie die Kinder, wie früher, als sie sich alle auf dem Schulweg in der Via Maestra getroffen und Streiche ausgeheckt hatten, ehe sie sich gegenseitig mit den Hausaufgaben versorgten. Damals spielte sich noch das halbe Leben auf dieser Straße ab und in ihren Bars und Cafés. Da kam man noch zusammen und hatte sich was zu erzählen. Als die Neun vom Stadtplatz jung waren, war Alba noch ein besseres Dorf.

»Und ein ordentlicher Schluck Rotwein könnte auch nicht schaden, um diesen Sergio auszuschalten«, steuerte Rizzo bei und entkorkte bei der Gelegenheit einen Barbera aus seinen enzyklopädischen Beständen. Sofort zog jeder der Neun ein kleines Wasserglas aus der Jackentasche, was die unschönen Ausbeulungen der Sakkos und Blousons erklärte, und Rizzo schenkte ein. Sie stießen an.

»Pròsit!«

»Pròsit!«

»Brrr ...« Rizzo schüttelte sich. »Und diesen Tischlerwein prämieren sie auch noch!«, schimpfte er. Er war ein leidenschaftlicher Gegner der in Mode gekommenen Barrique-Fässer, die seine Tochter favorisierte. »Schmeckt nach Vanille, findet ihr nicht?«

»Ein guter Körper mit beerigen Rückaromen«, schwärmte der Monsignore, der seinen Messwein gerne gegen den Barbera der Rizzos eingetauscht hätte, »lebendige, aber milde Säure und ein schöner langer Abgang.«

»Apropos Abgang, ich sollte dann mal.« Barbieri verabschiedete sich, denn seine Frau hatte ihn heute früher nach Hause zitiert. Sie hatte die Tochter einer Stammkundin zum Abendessen eingeladen und wollte das Mädchen mit seinem Großneffen verkuppeln. Die Familie hatte eine angesehene Metzgerei mit eigener Schlachtung, was nach Matildas Dafürhalten perfekt passte. »Ich muss den Laden zusperren und die Abrechnung machen. Der Enkel meines Bruders arbeitet bei uns, und das hat er noch nicht so drauf.« Die geplante Kuppelei erwähnte Barbieri nicht, denn ein unbestimmtes Gefühl sagte ihm, dass seine Frau sich umsonst bemühte. Zum wiederholten Mal. Die Tochter der Fontanas, Essigfabrikanten aus dem Umland, hatte sie auch schon erfolglos bewirtet und die Schwestern Bandana vom Souvenirladen am Domplatz.

»Ah, der Akademiker von der Uni in Bra«, kommentierte Mancini Barbieris Ausrede, während der seinen Stuhl in den Stapel zurückstellte. »Wie lange versteckt er sich denn noch bei euch?«

»Er versteckt sich nicht, er findet sich!«, entgegnete Barbieri dem ehemaligen Bürgermeister. »Das machen die jungen Leute heute so. Sie studieren irgendwelche brotlosen Künste und finden sich dann.«

»... in einer *panetteria* am Ende der Welt wieder!«, brach es aus Parisi heraus, und die Runde lachte lauthals. Sie zogen die neugierigen Blicke der Gäste umliegender Bars auf sich, die das Piemontesisch jedoch nicht verstanden. Sie spekulierten, wer die Männer um den Geistlichen wohl waren, die sich hier Abend für Abend trafen, und wandten sich dann wieder ihren *tramezzini* zu.

»Jaja, sehr lustig«, blaffte Barbieri und ärgerte sich über die Sticheleien. Zwar wusste er selbst nicht, was man mit einem Studium der Gastronomischen Wissenschaften anfangen konnte, aber Andreas Erzählungen vom Unialltag waren immer interessant. Von Studenten, die in Mauernischen ganze Kräutergärten kultivierten, selbst ihr Bier brauten oder eine launige Kneipenrunde verließen, um mitten in der Nacht noch Brot zu backen. »Kaum einer stört sich heutzutage an ranzigem Olivenöl, aber fetten Speck finden sie alle ekelhaft«, hatte Andrea sich erst gestern ereifert, und Barbieri hatte ihm zugestimmt. Das sei doch eine verkehrte Welt, in der die Menschen nicht mehr auf ihre Instinkte hörten und sogar verlernt hätten zu essen. »Der Junge wird euch noch alle überraschen, ihr Kleingeister!«, sagte Barbieri und machte sich verdrossen auf den Heimweg. Sein Großneffe brauchte Schützenhilfe.

14

Andrea hatte sich kurz vor Ladenschluss eine Stunde freigenommen und behauptet, er wolle sich noch ein neues Hemd für das geplante Abendessen kaufen. Seine Tante, wie er Matilda nannte, hielt das für ein gutes Zeichen und bat ihn, spätestens um halb acht zurück zu sein. Jetzt saß er mit Mahesh auf dem Dach des historischen Turms über dessen Restaurant, der bis zum dritten Stock in das angrenzende Haus integriert war. Das Erdgeschoss gehörte zum Lokal, und in den Stockwerken darüber wohnte Mahesh. Das letzte Stück des Turms war nicht ausgebaut, hier wand sich nur noch eine schmale Holztreppe entlang dem blanken Stein und führte wie in einem alten Kirchturm nach oben. Durch die Fensterscharten pfiff im Winter kalter Wind, und Mauersegler nisteten im Frühling unter dem Dach. Man kam durch eine Luke hinaus und war dann nur noch durch eine niedrige Brüstung geschützt. Mahesh hatte einen Bistrotisch und zwei Stühle heraufgeschafft sowie einen großen Futon, den ein provisorisches Zeltdach überspannte. In warmen Nächten schlief er hier unter dem Sternenhimmel, bei Regen verstaute er sein Lager in einer messingbeschlagenen Truhe aus Mangoholz – ein Erbstück aus der Familie seiner mauretanischen Mutter.

Die Sonne stand heute schon tief, aber in den Weinbergen wurde noch immer gearbeitet. Die Lese des Moscato und Arneis hatte begonnen, Dolcetto und Barbera würden bald folgen. Alte autochthone Rebsorten, die mit dem Boden perfekt harmonierten. Frühmorgens fuhren die Traktoren durch die Weinstöcke, beladen mit großen Kisten, in die die von Hand geschnittenen Reben gelegt wurden. Mitarbeiter der Genossenschaften und ganze Familien halfen zusammen, Alt und Jung, es wurde gesungen, gelacht und gemeinsam im Weinberg gegessen. Nur wenige Betriebe ernteten maschinell. Die meisten selektierten ihre Trauben, prüften den Reifegrad und gingen lieber noch ein zweites Mal in den Weinberg zur Nachlese. Die besten Weine kannten keine Eile. Die berühmteste Traube der Region, der Nebbiolo, aus der der Barolo und der Barbaresco gekeltert wurden, sah mitunter noch die ersten Nebel.

Andrea und Mahesh blickten über die Hügel und teilten die besondere Stimmung des angehenden Herbstes. Die Fülle, den Lohn und das Schwinden. »Schön, dass du heute Zeit hast«, sagte Mahesh und genoss die Nervosität des ersten Alleinseins, die prickelnde Ungewissheit.

»Leider nur kurz. Meine Tante hat Gäste zum Essen eingeladen.«

»Ihr seid nicht wirklich verwandt, oder?«, wollte Mahesh wissen.

»Sie und ich nicht. Ich bin der Enkel des Bruders vom alten Barbieri. Aber ich nenne die beiden Tante und Onkel, das ist einfacher. Sie haben keine eigenen Kinder, deshalb ist der Kontakt eng.«

»Deine Tante ist eine schwierige Frau«, sagte Mahesh vorsichtig, »sie explodiert leicht.«

»Deine Freundin auch«, entgegnete Andrea.

Der richtige Moment, um etwas klarzustellen, dachte Mahesh.

»Ella ist wirklich nur eine Freundin«, erklärte er, »auch wenn deine Tante etwas anderes sagt.« Hatte er da ein Aufblitzen in Andreas Augen gesehen? Freude womöglich? Oder bildete er es sich nur ein? Wie schwer es doch war, einen Menschen zu lesen, wenn die eigenen Wünsche die Sicht so verstellten!

»Meine Tante hat ein böses Mundwerk – *una boccaccia maligna* –, und sie ist engstirnig«, gab Andrea ihm recht. »Mein Onkel fürchtet sich vor ihr.« Sie lachten beide und stießen mit einem Negroni an. Die granatrote Flüssigkeit war bitter und süß. Mahesh schmeckte die unzähligen Kräuter des Wermuts heraus, seine Sinne waren wach und geschärft. Er roch die Aromen, die aus seiner Küche aufstiegen, durchsetzt von einem Hauch Schokolade aus Ellas Laden, spürte den leichten Wind auf seiner Haut und nahm das Vibrieren in Andreas Stimme wahr. War es Erregung oder Unsicherheit?

»Sie nennt mich ›den Ausländer‹ und verbreitet haarsträubende Geschichten über mich«, erzählte Mahesh, »dabei komme ich aus Turin! Dass du jetzt hier bist, findet sie sicher nicht gut.«

»Sie weiß es ja nicht«, erwiderte Andrea und dachte über Heimlichkeiten und seine letzte Freundin nach, die er im ersten Jahr auf der Uni kennengelernt und von der er sich kurz vor seinem Auslandspraktikum in Chile getrennt hatte. Und daran, dass er sich dort verliebt hatte und nun endlich verstand, wer er war. Weit weg von zu Hause war es so viel leichter gewesen, unter Fremden, die ihn nicht mit ihren Erwartungen fesselten.

»Woran denkst du?«, fragte Mahesh, weil er merkte, dass Andrea gerade ganz woanders war, nicht mehr auf diesem Turm und nicht bei ihm.

»An Chile, ich habe dort ein Praktikum gemacht. Es war eine sehr intensive Zeit.«

»Reist du gern?«

»Im zweiten Studienjahr war ich für Praktika in Schottland und Australien. Und letztes Jahr in Marokko und zuletzt in Chile. Das war unglaublich. Aber eigentlich bin ich am liebsten hier.«

»Ziemlich ambitioniert. Sind die Praktika Pflicht?«

»Ja, für alle.«

»Wie hast du das finanziert?«, wollte Mahesh wissen.

»Nun, die Uni ist privat, aber sie wird von verschiedenen Organisationen bezuschusst. Außerdem habe ich eine kleine Erbschaft gemacht, und meine Eltern waren damit einverstanden, dass ich sie in meine Ausbildung stecke. Das war mein Traum ... und ist es noch. Und du?«

»Ich?«

»Ja, was ist dein Traum, Mahesh?« Andrea studierte Maheshs schönes ruhiges Gesicht und entdeckte einen Anflug von Melancholie. Der war ihm schon bei ihrer ersten Begegnung aufgefallen. Die Art von Traurigkeit, die zurückblieb, wenn ein Traum platzte und als Sediment auf den Grund der Seele sank. Humus, guter, nährstoffreicher Boden, das Resultat einer Zersetzung. Ein Traumacker, der nur darauf wartete, neu bestellt zu werden.

»Der sein dürfen, der ich bin«, sagte Mahesh vorsichtig. »Und die Menschen mit meiner Küche verzaubern.« Er überlegte. »Glücklich sein«, fügte er dann noch an.

»Und dich verlieben«, führte Andrea Maheshs Liste fort.

»Ja. Vielleicht, wenn ich den Mut finde.«

»Ich weiß, was du meinst.«

»Wirklich?« Weißt du es wirklich?

»Ja, ich weiß es.«

Andrea griff nach Maheshs Hand, und der erschrak über die plötzliche Berührung, nach der er sich so gesehnt hatte. Es war anders, als Ellas Hand zu spüren, ihre Umarmungen und absichtslosen Küsse, und anders als Emanueles. Andrea erinnerte Mahesh an Lakshmi, die Göttin der Fülle und Schönheit. Die Strahlende auf der Lotusblüte, die in seinem Wohnzimmer auf einem kleinen Altar stand. Eine der unzähligen Verkörperungen der einen namenlosen formlosen Essenz, die sich im hinduistischen Götterhimmel tummelten.

Mahesh stand auf und ging an die Brüstung auf der Nordseite, von wo aus er auf die Straße sah, zu Ellas Laden und zur Bäckerei hinunter. Der alte Barbieri kam gerade vom Stadtplatz zurück und betrat sein Geschäft. Andrea folgte Mahesh und sah mit ihm den Passanten zu, die durch die Via Cavour flanierten. Der Ober in Maheshs Lokal servierte *aperitivi,* während seine Küchenhilfe die Öfen und Töpfe im Blick behielt.

»Musst du runter?«, fragte Andrea. »In dein Lokal?«

»Nein, nicht gleich. Wir haben noch Zeit.«

»Bin ich dir zu nah gekommen?«, wollte Andrea wissen, und Mahesh schüttelte den Kopf. »Schlechte Erfahrungen?«, fragte Andrea nach.

»Ja, aber das habe ich überwunden. Und trotzdem habe ich Angst ... vor dem, was passiert.« Vor den Gefühlen, nicht vor dem Drängen.

»Ja, etwas passiert, nicht wahr?«

Mahesh zögerte, legte dann vorsichtig seine Hand in Andreas Nacken und zog ihn an sich. Andrea gab dem leichten Druck nach, bis ihre Lippen sich berührten, nur ihre Lippen. Sie öffneten sich nicht, forderten nicht mehr, begnügten sich mit der Möglichkeit. Und dann sahen beide einander an. Maheshs Blick fragte: Ist es das, was du willst? Bist du der, von dem ich hoffe, dass du es bist, große Seele? Und Andreas antwortete: Es ist, wovon ich träume, seit ich aus Chile zurück bin und meine einsamen Orgasmen angefangen haben, mich zu quälen. Jetzt löste sich Andrea und zog ein kleines Stück Papier aus seiner Hosentasche, einen Kassenbon.

»Du hast deine *focaccia* nicht bezahlt, Mahesh Bai«, sagte er und lächelte.

»Du meinst, ich habe Schulden bei dir?«

»Ganz genau«, bestätigte Andrea und faltete den Zettel auf der Brüstung mit geschickten Fingern zu einem kleinen Papierflieger. »Du wirst sie jetzt mit einem Wunsch begleichen.«

»Einem Wunsch?«

»Ja. Bezahle mit einem Wunsch, und ich lasse ihn für dich in den Himmel steigen.«

Mahesh dachte kurz nach, nur pro forma, denn er kannte den einzigen Wunsch, der ihm auf der Seele brannte. Er nickte zum Zeichen, dass er so weit war. Da warf Andrea den winzigen Flieger in die Luft, und er schaukelte über die Straße und verschwand zwischen den Dächern der gegenüberliegenden Häuser.

»Ist er abgestürzt?«, wollte Mahesh wissen.

»Hast du ihn fallen sehen?«, fragte Andrea zurück.

»Nein.«

»Dann hat ihn der Wind mitgenommen.« Andrea hielt nach dem kleinen Flieger Ausschau und scherzte: »Wahrscheinlich lesen ihn gerade deine Götter.«

»*Focaccia,* zwei Euro neunundsiebzig?«, fragte Mahesh mit breitem Lächeln und genoss die verrückte Konversation.

»Unsinn, die Götter erkennen natürlich die wahre Botschaft.« Andrea tat, als würde er den Flieger auffalten und lesen, was darauf stand: »›Ich, Mahesh Bai, wünsche mir, dass Andrea Barbieri mit mir eine Nacht unter den Sternen verbringt.‹ *Das* lesen deine Götter!«

Mahesh sah Andrea überrascht an. »Ist es wirklich so

einfach? Ich meine, wir leben hier in einer kleinen Stadt. Die Leute …« Er zögerte. »Wenn ich nur an deine Tante denke. Weiß sie denn, dass du …«

»Nein«, unterbrach Andrea ihn, »das tut sie nicht. Niemand aus meiner Familie weiß es. Noch nicht.«

»Aber du bist so weit?«, wollte Mahesh wissen.

»Hier oben schon«, antwortete er. »Hier auf diesem Turm schon.«

15

In den Regalen unter der Gewölbedecke lagerten die sortenreinen Schokoladen in kleinen Eimern. Eigentlich war es Kuvertüre. Die enthielt mehr Kakaobutter als herkömmliche Schokolade, die man im Laden kaufte, und ließ sich deshalb zum Überziehen von Gebäck, Torten und Pralinen verwenden oder zur Herstellung einer Canache für betörende Füllungen. Ella bestellte sie in Form kleiner Chips, die sich schnell verarbeiten ließen. Die reine Kakaobutter, die sie unter anderem zum Anrühren von Lebensmittelfarben verwendete, sah dagegen aus wie helle Bandnudelstreifen, und das Marzipan und das Nugat wurden in Blöcken geliefert. Sie selbst herzustellen, machte auch in einer Profiküche keinen Sinn. Die Qualität der fertigen Produkte war kaum zu übertreffen, und ihre persönliche Note bekamen die Zutaten ohnehin durch Ellas kreative Weiterverarbeitung. Daneben bevorratete sie auch noch Zucker, Gewürze, Sesam, Mohn, allerlei Nüsse, Trockenfrüchte und Kokosflocken. Ihre Küche war mit Temperierbecken ausgestattet, mit Tablettwagen für die fertigen Pralinen, die abkühlen oder aushärten sollten, und Messern, Sieben, Schöpfkellen, Raspeln, Schneebesen und Spateln, die an Wandleisten hingen, so wie die Bestellungen und Rezepte des Tages. Die große Überziehmaschine wälzte unaufhörlich dickflüssige Kuvertüre um, durch die die kleinen Köstlichkeiten auf einem Gitterband liefen, kurz untertauchten und perfekt ummantelt wieder aufstiegen.

Das rhythmische Schlagen des Schneebesens und das Gebläse der Umluft in Ellas Ofen, in dem ein zarter Kuchen Mandelduft verströmte, vermengten sich auch an diesem Vormittag mit Radiomusik – Radio Cuneo Nord. Die Zwillinge waren in der Schule, und Greta stand im Laden. Ella war ganz in ihre Arbeit versunken, als sie von einem stillen Schatten aufgeschreckt wurde, der in der Tür ihrer Pralinenküche auftauchte und sie beobachtete.

»Stehen Sie da schon lange?«, fragte sie Michele und rührte weiter dunkle Kuvertüre-Chips in warme flüssige Sahne, die auf dem Herd stand. Sahne mit einem Schuss Glukosesirup, der die Canache, die sie gerade zubereitete, geschmeidiger machte und ihr einen schöneren Schmelz verlieh.

»Ein paar Minuten vielleicht«, entgegnete Michele. »Greta hat mich runtergeschickt.« Er trug heute wieder den Anzug, den er schon bei ihrer ersten – unguten – Begegnung angehabt hatte, mit einer Weste und rahmengenähte Schuhe. Seine Haare waren verwuschelt, und Ella war davon überzeugt, dass er in diesem Dreiteiler auch mit den Neun vom Stadtplatz Faustball spielen oder sich an den Strand von Albenga setzen würde, um das Meer zu betrachten. »Sie singen bei der Arbeit«, stellte Michele fest. Ella wurde rot und beugte sich etwas tiefer über ihren Kochtopf. Sie durfte das Rühren nicht unterbrechen. »Darf ich mich umsehen?«, überging Michele ihre Verlegenheit und fand sie zauberhaft.

»Bitte, aber passen Sie auf, dass Sie sich nicht schmutzig machen. Hier kleben überall Schokolade und Lebensmittelfarben.« Michele ging an ihr vorbei in die Küche, begutachtete jeden Winkel, befühlte Spatel und Backpinsel, öffnete neugierig die Tür zur Kühlung, schloss sie wieder und zog dann vorsichtig ein Tablett mit Marzipanpralinen aus dem Tablettwagen. Er musste eine probieren, erriet das Rosenwasser, schmeckte die Mandeln heraus, ahnte die Aromen ferner persischer Basare und ihrer Gewürze. Der Durst der weiten Wüsten blieb zurück. Gerade als er das Laufband der Überziehmaschine anwerfen wollte, zog Ella ihren Topf vom Herd und rief: »Müssen Sie wirklich alles anfassen?!«

»Entschuldigung. Ich bin eher der haptische Typ, ich begreife die Dinge immer erst, wenn ich weiß, wie sie sich anfühlen.«

Ella spürte der Erinnerung nach, die der Ring an seiner Hand in ihr auslöste.

September 2009, drei Jahre nach Ellas geplatzter Hochzeit

Nicolo war nach Hause gekommen. Sein Visum war abgelaufen, doch er hatte mittlerweile eine Greencard und die Absicht, weiter im Silicon Valley zu arbeiten. Ella hörte bereits den amerikanischen Akzent durchklingen, wenn er Italienisch sprach, und bemerkte einen Anflug von Großspurigkeit an ihm. Jetzt saßen sie im Haus auf dem Hügel, im Zimmer der Zwillinge, und sangen gemeinsam das alte Schlaflied für sie – Ninna nanna. Langsam fielen ihnen die Augen zu.

Nicolo war mit Lisa und Lauro bei seinen Eltern gewesen. Sie hatten gespielt und waren herumgetobt, doch je seltener er zu Besuch kam, umso länger dauerte es, bis die Kinder in ihm wieder ihren Vater sahen. Bald würden sie in den Kindergarten kommen.

Nicolo zog ein Etui aus seiner Tasche und klappte es auf. »Kennst du die noch, Ella?«, fragte er, und sie blickte auf ihre Trauringe. Als sie sie damals ausgesucht hatten, hatte Ella nicht den leisesten Zweifel daran gehabt, wie ihr gemeinsames Leben aussehen würde. Jetzt nahm sie ihm die Ringe aus der Hand, und sie kamen ihr schwerer vor als früher. Sie steckte den kleineren an, und er war ihr zu eng. Fast hätte sie ihn nicht mehr vom Finger bekommen. »Haben wir den richtigen Zeitpunkt verpasst?«, fragte Nicolo, und sie lehnte sich an ihn, so wie früher, doch es fühlte sich fremd an. »Ella, ich ...«

»Ja?«

»Ich gehe wieder zurück nach Kalifornien.«

»Ich weiß«, sagte sie und verstand nicht, warum es ihr nicht wehtat. Es war so still in ihr. Wo war nur die ganze Sehnsucht hin?

»Kommt ihr diesmal mit?« Zweimal waren die Flüge für sie und die Kinder schon gebucht gewesen, und beide Male hatte Ella einen Rückzieher gemacht, weil der Gesundheitszustand ihres Vaters sich nie lange genug gebessert hatte, um ihn alleine zu lassen. Die Metastasen breiteten sich aus – bis in ihr Herz. Sie erlaubten ihm kaum noch zu schlagen, und Nicolo lebte in einer Warteschleife.

»Wie denn?«, fragte Ella. »Mein Vater ...«

»Du musst es nicht erklären.«

Ella seufzte. Sie konnte ihren Vater nicht alleine lassen, auf keinen Fall, oder ihm die Kinder wegnehmen und sie entwurzeln. Er liebte sie doch so sehr. Nein, sie konnte nicht fortgehen, jetzt nicht mehr. »Vielleicht, wenn du noch hierbleiben würdest ...«, sagte sie zaghaft.

»Vielleicht, Ella? Nur vielleicht?«

In der Nacht, in der Ella Nicolo vom Flughafen abgeholt hatte, hatten sie nicht wie sonst miteinander geschlafen und in der darauffolgenden Nacht auch nicht. Sie hatten am Bett der Zwillinge gesessen, so wie jetzt, und geredet. Dass ihre Körper sich nicht mehr nachei-

nander sehnten, konnten sie nicht länger voreinander verbergen.

Ella gab Nicolo das Etui mit den Ringen zurück, und er stellte es auf den Nachttisch der Kinder.

»Ich möchte, dass du sie behältst, Ella«, sagte er. »Ich trage sie schon zu lange mit mir herum, und es wird Zeit, dass ich nach vorn schaue.« Ella nickte. »Wir werden eine Besuchsregelung treffen. Ich nehme mir so viel Zeit für die Kinder, wie ich kann, versprochen. Und wenn sie größer sind, können sie mich zusammen mit meinen Eltern in den Staaten besuchen. Oder mit dir, wenn du möchtest.«

Als Ella ein Jahr später erfuhr, dass Nicolo heiraten würde, verkaufte sie die Ringe, beglich die nächste Hypothekenrate und verschenkte ihr Brautkleid. Die lichtblaue Schleife behielt sie und legte sie zu den Spiegelscherben in den alten Karton.

Ella wischte sich die Hände an der Schürze ab und schob eine Haarsträhne unter die Haube, die sie hier unten bei der Arbeit tragen musste. »Was kann ich denn für Sie tun?«, fragte sie Michele. Er stand noch immer in ihrer Pralinenküche und sah sich um.

»Haben Sie über mein Angebot nachgedacht, die Partnerschaft?«, wollte er wissen. Sie schwieg. »Ich verstehe. Es ist zu früh.« Michele hatte so sehr gehofft, sie würde Ja sagen. Irgendwie schien es ihm stimmig, auch wenn er nie gewagt hätte, sie zu fragen, hätte er bei ihrer ersten Begegnung schon gewusst, wer sie war. Mittlerweile hatte er von den Schwierigkeiten erfahren, mit denen sie auf der Plantage zu kämpfen gehabt hatte, von der Krankheit ihres Vaters, dem Weggang des Bruders, den Schulden. Seine Mutter recherchierte sogar noch weiter im Stadtarchiv.

Die ersten Aufzeichnungen über die Plantage der Donatis stammten aus dem 18. Jahrhundert – Abschriften von Kaufurkunden, Pachtverträge und Bestandslisten der Vorräte der stationierten französischen Truppen ab 1796, in denen Weinlieferungen der Familie verzeichnet waren.

Micheles Blick fiel auf ein dickes, in dunkles Leder gebundenes Buch ohne Titel, das auf einem Servierwagen lag, wohl auch ein Relikt aus vergangenen Tagen. Er blätterte zaghaft darin und überflog Rezepte in schwankender Handschrift. Kleine Skizzen waren dazwischen, Zitate und unleserliche Passagen. Die Geschichte eines Lebens in Gramm und Millilitern, tausendmal und mehr zur Hand genommen, das verrieten die Gebrauchsspuren. Er klappte es zu, als er spürte, dass es nicht für fremde Augen bestimmt war.

»Wie viel Zeit müsste ich investieren?«, fragte Ella, die Michele aus dem Augenwinkel beobachtete und gewähren ließ. Seine Neugierde schmeichelte ihr.

»Nun, die Verarbeitung fällt in den Herbst und den Winter. Aber Sie müssten natürlich nicht immer dabei sein. Wenn die Produktpalette erst einmal steht und wir alles so weit wie möglich automatisiert haben ...«

»Das Nussmehl lassen wir in der Mühle in Molino di Roddi mahlen«, unterbrach Ella Michele. »Aber für eine gute Nusscreme brauchen wir ein industrielles Aufschlaggerät, diese Mengen kann ich hier nicht herstellen.« Ella ging in ihren Vorratsraum und kam kurz darauf mit einer Schüssel wieder heraus. Sie tauchte einen Teelöffel hinein und hielt Michele die *crema* zum Probieren hin. »Ich gebe gesalzenes Karamell dazu, aber es schmeckt auch interessant mit einer Mokkanote.«

Michele testete die Nusscreme. »Wunderbar«, sagte er, und: »Heißt das, Sie sagen zu?« Sie zuckte mit den Schultern. »Sie könnten Lisa und Lauro mitbringen, damit würden Sie meiner Mutter eine Freude machen.« Ella überlegte noch immer. Eigentlich hatte sie mit ihrer Chocolaterie schon genug zu tun. »Außerdem würden Sie mit Ihrem Bruder zusammenarbeiten. Der ist im Winter bei mir nicht ausgelastet. Er hat mir angeboten, dann nur noch sporadisch zu kommen, aber ich würde ihn wirklich gerne fest auf der Plantage behalten.«

In dem Moment stieg Ella ein unguter Röstgeruch in die Nase. »Mist!«, rief sie, riss die Ofentür auf und blinzelte, als ihr heißer, beißender Qualm entgegenkam. »O nein! Warum geht denn die blöde Zeitschaltuhr nicht?«, schimpfte sie und stellte den Ofen ab.

»Darf ich helfen?«, fragte Michele, aber da hatte Ella schon nach den Topflappen gegriffen und den Kuchen aus dem Ofen geholt. Sie kippte ihn samt Kuchenform wütend in den Mülleimer.

»Wieso passiert mir so was nur immer?!«

»Wirklich immer?«

Ella lehnte an ihrer Arbeitsplatte und schnaufte. »Nein, natürlich nicht immer«, relativierte sie ihren Hang zum Chaos, der im krassen Gegensatz zu ihrer disziplinierten Arbeitshaltung stand. »Aber manchmal ist auch zu oft.«

»Sie sollten Ihren Blick auf das Positive richten«, versuchte Michele, sie zu trösten. »Immerhin ist die Bluse noch heil.« Ella rang sich ein Lächeln ab. »Darf ich mal sehen, woran es liegt?« Michele ging zum Ofen, stellte ihn wieder an, drehte an der Zeitschaltuhr und wartete.

»Verstehen Sie denn was von Backöfen?«, wollte Ella wissen.

»Ich bin Flugzeugingenieur, ich kann unbemannte Flugkörper aufsteigen lassen, da sollte so eine kleine Zeitschaltuhr keine Herausforderung sein.«

»Wenn Sie meinen.« Wenig später löste die Uhr aus, es klingelte, und der Ofen stellte sich ab.

»Sie haben sie nicht eingeschaltet.«

»Natürlich hab ich …« Ella trat dicht an Michele heran und sah nun ebenfalls auf den Drehschalter. Ihre Schultern berührten sich. Fast hätte sie sich an ihn gelehnt, es hätte gutgetan, doch sich anzulehnen, hatte sie verlernt. »Sie haben recht.« Ella ging zum Mülleimer hinüber, klopfte den Kuchen aus der Form heraus und stellte sie in ihre Spüle. »Vielleicht wollen Sie sich das mit der Partnerschaft noch mal überlegen«, sagte sie dann. »Es lässt sich nicht verbergen, dass ich einen Hang zu Missgeschicken habe.«

»Kein Problem«, erwiderte Michele, »mein Leben verträgt ein bisschen Impulsivität. Es war in den letzten Jahren viel zu vorhersehbar.« Ella staunte über seine Gelassenheit. »Manchmal wünsche ich mir direkt ein paar Überraschungen, wirklich, sie sind mir willkommen.«

16

Als Michele nach Hause kam, saß Pippa in ihrem Büro und telefonierte. »Nein, die Deadline ist schon übermorgen, länger kann ich nicht warten.« Pause. Sie hörte ihrem Gesprächspartner zu und bedeutete Michele zu warten, als er hereinkam. »Dann würde ich an Ihrer Stelle ein paar Überstunden machen. Ich sehe nicht, wo das Problem liegt!« Sie hob die freie Hand, weil Michele etwas sagen wollte. »Warte!«, flüsterte sie ihm zu. »Mailen Sie mir das.« Pause. »Nein, sofort.« Pause. »Ganz genau. Auf Wiederhören.« Pippa legte auf und strich sich energisch die Haare aus dem Gesicht. Michele spürte ihre Anspannung. »Wenn ich in der Agentur das Sagen hätte, würde ich einiges umstrukturieren und Leute entlassen«, sagte sie.

»Hast du jetzt Zeit?«, fragte er, küsste sie flüchtig und setzte sich auf das schwarze Ledersofa, das sie so liebte. Ihr Einrichtungsstil war modern und zweckmäßig. In ihrem Haus in Albenga hatte sich das widergespiegelt, doch hier starrte Pippa die fremde Geschichte aus jeder Ecke an, und ihre Möbel passten nicht dazu.

»Was gibt's?«, fragte sie.

»Ich war in der Stadt«, begann Michele, »und habe noch mal mit Donatis Schwester gesprochen.« Pippa reagierte nicht, als wüsste sie nicht, von wem er sprach. »Die die Chocolaterie hat«, erklärte er.

»Ich weiß, wen du meinst«, erwiderte Pippa. Wie sollte sie auch nicht? Seit Ellas Kinder hier gewesen waren, sprach ihre Schwiegermutter von nichts anderem mehr. Außerdem hatte sie es sich zur Aufgabe gemacht, die Vergangenheit des Hauses und seiner Bewohner zu erforschen. »Es ist fast dreihundert Jahre alt, wer hätte das gedacht! Es hat die Besetzung Albas durch die Truppen Napoleons überstanden«, hatte sie geschwärmt, und Pippa hatte ihr schon beim zweiten Satz nicht mehr zugehört. Reichte es nicht, dass sie Danilo Donati fast jeden Tag sah? Mussten ihr jetzt auch noch die Kinder seiner Schwester vor Augen führen, dass sie Micheles größten Wunsch ignorierte? Als er an diesem Drohnenprojekt gearbeitet hatte, war er so eingespannt gewesen, dass das Thema Kinder für Jahre vom Tisch gewesen war. Und er war oft auf Sizilien, auf der Militärbasis, auf der die Flugkörper getestet wurden, sodass sie ganze Nächte durcharbeiten konnte, ohne ein schlechtes Gewissen haben zu müssen. Damals bekam sie in Mailand die Auszeichnung für ihre Ferrero-Kampagne – ihr größter Auftraggeber. Seit sie direkt am Stammsitz lebte, war sie federführend für die Projekte der Firma verantwortlich. Als sie den Award in Händen gehalten hatte, wusste sie, dass sie es geschafft hatte. Eine euphorische Erfahrung, stimulierend und befreiend. Einer dieser Momente, in denen sie sich lebendig gefühlt hatte und unbesiegbar. Michele war am Abend der Verleihung nicht bei ihr gewesen, aber er hatte sie am Morgen danach überrascht.

Mailand, im Mai 2015, vor gut zwei Jahren

»Signora Mariani?«, fragte Michele den Ober des Mandarin Oriental, und der deutete durch den edlen Frühstücksraum auf einen Tisch am Fenster. Pippa saß dort mit ihrem Agenturchef. Sie trug ein enges rotes Kostüm, das den Ton ihres Lippenstifts aufnahm, und lachte.

»Pippa, Silvestre …« Michele war zu ihnen hinübergegangen, begrüßte beide und überreichte Pippa Rosen, die er am Flughafen für sie gekauft hatte. »Es tut mir wirklich leid, dass ich es gestern Abend nicht geschafft habe. Ich gratuliere.«

»Danke. Wie …? Du hast gar nicht gesagt …« Pippa wusste nicht, was sie sagen sollte.

»Ich bin kurz entschlossen in den Flieger gestiegen«, erklärte Michele und setzte sich, ohne sie zu küssen. Sie schien ihm auf einmal so reserviert. »Und dachte, wenn Silvestre dich einen Tag in der Agentur entbehren kann, dann machen wir heute zusammen Mailand unsicher und hängen noch eine Nacht dran.« Er freute sich auf eine Auszeit mit seiner Frau, jenseits der Routinen und überbordenden Termine, denn sie hatten sich aus den Augen verloren, im wahrsten Sinne des Wortes. Sahen sich zu selten, und wenn, dann kaum noch an. Nahmen einander gar nicht mehr wahr.

Pippa und Silvestre wechselten einen Blick. »Meinetwegen …«, begann er, doch sie unterbrach ihn.

»Das geht wirklich nicht, tut mir leid, Michele. Ich habe heute um vierzehn Uhr eine wichtige Konferenz. Unser Zug geht mittags.«

»Könntest du die nicht übernehmen?«, fragte Michele Silvestre, den er seit Jahren kannte. Sie trafen sich auf Firmenfeiern und wenn Michele Pippa in Genua besuchte.

»Silvestre kennt das Projekt nicht«, antwortete Pippa für ihn und stieß ihren Chef ans Bein.

Michele spürte Unbehagen. Er hatte das Gefühl zu stören. Erst jetzt bemerkte er den geöffneten Champagner und eine Pralinenschachtel auf dem Tisch. »Ihr feiert wohl immer noch«, kommentierte er die beiden Gläser und das Konfekt. Silvestre räusperte sich verlegen. »Ich gehe dann mal auf mein Zimmer«, sagte er, »ich muss noch packen. Michele, hat mich gefreut.« Er gab ihm die Hand, sie war feucht. »Treffen wir uns in der Lobby, Pippa?«

»In einer halben Stunde«, antwortete sie.

»Darf ich Ihnen etwas bringen?«, fragte der Ober von vorhin, und Michele verneinte. Jetzt schwieg er und Pippa auch. Die Rosen lagen neben ihrem Teller. Sie hatte sie kaum zur Kenntnis genommen.

»Ich hatte anrufen sollen«, sagte Michele nach einer Weile.

»Das hättest du«, erwiderte Pippa, griff nach ihrer Handtasche, holte ihren Taschenspiegel heraus und kontrollierte ihr Make-up. Es war perfekt.

»Bist du böse, weil ich es gestern nicht geschafft habe?« Sie schwieg. »Glaub mir, ich wäre lieber bei dir gewesen.« Sie schob ihren Teller zur Seite. »Dieser Job macht mich kaputt, Pippa. Und ich will so nicht weitermachen.« Er griff nach ihrer Hand. »Wir sollten so nicht weitermachen.« Jetzt sah sie ihm in die Augen, und er las etwas darin, das ihm das Herz abschnürte. »Gibt es etwas, das ich wissen sollte?«, fragte er. »Über die letzte Nacht?« Es war nur ein kurzes Aufleuchten in ihrem Gesicht, Bestürzung und Triumph zugleich, aber kein schlechtes Gewissen. Auf die Haltung, die sie bewahrte, konnte sie vertrauen, und er konnte den Schutzschild nicht durchbrechen. Nie.

»Nein«, antwortete sie und beließ es dabei. Es gab nichts zu sagen.

Im Herbst 2016 übernahm Silvestre eine leitende Position in der PR-Abteilung von General Motors und zog nach Detroit. Die Agentur bekam einen neuen Chef, und

Pippa willigte ein, nach Alba umzuziehen. Sie wollten einen Neuanfang wagen.

»Ella Donati hat zugesagt, mit mir die Selbstvermarktung aufzuziehen«, sagte Michele zu seiner Frau. »Sie wird in Zukunft öfter hier sein, und ich würde mich freuen, wenn du sie kennenlernst und ihr euch etwas anfreundet.«

Pippa hatte keine Freundinnen. Im Job bedeutete Vertrautheit Verwundbarkeit. Das hatte sie nie als Manko empfunden. Ihre Mitteilsamkeit hielt sich in Grenzen und der Wunsch nach Ablenkung auch.

»Sollen wir ihr ein Zimmer herrichten?«, fragte sie. »Der ganzen Familie vielleicht? Dann hätte deine Mutter gleich die erwünschten Enkel.«

»Du bist verärgert«, stellte Michele mit ruhiger Stimme fest. »Liegt es daran, dass Ella Donati zugesagt hat, mit mir zu arbeiten, oder hat es mit deinem aktuellen Projekt zu tun?«

»Es liegt daran, dass du nicht Herr im eigenen Haus bist. Du hast hier ein Vermögen reingesteckt, und ich habe trotzdem das Gefühl, nur zu Besuch zu sein. Solange die Vorbesitzer hier ein und aus gehen, als wäre das noch immer ihr Haus, wird es nie zu unserem.«

»Ich brauche ihr Know-how«, entgegnete Michele.

Ihr Telefon klingelte, erst das Festnetz, und nachdem sie nicht abnahm, ihr Handy. Sie warf einen Blick auf die angezeigte Nummer und lehnte den Anruf ab. »Ich muss arbeiten«, sagte sie und schaute wieder auf den Monitor ihres PC.

»Das ist alles? Mehr sagst du nicht dazu?«, fragte Michele.

»Kann ich dich denn umstimmen? Suchst du dir einen anderen Partner, wenn ich das möchte?«

»Das ist nicht so leicht …«

»Siehst du!«

»Zumindest nicht kurzfristig.« Pippa tauchte schon wieder ab. Sie konnte blitzschnell umschalten, hoch konzentriert. »Lass es uns versuchen, Pippa, bitte. Vielleicht findest du sie ja nett. Lass dich doch einfach überraschen.« Er stand jetzt hinter ihr und küsste sie auf den Hals, aber sie reagierte nicht. Dann legte er seine Hände auf ihre Schultern, massierte ihren verspannten Nacken und berührte ihre Brüste.

»Nicht«, wehrte sie ihn ab, »ich habe wirklich zu tun.« Jetzt drehte er sie auf ihrem Stuhl um, beugte sich über sie, stützte sich an der Schreibtischplatte hinter ihr ab und küsste sie. »Ich muss …«

»… meinen Mann glücklich machen«, unterbrach Michele sie und zog sie zu sich hoch. Ihr Widerstand nahm ab. Er knöpfte langsam ihre Bluse auf. Dann schob er sie zum Sofa hinüber, sperrte die Tür zu und legte sich zu ihr, streifte ihren Rock ab, strich über ihre Seidenstrümpfe und verlor sich in ihrer Schönheit. Sie schliefen kaum noch miteinander, doch wenn, dann versuchte er, Pippa neu zu erkunden, langsamer, tiefer, intensiver als früher. Ihren Körper zu studieren wie das Land, auf dem er jetzt lebte – den lebendigen, fruchtbaren Boden. Er suchte sie und ihre Liebe in ihrer gemeinsamen Lust und hatte doch das Gefühl, als würde sie sich damit nur betäuben. Als wäre er im Dialog mit ihr und sie im Monolog mit sich. Wie gerne hätte er ihr gesagt, dass er sie liebte, immer noch, wieder. Aber sie entzog sich, sobald sie sich ihm schenkte. Ihre fast schon neurotische Selbstoptimierung, der Drang zur Perfektion, an dem sie sogar noch in ihrem gemeinsamen Schlafzimmer festhielt, trennte sie immer mehr, ihre Kontrolliertheit.

17

Ein strahlend schöner Tag Ende September, sonnig und klar, perfekt für einen Ausflug mit Sophia Mariani, dachte Salvatore, als er voller Vorfreude aus seinem Haus trat. Die Kastanie, unter der er so gerne saß, wechselte bereits ihre Farbe, das Grün schlug in sattes Herbstgelb um, und erste Früchte fielen zu Boden. Kleine eingerollte Igel, wehrhaft und wertvoll. Salvatore streckte sein Wintergemüse damit und röstete sie, um sie als Kaffee-Ersatz aufzugießen. In manchen Jahren nahm Ella sie auch mit nach Molino di Roddi zur Mühle, und die machten ein famoses Mehl daraus. Salvatore hob zwei Kastanien auf, steckte sie ein und pfiff nach seinem Hund, den er am Morgen nicht gefüttert hatte, damit er nach den Trüffeln suchen würde. Er hieß ihn auf den Rücksitz seines Geländewagens springen und setzte sich hinters Steuer. Die paar Hundert Meter bis zur Plantage der Marianis hinüber und die wenigen Kilometer bis zum nächsten geeigneten Wald schaffte er noch ganz gut. Und er ging es gemächlich an, denn er hatte Zeit und projizierte keine Pläne in die Zukunft. Denen hätte er doch nur nachlaufen müssen.

Sophia erwartete ihn unten an der Straße bei der Marienstatue. Salvatore sah sie zum ersten Mal in Hosen und mit Wanderschuhen. Er selbst hatte seine verbeulte Jacke mit den großen Taschen an, in denen sich die Käserinden und das alte Brot für seinen Hund befanden – seine Belohnung für einen glücklichen Fund – und in die er auch die Trüffel steckte, die er fand. Eingewickelt in ein Taschentuch. Jetzt zog er die Kastanien heraus und legte sie, ehe er Sophia die Wagentür aufhielt, der Maria zu Füßen. Die ersten Kastanien im Jahr, zwei Stück, seit dreiundsiebzig Jahren, immer.

»Um wie viel Uhr fahren Sie denn normalerweise los, Salvatore?«, fragte Sophia ihn, nachdem sie auf dem Beifahrersitz Platz genommen hatte. Es war bereits später Vormittag.

»Gegen fünf. Ich gehe ohne Licht und verlasse mich auf meinen Hund und mein Gespür.« Mancher *trifolao* war nachts unterwegs, aber Salvatore hielt nichts davon, sich um den Schlaf zu bringen. In seinem Alter war er einem nicht mehr so reichlich geschenkt. Und was sollte das auch, dieses heimliche Herumschleichen im nebelverhangenen Unterholz, früher und immer noch früher? In seiner Kindheit waren sie kurz vor dem ersten Büchsenlicht aufgebrochen, eine Laterne am Arm, und jetzt ging keiner mehr ohne Stirnlampe in den Wald – Stunden vor dem Sonnenaufgang. Angeblich diente das der Geheimhaltung, denn die besten Trüffelplätze waren Gold wert, genauer, um die viertausend Euro das Kilo Trüffel. Salvatore hatte seine in einem kleinen schwarzen Buch verzeichnet, das er von seinem Onkel geerbt hatte und eines Tages seinem Nachfolger weitervererben würde. »Im Morgengrauen hat man die beste Deckung«, erklärte er. »Wenn die anderen sich schon gegenseitig mit ihren Suchscheinwerfern abgeschossen haben.« Er schmunzelte über die albernen Irrlichter und fuhr Richtung Süden.

Sophia blickte auf die Rückbank. »Wie heißt er denn eigentlich?«, wollte sie wissen.

»Wer?«

»Na, Ihr Hund«, meinte sie und betrachtete das weiße Fellknäuel, das brav auf der Rückbank lag und sie aus dunklen Knopfaugen ansah. Seine rosarote Nase zuckte.

»Toto«, erwiderte Salvatore. »Die heißen alle Toto, seit eine Freundin den ersten so genannt hat.«

Oktober 1989, im Jahr vor Francescas Tod

Die Kinder spielten mit Salvatores Welpen, den er gerade auf der Università dei Cani da Tartufo oben in Roddi angemeldet hatte. Die einzige Schule zur Ausbildung von Trüffelhunden weit und breit. Drei, vier Jahre würde es dauern, bis Fido so weit war, aber dann würde Salvatore mit ihm und seiner Trüffellizenz losziehen und offiziell in das lukrative Geschäft mit den piemontesischen Bodenschätzen einsteigen. In seiner Familie hatte es schon einige trifolai gegeben, er hatte also Erfahrung.

Danilo und Ella jagten Fido zwischen den Haselnussbäumen vor der Terrasse. Die Fenstertüren zur Küche standen offen, Francesca hatte einen Kuchen im Ofen.

»Noch ein Glas Limonade?«, bot sie Salvatore an, der mit ihr unter einem gelben Sonnenschirm saß, obwohl die Sonne kaum zu sehen war. Er nickte und hielt ihr sein Glas entgegen. »Ich muss Ella im Auge behalten. Sie versucht immer, schneller zu laufen als ihr Bruder, und fällt dann über die eigenen Beine«, sagte sie und schenkte ihm ein. »Nur noch ein bisschen, Dino!«, rief sie dann. »Du musst mit deinen Hausaufgaben anfangen.« Danilo tat, als hätte er seine Mutter nicht gehört. Dass er jetzt in die Schule gehen durfte, fand er toll, aber das Schreiben fiel ihm schwer. Lieber mochte er Rechnen und den Sportunterricht. »Hat dein Hund denn schon einen Namen?«, wollte Francesca wissen.

»Fido«, sagte Salvatore.

»Aber er sieht gar nicht aus wie ein Fido«, erwiderte

sie fröhlich, und Salvatore freute sich, dass es ihr wieder besser ging. Philippe hatte sie Ende August, kurz nach Ellas Geburtstag, nach Cuneo ins Krankenhaus gebracht. Dort hatte sie zwei Wochen lang Tag für Tag mit einem Arzt gesprochen und Medikamente bekommen. Salvatore hatte keine Ahnung, was ihr fehlte, obwohl sie einmal versucht hatte, es ihm zu erklären. »Stell dir vor, du findest nicht mehr aus dem Wald«, hatte sie gesagt. »Du rufst, aber dich hört keiner. Du hörst dich nicht mal selbst. Und die Zeit löst sich auf.« Wie in einem Schützengraben, war sein erster Gedanke gewesen. Die Männer, die aus Russland zurückgekommen waren, hatten ihm davon erzählt. »Du weißt, dass der Feind da draußen ist, harrst tagelang aus und kannst dich vor Angst kaum rühren«, hatten sie gesagt. Nur dass ihr Feind in ihrem Inneren saß und der Krieg in ihrer Seele tobte. Salvatore hatte Francesca damals in den Arm genommen, damit sie wusste, dass er sie halten würde, egal, ob sie gerade im Himmel, auf der Erde oder in der Hölle hauste, und ihr dann von seinen eigenen Gräben erzählt. Nur ihr. Der Kummer anderer war einem immer ein Trost.

Jetzt trank er seine Limonade und genoss den freien Nachmittag, den Zustand der Absichtslosigkeit. Es hatte schon was für sich, sein eigener Herr zu sein und ungebunden.

Francesca zog Danilos Rechenbuch aus seinem Schulranzen und winkte ihm mit seinem Federmäppchen. »Jetzt, Dino!«, rief sie.

Erschrocken sah er sie an und kam an den Tisch gelaufen.

»Ich geh rein«, sagte er schnell.

»Aber warum?« Sie schob ihm sein Heft über den

Tisch und öffnete den Reißverschluss des neuen Federmäppchens.

»Nicht, mamma!«

»Ist da vielleicht etwas drin, das ich nicht sehen soll?« Sie blickte skeptisch. »Oder fehlt etwas?« Danilo sah schuldbewusst aus. »Das Lineal?« Er schüttelte den Kopf. »Oder der Füller?« Sie klappte es auf und entdeckte ihren Autoschlüssel. »Du hast ihn schon wieder genommen?!« Der Junge stand mit hängenden Schultern da und schwieg. »Warum tust du das nur?« Salvatore räusperte sich. »Das letzte Mal hab ich meinen Schlüssel in Dinos Sockenschublade gefunden«, erklärte sie ihm verärgert, »und einmal hinter den Sofakissen. Mein Sohn ist ein Dieb!«

»Das klingt mir mehr nach den sarvanòts«, nahm Salvatore Danilo in Schutz.

»Nach wem?«

»Na, nach diesen kleinen Waldelfen. In den Bergen kennt sie jeder«, versicherte er Francesca mit ernster Miene. »Sie verknoten die Stricke der Tiere im Stall und stehlen den Leuten die Wäsche von der Leine.«

»Die sarvanòts«, wiederholte sie.

»Ganz genau. Streu ihnen ein bisschen Zucker auf den Küchentisch, dann lassen sie dich in Ruhe.«

Danilo schlug sein Rechenbuch auf. Er schämte sich, er war kein Dieb, bestimmt nicht.

»Du versprichst mir, dass das nicht mehr vorkommt«, sagte seine Mutter streng, und seine Augen füllten sich mit Tränen. »Danilo!«

»Ich verspreche es«, flüsterte er und wusste, dass er dieses Versprechen nicht würde halten können.

Ella kam mit Fido angelaufen und setzte sich auf Francescas Schoß.

»Du findest also, mein Fido sollte anders heißen«, wechselte Salvatore das Thema.

»Ja, nenn ihn Toto«, schlug Francesca vor. Salvatore verschluckte sich fast. Toto, den Namen hatte er über vierzig Jahre nicht mehr gehört. Schlagartig stand ihm Giannas Bild vor Augen.

»Wieso das?«, fragte er verwundert.

»Na, weil er aussieht wie der Hund auf dem Bild in Ellas Zimmer. Dorothys Hund aus dem Zauberer von Oz. Der mit den braunen Flecken.« Es war ein Märchen. Francesca hatte mal versucht, es ihm zu erzählen – eine wirre Geschichte. »Was meinst du, Ella, Schatz, sieht Fido nicht aus wie Dorothys Toto?«

»Ja, wie Toto«, sagte sie und strahlte. »Mit Kringeln.«

»Mit Locken, genau«, bestätigte Francesca und küsste sie. Ellas Wange war ein Wolkenbett, und sie roch nach Himmel. »Soll Salvatore Fido nicht lieber Toto nennen?«

»Also ich weiß nicht …« Salvatore überlegte. Toto … Das wäre ja, als würde er sich selbst rufen. Toto … Aber dann stimmte er zu, weil er den Klang dieses Namens vermisste – fast so sehr wie sie.

»Und wir graben wirklich keinen Trüffel aus?«, wollte Sophia von Salvatore wissen. Sie hatte sich informiert und wusste jetzt genug über diese Pilze, um sich nicht vor ihm zu blamieren. Theoretisch.

»Ein paar schwarze vielleicht, die weißen sind noch nicht so weit«, gestand Salvatore ihr zu und trat ein bisschen fester aufs Gas. Keine fünfzehn Minuten später bog er von der Straße ab, fuhr auf einem unbefestigten Weg an einer Haselnussplantage vorbei und parkte dann.

»Suchen wir gleich hier?«, fragte Sophia, als Toto aus

dem Wagen sprang und, die Nase am Boden, sofort loslief.

»Nein, Signora, auch wenn die Haselnüsse gute Wirte sind. Wir wollen in einen Eichenwald, gleich dort hinten.« Sophia blickte in die angedeutete Richtung, in der sich ein kleines Waldstück in eine Senke schmiegte. »Die besten Böden sind lehmig, kalkhaltig und sandig«, erklärte Salvatore und wünschte, er wäre etwas wortgewandter, um ihr den märchenhaften Wald und seine mystische Suche so zu beschreiben, dass sie ein Bild malen könnte. »Der Trüffel mag's feucht, aber nicht nass, und warm sollte es im Herbst auch noch sein«, sagte er stattdessen und fühlte sich unbeholfen.

»Bestes Steinpilzwetter also«, kommentierte Sophia und bückte sich, als sie das Waldstück erreicht hatten, um den Boden zu befühlen. Zwischen den Eichen wuchsen auch vereinzelt Buchen, Linden und Nadelbäume. Das Blätterdach über ihnen lichtete sich bereits, erstes Laub raschelte unter ihren Füßen.

»Den *porcino* nehmen wir auch mit, wenn wir ihn sehen«, sagte Salvatore und zog ein großes kariertes Taschentuch aus einer seiner Taschen.

Er stützte sich bei der Suche auf einen langen Stock, treuer Begleiter aller *trifolai,* mit dem sich das Gestrüpp aus dem Weg schlagen ließ und das ständige Bücken leichter fiel. Und er hatte seine sapin dabei, mit der die Trüffel ausgegraben wurden. *»Beika bin,* Toto! *Beika bin!«,* rief er seinem Hund zu, der bereits die Bäume umrundete und emsig suchte.

»Beika bin?«, fragte Sophia.

»Ist Piemontesisch, darauf hört der Hund«, behauptete Salvatore, dabei hätte Toto auch in jeder anderen Sprache gehorcht. »Das heißt so viel wie ›Schau schön hin‹.«

»Mögen Hunde denn Trüffel?«, wollte Sophia wissen. Sie kannte nur die Schweine aus dem Perigord, die ganz verrückt danach waren.

»Wenn sie noch klein sind, reibt man sie ihnen in warme Milch. So bringt man sie auf den Geschmack, Signora.«

Sie kamen jetzt tiefer in den Wald. Die Sonne fiel durch das Blätterdach, und Sophia spürte eine ganz besondere Kraft. Anders als auf der Plantage. Dieser Ort war wild und ungestaltet. Er ruhte wie eine unberührte Insel inmitten der Kulturlandschaft. Ein bisschen so wie Salvatore, dessen ursprüngliche Art sie mochte, das Gottvertrauen und die Geschichten in seinem Gesicht. Jetzt schnalzte er mit der Zunge, sagte wieder etwas, und Toto horchte auf. Erneut das Schnalzen und dann ein Zischlaut. Ein geheimer Code zwischen Herrchen und Hund.

»Man muss mit ihnen reden, damit sie sich konzentrieren und sich nicht ablenken lassen«, erklärte er und wurde plötzlich schneller. Toto fing unter einer alten Eiche an zu graben, und Salvatore kniete sich hin und half ihm. Der Hund kratzte erst an einer, dann an einer anderen Stelle knapp daneben, und Salvatore harkte vorsichtig nach. Plötzlich entdeckte er etwas und rief: *»Basta,* Toto, *basta!«* Er zog seinen Hund, der schon die Grasnarbe weggescharrt hatte und Erde durch die Luft fliegen ließ, weg, sagte erneut *»Basta!«* und steckte ihm eine Käserinde zu.

»Hat er einen?«, fragte Sophia aufgeregt.

»Sogar einen weißen«, bestätigte Salvatore und stellte fest, dass er zwar nicht besonders groß, aber doch reif war. Die pure Seligkeit durchströmte ihn und der typische Duft nach Knoblauch und feuchtem Erdreich mit einer feinen Honignote und dem Aroma von Heu. Er grub den Trüffel aus, füllte das kleine Loch im Boden wieder auf und drückte die Grasnarbe darauf fest. Dann wischte er den Trüffel andächtig sauber und hielt ihn Sophia hin. Ihre Augen strahlten, seine auch. Kinder auf dem Jahrmarkt im Kettenkarussell, die allererste Fahrt, das verrückte Gefühl im Magen und dann der Duft von Zuckerwatte und *torrone*. Heimlich von zu Hause fortgeschlichen mit dem mühsam ersparten Taschengeld. Salvatore hätte vor Freude weinen können, der erste weiße Trüffel in diesem Jahr, und vielleicht würde er ihn heute noch für sie zubereiten dürfen!

Sophia griff neugierig nach dem Kleinod, trat einen Schritt zurück, knickte auf dem unebenen Waldboden um und wäre um ein Haar gestürzt. Der Trüffel fiel ihr aus der Hand, und Toto schnappte danach, als Salvatore geistesgegenwärtig seinen Stock fallen ließ, sie am Arm fasste und an sich zog.

»Ach, wie ungeschickt«, sagte sie und verweilte in seinem Blick. Etwas geschah. Sie hielten beide den Atem an, und Salvatore strich zärtlich durch ihr weißes Haar – als würde er frisch gefallenen Schnee berühren. Er konnte seinen Mut kaum fassen und war doch so ängstlich wie damals, als er Gianna zum ersten Mal geküsst hatte, mit fünfzehn. Sie hatte Geburtstag gehabt, und er hatte ihr eine silberne Spange für ihr langes flachsfarbenes Haar geschenkt.

»Ich wusste nicht, dass so was passieren kann …«, sagte er voller Ehrfurcht.

18

Salvatores Haus war spartanisch eingerichtet, doch Sophia fand es gemütlich. Es erzählte viel über seinen Besitzer, der offensichtlich ordentlich war und treu. Das sah sie an den Dingen, die er aufhob und wohl auch reparierte: ein altes Radio, das gerade leise Musik spielte, eine sorgfältig geklebte Vase mit frischen Blumen auf dem Wohnzimmertisch und Möbel aus den Sechzigerjahren des letzten Jahrhunderts, zwischen denen sie sich gerade wie ein junges Mädchen fühlte. Salvatore hatte keinen Fernseher. Stattdessen sah sie auf der frisch polierten Anrichte viele gerahmte Fotos: Salvatore als Junge mit seinen Eltern in Schwarz-Weiß; als junger Mann an der Seite einer jungen Frau in einer Art Uniform, und sie hatte ein Gewehr geschultert – vor diesem Foto lag eine Haarspange und ein kleiner goldfarbener Stern; ein Bild von ihm zwischen Kameraden des Widerstands und dann noch eines – ein jüngeres in Farbe –, das drüben auf ihrer Plantage aufgenommen worden sein musste. Es zeigte eine Frau mit dunklem Haar und auffällig blauen Augen mit einem gefleckten Hund.

»Ist sie das?«, fragte Sophia Salvatore. »Die Freundin, die Ihren Hund Toto genannt hat?«

»Ja, das ist Francesca Donati, Danilos Mutter ... Ihr Vorarbeiter«, erklärte er.

»Ich kenne bereits die ganze Familie«, entgegnete Sophia, »auch seine Schwester und die Kinder. Sie sind sehr lieb.«

Danilo hatte es erzählt. »Francesca ist aus dem Süden gekommen, aus Kalabrien«, sagte Salvatore und nahm ihr Bild in die Hand, um sie genauer zu betrachten. Seine Augen waren nicht mehr so gut wie früher, aber er sah jetzt ohnehin mehr mit dem Herzen.

»Eine schöne Gegend!«

»Na ja, wie man's nimmt. In manchen Orten hat die 'Ndrangheta das Sagen, wissen Sie. Verfeindete Familien, mächtige Clans ... Francesca hat's mal erwähnt. Und dass sie dort keinen mehr hat, also keine Familie.« Salvatore schluckte. »Aber wie sie's gesagt hat, da hab ich lieber nicht nachgefragt.«

»Das ist ja furchtbar!« Sophia wurde blass.

»Sie erpressen Schutzgelder in ganz Europa und handeln mit Drogen und Schlimmeres. Sehen wie Geschäftsleute aus, Handlungsreisende, aber die haben den Tod im Gepäck.«

»Wie war sie denn so?«, wollte Sophia wissen. »Francesca?«

»Anders. Lieb. Und ein bisschen verrückt. Ist mit den Kindern einfach ins Auto gestiegen und ans Meer gefahren. ›Heute suchen wir die Smaragdstadt‹, hat sie dann zu ihnen gesagt. Irgend so ein Ort aus einem Märchen.«

»Aus dem *Zauberer von Oz*«, erwiderte Sophia. »Lisa hat mir die Geschichte vorgelesen. Ihre Großmutter mochte sie wohl sehr.«

»Kann sein«, sagte Salvatore. »Ich weiß noch, dass sie einmal ganze drei Tage weg gewesen sind und ihr Mann sich Sorgen gemacht hat. Er war immer wieder hier und hat mich nach ihr gefragt, aber ich wusste doch auch nichts.« Er sah Philippes ängstliches Gesicht noch heute vor sich.

»War sie nicht glücklich auf der Plantage?«, fragte Sophia.

»Hatte wohl Heimweh. Eine kleine Sturmmöwe, die

sich verflogen hat.« Salvatore stellte das Bild zurück und entschuldigte sich. »Ich sollte dann mal unser Abendessen machen.«

Sie hatten noch einen weißen Trüffel ausgegraben, den er ihr wenig später auf einem Rührei servierte, einfach darüber gehobelt, denn den *tartufo bianco* durfte man im Gegensatz zum schwarzen Trüffel nicht kochen. Sofort stieg sein sattes, ungezähmtes Aroma auf und adelte das schlichte Gericht. Sophia tauchte mit der Gabel hinein, spießte ein marmoriertes Blättchen mit auf, spürte dem feinen Knacken zwischen den Zähnen nach, der Nussnote und erlag einem Feuerwerk aufblitzender Geschmackseindrücke.

»O mein Gott! Das ist ja ganz unglaublich«, lobte sie das Essen. »Es schmeckt nach ... nach ...« Sie suchte nach Worten und fand sie nicht.

»Denken Sie sich nichts, das kann keiner wirklich beschreiben, Signora«, tröstete Salvatore sie. »Ist ein bisschen wie die Suche selbst, ein Mysterium.«

»Nennen Sie mich doch Sophia, Salvatore«, bat sie ihn und lächelte ihn an. Er konnte immer noch nicht glauben, dass sie jetzt wirklich hier war, in seiner spartanischen Küche, in seinem kleinen Haus.

Er nickte, nahm das Salz und stieß dabei an ihre Hand, weil sie zur selben Zeit nach ihrem Weinglas griff. Sie trank einen Schluck, stellte es zurück und legte ihre Hand auf seine.

»Sie sind Linkshänderin«, sagte er, um irgendetwas zu sagen, da ihn Glückseligkeit durchströmte.

»Genau wie mein Sohn«, erwiderte sie.

»Haben Sie auch an der Küste gelebt?« Danilo hatte erzählt, dass Michele und seine Frau aus Albenga gekommen waren.

»Nein, in Turin. Michele ist dort groß geworden. Wir hatten da ein Haus, mein Mann und ich.«

»Ihr Mann«, wiederholte Salvatore und versuchte, ihn sich vorzustellen.

»Er ist vor drei Jahren gestorben. Wir waren über vierzig Jahre verheiratet.«

»Das tut mir leid. Ich meine, dass er gestorben ist«, sagte er, und das tat es wirklich – sehr. »Was hat er denn gemacht, Ihr Mann, also beruflich?«

»Er war Rektor an der Schule, an der ich Kunstgeschichte und Französisch unterrichtet habe. Dort haben wir uns auch kennengelernt.«

»Kunstgeschichte, ja, das passt gut zu Ihnen, Sophia!«, meinte Salvatore, zog seine Hand unter ihrer hervor und streichelte vorsichtig über ihren Handrücken.

»Und Sie«, fragte sie sanft, »waren Sie auch verheiratet?« Sie hatte kein Hochzeitsfoto gesehen, nur das Bild mit der jungen Frau in Uniform, und darauf sah er sehr verliebt aus.

Juli 1944, Gianna ist seit zwei Monaten untergetaucht

Die Amerikaner hatten Rom befreit und waren mit den alliierten Streitkräften in der Normandie gelandet. Seither bekämpften die Deutschen die Partisanen noch vehementer, um sich Rückzugsgebiete zu sichern. Sie durchkämmten Städte, Dörfer und abgelegene Weiler flächendeckend. Erst im Mai war nach heftigen Kämpfen im Maira- und Varaitatal von den Rebellen eine Republik gegründet worden, eine von insgesamt sechzehn befreiten Zonen, die die Deutschen jetzt zurückerober-

ten. Gianna erzählte, dass die Waffen-SS und eine motorisierte Kolonne der Wehrmacht in Dronero zusammengekommen waren, direkt am Taleingang. Sie war durchgeschlüpft – eine kleine Verkäuferin mit unschuldigem Augenaufschlag –, um in Alba Geld zu beschaffen. Maria Donati versteckte sie in dieser Nacht in ihrem alten Weinkeller. Giannas Elternhaus war nach wie vor nicht sicher und Salvatores auch nicht mehr. Er war schon zweimal verhaftet worden.

»Sie brennen ganze Dörfer nieder, Toto«, erzählte Gianna ihm jetzt, denn Maria Donati hatte die Laterne ins Fenster gestellt, als es dunkel geworden war, und da hatte er gewusst, dass er rüberkommen sollte. So verständigten sie sich, ohne zusammen gesehen zu werden.

»Als im Juni die Nachricht von der Erschießung der Kameraden aus dem Val Grande gekommen ist, bin ich fast umgekommen vor Angst. Dreiundvierzig Kameraden!«, sagte Salvatore und zog die dünne Decke über Gianna. Sie saßen am Boden zwischen Regalen und uralten Fässern, und es war feucht und kühl.

»Zweiundvierzig und eine Kameradin«, korrigierte Gianna ihn. »Cleonice war auch dabei.« Die Deutschen hatten die Widerstandskämpfer gefoltert und dann in zerrissenen Kleidern durch mehrere Ortschaften laufen lassen, ehe sie sie in Fondotoce hingerichtet hatten. Eine Demonstration zur Demoralisierung jener, die mit ihnen sympathisierten oder sich anschließen wollten.

»Ich habe unten bei der Maria für sie gebetet«, erzählte Salvatore und verschwieg Gianna, dass er seither oft dort hinging und auch für sie betete. »Könnt ihr das Tal halten?«

»Das müssen wir, Toto, schon um unsere Pläne für

eine freie Republik Alba zu verwirklichen. Toni sagt, sie wird im Winter kommen.«

»Und wie lange überstehen?« Salvatores Zweifel wurden stärker. Die unzähligen gefolterten und ermordeten Widerstandskämpfer, die Deportationen und Vergeltungsschläge der Deutschen und ihrer Helfer aus dem eigenen Volk, die verwüsteten Dörfer, die toten Frauen und Kinder, Alten und Versehrten, das alles zermürbte ihn. Ein Leben in ständiger Angst, ohne Schlaf und Vergebung.

»Bis die Alliierten da sind«, sagte Gianna, und sie spürten beide dieser Hoffnung nach.

»Warum haben sie dich geschickt?«, wollte Salvatore jetzt wissen. »Du wirst gesucht, das war leichtsinnig.«

»Ich hab mich freiwillig gemeldet. Ich musste dich sehen.« Salvatore seufzte. »Ich muss dir etwas sagen, Toto«, fuhr sie fort und lächelte.

»Ja?«

»Ich bin schwanger, wir bekommen ein Kind.« Er erstarrte, sah sie ungläubig an und spürte, wie sein Herz schneller schlug. »Ich weiß, das war nicht geplant, aber …«

»Wir werden heiraten«, unterbrach er sie und zog sie in seine Arme. »Und gehen zusammen nach Neapel, zu deinem Vater.«

»Nein!«

»Bitte, Gianna, jetzt darfst du nicht mehr nur an dich denken.«

»Das tue ich doch nicht. Ich denke an meine Mutter und Sandra. Sie werden im Lager sterben.« Giannas Onkel, den Kriegsversehrten, hatten die Deutschen nach ihrem Verhör wieder freigelassen, aber die Frauen hatten sie in Turin in einen versiegelten Zug gepfercht. »Ich

sehe sie nur lebend wieder, wenn der Krieg schnell zu Ende geht, Toto, und die Lager befreit werden.«

Salvatore redete die halbe Nacht auf Gianna ein, bis ihr vor Erschöpfung die Augen zufielen. Ihren Kopf in seinem Schoß, sah er sich im schwachen Licht der Kerzen um. Auf den alten Weinflaschen lag eine dicke Staubschicht, doch die Gläser mit eingelegtem Gemüse, das Öl und die Seifenvorräte stapelten sich hier noch nicht so lange. Auf der Stirnseite eines Regals stand etwas in schöner Schreibschrift geschrieben, auf Französisch. Sein Blick blieb daran hängen, denn die Worte spendeten Trost, auch wenn er sie nicht alle verstand.

Als Gianna aufwachte, lag Salvatores Hand auf ihrem Bauch, und er streichelte sie.

»Du solltest auch etwas schlafen«, murmelte sie.

»Schlafen kann ich, wenn ich tot bin«, zitierte er den Kommandeur ihrer Brigade, einen ehemaligen Lehrer der Mittelschule, und Gianna musste lachen. Dann zog sie Salvatore an sich, knöpfte sein Hemd auf, drängte ihr Becken an seines und ließ ihn für einen kurzen Moment spüren, dass sie jung waren und am Leben.

Im Morgengrauen kam Maria Donati mit Brot und warmer Milch herunter und gab Bescheid, dass es Zeit zum Aufbruch war. Sie half Gianna, das Geld, das sie hinter dem Bild ihrer Ahnin Mariella verwahrt hatte, unter ein altes Korsett zu stecken, das ihre Mutter früher getragen hatte.

»Geh nicht zurück, bitte«, flehte Salvatore Gianna noch einmal an.

»Ich werde meine Leute nicht im Stich lassen«, sagte sie bestimmt. »Wir bekommen Lebensmittel aus Frankreich, und dafür brauchen wir das Geld.«

»Was ist mit den Bauern?«

»Was denkst du denn? Die bestellen jeden noch so kleinen Fleck, und wenn sie nur ein Dutzend Maiskolben darauf ernten. Aber sie haben keine Vorräte mehr, die haben ihnen die Deutschen abgenommen und sogar ihr Heu verbrannt, damit auch noch die letzte Kuh verhungert.« Giannas Augen glühten.

»Dann gehe ich für dich«, bestimmte Salvatore.

»Und ich sitze die nächsten Monate hier unten in diesem Keller?! Nutzlos? Nein, Toto, ich kämpfe, bis meine Mutter und Sandra wieder zu Hause sind ... oder das Kind kommt, egal, was du sagst.«

»Dann begleite ich dich«, unternahm er einen letzten Versuch.

»Nein. Allein bin ich sicherer, glaub mir.« Sie lehnte sich an ihn und hörte sein Herz schlagen. »Komm nach, sobald sie dich einberufen«, sagte sie. »Und kümmere dich so lange um deine Eltern. Du unterstützt unsere Sache doch hier genauso, Toto.«

»Nein, ich war nie verheiratet«, beantwortete Salvatore Sophias Frage. »Und ich war auch nur einmal verliebt.«

»Wie hieß sie?«

»Gianna«, sagte Salvatore zärtlich und ließ den Schmerz, an sie zu denken, zu. Denn da war diese Hand, die er hielt, und der blaue Blick, der auf ihm lag, und er fühlte sich beschützt.

»Was ist aus ihr geworden?«, fragte Sophia.

»Sie hat mich verlassen«, antwortete er, stellte die leeren Teller zusammen und brachte sie zur Spüle hinüber. Da wusste Sophia, dass sie an dieser Erinnerung nicht rühren sollte. Als er sich wieder zu ihr setzte und sie den Schatten bemerkte, der um ihn war, streichelte sie ihm tröstend über die Wange, und er legte seine Hand über ihre, damit sie wusste, dass er sie bei sich haben wollte, so nah wie möglich, auch wenn beide ein Seelenzimmer voreinander verschlossen hielten, weil es einem anderen gehörte. Seines hatte nicht einmal mehr eine Tür.

19

Am letzten Samstag im September, einen Tag vor dem Palio degli Asini, fuhren Ella und Michele nach Molino di Roddi zu der alten Mühle, von der sie ihr Haselnussmehl bezog. Danilo und die Zwillinge waren auch dabei. »Wir suchen die Katzen, von denen du uns erzählt hast, *mamma!*«, rief Lisa, gleich nachdem sie angekommen waren, und lief mit ihrem Bruder über den Hof, am Eingang und der Laderampe vorbei zum Kanal. Ein Wasserweg, der seit zweihundert Jahren einen Mahlgang und etliche neuere Walzenstühle antrieb. Leider war das alte Wasserrad verschwunden und durch Turbinen ersetzt worden, was der Zeitreise, auf die Ella ging, seit sie Jean-Baptiste Legrands Briefe las, aber keinen Abbruch tat.

3. Mai 1806

Meine teure Freundin,

heute führte mich mein Weg unter das Kastell von Roddi. Ich ging Deiner Idee nach, dort eine Ölmühle zu bauen und einen Mahlgang. Da nun immer mehr Bauern in der Region Haselnüsse anpflanzen, wäre sie gewinnbringend und hier am Scheitelpunkt der Schleife des Tanaro tatsächlich ein günstiger Standort. Er ist mit Fuhrwerken gut zu erreichen und bietet ideale Bedingungen, um einen Kanal anzulegen. Ich werde Dein Anliegen dem Bürgermeister vortragen und mich für eine schnelle Realisierung einsetzen.

Ach, wärst Du nur bei mir gewesen! Die blühenden Bäume ringsum, die grünen Wiesen und der junge Wein an den Hängen – was für ein Bild. Sie bauen hier den Dolcetto an, den Douce noir, und sagen, er benötige nicht so viel Sonne wie andere Sorten. Womöglich könntest Du Eure Baumpresse zerlegen lassen und hierher verkaufen. Ich sah den Bau eines neuen Kelterhauses, der noch nicht vollendet ist, und habe in Deinem Namen nachgefragt. Es besteht Interesse.

Der Deine auf ewig

Als Michele mit Ella um die romantische Mühle aus Bruchstein herum Richtung Kanal ging, fing ihn erst das Rauschen des stürzenden Wassers ein, dort, wo es die Turbinen antrieb, und dann die frühherbstliche Landschaft. Sie war im Uferbereich wild und überwiegend naturbelassen und ging erst in einiger Entfernung in abgeerntete Felder und Haselnussplantagen über. Ein Traktor fuhr gemächlich über einen Acker.

»Ich melde uns schon mal an«, entschuldigte sich Danilo, der den Müller kannte, da er ihn schon früher gemeinsam mit seinem Vater beliefert hatte. In guten Erntejahren, wenn das Kontingent für Ferrero ausgeschöpft war, war die Mühle ein guter Abnehmer gewesen. »Lasst euch Zeit, wir sind zu früh.«

Ella sah nach Lisa und Lauro. Sie hatten die zwei kleinen verwilderten Katzen kanalabwärts neben einer schmalen Brücke gefunden und fütterten sie jetzt. Eine grau getigerte und eine Glückskatze mit bunten Flecken. Der Müller stellte ihnen manchmal etwas Milch hin. Sie waren scheu, ließen sich aber mit *prosciutto* anlocken.

»Kommen die Kinder zurecht, Ella?«, fragte Michele, der nicht wusste, ob es für sie sicher war, so nah am Fluss.

»Natürlich, sie passen aufeinander auf, und das Wasser ist ja nicht tief. Außerdem können sie schwimmen.« Michele wirkte besorgt. »Sie waren schon oft hier, und es ist nie etwas passiert. Sie sind sehr selbstständig«, versicherte Ella ihm und war froh, dass es Lauro heute besser ging. Er war so still gewesen, als er gestern aus der Schule gekommen war, und hatte bedrückt gewirkt.

»Was ich sagen wollte, das Aufschlaggerät ist geliefert worden, und ich habe eine schöne alte Rösttrommel gekauft. Sie ist aus Messing.«

»Das ging ja schnell!«

»Außerdem haben wir die Genehmigung fürs Destillieren. Ihr Bruder meinte, der alte Herr, bei dem er wohnt, habe Erfahrung mit dem Schnapsbrennen. Er kann uns einweisen«, berichtete Michele. Sie saßen jetzt auf einer Bank und genossen die Stille der Landschaft, die sich im ruhigen Fluss spiegelte – die bunten Blätter großer Laubbäume, ein Gemüsegarten oberhalb der Uferböschung und wilder roter Wein, der an der Fassade der Mühle weiße Kastenfenster umrundete. Im Westen, nur ein paar Kilometer entfernt, thronte das Kastell aus dem 11. Jahrhundert über ihnen, hinter dem die Schule für Trüffelhunde lag.

»Sie meinen Salvatore? Ja, das ist eine gute Idee«, stimmte Ella zu. »Mit dem Destillieren kenne ich mich nämlich nicht aus.«

»Und wir wollen ja nicht gleich am ersten Tag in die Luft fliegen«, scherzte Michele.

»Darf ich mir solche Witze jetzt jeden Tag anhören?«, fragte Ella.

»Nur an den unfallfreien Tagen, an den anderen kümmere ich mich um Schadensbegrenzung«, antwortete er.

Danilo winkte sie zu sich, und Ella ging mit Michele zu den Zwillingen, um ihnen Bescheid zu geben, dass sie hineingingen.

»Dürfen wir sie mitnehmen?«, fragte Lauro seine Mutter hoffnungsvoll, als sie sich bückte, um die Katzen näher zu betrachten. Er streichelte gerade die kleine Glückskatze und strahlte.

»Wir haben keinen Platz für Haustiere«, erwiderte Ella. »Außerdem können sie bei uns nicht raus. Wir wohnen im ersten Stock und mitten in der Stadt.« Lauro war enttäuscht. »Und du willst sie doch nicht einsperren, oder?«

»Aber wenn's kalt wird und schneit, dann finden sie nichts mehr zu essen. Und sie frieren.«

»So oft schneit es nun wirklich nicht bei uns. Und wenn, dann schlafen sie ganz bestimmt in der Mühle«, tröstete Ella ihren Sohn, »und fangen dort Mäuse.«

»Bitte, *mamma* …« Ella hätte so gerne Ja gesagt. Lauro hätte ein Haustier gutgetan, ein Wesen, das ihn tröstete, wenn er sich alleine fühlte und Kummer hatte, so wie gestern. »Ich hab wirklich gelernt, *mamma*«, hatte er da zu ihr gesagt, weil er eine Fünf in Mathematik bekommen hatte, einem Fach, das er eigentlich liebte, »ganz viel. Aber dann war alles weg. Ich war der Schlechteste …«

Lauro hatte sich zwischen seinem Schrank und dem Bett versteckt, in der kleinen Höhle, die er dort mit Decken gebaut hatte, und im *Zauberer von Oz* geblättert. Denn der Holzfäller aus Blech, der mal ein Mensch gewesen war und jetzt sein Herz vermisste, der eingerostet im Wald stand und sich gar nicht mehr bewegen konnte, der war wie er, fand er. Genauso fühlte er sich, seit sein Großvater gestorben war, und manchmal auch, wenn sein *papà* sich am Telefon verabschiedete, ganz weit weg. Ein Herz zu haben, war vielleicht doch nicht so gut, das machte nur traurig … und wütend! Letzte Woche hatten Luca und Giacomo nämlich sein Rad auf dem Schulhof versteckt und sich dann darüber kaputtgelacht. Er hatte es ganz lange gesucht, weil er es doch brauchte, um damit in die Schule zu fahren und zur Plantage! Er war so wütend geworden, dass er nach Lucas Schutzblech getreten und sein Rücklicht zerbrochen hatte, aber das geschah ihm ganz recht. Nur musste er ihm jetzt sein ganzes Taschengeld geben, alles, was er gespart hatte, damit Luca ihn nicht verpetzte. Lisa hatte gesagt, dass die *mamma* nichts davon wissen müsste, damit sie sich nicht sorgte. Sie weinte nämlich auch manchmal unter ihrer Decke, und das wollten sie nicht schlimmer machen.

»Lauro, es geht nicht, wirklich«, schloss Ella das Thema endgültig ab. »Die Katzen wären bei uns nicht glücklich.« Lauro schluckte und hätte fast geweint. Ella sah, wie schon wieder eine kleine blaue Hoffnung aus seinem Blick verschwand. »Kommt ihr mit rein?«, fragte sie ihre Kinder, und Lisa meinte, dass sie lieber draußen spielen würden. Sie zog ihren Bruder zu einem Gatter, wo ein Esel stand. Einer der morgigen Champions womöglich.

Als Ella und Michele die Mühle betraten, warf Luigi Vitale, der Müller, gerade die Turbinen an. Der rundliche Mann mit dem schlohweißen Haar schlüpfte in seinen Arbeitskittel und schaltete kurz darauf die Walzenstühle an. Dann begann sich auch der schwere Läuferstein des historischen Mahlgangs im Nebenraum zu drehen. Luigi stieg über eine Leiter nach oben und füllte Getreide in den hölzernen Schütttrichter. Es rieselte langsam zwischen die

Mahlsteine, und das typische rhythmische Klappern der Mühle erklang. Im Mehlkasten droschen in stetem Takt zwei Holzstäbe auf einen Stoffschlauch ein, aus dem das feine Mehl herausstäubte. »Wir vermahlen hier Biogetreide und besondere Ölsaaten«, rief Luigi Michele zu, dem er stolz alles präsentierte. »Nüsse, Sesam, Kürbiskerne und Hanf. Und getrocknete Esskastanien, kleine Partien, die geben ein wunderbares süßes Mehl, *una farina dolce.*« Jetzt hielt er Ella, ihrem Bruder und Michele eine Schütte voll warmem Mehl hin, und Michele tauchte seine Finger hinein. Nichts, was er je berührt hatte, war damit vergleichbar. Es war pudrig und duftete zart. »Wir haben uns spezialisiert«, erklärte Luigi, »sonst könnten wir nicht mithalten. Ich vermahle im Jahr ja gerade mal das, was eine Großmühle an einem Tag schafft, aber meine Kundschaft ist treu.« Er sah zu Ella, und sie nickte. »Bringen Sie uns die ganzen Nüsse, so wie Philippe früher?«

»Nein, nur die Presskuchen, das Öl machen wir selbst«, sagte Ella.

»Das wird ein schönes Sortiment«, meinte Luigi, dem Danilo Micheles und Ellas Pläne bereits erläutert hatte.

»Dürfen wir in unserer Werbung ein paar Bilder Ihrer Mühle zeigen?«, wollte Michele wissen. »Die Leute lieben es, wenn sie sehen, dass in den Produkten noch echtes Handwerk steckt.« Außerdem hatte er lange keinen romantischeren Platz mehr gesehen. Die kleine Mühle unter der Festung war einem Märchenbuch entsprungen.

»Sicher, wenn Sie meinen Namen richtig schreiben«, erwiderte Luigi und lachte. Um seine Augen zogen sich hundert fröhliche Fältchen. »Werden mir schon nicht gleich die Tür einrennen, Ihre Kunden.«

»Zumal wir online verkaufen wollen«, erklärte Michele, »in die ganze Welt.«

Nachdem Luigi Michele seine Mühle von oben bis unten und alle seine Mehle vorgeführt hatte, ging er mit Danilo noch die Zahlen durch, die voraussichtlichen Liefermengen und die Kalkulation der Preise. Die Mühle lieferte in Säcken zu je sechzig Kilo, das Abfüllen in kleinere Gebinde würden sie dann auf der Plantage übernehmen und das Etikettieren auch.

Ella und Michele wanderten derweil, Mehlstaub in den Kleidern, ein Stück am Kanal entlang. Sie sahen die Zwillinge weiter unten an einer Staustufe spielen.

»Wie geht es Ihnen denn jetzt so mit dem Geschäft und der neuen Wohnung, Ella?«, fragte er unvermittelt. »Ich meine ... mit Ihrem neuen Leben?« Er blieb stehen und sah sie an. »Darf ich das fragen?«

Verirrte Strähnen fielen ihm ins Gesicht, und er strich sie sich hinters Ohr. Sein Haar würde sich weich anfühlen, dachte Ella da, anders als Danilos, das immer widerspenstig war und sich schon früher nie hatte kämmen lassen.

»Sicher, warum nicht?«, sagte sie.

»Weil ich doch irgendwie Teil des Problems bin.«

»Es war wirklich leichter für mich, als ich das noch so gesehen habe«, gestand Ella. »Aber die Wahrheit ist doch, dass mein Vater schlecht gewirtschaftet hat und mein Bruder einfach weggegangen ist. Ich sollte auf ihn böse sein und nicht auf Sie.« Und das war sie auch, immer noch. Danilo und sie hatten in den letzten Wochen nicht darüber gesprochen, sie waren beide so beschäftigt gewesen, aber sie würde nicht ewig auf seine Erklärung warten. Sie wollte endlich wissen, warum er in Cuneo gewesen und dann ins Mairatal gegangen war, nachdem er seinen Dienst bei den Gebirgsjägern quittiert hatte. Er hatte angedeutet, es hätte etwas mit ihrer Mutter zu tun gehabt, weil sie krank gewesen war, wie er meinte. Aber hätte er, um mehr über sie zu erfahren, nicht in den Süden gehen müssen, nach Kalabrien? Womöglich gab es dort noch Verwandtschaft, von der sie nichts wussten, oder Freunde, ehemalige Nachbarn, irgendjemanden, der die Familie Bruno gekannt hatte?

»Vielleicht sollten Sie gar nicht mehr böse sein, Ella, auf niemanden«, sagte Michele. »Warum jemandem Schuld zuweisen für etwas, das nicht zu ändern ist, wenn man doch weiß, dass man ihn trotzdem liebt?« Sie zuckte mit den Schultern und fühlte sich auf einmal wie ein verlorenes Kind. »Wir sollten verzeihen und weitermachen.« Ella fragte sich, von wem Michele wohl sprach. Sie hatte das unbestimmte Gefühl, dass er seinen Rat an sich selbst richtete. Die Zwillinge winkten ihnen zu, und er winkte zurück. »Sonst verlieren wir vielleicht noch mehr«, fügte er an.

»Uns selbst ...«, erwiderte Ella und blickte betreten zu Boden. Da legte er seinen Zeigefinger unter ihr Kinn und hob es vorsichtig an, damit sie ihn ansehen musste. Nähe.

»Und den Glauben an die Liebe, Ella.« Sie versank in eine tröstliche Einsicht, die ihr half, wieder aufzustehen. Nur ein Satz, eine Berührung, mehr brauchte es nicht, damit ihr Herz wieder anfing zu schlagen und ein bisschen Zuversicht durch die Adern pumpte. »Hatten Sie vorhin nicht noch zwei Ohrringe an?«

»Bitte?«

»Die Turmaline, es waren doch zwei.«

Ella griff sich instinktiv an beide Ohren und stöhnte. Sie hatte einen der Ohrringe verloren, die Danilo ihr geschenkt hatte! Sie sah auf den Boden und suchte danach, drehte sich im Kreis, strich mit der Spitze ihres Schuhs durchs Gras und lief auf und ab.

Danilo hupte. Er hatte Micheles Autoschlüssel und wollte los. Ella rief ihre Kinder und bat sie, mitzusuchen. Sie gingen gemeinsam zurück, die Augen auf dem Weg, und an den Katzen vorbei, die aus dem Gebüsch gelaufen kamen und um mehr Futter bettelten. Lauro lief tapfer weiter. Erst als sie am Wagen ankamen, drehte er sich noch einmal um und sah die beiden, wie sie in wenigen Metern Entfernung dasaßen und warteten. Da musste er dann doch weinen, aber ganz leise.

»Was ist?«, fragte Danilo seine Schwester.

»Er will die Katzen mitnehmen. Er sorgt sich, dass sie hier den Winter nicht überstehen«, erklärte sie den Kummer. »Und ich habe einen von deinen Ohrringen verloren.« Sie sah ihren Bruder mit schlechtem Gewissen an.

Jetzt schniefte Lauro und fragte seinen Onkel, ob *er* die Katzen nicht mitnehmen könnte. »Zu Salvatore, der hat doch ein Haus und einen Garten, Onkel Dino«, meinte er, und sein Kinn zitterte.

»Das würde Toto ganz sicher nicht gefallen«, antwortete er und wurde selbst traurig. Den Schmerz des Zurücklassens kannte er und das Gefühl, die aufzugeben, die Schutz brauchten.

»Wir können sie doch wieder besuchen«, versuchte Lisa, ihren Bruder zu trösten, »und dann bringen wir ihnen ganz viel zu essen mit.«

Die Katzen saßen noch immer am Mühlenhof und rührten sich nicht vom Fleck. Michele ging langsam zu ihnen hinüber und hob das Tigerchen vorsichtig hoch. Es wehrte sich nicht. Dann ging er mit ihm in die Mühle, dicht gefolgt von der kleinen Glückskatze, und kam wenig später mit einem Karton wieder heraus. »Der Müller meint, sie gehören keinem«, sagte er. »Und wie es aussieht, brauchen sie ein Zuhause und neue Eltern.« Ella erschrak. »Wenn sie bei *mir* wohnen, könnt ihr sie, sooft ihr wollt, besuchen. Wie wäre das?«, fragte Michele die Kinder. Lauro lief zu ihm und umarmte ihn. Er reichte ihm knapp über die Hüfte. »Und ich habe drinnen nach Ihrem Ohrring gesucht, Ella, aber da liegt er auch nirgends.«

Ella war furchtbar enttäuscht. Sie nahm den zweiten Ohrring ab und steckte ihn betrübt in die Hosentasche. »Ist schon in Ordnung«, sagte sie, »das ist typisch für mich. Ich verliere ständig irgendwas.« Schlüssel, Schmuck, Menschen und den Glauben an sie, ihr Elternhaus und jüngst sogar den Auspuff ihres Wagens auf der Tangenziale di Alba!

»Wie sollen die Katzen denn heißen?«, fragte Michele, um nicht darauf herumzureiten, und Lisa blickte mit ihrem Bruder zusammen in die Schachtel.

»Mädchen oder Buben?«, fragte sie.

Michele setzte die Schachtel ab und streichelte die beiden Fellknäuel. »Beides«, sagte er dann. »Die getigerte ist ein Kater, denke ich.«

»Henry und Em!«, bestimmte Lisa, und Lauro war einverstanden.

»Tante Em, genau, so heißt sie«, sagte er und strahlte.

Michele sah die beiden verständnislos an.

»Onkel Henry und Tante Em sind die beiden Farmer aus Kansas, bei denen Dorothy wohnt, das Mädchen aus dem *Zauberer von Oz*«, sagte Ella. »Erinnern Sie sich an das Wandbild, das Ihre Mutter restauriert hat?«

»Ja, natürlich.«

»Dorothy wird mit dem Haus der beiden von einem Wirbelsturm hochgehoben und in ein fernes Land geweht. Ein Märchenland.«

»Henry und Em?«, wiederholte Michele zweifelnd.

»Genau«, sagte Ella.

»Genau«, bestätigten auch die Zwillinge und diskutierten auf der Heimfahrt, wem von ihnen welches Kätzchen gehörte.

20

Am selben Abend schloss Mahesh sein Lokal bereits um halb elf. Zwar war die Stadt voller Touristen, doch an seiner Speisekarte, die bei ihm wie bei allen anderen Gastwirten Albas gut sichtbar vor der Tür angebracht war und auch auf einer Schiefertafel an der Hauswand lehnte, zogen die meisten vorbei. Der typische Piemont-Tourist – intellektueller Feinschmecker und Connaisseur erstklassiger Weine, gut betucht und mittleren Alters – suchte nach Trüffel- und Steinpilzgerichten, nach *carne cruda,* dem rohen, fein gehackten Kalbfleisch des weißen Fassone Piemontese, und den dünnen *tajarin,* Eiernudeln, die mit vierzig Eigelben pro Kilo hergestellt wurden. Das Vokabular der Speisekarten wiederholte sich Straßenzug um Straßenzug, nur Mahesh stach heraus und blieb links liegen. Ella hatte schon versucht, ihn umzustimmen, und ihn gebeten, sich wenigstens den Herbst über etwas konformer zu zeigen, doch Mahesh lag so viel daran, in seiner Küche seine Wurzeln zu spiegeln, dass er lieber pleiteging, als sich einzureihen. Und so flossen auch weiterhin Amchoor aus getrockneten grünen Mangos, Chili, Kardamom, Nelken und Kurkuma in seine Rezepte mit ein, Kreuzkümmel, Safran, Zimt und Ingwer. Maheshs Kürbis-Risotto mit Parmesan und Koriander, abgeschmeckt mit der nussig warmen Schärfe von handverlesenem Tellicherry-Pfeffer, glich Zeilen aus den Veden, ins Italienische übersetzt – ein Gedicht. Diese Verweigerung jeglicher Küchenklischees hatte heute den positiven Nebeneffekt, dass Mahesh sich noch mit Andrea treffen konnte. Er kam ihn besuchen, es war ihr drittes Treffen seit ihrer ersten Begegnung im Laden, und womöglich würde es auch ihre erste gemeinsame Nacht werden.

Mahesh war bereits bis über beide Ohren verliebt. Er tanzte vor seinem Restaurant, wenn er dort bei schönem Wetter noch immer die Tische eindeckte, fegte das Kopfsteinpflaster bis vor die Ladentür der *panetteria* und ließ sich sein Brot von den Barbieris liefern. Es war nicht so gut, wie er gehofft hatte, und viel zu teuer, aber darauf kam es jetzt auch nicht mehr an.

»Das hat einen Grund«, erklärte Andrea, als sie an diesem Abend in Maheshs Wohnzimmer bei ayurvedischem Tee saßen und auf Vishnu blickten, den Erhalter des Gleichgewichts zwischen Schöpfung und Weltuntergang. Die Statue war mit frischen Blumen geschmückt. Vor den bunten Bildern von Krishna und Hanuman brannten Räucherstäbchen. Dieser Raum glich ansonsten einem Beduinenzelt und erinnerte auch ein wenig an das scharlachrote Interieur des Chez Manu. Mahesh hatte kein Sofa, nur große bequeme Kissen um einen niedrigen Couchtisch herum auf dem Boden verteilt, und die Lampen waren Laternen aus buntem Glas. Schwere Berberteppiche dämpften die Schritte, und lange golddurchwirkte Brokatschals an den Fenstern machten das Zimmer gemütlich. »Die beste Bäckerei Albas macht ihr Brot nämlich nicht selbst«, fuhr Andrea fort und suchte eine bequeme Position auf den Kissen.

»Wie meinst du das?«, fragte Mahesh.

»Sie backen fertige Fabrikware auf, schon seit ein paar Jahren. Mein Onkel war eine Weile krank, und sie haben keinen Ersatz für ihn gefunden oder waren zu geizig, jemanden einzustellen, ich weiß es nicht. Da kamen sie auf die Idee, die Teiglinge fertig anliefern zu lassen, heimlich, und sie nur noch aufzubacken.«

»Und das hat keiner gemerkt?« Mahesh konnte es kaum glauben. Er stellte sein Teeglas auf den Couchtisch und atmete den Duft des zarten Sandelholzrauches ein. Er förderte die Kreativität, die Fantasie und das Selbstvertrauen, drei Dinge, von denen er hoffte, sie heute Nacht alle in sich zu vereinen, um Andrea damit zu beschenken.

»Die Einheimischen sind treu, und die Touristen kommen und gehen«, erklärte Andrea. »Außerdem verlieren die Leute doch sowieso ihren Geschmackssinn, je öfter sie dieses Industriefutter in sich hineinschaufeln. In Eile.« Andrea dachte gerade an frische, knusprige Blätterteigschichten, das Eintauchen in eine paradiesisch weiche Vanillecreme und den kühlen Kern von eingelegten Kirschen zum Frühstück – einem Frühstück mit Mahesh. »Die Menschen genießen doch gar nichts mehr«, sagte er und spürte dem imaginären Geschmack nach. »Die eine Hälfte lebt asketisch und hungert sich in Untergrößen, und die andere fällt über All-you-can-eat-Büfetts her!« Ein Trend, der auch die italienische Esskultur langsam durchsetzte.

»In meinem Restaurant in Turin haben sich die Leute Zeit genommen, um gemeinsam zu essen«, widersprach Mahesh.

Andrea öffnete einen Knopf an seinem Hemd, weil ihm warm war. Mahesh registrierte es und konnte für einen Moment nur noch an Andreas helle Haut denken. Daran, wie sich sein Brustkorb unter dem dünnen Stoff langsam hob und senkte. Die Atmung, das Ein und Aus, ein und aus. Das Pranayama, eine yogische Übung, das Atmen von Glück.

»Der Genuss braucht eben eigene Räume, Freiräume, wo sich die Achtsamkeit entfalten kann«, sagte Andrea.

»Ohne Ablenkungen. Dann konzentrierst du dich nämlich nur noch auf diese eine Sache und entdeckst dabei deine persönlichen Vorlieben …« Sprachen sie noch vom Essen? Oder flirtete Andrea schon wieder mit ihm? »Du lässt Überraschungen zu und Geschmacksexplosionen«, sagte er, und Mahesh hoffte, dass er ihn meinte, ihn und sein Begehren. »So habe ich an der Uni in Bra Trüffel schätzen gelernt.« Jetzt knöpfte Andrea Maheshs Hemd auf, den ersten Knopf und dann noch einen. »In der Mensa kochen Spitzenköche aus der ganzen Welt, weißt du, ehrenamtlich, und ein Südamerikaner hat dort einen Steinbutt mit Trüffeln zubereitet. Der hat verboten gut geschmeckt.«

»Verboten?«

»Ja … irgendwie schon.«

»Genuss ist tatsächlich etwas, das man sich erlauben muss«, meinte Mahesh. »Man darf nicht schon beim ersten Bissen ein schlechtes Gewissen haben, dass man schwelgt.« Oder gegen Konventionen verstößt, dachte Andrea und öffnete einen weiteren Knopf an Maheshs Hemd. Und dann noch einen und noch einen, und schließlich zog er es ihm ganz langsam aus.

Andrea verspürte jetzt Hunger. Hunger und Nervosität. »Ich hab dich beim Kochen beobachtet, als ich das letzte Mal hier war, unten im Lokal«, gestand er und hielt sich noch ein wenig an der Konversation fest. »Weißt du, wie versunken du bist, wenn du etwas abschmeckst?«

Mahesh lächelte. Seine dunklen Augen schimmerten. »In der Restaurantküche muss es schnell gehen«, erklärte er Andrea, der jetzt auch *sein* Hemd über die Schultern streifte. »Aber sobald ich etwas abschmecke, halte ich an, dann bleibt die Zeit stehen, und ich sammle mich.« Er versuchte, diesen Moment in Worte zu fassen, auch wenn er mehr als abgelenkt war. »Das ist Yoga, die Vereinigung von Körper und Seele, von Geschmack und Vision«, sagte er leise.

»Die Vereinigung«, wiederholte Andrea, griff nach Maheshs Hand und legte sie auf seine nackte Brust, dorthin, wo sein Herz schlug. Schnell. »Ein Professor sagte einmal, dass das Genießen auch eine Frage der Erfahrung sei.« Seine Stimme vibrierte jetzt, wie damals auf dem Turm, kurz bevor Mahesh ihn zum ersten Mal geküsst hatte. »Je mehr Erfahrungen man sammelt, umso intensiver wird der Genuss, meinte er.«

»Glaubst du, dass das stimmt?«

»Ich weiß es nicht. Ich … ich habe noch nicht so viele Erfahrungen gemacht, also mit einem Mann.« Andrea verließ seine Deckung und wurde verlegen. »Es gab da jemanden in Chile, aber wir sind nicht so weit gegangen.«

»Fällt es dir schwer, darüber zu reden?«

»Ja.« Unendlich schwer, Mahesh, dabei will ich es so sehr.

»Aber wir müssen reden. Reden und uns gegenseitig führen. Achtsam. Langsam. Willst du, dass ich dir eine Geschichte erzähle?« Andrea nickte, und Mahesh griff nach einem Seidenschal, mit dem er ihm die Augen verband, damit er nur noch in sich selbst hineinhörte und dabei entschied, ob sein Körper die Berührungen mochte. Mahesh drückte ihn vorsichtig in die Kissen und streichelte über seine Haut, küsste seinen Hals, legte seine Lippen auf Andreas, wanderte tiefer und öffnete irgendwann den Knopf seiner Jeans. Er verharrte, als würde er vor einem seiner Kochtöpfe stehen und den exakten Zeitpunkt abwarten, kurz bevor ein Fond noch einmal aufwallte. Er hörte auf Andreas Herzschlag, folgte seinem Atem, ein und aus, öffnete dann den Reißverschluss seiner Hose und zog Andrea Stück für Stück aus. Als er nackt vor ihm lag, betrachtete er ihn, seine schmalen Hüften, den flachen Bauch, die zarten blonden Härchen auf seiner Haut, und seine Unberührtheit schmerzte ihn beinahe. Doch die Lust ließ Andreas *Svadhisthana* aufleuchten wie eine kleine züngelnde Flamme. Mahesh kundschaftete jede Region aus, jede verborgene Stelle, berührte, küsste, ja, biss Andrea sogar zärtlich und beschrieb ihm, was er sah. Als würde er ein fremdes Land vor seinem inneren Auge erschaffen, mit Hügeln und Tälern, Schluchten und den Kegeln brodelnder Vulkane kurz vor dem Ausbruch. Er erzählte Andreas Körper mit Worten, Händen, Lippen, seiner Zunge, mit den Blütenblättern der geschmückten Altäre, die er auf seiner Haut verrieb, und zart duftenden Ölen. Führte ihn in der schützenden Dunkelheit der kühlen Seide in die geheime Lehre des siebten Buchs des *Kamasutra* ein, das das Bezaubern lehrte, das Gewinnen und die langsame Stimulation. Und erst dann, nach einer Ewigkeit im Paradies – nachdem er über Andreas Körper hinweggeflossen war und ihn benetzt hatte –, nahm er ihm das Tuch wieder ab. Jetzt war es an Andrea, *ihn* zu erzählen. Ein Märchen aus *Tausendundeiner Nacht*, ein Suchen und Finden, Tasten und Verwehren, bis zu jenem Punkt der Vereinigung, an dem Andrea sich Mahesh hingab und der ihn seine Lust empfangen ließ, voller Liebe, Respekt und gezügeltem Verlangen. Fassungslos darüber, dass es wahr wurde, und bestürzt über die Tiefe der Gefühle, die es in ihnen auslöste. Die bunten Lichter der Laternen wanderten über ihre schweißnassen, satten Körper, ausgestreckt unter den Blicken der Götter, und ließen die Farben des Regenbogens auf ihrer Haut zurück. »Mein Wunsch ist wirklich bei den Göttern angekommen«, sagte Mahesh leise und spürte, wie sein Blut kreiste und die Energie sämtlicher Chakren dem Tausendblättrigen Lotus entgegenströmten. Er verband sich mit dem Göttlichen, dem großen Ganzen, das seinen Seelenplan kannte, auf den er vertraute.

»Du meinst, die Nacht mit mir?«, fragte Andrea und lächelte entspannt. Jetzt sah er noch jünger aus als sonst, ein Junge, der in die Welt staunte, die ihn heute umarmte.

»Ja. Aber ich wünsche mir so viel mehr als nur diese eine Nacht, das weißt du.«

Andrea küsste Mahesh, um ihm dieses Mehr zu versprechen. Hier in seinem Morgenland, hinter den geschlossenen Läden, war er ganz bei sich. Doch er wusste nicht, wie es sich anfühlen würde, wenn nicht mehr nur Maheshs Götter ihre Liebe sahen, sondern alle anderen auch. Denn diese Wahrheit hatte Andrea in Chile zurückgelassen und das, was nicht von ihm ablassen wollte, in sich vergraben. Diese Wahrheit scheute das Licht.

»Eine feste Beziehung«, erklärte Mahesh, »und Treue. Erschreckt dich das?«

»Nein. Ich habe nur noch nie eine richtige Beziehung geführt, verstehst du.«

»Du bist jung ...«

»Ja.«

»Und wirst mir womöglich das Herz brechen«, befürchtete Mahesh. Die Schutzlosigkeit, in die er sich begab, erschreckte ihn. Aber er konnte seine Liebe nicht mehr zurücknehmen.

Andrea griff nach seinen Sachen. Er zog sich an und setzte sich dann wieder zu Mahesh, der noch immer nackt auf den Kissen lag. Seine Anmut war unwirklich.

»Ich spiele nicht mit dir, Mahesh, wirklich nicht«, versprach er. »Du bist mein Sonnenaufgang, jeden Morgen, wenn ich aufwache, seit wir uns zum ersten Mal begegnet sind. Aber dass meine Sonne jetzt im Westen aufgeht und meine ganze Welt kopfsteht, das muss ich erst noch richtig begreifen.«

21

Das Spektakel begann schon Tage vorher, wenn die Darsteller des historischen Umzugs ihre Kostüme bereitlegten und letzte Änderungen vornahmen. Wenn Rocksäume abgesteckt, Beinlinge ausgebessert und Hörnerhauben bestickt wurden und die Albesi ihre Häuser und Läden mit den Fahnen ihres *borgo* und Girlanden in den entsprechenden Farben schmückten. Ella war vor drei Jahren für eine Bekannte aus ihrem Viertel eingesprungen – La Moretta, in dem die Plantage lag – und lief seither bei der großen Parade durch die Altstadt im Zug bei den Grün-Gelben mit. Hinter den Fanfarenbläsern, Trommlern und Fahnenwerfern, als Adlige aus dem Spätmittelalter in einem schweren grünen Samtkleid mit überlanger Schleppe und gelben Applikationen. Dazu trug sie eine Crespinette, ein stilisiertes Netz, über den Ohren, das die zu Schnecken gedrehten Haare bedeckte, mit Schleier und Krone. Und passend in grün-gelbem Wams und schmalen Hosen, ebenfalls mit Edelsteinen geschmückt, trat der Sohn eines ehemaligen Nachbarn als Fürst an ihrer Seite auf, Gabriel Spirelli, ein dürrer Kerl, mit dem Ella in die Schule gegangen war und der ihr immer noch den Hof machte. Gefolgt von den Kirchenfürsten und dem einfachen Klerus, den reichen Kaufleuten, Bauern und Bettlern.

Jedes Stadtviertel Albas zeigte vor dem *palio* seine eigene Inszenierung, trat entweder hoch zu Ross oder mit edlen Hunden auf, hatte wilde Waldwesen auf Stelzen im Gefolge oder den Gott Bacchus, liegend auf einem Wagen mit Weinfass und frischen Reben. Der Borgo delle Rane würde Parisi wieder am Galgen aufknüpfen und Patin e Tesor, die den viermaligen Sieger des Eselrennens stellten, in ihrem Gefolge einen bühnenreifen Schwertkampf zeigen.

Ella hätte am Umzug eigentlich gar nicht mehr teilnehmen dürfen, zumindest nicht für den Borgo della Moretta, denn sie wohnte nun im Zentrum und gehörte zu San Lorenzo – stolz, Weiß-Blau und Silber, die Reichen in Hermelin und ihre Pferde unter feudalen Schabracken. Da sich aber niemand gefunden hatte, der in Ellas Kostüm passte, drückten die verantwortlichen Präsidenten der Festkomitees bei der Besetzung ein Auge zu und erlaubten auch Lisa und Lauro, weiter als Kinder des Conte und der Contessa della Moretta dabei zu sein. Sie waren schon in den Vorjahren ein beliebtes Fotomotiv für die Touristen gewesen. »Signorina, guardami!«, hatten sie Lisa immer wieder zugerufen und Straßenzug um Straßenzug fleißig gewinkt – von der Piazza Savona, dem Ausgangspunkt des Zuges, bis zur Piazza Senatore Osvaldo Cagnasso, wo der wöchentliche Gemüsemarkt abgehalten wurde.

Alba reiste am ersten Sonntag im Oktober also zurück in eine Zeit, in der noch hundert stolze Türme die Stadt überragten, und ließ die Minne aufleben. Die Magie von Hexen, Zauberern und dem Rittertum, begleitet von Drehleierspielern und Dudelsackpfeifern, flankiert von Marktständen, die sich über die ganze Stadt verteilten und Köstlichkeiten nach historischen Rezepten anboten, von Straßentheater und Tanzvorführungen. Und einem Ereignis, das ebenfalls unzählige Touristen anzog: die Wahl des italienischen Kandidaten des Bocuse d'Or, dem renommiertesten internationalen Kochwettbewerb. Mahesh und Andrea verfolgten schon ab dem frühen Morgen in einem Messezelt auf der Piazza Risorgimento jeden Handgriff der vier Kandidaten, zusammen mit Andreas ehemaligen Kommilitonen aus Bra, die eigens angereist waren.

»Vielleicht mische ich mich unter die weißen Hauben da unten und zücke auch einen Bewertungsbogen«, schlug Andrea vor und lachte. Er sah glücklich aus, die letzte Nacht lag noch auf seiner Haut.

»Das machst du besser bei der Endausscheidung in Lyon«, entgegnete Mauro, sein einstiger Zimmernachbar, »damit Italien auch mal gewinnt. Das kann doch nicht sein, dass wir's nie unter die besten drei schaffen. Wir haben jede Menge Sterneköche.«

»Mahesh hatte auch einen Stern, als er noch in Turin gekocht hat«, erzählte Andrea stolz, entzog sich ihm aber, als Mahesh nach seiner Hand greifen wollte. In Gesellschaft seiner Freunde zeigte Andrea sich reserviert.

»Wollen wir heute Abend alle zusammen bei ihm essen?«, fragte Tessa, auch eine Studienkollegin. Sie saß hinter Andrea auf der Tribüne, legte ihm vertraut die Arme um den Hals und schob ihm *profiteroles* in den Mund. »Machst du heute auf, Mahesh?«

»Aber ja.« Natürlich machte er auf, die Stadt war voller Touristen, und deshalb musste er jetzt auch gehen. »Ich reserviere euch einen Tisch für acht Uhr, passt euch das?«

»Passt uns das?«, fragte Tessa Andrea, als wären die anderen gar nicht da.

War sie hübsch? Mahesh betrachtete das Mädchen aus dem Augenwinkel und war plötzlich an den jungen Ober erinnert, mit dem Manu ihn betrogen hatte. Es war etwas in ihrem Gesicht, eine Einladung.

»Klar, um acht also«, antwortete Andrea, und die übrige Runde stimmte zu.

Mahesh stand auf. »Erzählt mir dann, wer gewonnen hat«, sagte er. Ob Andrea ihn umarmte? Er zögerte. Nein. Oder ihm wenigstens nachsah? Ihm nur ein kleines Zeichen gab, dem er Bedeutung beimessen könnte? Bitte, nur ein Blick! Am Ausgang drehte er sich noch einmal um und schaute zur Tribüne hoch. Das Mädchen hing noch immer an Andreas Hals, er lachte und deutete zum Kandidaten aus Apulien hinüber, dem heute die besten Chancen eingeräumt wurden. Nein, kein Anflug von Sehnsucht oder Vermissen. Als hätte Mahesh die Nacht auf den Kissen nur geträumt. Doch dann, er war gerade auf dem Weg durch die überfüllte Via Cavour, meldete sich sein Handy und zeigte eine Kurznachricht an: »Bitte entschuldige, ich bin noch nicht so weit«, stand da. »Ich will nicht, dass du zweifelst, ich tue es auch nicht. Aber ich brauche noch Zeit.«

Hunderte Touristen und Albesi säumten am frühen Nachmittag die Straßen und bestaunten den historischen Umzug, als die Neun vom Stadtplatz den Austausch des Esels in Angriff nahmen. Genau genommen waren sie nur zu fünft, da Mancini im Zug seines *borgo* als reicher Kaufmann mitlaufen musste – in einem hellblau-pinken Renaissancegewand mit peinlichen Pumphosen und mit federgeschmücktem Schlapphut –, Parisi am Galgen hängte und Caruso gebeten hatte, doch bitte auf ihn zu verzichten, wenn schon seine eigenen Leute übers Ohr gehauen werden sollten. Und selbstverständlich beteiligte sich auch Monsignore De Luca nicht an dem unchristlichen Unterfangen, das er mit einem Dutzend Ave-Maria belegt hatte.

In diesem Jahr waren etliche weiße Esel verlost worden. Sergio hatte jedoch ein recht durchschnittliches Grautier erwischt, Momento, der Salvatores Tornado mit gutem Willen und einer gehörigen Portion Trockenshampoo sogar ähnlich sah. Als die fünf zum Unterstand auf der Piazza Senatore Osvaldo Cagnasso schlichen, hatten sie Tornado bereits rundum mit dem feinen weißen Puder eingesprüht und ihn, so gut es ging, in sein struppiges Fell eingearbeitet. Jetzt war er deutlich heller und staubte. Parisis Tochter Viola trank schon seit Mittag mit den Stallburschen Rizzos besten Rotwein und flirtete heftig mit ihnen, als die reduzierten Neun mit Salvatores Esel angeschlichen kamen, Momento mit der Nummer sieben auf seinem Hinterteil losbanden, den staubigen Tornado an seiner Stelle an die Futterkrippe stellten und dann mit Momento verschwanden. Gott sei Dank war der Platz um diese Zeit noch fast leer. Nur ein paar Ordnungshüter in gelben Warnwesten überprüften die Sitzplätze auf der Tribüne, die Absperrungen und gestapelten Heuballen, die die improvisierte Rennbahn einzäunten. Von den alten Herren und ihrem Esel nahmen sie keine Notiz.

»Und wohin jetzt mit ihm?«, fragte Salvatore, der ein schlechtes Gewissen hatte, Tornado auf seine alten Tage noch einmal dem Spektakel dieses Rennens auszusetzen. Die Trommler und Fanfarenbläser ließen bereits die Stadt erbeben und näherten sich langsam, aber stetig.

»Ins Parkhaus gegenüber vom Sportplatz«, schlug Rizzo vor. »Das sind nur ein paar Hundert Meter. Ich habe da einen festen Stellplatz.«

»Für Esel?«, fragte Barbieri irritiert.

»Nein, für Fuhrwerke, du Trottel«, erwiderte Rizzo und vertrat damit Parisi, der sich sonst immer auf Kosten der anderen lustig machte, würdig. »Wer hat die Mohrrüben?«

»Ich«, sagte Lombardo von der Steuerbehörde, und mehr würde man auch nicht von ihm zu hören bekommen. Er zog eine Möhre aus der Tasche, die sie dem Esel unter die Nase hielten, damit er Fahrt aufnahm.

»Wie kriegen wir den denn durch die Schranke?«, wollte Salvatore wissen.

»Einer von euch muss ein Ticket ziehen, während wir die Kamera an der Einfahrt abdecken, sonst kommt der Wachdienst angerannt.«

Rizzo stellte Gallo eine Räuberleiter, damit der seinen Hut über die Kamera hängen konnte. Sollte der Wachdienst gerade jetzt auf den Monitor schauen, würden sie gleich Besuch bekommen. Sie warteten, der Esel gab einen gellenden Laut von sich, Rizzo fluchte, weil Gallo ihm seinen Absatz in die Schulter bohrte, aber nichts geschah. Lombardo zog das Ticket, die Schranke ging auf, und Salvatore passierte sie mit Momento und den anderen und zog den Esel die Auffahrt hinauf. »Wohin?«, fragte er Rizzo.

»In den dritten Stock.« Momento weigerte sich aber schon ab dem ersten Stock, weiter bergauf zu gehen. Alles Ziehen und Schieben half nichts.

»Womöglich wäre der doch der Richtige für Sergio gewesen«, murrte Barbieri, dem schon der Schweiß auf der Stirn stand, obwohl Salvatore der war, der sich abmühte. Der Aufzug ertönte im Treppenhaus, die Tür ging auf, und ein Herr kam auf sie zu, grüßte und ging ungerührt zu seinem Wagen. »Da rein«, zischte Barbieri und zog nun gemeinsam mit Salvatore den Esel Richtung Lift.

»Spinnst du?«, warf sich Rizzo dazwischen. »Da passt er doch gar nicht rein. Und zu schwer ist er auch!«

»Das vielleicht«, stimmte Barbieri zu, bugsierte den Esel durch die Tür ins Treppenhaus und weiter in den engen Aufzug. Als sich die Türen hinter Momento schlossen, spurtete er mit den anderen in den dritten Stock. Der

Esel war zuerst da. Und eine Dame, die gerade in den Lift einsteigen wollte und entsetzt auf sein Hinterteil starrte.

»Verzeihung«, drängte sich Salvatore dazwischen, ehe sie reagieren konnte, »das ist meiner.« Er quetschte sich in den Lift, nahm Momento beim Halfter, schob ihn hinaus, parkte ihn auf Rizzos Stellplatz zwischen einem SUV und einem kleinen Fiat, band ihn am Mittelpfeiler fest und sank erschöpft zu Boden. Der wortkarge Lombardo musste ihm wieder aufhelfen.

»Jetzt wäre ein guter Zeitpunkt für ein Gebet«, sagte Barbieri, »eines von den Ave-Maria, die Monsignore De Luca uns verordnet hat.« Er seufzte vernehmlich. »Ich mag mir gar nicht ausmalen, was Matilda mir erzählt, wenn wir auffliegen!«

22

Um fünfzehn Uhr kam der historische Umzug am Gemüsemarkt an, und die Vertreter der neun Stadtteile zogen feierlich ihre Runde um den Platz, ehe sie sich auf der Tribüne niederließen, die Präsidenten und Präsidentinnen der *borgi* ihre Reden hielten, die Jockeys und ihre Esel vorgestellt wurden und das Rennen unter den Augen der Stadt für eröffnet erklärt wurde. Ella erkannte unter den Zuschauern Sophia und Michele und eine elegante Frau an seiner Seite, die Pippa sein musste. Sophia und Michele winkten ihr zu, und sie riss einer Dame aus ihrem Gefolge den Spitzhut vom Kopf, als sie zurückwinkte.

»Contenance, meine Liebe«, ermahnte sie ihr aufgezwungener Gatte, Gabriel Spirelli, und suchte in der Menge, wer Ella so begeisterte. Er entdeckte dabei Mahesh, der sich mit einem kurzen Blick auf sie und die Zwillinge trösten wollte, ehe er wieder in sein Lokal zurückging. Ein stolzer Sarazene, dachte Spirelli, wie jene, die Alba im Mittelalter heimgesucht hatten. Ein Feind also und potenzieller Nebenbuhler. Er griff nach Ellas Hand und küsste demonstrativ ihr falsches Geschmeide.

Die Neun vom Stadtplatz standen jetzt an der Bande beisammen – alle außer dem Monsignore, der an der Seite des amtierenden Bürgermeisters in einer Ehrenloge saß. Parisis Tochter rief Sergio etwas zu, rückte sich das knappe Mieder zurecht und signalisierte ihrem Vater, dass der Jockey des Borgo Patin e Tesor bereits an ihrer kleinen Feier mit den Stallburschen teilgenommen hatte. Der überhebliche Kerl war sich seiner Sache so sicher, dass er sich vom schweren Barolo sogar nachgeschenkt hatte.

Der Startschuss fiel, die Esel trabten los. Die Nummer drei führte schon nach wenigen Sekunden, dicht gefolgt von Sergio auf der falschen Sieben und hinter ihm, weit abgeschlagen, die übrige Meute. Der Jockey von Santa Barbara wurde gleich nach dem Start abgeworfen, was oft passierte, da der Palio degli Asini ohne Sattel geritten wurde. Er zog seinen Esel nun am Zügel vorwärts, der Reiter mit der Nummer acht packte Mohrrüben aus – Bestechung war erlaubt –, und der mit der Startnummer eins versuchte vergebens, seinen Esel zu wenden, da er in entgegengesetzter Richtung auf der Rennbahn stand und sie blockierte. Das Publikum brüllte, ein Sprecher vom regionalen Radiosender kommentierte das Rennen über Lautsprecher, und die Neun vom Stadtplatz hielten die Luft an.

»Wenn das gut geht, geb ich einen aus«, versprach Rizzo und bemerkte, dass weiße Wölkchen aufstiegen, sobald Sergio Tornado aufs Hinterteil klopfte, um ihn anzutreiben. Genau an der Stelle, an der sie mit schwarzer Schuhcreme die Startnummer aufgemalt hatten.

»Der Borgo delle Rane mit der Nummer drei liegt in Führung«, rief der Kommentator, »aber unser viermaliger Champion mit der Nummer sieben ist ihm dicht auf den Fersen. Die Nummer sieben holt auf. Die Nummer sieben ... zieht vorbei! Meine Damen und Herren, was für ein Reiter, was für ein begnadeter Reiter! Der Borgo Patin e Tesor liegt also auch in diesem Jahr wieder in Führung ... Aber was ist das? Was ist das, meine Freunde?« Die Neun vom Stadtplatz versuchten, sich ihre Freude nicht anmerken zu lassen, als Tornado plötzlich langsamer wurde und in der zweiten von vier zu absolvierenden

Runden endlich eine Pause einlegte. Wie schon zehn Jahre zuvor stellte er sich vor der Tribüne an die Bande und verzehrte das Stroh eines gewaltigen Ballens. Dabei wackelte er mit seinen großen Ohren und brüllte, sobald Sergio, der jetzt abgestiegen war, ihn wegziehen wollte. Parisis Tochter rief dem Champion wieder etwas zu. Er zuckte entschuldigend mit den Schultern, und sämtliche Anwesende aus Sergios *borgo* feuerten den in Rot, Blau und Gelb gekleideten kleinen Mann an.

»Auf Tornado ist eben Verlass«, sagte Parisi zufrieden. »Dumm wie Stroh und so langsam wie die Staatsbahn anno 1900!«

»Tornado ist nicht dumm!«, verteidigte Salvatore seinen Esel. »Er gibt seinem Gegenüber nur etwas Zeit, seine Anweisungen zu überdenken.«

»Gerne noch zwei Runden!«, rief Barbieri und lachte schallend.

Mittlerweile war das gesamte Feld an Sergio vorbeigezogen, und der Kommentator heizte die Menge weiter an: »Neuer Favorit ist jetzt Rambo, Rambo mit der Startnummer zwei, Rambo vorbei an Trifola, vorbei an Vendetta und die Nummer drei bereits weit abgeschlagen, meine Damen und Herren, weit abgeschlagen ... Aber was sehe ich ... Die Sieben ist wieder im Rennen, liebe Freunde, Momento mit der Nummer sieben hat seine Mittagspause beendet und nimmt nun die Verfolgung auf. Die Nummer sieben, meine Damen und Herren, offensichtlich gestärkt ...«

»Er wird doch nicht ...«, kam es von Mancini, der in seinem babyfarbenen Wams ordentlich schwitzte und hoffte, sich verhört zu haben, was in letzter Zeit ja öfter der Fall war.

»Keine Sorge«, tröstete Parisi ihn, »das holt der nie auf.

Bis der in die dritte Runde geht, steht der Sieger schon fest. Mehr Sorgen macht mir, dass Tornado die Farbe wechselt. Seht ihr das auch?«

»Der Puder setzt sich an Sergios Hosenboden fest. Wenn wir Glück haben, denken die Leute, er hat seinen Esel mit Talkum eingerieben, damit er nicht so leicht abrutscht.«

Die Menge applaudierte und skandierte laut: »Rambo, Rambo, Rambo!« Der Esel des Borgo dei Brichet, zu dem Mancini gehörte, führte jetzt das Feld an und ging bereits in die vierte und letzte Runde. Hinter ihm Trifola und Vendetta, Furia, Barolo und Rosa und immer schneller werdend die falsche Sieben, noch vor den übrigen Mitstreitern.

»Der Vorjahressieger greift wieder an, meine Damen und Herren. Sergio Manolo vom Borgo Patin e Tesor mit der Nummer sieben ist ein Kandidat, mit dem man immer rechnen muss. Die Nummer sieben überholt, die Nummer sieben ...«

»Was treibt er denn da?«, fragte Mancini Salvatore und sah verärgert aus.

»Na, er rennt.«

»Seit wann rennt er denn? Tornado rennt doch sonst nie!«, rief er aufgebracht.

»Momento überholt weiter, meine Damen und Herren. Momento jetzt gleichauf mit Rambo, zieht vorbei, Momento zieht vorbei, geht auf die letzte Gerade ... Momento in Führung, ja, kann das denn wahr sein?! Sergio Manolo schon wieder ganz vorne, und Momento wird schneller. Hat man so was schon gesehen, dieser Esel lässt jedes Rennpferd hinter sich! Momento hält auf die Ziellinie zu, Rambo ist zwei Längen im Rückstand, Rambo fällt weiter zurück. Trifola holt ihn ein, aber Momento ist nicht mehr zu stoppen, meine Damen und Herren!«

»Ich hör wohl nicht richtig!«, entfuhr es Mancini.

»Das ist keine Neuigkeit«, kommentierte Parisi, »aber deinen Augen darfst du trauen.«

»Momento geht über die Ziellinie«, rief der Kommentator begeistert, »und Sergio Manolo holt den fünften Sieg in Folge für den Borgo Patin e Tesor!« Die Fanfarenbläser setzten ein, der Bürgermeister griff nach der Siegerschärpe, und Sergio Manolo zog Parisis Tochter an sich, küsste sie stürmisch und fing sich eine Ohrfeige ein.

»Wenigstens das«, kommentierte Mancini trocken und hätte sich am liebsten selbst an Parisis Galgen aufgehängt, so enttäuscht war er. Und wütend! Gerade als der Bürgermeister zur Preisverleihung schritt, Monsignore De Luca und den halben Stadtrat an seiner Seite, stellte er sich in seinem hellblau-pinken Wams vor die Bühne und rief: »Das ist Betrug, der Kerl hat dem Esel was eingeflößt, der ist gedopt!«

»Aus dir spricht doch nur der Neid!«, gab Sergio zurück, und Monsignore De Luca beendete den Aufruhr, indem er Mancini hinter vorgehaltener Hand deutlich und akzentuiert fragte, ob er an diesem gesegneten Sonntag wirklich von Betrug sprechen wolle, ausgerechnet er.

Der erneute Austausch des Esels war unkompliziert. Momento wurde aus dem Parkhaus befreit – diesmal hatten sie gleich den Lift genommen – und im Unterstand neben Tornado angebunden. Dem rieb Salvatore die Startnummer vom Hinterteil und tauchte mit ihm im Getümmel der Schausteller und fahrenden Händler unter. Spazierte den Corso Giacomo Matteotti entlang, um sich nicht durch die engen Gassen der Altstadt quälen zu müssen, bog an der Piazza Savona in den Corso Italia ab und war wenig später zu Hause. Tornado war erschöpft und Salvatore mehr als stolz. Dass er diesen Sieg nicht publik machen durfte, war nur ein kleiner Schönheitsfehler, denn auf sämtlichen Fotos, die in der Zeitung abgedruckt und in den nächsten Wochen in den Schaufenstern der Stadt ausgestellt werden würden, war *sein* Esel zu sehen, siegreich und gepudert wie ein Bourbone des Ancien Régime. Salvatore würde zum Gartenschlauch greifen müssen, ehe Danilo nach Hause kam und Fragen stellte.

»Pippa, darf ich dir Signorina Donati und ihre Kinder vorstellen?«, fragte Michele seine Frau, als sie sich am frühen Abend an einem der vielen Stände der Stadt wiedertrafen. Ella und die Zwillinge hatten ihre Kostüme bereits abgelegt. Sophia umarmte die Kinder, und die fragten sofort, ob sie heute noch die Katzen sehen dürften.

»Nein, heute nicht!«, bestimmte Ella. »Ihr müsst noch Hausaufgaben machen, und ich muss in die Pralinenküche.« Greta hatte zugestimmt, ab sofort ganztags zu arbeiten, und heute den sonntäglichen Verkauf übernommen, aber trotzdem gab es noch genug Arbeit in der Produktion. Ella wandte sich Pippa zu und reichte ihr die Hand. »Entschuldigung, die Katzen sind gerade ihr einziges Thema. Am liebsten hätten sie sie heute beim Umzug in einem Leiterwagen mitgenommen.«

»Sie gewöhnen sich gut ein«, erwiderte Pippa. »Wie ich höre, werden Sie nun öfter bei uns sein, Signorina Donati.«

»Vor allem am Anfang, aber sobald alles läuft, kann mein Bruder einiges übernehmen«, schränkte Ella ein und versuchte, sich damit selbst zu beruhigen. So viel wie in den letzten Monaten hatte sie noch nie gearbeitet, und jetzt kam auch noch das Selbstvermarktungsprojekt dazu. Sie hatte Michele gar nicht gefragt, was seine Frau von ihrer Partnerschaft hielt.

»Vielleicht arbeiten wir ja gemeinsam an ein paar Ideen für die Werbung«, fuhr Pippa fort. »Lassen Sie uns irgendwann darüber sprechen, bei einem Kaffee.«

Michele sah seine Frau verwundert an. Heute Morgen beim Frühstück hatte sie Em erlaubt, auf ihrem Schoß zu sitzen, obwohl sie Haustiere nicht sonderlich mochte, und jetzt sprach sie ganz ungezwungen mit Ella.

»Mit Limetten-Basilikum-Pralinen«, schlug Ella spontan vor, weil sie fand, dass diese Sorte zu Pippa passte. Sie machte sie aus weißer Schokolade und verzierte sie mit Blattgold.

»Die machen Sie?!«

»Ja, nach einem Rezept meiner Mutter.«

»Ich kenne sie nur aus einem einzigen Geschäft in Mailand«, entgegnete Pippa und dachte kurz an jene Nacht im Hotel, die noch immer nach diesen Pralinen und kühlem Champagner schmeckte, nach Betrug und dem Wunsch, sie selbst zu sein. Sie hatte Michele mit dieser Affäre verletzt und war mit ihm hierhergezogen, um es wiedergutzumachen. Um ihm einen Traum für einen anderen zu schenken.

23

Am Dienstagnachmittag, dem Geburtstag von Ellas und Danilos Vater, fuhren die beiden gemeinsam zum Friedhof, und Lisa und Lauro durften währenddessen Em und Henry besuchen.

Ella machte sich Sorgen. Lauro wurde in der Schule immer schlechter, und er erzählte kaum noch etwas, wenn er nach Hause kam. Lisa behauptete, alles sei gut, doch Ella glaubte, dass sie sie nur schonen wollte. Sie nahm sich vor, bald mit der Lehrerin zu sprechen. Ihr zu erklären, wie sehr sich das Leben der Kinder in diesem Jahr verändert hatte, und um Verständnis zu bitten. Sie hätte es längst tun müssen, längst!

Danilo hatte für seine Nichte und seinen Neffen zwei kleine Katzen geschnitzt, und sie hatten ihn gebeten, sie doch dem Großvater mitzubringen, als Geburtstagsgeschenk. »Bring sie dem *nonno*«, hatte Lauro zu seinem Onkel gesagt, »und erzähl ihm, dass sie ganz allein gewesen sind, ohne Familie, und kein Zuhause gehabt haben.«

»Ich war lange nicht mehr hier unten«, sagte Danilo jetzt, als sie in der Familiengruft standen, in die schwaches Tageslicht fiel. Er setzte die Kätzchen auf den Sims vor Philippes Grabplatte.

»Ich weiß«, antwortete Ella und dachte daran, dass sie den letzten Geburtstag ihres Vaters noch mit ihm gemeinsam gefeiert hatte. Am Krankenbett, eine Infusion in seinem Arm, die dünnen, brüchigen Venen übersät mit Blutergüssen. »Wir haben beide gehofft, dass du nach dem Militärdienst zurückkommst, *papà* und ich.«

»Das bin ich, Ella«, gestand Danilo. »Aber ich bin erst zu Salvatore gegangen, weil ich von ihm wissen wollte, was so passiert ist, als ich weg war ... und wie es dir und ihm geht.« Ihm, so nannte Danilo ihren Vater schon immer, er, kein Name, keine Liebe, keine Verbundenheit. »Da war er noch nicht krank«, erklärte er, als würde es irgendetwas entschuldigen, »und du warst verlobt.«

»Na, dann ...«

»Ich hab Salvatore damals von dem Streit erzählt, den ich mit unserem Vater hatte, kurz bevor ich weggegangen bin.« Und ihm gebeichtet, dass er ihn mit einem Messer bedroht und ihn am liebsten umgebracht hätte. Dass er hatte fortgehen müssen, um seinen Hass aus dem Haus zu schaffen. Doch als Danilo in Salvatores Küche saß, spürte er noch immer das Gewicht seiner Ausrüstung auf den Schultern und das Sturmgewehr in den Händen. Alles, einfach alles war schwer gewesen in diesem Land und das bloße Beobachten der Gewalt, ohne einschreiten zu dürfen, schlimmer, als selbst zu kämpfen. Das hatte ihm vorher niemand gesagt. Und von der Angst hatte auch keiner gesprochen und den bohrenden Zweifeln. Während seiner Einsätze war die Hilflosigkeit zurückgekehrt – ein kleiner Junge in einer Scheune, der sich seiner Tränen schämte, ein junger Mann in den Bergen, zu Stein erstarrt, nicht mehr als Geröll, oder abgesprungen über dem Hindukusch und drei Tage und Nächte verschollen, bis die Finger und Zehen sich schwarz färbten. Sie hatten keine Funkverbindung mehr gehabt und wären fast erfroren. Ella hatte ihm immer Handschuhe in den Schulranzen gesteckt ... Dieses Grauen hatten sie mit Sanitätsalkohol betäubt, versetzt mit Brausepulver. Und mit Amphetaminen, die die Müdigkeit abstellten, denn die war der Tod. Mit Valium und Parkinson-Medikamenten gegen das Zittern – der Stabsarzt gab sie ohne Nachfrage aus. Wenn er damals in den Spiegel gesehen hatte, hatte er dort seinen Vater erkannt: seine Selbstaufgabe und Einsamkeit.

»Ich weiß bis heute nicht, worum es bei eurem Streit ging«, sagte Ella.

»Ich hab ihm gesagt, dass ich weiß, dass er unsere Mutter rausgeworfen hat, an dem Tag, an dem sie gestorben ist.« Ella wurde blass. »Sie wollte uns mitnehmen, aber er hat's nicht zugelassen. Er hat sie sogar geschlagen.«

»Das glaube ich nicht!« Ella verstand nicht, warum ihr Bruder so etwas behauptete. Aber die Bilder ihres Vaters, wenn er getrunken hatte, ließen sich nicht so einfach wegschieben, wenn er zornig geworden war oder weinerlich und vor ihren Augen schrumpfte. Wenn Danilo sich verkroch und sie stundenlang backte.

Oktober 1999, Ella ist vierzehn,
Danilo sechzehn Jahre alt

»Ella! Wo bist ... du? Ella!« Der Vater rief durchs Haus. Er sprach undeutlich. Ella stand in der Küche, siebte feines weißes Mehl in eine Schüssel – lautlos – und antwortete nicht. Das Schweigen war ein sicherer Ort. Sie schlug Eier auf, trennte die Eigelbe ab und träumte davon, die größte Chocolaterie Turins zu führen – eine Stadt, in der sie noch nie war. Als sie die schlurfenden Schritte ihres Vaters hörte und seinen Atem schon zu riechen glaubte, unterbrach sie ihre Arbeit. Er riss die Tür auf. Sie krachte mit lautem Knall an die Arbeitsplatte, an der er sich kurz darauf festhielt. Ella zuckte kurz zusammen und schaltete dann die Küchenmaschine an. Das Mahlwerk

für die Haselnüsse. Ihr Duft zog durch die Küche. Er würde ihn beruhigen, ihr Vater liebte den Duft der Haselnüsse.

»Brauchst du was, papà?«, fragte Ella, und er wollte ihr antworten, schüttelte dann aber den Kopf. Sein Hemd hing aus der Hose, er ging auf Strümpfen, und sein Haar war unfrisiert. Ella schämte sich für ihn und dafür, dass sie sich schämte, weil sie ihn liebte und seinen Verfall kaum ertrug.

»Kommst du ... kommst du zu mir ... mein Mädchen?«

»Ich muss das hier fertig machen«, sagte sie und ließ den Zucker in die Pfanne rieseln, mit dem sie die Nüsse kandierte. Er zerfloss, Karamellaroma stieg auf, kleine Blasen tanzten. Jetzt die Eier schaumig rühren, noch mehr Zucker, Vanillemark und keine Unterbrechung, nicht einmal aufsehen, besser nicht.

»Wie deine Mutter«, sagte ihr Vater resigniert und sah ihr schwankend zu, noch immer an die Kante der Arbeitsplatte geklammert. Es lag kein Vorwurf in seiner Stimme, er wurde nicht laut, nicht wie mit Danilo. Und er schlug sie auch nicht so wie ihn, wenn sie sich stritten und ihr Bruder sich bedrohlich vor dem Vater aufbaute, obwohl er noch immer kleiner war als er.

Philippe zuckte hilflos mit den Schultern und ging. Die Tür fiel hinter ihm ins Schloss. Ella wusste, dass er einsam war, doch sie konnte sich kein Herz fassen und zu ihm gehen. Sie war an diesem Strand aus Südseezucker, in dieser Welt aus Kuchenduft und samtener Schokolade, zwischen den Seiten ihres Rezeptbuches, den Zeilen der Mutter, und suchte dort Trost.

Danilo wird sich über den Kuchen freuen, dachte sie, als sie die Form befüllte und ihn in den Ofen schob. Sobald ihr Vater in seinem Sessel eingeschlafen war, wür-

den sie ihn essen. Zusammen am langen Esstisch sitzen, ihr Kopf an seiner Schulter und der Sturm in seinem Herzen tosend in ihrem.

»Ich war damals wach, Ella, ich hab den Streit unserer Eltern selbst gehört.«

»Du warst nicht mal sieben, als *mamma* starb!«

»Alt genug.« Danilo setzte sich neben seine Schwester auf die schmale Treppe des Mausoleums und nahm sie in den Arm.

»Dann denkst du also, dass *papà* schuld an ihrem Tod ist, weil er sie damals rausgeworfen hat?«

»Ich hab es lang gedacht, ja, und ich wollte nicht, dass du es weißt. Weil du ihn dann mit anderen Augen gesehen hättest. Du hast ihn immer geliebt, Ella, anders als ich, und das wollte ich dir nicht wegnehmen.«

»Aber jetzt nimmst du es mir. Jetzt, wo er sich nicht mehr verteidigen kann.« Ella stand auf und rannte die Treppe hoch. Sie wollte sich das nicht länger anhören.

Als sie an der frischen Luft war, atmete sie durch. Danilo kam ihr nach und bat sie, ein paar Meter gemeinsam mit ihm zu gehen.

»Ich erzähle es dir jetzt, weil es etwas gibt, das du über unsere Mutter wissen musst, Ella.« Sie antwortete nicht. Betrachtete einen steinernen Engel, der am Wegrand auf einer Grabplatte kniete und ein Kreuz geschultert hatte, wie Jesus bei seinem Gang auf den Berg Golgatha. Sie spürte das ihre, es wurde mit jedem Schritt schwerer, mit jedem von Danilos Worten. »Als ich meinen Dienst quittiert hatte, war ich ein Wrack.« Ella schwieg noch immer, aber ihr Herz fühlte sich an wie Stein, es wurde immer kälter vor Angst und Sorge. »Salvatore hat mir gesagt, dass drüben bei euch alles so weit in Ordnung ist und dass du heiratest und fortgehst. Du warst glücklich, Ella, und ich hab gewusst, dass du deine Pläne über den Haufen wirfst, wenn du mich siehst.« Er fuhr sich mit dieser Bewegung durchs Haar, die sie so liebte und so oft an Lauro sah, und sie griff nach seiner Hand. »Salvatore meinte, solang ich diesen Hass auf unseren Vater mit mir herumschleppe, komme ich nicht mehr auf die Beine. ›Du bist ein Baum mit kranken Wurzeln, genau wie Philippe, und so ein Baum fällt um, beim kleinsten Wind‹, hat er gesagt.« Danilo erinnerte sich an diese Worte, als wäre es gestern gewesen. Salvatore hatte für ihn gekocht, ihm ein Bett hergerichtet und ihn zwei Tage lang umsorgt. »Und dann hat er mir von Mutters Krankenhausaufenthalt in Cuneo erzählt, im Jahr vor ihrem Tod, und gemeint, ich müsste erst die ganze Wahrheit kennen, bevor ich wieder nach Hause kann. Weil wir dazu neigen, uns unsere eigene Wahrheit zurechtzulegen. ›Du musst tiefer graben‹, hat er gesagt, ›wie nach den Trüffeln. Je länger der Winter dauert, umso tiefer liegen sie.‹« Sie gingen über die gekiesten Wege zwischen den Mausoleen hindurch, als wäre es eine Häuserschlucht, und die Sonne ging bereits unter. »Salvatore hat mich in dieses Krankenhaus nach Cuneo geschickt.«

»Und was hast du dort erfahren?«

»Sie war 1989 dort, Ende August, kurz vor meiner Einschulung. Dottor Ruggiero hat sie wegen einer Anämie einliefern lassen, aber er hat ihre Symptome völlig falsch gedeutet«, erklärte Danilo.

»Bist du sicher?«

»Ja. Sie wurde in die geschlossene Abteilung verlegt, in die Psychiatrie.«

»Was?!«

»Sie haben sie dort wegen einer affektiven Störung behandelt, so nennen die das, eine Depression.«

»Sie war depressiv?« Ella hatte Zweifel. »Aber wir kennen sie doch ganz anders. Wenn sie gebacken hat, mit uns auf Abenteuerfahrt gegangen ist, gemalt hat … Sie war immer so fröhlich.«

»Immer nicht. Sie bekam Medikamente und sollte eine ambulante Therapie machen. Aber Salvatore glaubt, dass sie die nicht gemacht hat. Als sie zurückgekommen ist, hat sie zu ihm gesagt, dass es ihr besser geht.«

»Du meinst, wegen der Tabletten?« Ella hielt langsam auf den Ausgang des Friedhofs zu. Er würde bald abgesperrt werden.

»Dottor Ruggiero hat den Befund aus Cuneo nie bekommen. Unser Vater hat die Diagnose unter den Teppich gekehrt. Ich glaube, er hat sich geschämt.«

»Woher weißt du das?«

»Ich habe Ruggiero kürzlich danach gefragt. Du hast mir erzählt, dass er dir gegenüber die Anämie erwähnt hat, und das hat mich stutzig gemacht. Aber er sagt, dass er nicht mehr bei uns gewesen ist, nachdem unsere Mutter aus dem Krankenhaus zurückgekommen ist. Er hat sie in dem Jahr vor ihrem Tod nicht mehr gesehen.«

»Aber was hat das alles mit dem Streit unserer Eltern zu tun?«, wollte Ella wissen. Danilo hielt ihr das große schmiedeeiserne Tor auf, und sie gingen beide hindurch. Aus der Welt der Toten in die der Lebenden, ein schmaler Grat, den ihre Mutter in ihrem Inneren viele Male überschritten hatte, bis zu jenem Tag im August.

24

Cuneo, im Mai 2006, zwei Monate vor Philippe Donatis Krebsdiagnose, die Ella zwingt, ihre Hochzeit abzusagen

Das Krankenhaus Santa Croce e Carle in der Via Michele Coppino in Cuneo war ein zweckmäßiger Komplex nahe der Bahnlinie, nur ein paar Gehminuten vom Bahnhof entfernt. Von der Psychiatrischen Station aus sah man hinunter auf die Gleise und weiter zur mächtigen doppelstöckigen Bogenbrücke über die Stura, auf der unten die Züge und darüber die Autos fuhren. Von Cuneo aus, der Stadt, die wie ein Keil zwischen zwei Flüssen lag, kam man mit der Bahn in einer guten Stunde nach Turin oder nach Nizza ans Meer.

Danilo war durch die Flure gelaufen, vorbei an Wartebereichen mit Menschen, die Diagnosen entgegensahen, auf die sie nicht vorbereitet waren – so wie er. Hier begegnete er einer anderen Art von Angst als der, an der er litt, doch sie war genauso lähmend. Jetzt saß er mit einem jungen Arzt in einem kleinen Behandlungsraum und blickte aus dem Fenster. Sein Gegenüber blätterte in Unterlagen, die er sich aus dem Archiv hatte holen lassen, denn die Krankenakten waren nicht vollständig digitalisiert. Danilo hatte sich ausgewiesen und durchgefragt, bis er diesen Termin bekommen hatte. Nein, keiner der behandelnden Ärzte seiner Mutter sei noch hier, wurde ihm gesagt, aber die Aufzeichnungen sprachen eindeutig von einer affektiven Störung, die mit trizyklischen Antidepressiva behandelt worden war.

»Ihre Mutter klagte über Schlafstörungen, sie war apathisch, hatte große Konzentrationsprobleme ...« Der Arzt studierte die Akten. »Sie wurde erst mit Lithium therapiert, dann aber noch einmal umgestellt, weil die Nebenwirkungen zu belastend waren. Möchten Sie die Aufzeichnungen der Sitzungen mit Dottor Sala einsehen? Ich kann Ihnen Kopien machen lassen.«

»Ja, bitte.« Danilo fühlte sich verloren. Er dachte darüber nach, sich selbst einzuweisen, in die geschlossene Abteilung, zur Entgiftung. Aber dann würde er dem Dämon begegnen, der in ihm hauste und den er in den letzten Jahren so erfolgreich sediert hatte. Wenn er ihn weckte, würde er sich ihm stellen müssen, und dann käme er hier womöglich nie wieder raus!

»Ihre Mutter war nur zwei Wochen bei uns«, fuhr der junge Arzt fort und betrachtete Danilo. Ihm war klar, dass ihm hier ein Mann gegenübersaß, der Hilfe brauchte. Er sprach es an, fragte nach Danilos Einsätzen, erwähnte eine posttraumatische Belastungsstörung. »Haben Sie Flashbacks? Wachen Sie nachts auf und haben Angstzustände?«

Danilo nickte. »Aber die meiste Zeit über fühle ich gar nichts«, sagte er. »Da geht es mir wie meiner Mutter, als sie hierherkam.«

»War das schon vor Ihrer Zeit beim Militär so?«

»Nein. Vorher war ich wütend. Immer.«

Eine Schwester klopfte. Der Arzt bat sie um die benötigten Kopien und kam zum eigentlichen Thema zurück. »Ihre Mutter hat sich selbst entlassen. Es lag keine Zwangseinweisung vor, und so konnten wir sie nicht gegen ihren Willen dabehalten.« Er sah Danilo eindring-

lich an. »Sie wissen, das gilt für jeden – wer freiwillig kommt, kann jederzeit gehen.«

»Sie hätte eine ambulante Therapie machen müssen?«

»Das war Dottor Salas Empfehlung.«

»Und sonst gibt es keine Diagnose? Eine ... Paranoia vielleicht oder Borderlinestörung, Schizophrenie?« Er las die Begriffe von einem Zettel ab. »Ich kenne mich da nicht aus.« Er dachte an die verschiedenen Gesichter seiner Mutter, als wäre sie mal die eine, mal eine völlig andere Person.

»Hören Sie, Signor Donati, ich kannte Ihre Mutter nicht. Und ich habe hier nur unvollständige, siebzehn Jahre alte Unterlagen. Natürlich sind psychische Störungen mitunter schwer voneinander abzugrenzen. Viele Erkrankungen bleiben unerkannt, andere werden nur teilweise oder anfänglich auch falsch diagnostiziert, selbst heute noch.« Die Schwester kam zurück und übergab Danilo einen Packen Papier. Er bedankte sich und schob ihn mit zittrigen Fingern in den Rucksack, in dem sein gesamtes Hab und Gut verstaut war. »Ich gebe Ihnen eine Telefonnummer«, sagte der Arzt beim Abschied. »Bitte rufen Sie dort an, wenn Sie Hilfe brauchen. Tag und Nacht.«

War es das, was Salvatore gewollt hatte? Dass er hierblieb und sich helfen ließ? »Ich bin nicht gut darin, Hilfe anzunehmen«, erwiderte Danilo.

»Möglicherweise haben Sie das mit Ihrer Mutter gemeinsam.«

»War sie selbstmordgefährdet?« Danilo stand schon in der Tür, als er danach fragte.

»Prinzipiell geht eine affektive Störung immer mit einer Suizidalität einher«, klärte der Arzt ihn auf. »Aber ich finde in den Unterlagen keine Hinweise auf eine Selbstgefährdung.«

Zurück auf der Straße, sah Danilo sich um. Es war noch immer ungewohnt, sich ohne Deckung zu bewegen, ohne seine Kameraden und Auftrag. Aber er hatte doch einen. Sein Rucksack war voller Papiere, Protokolle der Sitzungen seiner Mutter mit einem Klinik-Psychiater, ihre Worte, ihre Dunkelheit. So nah war er ihr nicht mehr gewesen, seit sie gestorben war, hier, in dieser Stadt.

Danilo suchte eine Bar. Der Wunsch, etwas zu trinken, war übermächtig, der Wunsch, ins Vergessen zu stürzen. Vielleicht soff er sich ja einfach ins Koma und verreckte gleich hier auf irgendeiner Parkbank? Er dachte an seinen Vater, der es auf Raten anging, und dann an Salvatore.

»Wenn du nicht weiterweißt, steigst du in den Bus und fährst nach Dronero. Versprich es mir, Junge«, hatte er zu ihm gesagt. »Von dort aus kommst du nach Acceglio, und da musst du dann zu Fuß weiter nach Chialvetta hinauf. Liegt auf fünfzehnhundert Metern, aber du kennst dich ja aus in den Bergen. Du folgst den percorsi occitani, den alten Wegen.«

»Und was ist dort?«, hatte Danilo gefragt.

»Nichts. Dort ist absolut nichts, Dino. Nur noch sieben alte Leutchen in einem verlassenen Bergdorf kurz vor der französischen Grenze. Frag nach Jacopo.«

Danilo schulterte seinen Rucksack und ging ins historische Zentrum zur Piazza Galimberti, auf der früher mal der Markt für Seidenkokons floriert hatte. Die Maulbeerbäume im unteren Mairatal boten den Bauern einen Zuverdienst, ehe die Billigimporte aus Südostasien überhandnahmen. Er wühlte nervös in seinem Rucksack, holte das Schriftstück heraus, das er seinem Vater damals vor die Füße geworfen hatte, und las etwas nach. Dann bog er in eine Seitenstraße und atmete auf. Weite Plätze versetzten ihn in Panik, seit er zurück war. Baustellen, Bahnhöfe, Menschenansammlungen.

Er fand, was er suchte. Calzature Pagano, ein kleiner alter Schuhladen mit einer noch älteren Verkäuferin, die sich an seine Mutter erinnerte, weil sie barfuß und mit einer Küchenschürze in ihren Laden gekommen war. »Na blëssa!« – eine Schönheit –, rief sie aus. Sie sprach Piemontesisch. Oben in den Bergen mischten sie die Sprache mit dem Okzitanischen. Das musste er lernen, falls er länger blieb. Aber es war sicher leichter als Farsi, an dem er sich in Afghanistan versucht hatte.

Die alte Dame lud ihn zu einem Espresso ein, der Laden war leer. Sie erzählte, woran sie sich noch erinnerte, an die Schuhe, die seine Mutter am Tag ihres Todes bei ihr in der Auslage gesehen und gekauft hatte, »scarpett d'argent«, und dass sie mit einer Kreditkarte bezahlt hatte. »Wie furchtbar«, sagte sie, »l'è na tragedia, zwei kleine Kinder, und die Mutter kommt nicht mehr nach Hause«, und streichelte ihm übers Haar. Er erschrak und sehnte sich nach Ella. Sie hatte ihn immer mit Kuchen gefüttert, wenn sie ihn trösten wollte. Ihre Liebeserklärungen schmeckten nach Haselnüssen und Milchschokolade, denn die dunkle mochte er nicht.

Danilo verabschiedete sich und ging weiter zum Bahnhof. Etwas, das die alte Frau gesagt hatte, klang in ihm nach. Es war von Bedeutung, aber er konnte die losen Enden nicht miteinander verknüpfen. Er kaufte billigen Schnaps und eine Postkarte, schrieb Ella und stieg in den Bus.

Dronero war ein kleiner Ort mit Laubengängen direkt am Taleingang. Der stillgelegte Bahnhof war baufällig, und die Tafeln mit den Namen der Gefallenen des Zweiten Weltkriegs, denen Danilo im Zentrum begegnete, waren bedrückend lang. Über vierhundert junge Männer aus dem Mairatal, die allein an der Ostfront gefallen waren. Junge Männer, die nichts anderes gekannt hatten als ihr abgeschiedenes Tal und die kleine Landwirtschaft. Vergeudete Leben, Bombenfutter, und an der Seite der deutschen Soldaten doch nur zweite Wahl. Danilo trank den Schnaps, verzichtete darauf, etwas zu essen, und verließ den Ort am frühen Nachmittag über den Ponte del Diavolo, die mit Schwalbenschwanzzinnen bewehrte steinerne Teufelsbrücke. Er stand noch eine Weile oben und starrte auf das Wasser der Maira. Es wäre so einfach, gleich jetzt, doch um zu springen, war sie nicht hoch genug, der Weg zur Erlösung war länger.

Er kam an einer roten Kapelle vorbei und fand den Weg talaufwärts, der an einem Kanal entlangführte. Vereinzelte Gärten, Hecken voller Hopfen, mit Mais und Getreide bestellte Äcker und immer wieder Gedenktafeln und Bildstöcke für die ermordeten Partisanen. Ein Elektrizitätswerk, Kastanienhaine, Spuren von Wildschweinen und Vorboten der vielen verfallenen Gebäude im buco nero, dem schwarzen Loch Europas, das heute dünner besiedelt war als Alaska. Ein gemauerter Backofen überdauerte am Weg, und immer wieder tauchten kleine Dörfer und Kirchen auf.

Danilo rastete und zog die Karte aus dem Rucksack, die Salvatore ihm überlassen hatte. Sie stammte noch aus Kriegszeiten. Manche Wege, die darauf verzeichnet waren, gab es nicht mehr, andere waren ausgebaut worden und teilweise sogar asphaltiert. Er orientierte sich an den Gipfeln der Dreitausender, die am Horizont auftauchten, der zweisprachigen Beschilderung – italienisch und okzitanisch – und kam am frühen Abend in Acceglio an, einem Dorf mit fast zweihundert Einwohnern. Das Parigi, die Dorfbar, hatte geöffnet, vor der auch der Bus hielt. Hier konnte er übernachten und sich mit Proviant eindecken, ehe er am nächsten Tag tiefer ins Tal und höher hinaufsteigen würde, die Stille im Gepäck.

Salvatore hatte ihm von den wilden Narzissen erzählt, den Trollblumen und Anemonen, die im Frühjahr im Tal blühten, und von den Apfelbäumen, unter denen die weißen Piemonteser Rinder auf Trockenwiesen grasten. Doch heute, am zweiten Tag seiner Wanderung, hatte er bereits den ersten blauen Enzian gefunden und unzählige kleine Orchideen. In dem Wald, den er gerade durchquerte, war ein Weiler versunken. Danilo kämpfte sich durch dornige Brombeersträucher und Brennnesseln, öffnete die Tür zu einem einsturzgefährdeten Nebengebäude und betrachtete dahinter ein Leben, das jemand fluchtartig verlassen hatte. Die Möbel waren noch da, Vorhänge und Teppiche mit Stockflecken und Schimmel, Exkremente von Tieren, die sich einquartiert hatten – Mäuse, Marder und Fledermäuse. Er blickte auf Treppen, die nirgendwo hinführten, und Fensterlaibungen ohne Fensterstöcke – leere Augen. Auf einer Wäscheleine über dem Holzofen hing ein Hemd. Danilo erkannte zerschlagenes Geschirr, zerschlagene Existenzen und einen strahlend blauen Himmel darüber, der durch das eingestürzte Dach leuchtete.

Heute hatte er auf seinem Weg noch keine Menschenseele getroffen, und es tat gut, nicht sprechen zu müssen. Er marschierte weiter auf einem ehemaligen Maultier-

pfad, hörte das aufgeregte Pfeifen eines Murmeltiers und sah einen Adler, der sich auf seine Beute stürzte. Und dann war da nur noch der Wind.

Chialvetta lag in einem Seitental. Früher hatten die Bauern hier noch Kartoffeln und Roggen angebaut, doch der brauchte auf dieser Höhe ein Jahr, bis er reif war. Die Viehhaltung für die Milch- und Fleischproduktion war eine gute Alternative oder die Herstellung von Schaf- und Ziegenkäse. Und natürlich gab es in Chialvetta auch einen posto tappa, ein Gasthaus mit einfachster Übernachtungsmöglichkeit für die handverlesenen Wanderer, die neuerdings vor allem aus Deutschland und der Schweiz ins Mairatal kamen, um die unberührte Natur und die wilde Landschaft zu genießen. Die jeden Tag ein paar Etappen auf den percorsi occitani gingen, den alten okzitanischen Wegen, an stillen Bergseen und sprudelnden Bächen rasteten und abends einkehrten. Manche der Einheimischen, die in ihrer Jugend fortgegangen waren, kamen zurück, renovierten ihre Elternhäuser und verbrachten hier den Sommer. Andere kultivierten den sanften Tourismus, der ihnen eine Handvoll Gäste am Tag bescherte und im Winter nicht mal die. Chialvetta war also nicht ganz aus der Welt gefallen, doch für Danilo weit genug.

Jacopos Haus stand etwas abseits unterhalb der Kirche. Es war wie alle anderen aus schwerem Bruchstein gebaut, das Dach weit ausladend und die spartanischen Räume groß. Früher hatte man im Winter die Tiere mit hineingenommen, um sich gegenseitig zu wärmen. Eine Heugabel lehnte neben der Haustür, umgedrehte Milchkannen trockneten davor, und ein dreibeiniger Hund kauerte unter einer Bank. Dass ihm ein Bein fehlte, bemerkte Danilo erst, als er aufsprang und ihn freudig be-

grüßte. Anders als Jacopo, der am hellen Tag in seiner finsteren Stube saß und Pfeife rauchte. Jacopo, der Sohn eines Kameraden der 41. Brigade, der mit Gianna in Viviere stationiert gewesen war, einem Häuserhaufen oberhalb des kleinen Tals.

»Bondì«, begrüßte Danilo den alten Mann. Er schätzte ihn auf etwa siebzig.

»Bondì.«

»Salvatore schickt mich.« Danilo stellte seinen Rucksack ab. »Ich bin ein Freund. Danilo Donati.« Jacopo nickte. »Er meinte, wenn ich mich nützlich mache, könnte ich vielleicht ein paar Wochen unterkommen.« Der Pfeifenrauch erfüllte den Raum, eine Wohnküche mit Holzherd, einer Eckbank, auf der Jacopo saß, einem Tisch und Kommoden. An der Wand hingen Petroleumlampen, denn es gab keinen Strom im Haus. Die Zeit war hier vor hundert Jahren stehen geblieben.

Der Alte betrachtete seinen Besucher, sah ihm lange in die grauen Augen und nickte erneut. »Du kannst mir mit den Ziegen helfen«, sagte er auf Piemontesisch, »ten puoi agiuté«, und übersetzte es, so gut er konnte, ins Italienische, als er Danilos ratloses Gesicht sah. »Die Wölfe holen sie mir von der Weide, el can l'è vec – der Hund ist alt.« Er deutete auf einen Stuhl, der unter Danilos Gewicht knarzte, als er sich setzte. »Kannst du schießen?«

»Ja.«

»Dann kannst du jagen, Rehe und Gämsen.« Er zündete ein Streichholz an, hielt es in den Pfeifenkopf und paffte heftig, bis der Tabak erneut aufglomm. »Ich mache Käse und hab ein paar Wiesen.«

»Wo kann ich schlafen?«, fragte Danilo.

»Müssen wir erst ausräuchern«, meinte Jacopo und

zeigte so etwas wie ein Lächeln. Seine Zähne waren gelb. »Wie geht's ihm?«, fragte er nach einer Weile.

»Salvatore? Gut. Er wird nicht älter. Sucht seine Trüffel und lebt mit seinem Esel und dem Hund.« Jacopo nickte wieder. Mehr brauchte er nicht zu wissen. Und mehr gab es auch nicht zu sagen.

25

Wie lange bist du dageblieben?«, fragte Ella ihren Bruder. Sie saßen jetzt auf dem Parkplatz des Friedhofs in ihrem Auto, das sie erst am Morgen aus der Werkstatt geholt hatte. Der Mechaniker hatte ein Auge auf sie geworfen, weshalb sie die Ersatzteile zum Selbstkostenpreis bekam. Anders hätte sie sich die Reparaturen auch gar nicht mehr leisten können.

»Wollen wir nicht erst die Kinder holen und bei dir weiterreden, Ella?«

»Sicher, sobald sie schlafen.«

Aber das taten sie erst gegen zehn, weil es so viel von den Katzen zu erzählen gab. Michele hatte Ella Fotos auf ihr Handy geschickt: Lisa und Lauro, die mit Henry und Em in ihrem alten Wohnzimmer spielten, und ein Bild, auf dem die Katzen zusammengekuschelt in einem Körbchen lagen. Lauro wollte, dass Lisa die zwei für ihn malte, mit den neuen Farben, damit er sich das Bild über sein Bett hängen konnte, und Ella versprach, auch ein paar der Fotos auszudrucken. Morgen, nach der Schule, wenn die Hausaufgaben gemacht waren.

»Bleibst du noch ein bisschen da, Onkel Dino?«, fragte Lauro seinen Onkel, bevor ihm die Augen zufielen, und der versprach es und legte sich zu ihm, ehe er sich zu Ella in die Küche setzte.

»Chialvetta also«, sagte sie nach kurzem Schweigen und schenkte sich und ihrem Bruder Tee ein.

»Richtig.«

»Hast du die Unterlagen aus dem Krankenhaus gelesen?«

»Immer wieder, jahrelang. Du kannst sie haben, ich hab sie für dich aufgehoben«, erklärte Danilo.

»Und werde ich dann verstehen, warum *papà mamma* rausgeworfen hat, wie du sagst?« Ellas Kinn zitterte, als sie es aussprach. Sie war noch immer aufgewühlt. Vor den Kindern hatte sie es verbergen können, aber jetzt gab es keinen Grund mehr, die Gefühle zu verstecken.

»Die Unterlagen allein erklären es wohl nicht«, antwortete Danilo. »Aber das, was ich dir jetzt erzähle, vielleicht schon.«

Mairatal, im Oktober 2010,
Danilos fünfter Herbst in den Bergen

Danilo war ein paarmal in Dronero gewesen und hatte Salvatore von dort aus geschrieben. Und Ella auch, aber nicht oft.

Mittlerweile hatte er den Anblick der windschiefen, dicht aneinandergedrängten Häuser, die im Mairatal an den Berghängen klebten, lieb gewonnen. Oft ließ sich nur an einer Rauchfahne aus dem Kamin erkennen, ob darin noch jemand wohnte. Auf seinen ausgedehnten Wanderungen, die im Sommer geradezu paradiesisch waren, wenn einen nicht gerade die Fliegen erwischten, war Danilo auf Ruinen, vergessene Bunker und sogar eine leer stehende Kaserne getroffen.

An diesem strahlend blauen Tag – auf dem Rocca Peroni lag bereits Schnee – wanderte er über Matten rot leuchtender Heidelbeersträucher unter lichten goldgelben Lärchen und rastete bei den Haselnusssträuchern, die er letzten Sommer entdeckt hatte. Sie erinnerten ihn an zu Hause, machten ihn abwechselnd wehmütig und glücklich und warfen die Frage auf, wann er zurückkehren würde.

Jacopo hatte sich an Danilos Anwesenheit gewöhnt, denn er war nicht geschwätzig und arbeitete für zwei. Er gehörte bereits zum Inventar, auch wenn er keiner der Ihren war und es nie werden würde. Aber er tröstete Jacopo darüber hinweg, dass sein eigener Sohn in Cuneo lebte und dort ein Delikatessengeschäft führte, das er von einem aus Moschieres im unteren Tal übernommen hatte, der ehemaligen Hochburg der acciugai, der Sardellenverkäufer. Sie hatten früher das Mairatal verlassen, um über den Winter in Salz eingelegte Sardellen zu verkaufen, waren mit Handkarren losgezogen, die Räder mit Eisen beschlagen, und bis Mailand und Florenz unterwegs gewesen. »Ein stinkendes Pack«, hatte Jacopo Danilo erzählt. »›Anciué, anciuééé!‹, haben sie immer geschrien, und der Fischgeruch ist ihnen aus jeder Pore gekrochen. Aber angesehen waren sie. Und gut verdient haben sie auch, wenn die Landwirtschaft nichts mehr abgeworfen hat.«

»Wie kommen Bergbauern auf die Idee, gesalzenen Fisch zu verkaufen?«, hatte Danilo wissen wollen. »Meeresfisch?«

»E chi lo sa« – wer weiß das schon. »Früher haben sie in Frankreich drüben in den Salinen gearbeitet, damit sie nicht verhungert sind, und haben manchmal ein Fässchen mit Salz über den Pass gebracht. Haben die kleinen Fische obendrauf gepackt, damit sie nur die verzollen mussten und nicht das teure Salz. Vielleicht sind sie ja so draufgekommen.«

»Ach ja?«

»E chi lo sa.« Jacopo war es egal. Die acciugai hatten irgendwann feste Marktstände gebaut und Geschäfte er-

öffnet. So wie das in Cuneo, das sein Sohn jetzt hatte. Und mehr gab es dazu nicht zu sagen.

»Buon giorno.« Ein älterer Herr Mitte fünfzig mit Wanderschuhen, Kniebundhose und Funktionskleidung tauchte vor Danilo auf, der im weichen Gras saß. Er hatte gerade eines der Protokolle seiner Mutter aus seiner Tasche gezogen, um darin zu lesen. Eigentlich kannte er sie längst auswendig.

»Wie fühlen Sie sich heute, Signora Donati?« – »Leer.« – »Konnten Sie schlafen?« – »Ja.« – »Ist das Zittern neu?« – »Ja.« – »Andere Nebenwirkungen?« – »Übelkeit, Erbrechen. Ich würge sie hoch.« – »Wen?« – »Die Schatten.« – »Signora Donati, erinnern Sie sich an die Zeit zu Hause, bevor Sie zu uns gekommen sind?« – »Dino kommt in die Schule.« – »Ihr Sohn?« – »Es war Nacht, als er geboren worden ist.« – »In der Nacht, ja?« – »Sie war so lang.«

»Buon giorno«, erwiderte Danilo die Begrüßung. »Auf den percorsi occitani unterwegs?«

»Seit drei Tagen. Heute will ich in Chialvetta übernachten. Hat der posto tappa noch offen? Wissen Sie das?« Der Mann sprach Italienisch, mit einem ungewohnten Akzent. Er sah sehr gepflegt aus, graues Haar, Brille, ein Akademiker, man sah es ihm an.

»Sie müssen zu Rolando in die Osteria La Gardetta.«

»Ist die Küche gut?«

»Meinen Stern hat er«, antwortete Danilo und hielt sein Gesicht in die Sonne, von der sie hier im Tal nicht allzu viel abbekamen. Bald würde sie nur noch mittags für ein paar Stunden über den weißen Gipfeln auftauchen.

»Paolo Silva«, stellte der Mann sich vor.

»Danilo Donati.«

»Darf ich?«, fragte Silva und setzte sich zu ihm ins Gras. Zog eine Wasserflasche aus seinem Rucksack, bot sie ihm an und trank, als Danilo dankend ablehnte, weil er sich sein Wasser aus dem Bach holte. Es half ihm, die Sucht loszulassen, den Hass und das Vermissen. Es spülte alles fort, wusch es aus und polierte die Kanten seiner rauen Seele. Nur das klare Wasser und die Abgeschiedenheit, der Friede. Wobei er noch nicht über den Berg war, denn zu trinken gab es auch hier oben genug und solche wie ihn. Die, die hier festsaßen, der Resignation anheimfielen und – anders als Leute wie dieser Silva – keine Idylle, sondern nur die Stagnation empfanden. Denn das Mairatal war kein Paradies, nicht für die Mutlosen.

»Ist jemand krank?« Silva sah auf die Papiere, die Danilo noch immer in der Hand hielt. »Bitte entschuldigen Sie, ich wollte nicht neugierig sein. Ich sah nur, dass dort Azienda Ospedaliera Santa Croce e Carle steht. Ein Krankenhaus in Cuneo, richtig?«

»Meine Mutter war da in Behandlung. Ist lange her.«

»Ich hoffe, sie ist wieder gesund?«, fragte Silva höflich.

»Sie starb vor zwanzig Jahren.«

»Das tut mir sehr leid. Wissen Sie, ich bin Arzt, deshalb frage ich.« Er hielt kurz inne. »Und so sehr daran gewöhnt, meinen Patienten Fragen zu stellen, dass ich offensichtlich nicht einmal im Urlaub damit aufhören kann.« Jetzt lachte er, und Danilo faltete die Papiere zusammen. »Dabei sind Sie gar nicht mein Patient.«

»Welches Fachgebiet?«, wollte Danilo wissen.

»Ich bin Chefarzt einer psychiatrischen Klinik in Lugano, im Tessin. Eine private Einrichtung.«

»Sie sind Psychiater?«

»Eine aussterbende Spezies in der Schweiz. Wir haben massive Nachwuchssorgen.«

Dottor Silva, ein Junggeselle wie Danilo, kam auch in den folgenden Jahren ins Mairatal. Und er nahm sich stets Zeit, mit ihm ausgesuchte Routen zu gehen. Im zweiten Jahr bot er Danilo an, die Krankenakten seiner Mutter zu lesen, erklärte ihm, wie er die Gespräche mit dem Klinikarzt interpretieren würde und was von der damaligen Medikation zu halten war. Er stellte ihm nach wie vor viele Fragen. »Ich kann es wohl nicht lassen!«, sagte er immer wieder, aber Danilo war froh, einen Freund in ihm gefunden zu haben, mit dem er offen sprechen konnte. »Ihre Mutter hatte also Geburtstagsgeschenke für Ihre Schwester eingekauft?«

»Der Wagen war voll. Sie war so aufgeregt und hat gebacken und Pralinen gemacht und den ganzen Küchentisch mit Zucker bestreut. Das hat wie ein Strand ausgesehen.« Diesen Anblick hatte Danilo nie vergessen und auch nicht, dass niemand außer Salvatore zu Ellas Feier gekommen war. Nicht mal seine Mitschüler, die seine Mutter auch eingeladen hatte, und vor allem nicht sie selbst. »Unser Vater hat sie angeschrien, dass sie ihn ruiniert, weil sie viel zu viel Geld ausgibt. Und die Leute in Alba haben auch darüber geredet. Sie haben gesagt, dass sie verrückt ist.«

»Was man eben so unter verrückt versteht«, relativierte Silva.

»Manchmal hat sie uns ins Auto gepackt und gesagt: ›Kinder, lasst uns die Smaragdstadt suchen!‹ Und dann sind wir an die Ligurische Küste gefahren und einmal sogar bis Neapel. Immer am Meer entlang. Wir haben am Strand im Auto übernachtet oder bei fremden Leu-

ten, die sie einfach angesprochen hat.« Die Erinnerungen kamen langsam zurück. »Einmal hab ich meinen Vater von einer Telefonzelle aus angerufen, als sie im Wagen eingeschlafen ist, damit er uns abholt. Ella hat geweint. Sie wollte nach Hause.«

Danilo und Silva saßen vor Jacopos Haus und tranken ein schwarzes Gebräu, das der alte Mann in einer caffettiera auf seinem Holzherd kochte. Es war scheußlich bitter.

»Wie alt war Ihre Schwester, als das passierte?«

»Ich glaube, drei, und ich fünf.« Danilo sah auf einen Felsriegel im Süden und deutete auf einen Punkt, der sich kurz bewegte. »Sehen Sie! Da!« Ein Steinbock stand in der Wand, ein mächtiges Tier, mindestens hundert Kilo schwer. Sie kamen aus dem Gran-Paradiso-Nationalpark herüber.

»Bondì«, grüßte Jacopo, der aus seinem Haus schlurfte und zur Osteria hinüberwollte. Er brachte Rolando den frischen Ziegenkäse.

»Bondì«, grüßte Silva zurück, der nun auch schon ein paar Brocken Piemontesisch konnte und zum Stammgast wurde.

»Soll ich dir helfen, Jacopo?«, rief Danilo ihm nach, doch der alte Mann brummte nur etwas auf Okzitanisch und winkte ab.

Silva wirkte nachdenklich. Er stellte seine kleine Kaffeetasse auf den Boden und kraulte den versehrten Hund. »Eine erhöhte Neuronendichte«, sagte er dann, und Danilo wusste nicht, wovon er sprach. »Im Thalamus und dem vorderen Hirnstamm. Der Thalamus bündelt die Sinneseindrücke, und der Hirnstamm regelt das Niveau der Aktivität des Organs. Überschießende Impulse, eine Schwemme von Botenstoffen, und dann passiert es.«

»Was passiert?«, fragte Danilo verständnislos.

»Die Manie, mein Freund, die Manie!« Er wandte sich Danilo zu. »Erinnern Sie sich an die erste Sitzung Ihrer Mutter? Als sie vom Feuer gesprochen hat und sich selbst als Kometen beschrieb? Als sie gesagt hat, dass sie manchmal das Leuchten in sich spürt?«

»Erzählen Sie mir davon«, hatte Dottor Sala ihr geantwortet.

»Ich bin ganz leicht.« – »Sie fühlen sich leicht?« – »Wie Sternenlicht über dem Meer.« – »Erzählen Sie mir von Ihren Eltern, Francesca. Sie kommen aus dem Süden, nicht wahr, von der Küste?« – »Sie schlafen im Wasser.« – »Bitte?« – »Sie wickeln sie in Ankerketten, wussten Sie das?« – »Wer?«

Danilo kannte jede Frage, jede Antwort und die erschütternden Andeutungen. Nacht für Nacht lag er in seiner engen Kammer auf der blanken Matratze, ganz nah an den Sternen, und die Petroleumlampe brannte, während er las. Manchmal klang seine Mutter verwirrt, aber Silva meinte, dass das auch mit den Medikamenten zusammenhängen konnte. Sie richtig einzustellen, war wohl ein langwieriger Prozess.

»Ich wage zu behaupten, sie hätte mehr erzählt, aber die Manie ist gnädig, wissen Sie, Danilo. An einem Tag sind Sie Gott, Sie sehen alles schärfer, verstehen alles schneller, Sie sind kreativer, produktiver und verfallen der totalen Selbstüberschätzung. Sie tun Dinge, die Sie sonst nie täten, verprassen Geld, schmieden Pläne und stürzen los – völlig distanzlos. Aber später haben Sie das meiste vergessen. Die Manie löscht gerne mal den Speicher.«

»Aber war sie denn nicht depressiv?«, fragte Danilo, der Silva nicht mehr folgen konnte.

»Manisch-depressiv, würde ich vermuten«, antwortete er. »Bipolar sagen wir heute. Und die Hälfte der Erkrankten ist nach wie vor nicht diagnostiziert.«

»Bipolar?«

»Himmelhoch jauchzend, zu Tode betrübt«, zitierte Silva die landläufige Beschreibung. »Diese teuflische Krankheit kann durch ein traumatisches Erlebnis ausgelöst werden oder Drogenmissbrauch.« Danilo sah Silva beunruhigt an. »Und es gibt auch eine genetische Komponente«, fuhr er fort und bestätigte damit seine Furcht. »Sie tritt in den verschiedensten Ausprägungen auf. Manche Menschen durchlaufen diese Phasen nur für ein paar Tage oder Wochen und in unterschiedlichster Ausprägung. Dazwischen erscheinen sie gesund. Andere erdulden die Abstürze ein ganzes Jahr lang und die Hochphasen auch. Wobei man sich nicht täuschen darf, die Hochs sind genauso verheerend wie die Tiefs. Die Manie entfesselt ungeheure Kräfte.«

Ella saß an ihrem Küchentisch und war fassungslos. »Ist das sicher?«, fragte sie ihren Bruder, nachdem er ihr das alles erzählt hatte.

»Nein, nur eine Vermutung. Doch Dottor Silva würde sagen, ›fundiert‹.«

»Und es vererbt sich?!«

»Bei etwa zehn Prozent der Leute. Aber das Umfeld hat auch Einfluss. Du musst dir wirklich keine Sorgen machen, Ella.«

Leichter gesagt als getan! Sie machte sich immer Sorgen, das tat man als Mutter – und als Schwester auch. »*Papà* war damals bestimmt verzweifelt«, sagte sie nach langem Schweigen und versuchte, sich vorzustellen, wie das Leben an der Seite ihrer Mutter für ihn gewesen sein musste.

»Er hatte Angst um seine Existenz. Und um uns, denke ich«, bestätigte ihr Danilo. »Ihm sind die Nerven durchgegangen.«

Ella streichelte ihrem Bruder zärtlich übers Haar. »Er konnte ja nicht ahnen, dass sie an diesem Tag verunglückt, Dino«, sagte sie mitfühlend. »Daran hat er wirklich keine Schuld.« Danilo nickte. »Denkst du, *papà* hat gelogen, als er uns gesagt hat, dass sie auf dem Heimweg gewesen ist? Wenn sie sich so gestritten haben, dann wollte sie vielleicht gar nicht mehr heimkommen?«

Das wollte sie tatsächlich nicht. Sein Vater hatte es gewusst, und er wusste es auch. Aber das – wenigstens das – wollte er seiner Schwester ersparen. Es war der letzte Wunsch seines Vaters gewesen, und den respektierte er. »Ich glaube nicht, dass er gelogen hat, Ella«, sagte er deshalb. »Du hast doch Geburtstag gehabt, und sie hat alles vorbereitet.«

Ella seufzte. »Mir tut das so leid, Dino, für dich und *papà*. Wenn er das doch nur gewusst hätte!«

Danilo nahm ihre Hände in seine. »Ella«, sagte er ernst, »er wusste es. Ich habe ihm geschrieben, ein paar Jahre vor seinem Tod. Ich hab ihm das alles erklärt, damit er sich keine Vorwürfe mehr macht, und ich hab mich bei ihm entschuldigt.«

Sie sah ihren Bruder bestürzt an. »Das hat er mir nie gesagt.«

»Ich weiß.«

»Und warum bist du dann nicht heimgekommen? Er war doch sicher erleichtert und hat dir das nicht nachgetragen.«

»Er hat sich sogar bei mir bedankt und mir geschrieben, dass es nichts zu verzeihen gibt.«

»Und du bist trotzdem nicht nach Hause gekommen?!«

»Ich wollte damals, dass er dir von Mutters Diagnose erzählt und seinem Streit mit ihr. Damit du endlich verstehst, warum ich ihn die ganze Zeit über so gehasst habe und so lange fortgeblieben bin. Ich habe gehofft, dass er reinen Tisch macht, aber er konnte es nicht.«

Ella dachte an die letzte Nacht am Bett ihres Vaters. »Er hat darauf gewartet«, hatte er gesagt. »Kurz bevor *papà* gestorben ist, hat er zu mir gesagt, dass er irgendetwas nicht über sich gebracht habe. Jetzt verstehe ich endlich, was er damit gemeint hat.«

26

Am nächsten Morgen begann Ella ihre Arbeit in der Pralinenküche schon um fünf – sie hatte kaum geschlafen –, machte dann das Frühstück für ihre Kinder und ging wieder hinunter, als die beiden zur Schule aufbrachen. Sie produzierte bis zum späten Vormittag Heidelbeertrüffel, Portweinherzen und Carlissons und fuhr dann – Greta stand im Laden – auf die Plantage, wo sie bleiben würde, bis Lisa und Lauro am Nachmittag wieder nach Hause kämen. Ein Blick auf die Hausaufgaben und dann bis Ladenschluss wieder hinunter. Dass sie die beiden so wenig sah, tat Ella weh. Lisa half ihr jetzt schon im Haushalt. Sie wirkte ausgeglichen wie immer, doch Lauro schlief neuerdings unruhig. Er stand nachts plötzlich in ihrem Schlafzimmer, seinen Teddy unter dem Arm, und sah sie an, bis sie aufwachte. Kürzlich war er sogar nass gewesen, und sie musste ihn umziehen, ehe er unter ihre Decke schlüpfen konnte. »Bist du böse, *mamma?*«, hatte er kleinlaut gefragt und geseufzt, als sie ihn in den Arm genommen und das alte Schlaflied gesummt hatte. Sie musste ein Auge auf ihn haben! Sie durfte das, was ihr Bruder über die Krankheit ihrer Mutter gesagt hatte, nicht auf die leichte Schulter nehmen. Langsam kam es ihr so vor, als würde Lauro die Geschichte der ganzen Familie im Leib stecken, als wäre er die Summe allen Leids. Vererbt, wie der Sternenblick ihrer Mutter, der nun auch bei ihm immer mehr verblasste, denn der Dämon war ein Riese, und er warf seinen Schatten auf Generationen. Wie viel besser käme Lauro doch zurecht, wenn er mehr nach seinem Vater käme, so wie Lisa. Nicolo trug den Aufbruch in sich, seine Wurzeln waren Fühler, die er in die Welt streckte, sein Erbe Neugier, Mut und Urvertrauen.

Ella betrat das alte Kelterhaus, für das Michele ihr erst gestern den Schlüssel gegeben hatte, und begann mit der Produktion. Michele hatte ihr die Bedienung sämtlicher Geräte erklärt und sie ihn gebeten, die ersten Versuche alleine unternehmen zu dürfen, bis sie damit vertraut war und die Mengenangaben ihrer Rezepte angepasst hatte. Jetzt befüllte sie den Presszylinder der Ölpresse mit den getrockneten Haselnüssen, die Danilo ihr gebracht hatte. Sie raschelten, wenn sie hineingriff, und waren seltsam leicht, denn sie enthielten kaum mehr Wasser, um die Haltbarkeit des Öls zu garantieren. Etwa zwei Stunden dauerte ein Pressvorgang, schonend und ohne jeden Zeitdruck, dann hatte Ella vier Liter Haselnussöl gewonnen und behielt einen Presskuchen zurück, der in Molino di Roddi vermahlen werden würde.

Während die Ölpresse arbeitete, experimentierte sie mit dem Röstgrad der Nüsse für die *crema di nocciole* und variierte die Dauer, in der sie in der schönen Rösttrommel ihre Runden drehten. Der vertraute Duft der Backstube durchzog bald den großen Raum und machte ihn heimelig. Dazu kam das Aroma von gesalzenem Karamell, das sie in einer schweren Pfanne auf dem neuen Herd zubereitete, und dann, beim Vermengen der Zutaten, noch die zarten Lakritz- und Schwarzteenoten des dunklen Maracaibo-Kakaos aus Venezuela nebst einer Anmutung von Orangenblüten und Zimt. Der Maracaibo wuchs im Tiefland an der Grenze zum Karibischen Meer. Die großen Früchte des immergrünen Kakaobaums türmten sich ab Dezember sattgelb bis violett auf den Plantagen, ehe unter einer dichten Decke aus Palmenblättern die gewünschte Fermentation einsetzte. Wann immer

Ella die verschiedenen Kakaosorten verarbeitete, holte sie die Welt in ihre Küche und vergaß darüber ihre Sorgen. Nur heute nicht. Ihre Gedanken gingen wieder und wieder zum gestrigen Abend zurück und dem Gespräch mit ihrem Bruder. Dem Unfassbaren, das sie noch gar nicht in letzter Konsequenz begriffen hatte.

Das neue Aufschlaggerät war eine Herausforderung, ein riesiger Mixer aus Edelstahl, der mehr einem Schrank glich als dem vertrauten Küchenhelfer. Die Konsistenz der *crema* war noch nicht ideal. Ella gab Milch dazu, etwas Rapsöl und Lecithin aus Sonnenblumensaaten als Emulgator. Das metallische Kreisen des Rührwerks mischte sich unter das Summen der Ölpresse und das Klackern der Nüsse in der rotierenden Rösttrommel. Ella entdeckte ein Radio, das Michele ihr besorgt hatte, und einen kleinen Zettel daneben, auf dem der Turmalinohrring lag, den sie verloren hatte. »Ich habe ihn im Gras in der Nähe der Uferböschung gefunden«, stand darauf geschrieben, »dort, wo sich die Katzen verkrochen hatten.« Sie steckte ihn ein und suchte den Sender Radio Cuneo Nord. Ed Sheeran erklang, *Perfect*. Ella sang mit.

Was Danilo über ihre Mutter gesagt hatte, hatte sie die ganze Nacht über beschäftigt. Sie war wach gelegen und hatte irgendwann ihr Rezeptbuch aufgeschlagen, die vielen Einträge durchgesehen, die schwankende Handschrift, die kryptischen Kommentare und Skizzen. Aus der veränderten Perspektive betrachtet, erkannte Ella verworrene Assoziationsketten, den Ausdruck von Getriebenheit und überbordendem Schaffensdrang. In diesem Zustand musste ihre Mutter das Bild in ihrem Zimmer gemalt haben. Ob ihr Vater damals schon getrunken hatte? So wie Danilo während seiner Zeit beim Militär? Sein schlimmer Zustand, von dem sie nichts gewusst hatte, schmerzte Ella fast noch mehr als die Krankheit ihrer Mutter. So viele Narben, so tief! Und das alles wurde jetzt auch noch vom Schweigen ihres Vaters überschattet, der ihr nichts von Danilos Brief gesagt hatte. Warum? Hatte er Angst gehabt, sie würde ihm den Streit mit ihrer Mutter nicht verzeihen? Oder konnte er sich selbst nicht verzeihen?

Plötzlich stand Michele im Raum. Ella hatte nicht gehört, wie er hereingekommen war. Er betrachtete sie wie bei seinem ersten Besuch in ihrer Pralinenküche. Die weiße Küchenschürze über Jeans und Bluse und die Haube über dem Haar, den Kakaostaub an ihren Händen und die glühenden Wangen.

»Kommen Sie zurecht? Ist alles in Ordnung?«, fragte er, und Ella antwortete, dass es so sei – was nicht stimmte. Nur hatte es nichts mit ihm zu tun oder ihrer Arbeit.

»Vielen Dank für den Ohrring. Wann waren Sie denn noch mal da?«, fragte sie Michele dann.

»Gestern, es hat mir keine Ruhe gelassen. Aber dann habe ich vergessen, ihn Ihnen zu geben, als Sie die Kinder abgeholt haben.« In Wahrheit wollte er vor Pippa nicht sagen, dass er für Ella noch einmal dort gewesen war.

»Sie sind meinetwegen extra noch mal hingefahren? Nach Molino di Roddi?«

»Sie sahen so traurig aus.«

Am liebsten hätte Ella ihn geküsst, es stand in ihrem Blick. »Ich habe das Mazerat zum Destillieren überprüft, das sieht gut aus«, überging sie den Impuls und kam auf die Arbeit zu sprechen. »Wann wollte Salvatore kommen?«

»Am Samstag, für einen Probelauf. Er meinte, dass er dem Trubel der Trüffelmesse am ersten Wochenende lieber entgeht.«

»Waren Sie schon einmal zur Messe hier?«, fragte Ella, und Michele öffnete für sie die Trommel der Röstmaschine. Heiße Luft stieg auf und ein umwerfender Duft.

»Nein, ich besuche sie zum ersten Mal. Wir alle, meine Frau und meine Mutter auch.« Michele ließ die Trommel langsam weiterlaufen, damit das Röstgut in die darunter montierte Auffangschale fiel. »Das Eselrennen und den großen Umzug letzte Woche kannte ich auch nicht. Sie sahen übrigens sehr aristokratisch aus in Ihrem Kleid.«

»Und diesmal ist mir auch niemand auf die Schleppe getreten wie sonst. Irgendjemand schafft es nämlich immer«, gestand Ella.

»Bei Ihrem Glück ...«

»Ich muss doch bitten!« Ella griff in die gerösteten Nüsse, um sie Michele zu zeigen. Sie waren noch nicht abgekühlt. »Heiß! Heiß! Heiß!«

»Haben Sie sich verbrannt?« Er zog sie zum Spülbecken hinüber und hielt ihre Hand unter kaltes Wasser.

»Nicht schlimm«, sagte sie tapfer.

Nach einer Weile drehte er den Hahn zu und trocknete sie ab, als wäre sie ein Kind, betrachtete die Rötung und schüttelte den Kopf. »Ich kenne wirklich keine Frau, die selbstständiger und gleichzeitig weniger in der Lage ist, auf sich aufzupassen, als Sie. Ist wirklich alles in Ordnung? Sie wirken heute so ... so durcheinander.« Mehr als sonst, dachte er.

»Mein Bruder hat mir gestern etwas erzählt«, setzte sie an, »über unsere Mutter.«

»Sie ist sehr früh gestorben.«

»Ja, ein Autounfall«, sagte Ella und sehnte sich mit einem Mal danach, ihm davon zu berichten. Von ihrer Mutter und dem Tag, an dem sie nicht mehr nach Hause gekommen war, den Stimmen im Haus und jenen in ihr.

Dem Vermissen und der Verzweiflung, der Danilo erlegen war, seinem Dämon und seiner Flucht. Sie wollte es erzählen und sich an ihn lehnen, sich auf ihn stützen wie der Himmel auf die Gipfel der nahen Berge, doch als sie versuchte weiterzusprechen, versagte ihre Stimme. Da nahm Michele sie in den Arm, hielt sie wortlos fest, und sie ließ sich in seine Geborgenheit fallen wie in ein Licht.

18. August 1807

Meine teure Freundin,

ein angesehener chocolatier, Barone in Turin, möchte Deine gesamte Ernte kaufen, und ich habe für Dich einen außergewöhnlich guten Kontrakt ausgehandelt! Aufgrund der Wirtschaftsblockade über die Britischen Inseln und der hohen Zölle auf Waren aus den englischen Kolonien ist Kakao teuer geworden. In Turin strecken sie die Schokolade neuerdings mit Haselnüssen und nennen es gianduja, ein Produkt, das sich dort großer Beliebtheit erfreut. Damit dürften Deine Geldsorgen nun ausgestanden sein, und die Zukunft Deines Sohnes auf dem Land seiner Vorfahren ist gesichert.
Was hat der Arzt gesagt, den ich Dir geschickt habe? Er war Lebruns Leibarzt während seiner Zeit als Generalgouverneur der Ligurischen Republik. Kann er Deinem Mann Linderung verschaffen?
Wie sehr Du mit ihm leiden musst! Und ich mit Dir. Du weißt, ich habe angeboten, mich des Jungen anzunehmen. Er braucht einen Vater und fände ihn in mir. Nicht dass ich je dächte, ich könnte Deinen Mann ersetzen, aber ich könnte Deinen Sohn an der Hand nehmen und ihm eine Stütze sein in dieser schweren Zeit.

Ist es vermessen, darauf zu hoffen, dass er sie eines Tages ergreift? Und auch Du Dir erlaubst, Dich an mich anzulehnen?

Der Deine auf ewig

PS: Bitte stelle die Laterne ins Fenster, wenn ich zu Dir kommen darf. Ich werde auf dieses Licht warten, auch wenn es mir nur einen kurzen seligen Moment mit Dir beschert.

Michele hielt Ella im Arm, und sie dachte unwillkürlich an ihre Ahnin und den Mann, der sie durch die Wirren der französischen Besatzung begleitet hatte. Sie hatte seine Briefe nun schon bis ins Jahr 1807 hinein gelesen und wurde dabei Zeugin einer Liebe zwischen einer verheirateten Frau, Mutter eines Sohnes, und einem Mann, der nicht hierhergehörte und keiner von ihnen war. Sie fühlte mit ihm und wusste doch ungeachtet der besonderen Umstände, dass es nicht richtig war. Dass Jean-Baptiste Legrand nicht das Recht gehabt hatte, sich um Mariella zu bemühen. Die Ehe war ein Versprechen, in guten wie in schlechten Zeiten, in Gesundheit und Krankheit, bis der Tod zwei Menschen schied. So wie ihre Eltern. So wie Pippa und Michele.

27

»Darf ich?« Pippa stand in der Tür. »Ist etwas passiert?«

»Nur ein kleiner Unfall«, antwortete Michele und verbarg seine Irritation. Was war das nur, das ihn in Ellas Nähe immer wieder drängte, sie in den Arm zu nehmen? Sie war eine starke Frau, unverstellt, lebendig und verletzlich zugleich. Und sie verbarg es nicht, nicht wie Pippa, deren Stärke nichts hinzuzufügen war. War es das? War er wirklich so ein Mann, der sich als strahlender Ritter sehen wollte und neben einer Frau wie Pippa seinen Platz nicht fand, weil sie ihn nicht brauchte? Oder waren es diese Blicke, die Ella ihm schenkte, die wütenden, traurigen, fragenden Blicke, die er so gerne beantwortet hätte? Der Zauber ihrer dunklen Augen, der die Schwerkraft besiegte? Ihm den Boden unter den Füßen wegzog? Ihre temporäre Unkoordiniertheit forderte den Konstrukteur in ihm heraus. Und die Unbedingtheit, mit der sie daran festhielt, dass dieses Land ihr Schicksal war, dass sie eins war mit ihm und dem Haus, Teil davon, Krume und Stein, schenkte auch ihm die Gewissheit, sich gefunden zu haben und am rechten Ort zu sein. Endlich. Hatte er Pippa auf diesem Weg verloren? Wenn die Schwerkraft nicht mehr auf ihn wirkte, lebten sie nicht mehr auf demselben Planeten, geschweige denn im selben Haus, dann schliefen sie nicht mehr im selben Bett und waren nicht im selben Traum vereint. »Die Röstmaschine entwickelt ziemlich viel Hitze«, erklärte Michele und deutete auf Ellas Hand. Er würde sie nicht mehr berühren, das Spiel mit dem Feuer nicht spielen, weil *er* es war, der sich dabei verbrannte.

»Ich möchte nicht stören«, sagte Pippa.

»Das tust du nicht«, versicherte Michele ihr. »Ich bin hier im Moment sowieso überflüssig.« Ella nickte verlegen. »Wolltest du zu mir?«

»Nein, zu Signorina Donati.«

»Ella, bitte sagen Sie Ella zu mir.«

»Natürlich, gern.«

»Hätten Sie Zeit, mir hier ein paar Dinge zu zeigen, Ella?«, fragte Pippa, als Michele ging, und Ella begann bei der Ölgewinnung, erklärte Pippa dann die Rezeptur für die *crema di nocciole* und die Mazeration der Haselnüsse in Alkohol, die bei Nussbränden nötig war, da die Nüsse keinen Fruchtzucker enthielten, der eine Gärung in Gang bringen könnte.

»Der Alkohol nimmt das Aroma der gerösteten Nüsse auf und wird dann destilliert, damit der Schnaps weich und mild wird.«

»Und dann kann man ihn abfüllen?«

»Nein, Nussbrand muss erst noch lagern. In Eichenfässern am besten. Danilo hat sie besorgt.« Ella deutete auf drei große Fässer, die in der niedrigen Ummauerung des ehemaligen Maischebeckens standen. Michele hatte es bei der Renovierung der Kelterhalle mit einbezogen – das Becken, über dessen Rand ihr Vater damals gestürzt war und sich das Knie so schwer verletzt hatte. Jeder verdammte Stein speicherte Erinnerung! Ihr ganzes Leben steckte darin. Und sie fest.

»Sie sehen sich gar nicht ähnlich, Ihr Bruder und Sie«, sagte Pippa unvermittelt.

»Nein, er kommt nach unserem Vater. Aber die Augen hat er von unserer Mutter. Früher waren sie blau.« Lichtblau.

»Ich habe zwei Brüder«, erzählte Pippa und sah sich

die Fässer aus der Nähe an, »die kommen auch nach unserem Vater. Sie arbeiten beide in seiner Kanzlei.«

»Anwälte?«

»Ja.« Sie waren alle Anwälte in ihrer Familie, seit drei Generationen, nur sie war aus der Art geschlagen und »vergeudete« ihre Zeit, wie ihr Vater es einmal ausgedrückt hatte. »Komm zu uns, Pippa, und studiere Jura wie deine Brüder. Wir haben die beste Kanzlei Genuas!«, hatte er sie beschworen. »Und ich werde die beste Werbeagentur des Landes haben«, hatte sie ihm entgegnet und sich für Kommunikationswissenschaften eingeschrieben. Von diesem Ziel war sie nur noch einen Wimpernschlag entfernt und das ohne Protektion und elterliche Schützenhilfe. Ihre Brüder waren doch nur ins gemachte Nest geschlüpft, und trotzdem brachte ihr Vater ihnen mehr Respekt entgegen als ihr. Mehr Wertschätzung, egal, wie viele Preise sie gewann.

Ella betrachtete Pippa. Eine Frau wie sie hatte sie nie kennengelernt. »Wollen Sie mir zur Hand gehen?«, fragte sie sie und gab Pippa, als sie zustimmte, eine Schürze und eine Haube. Gemeinsam füllten sie dann das Haselnussöl der ersten Pressung in dunkelgrüne Flaschen, die Danilo später mit einem Schraubverschluss und Etiketten versehen würde – mit einem Bild vom roten Haus, das Sophia gemalt hatte.

»Ich dachte, wenn ich die Herstellung und die Produkte besser kenne, bekomme ich vielleicht ein paar Ideen für die Werbung«, erklärte Pippa. »Aber ich mache mich bei so was nicht so gut. In mir steckt keine Hausfrau und schon gar kein Landwirt wie in Michele.«

»Sagen Sie das nicht. Ihr Mann lernt es doch auch erst!«

»Aber Sie sind ein Naturtalent, Ella.«

»Nein, nur hineingeboren.«

Während die beiden Flasche um Flasche befüllten, erzählte Ella Pippa von ihrer Arbeit auf der Plantage und irgendwann sogar von den Rezepten ihrer Mutter, der Krankheit und dem Tod des Vaters, den Schulden und ihrer neuen Existenz mit dem Schokoladenladen. Als wäre sie eine Freundin, die Ella nie gehabt hatte. »Und das alles mit zwei Kindern, wie haben Sie das nur geschafft?« Sie machten bald eine Kaffeepause, und Ella kochte *caffè* und schäumte Milch auf, streute etwas Maracaibo-Kakao darüber und öffnete die Schachtel mit den Limetten-Basilikum-Pralinen, die sie mitgebracht hatte.

»Die Kinder geben mir mehr Kraft, als sie mich kosten«, erklärte sie dabei und aß selbst eine Praline. »Sie sind Seife für die Seele, glauben Sie mir.« Und Lisa zudem der einzige Mensch, dem sie glaubte, wenn er sagte: »Alles wird gut, *mamma*.« Nur ihr, denn sie war stark und ungebrochen, ein Versprechen auf Heilung mit jeder Berührung. »Ich habe nie bereut, dass ich die beiden bekommen habe, und auch nicht, dass ich sie alleine großziehe.« Pippa erkundigte sich nach dem Vater der Zwillinge, und Ella erzählte ihr von Nicolo und ihren Plänen, ihn nach Amerika zu begleiten. »Ich hätte dort aufs College gehen können«, schloss sie.

»Was wollten Sie studieren?«

»Vielleicht Ernährungswissenschaften oder Fächer, wie sie die Uni in Bra jetzt anbietet, Gastronomische Wissenschaften. Auf jeden Fall etwas mit Lebensmitteln.«

»Ich habe in Paris studiert«, sagte Pippa. »Ich wollte auch von zu Hause weg und meinem Vater beweisen, dass ich es alleine schaffen kann. Ich habe kein Geld von ihm genommen und nebenbei gearbeitet.«

»In der Werbung?«

»Nein, als Hostess auf Messen, das wird ziemlich gut bezahlt. Und mit Fremdsprachenkenntnissen bekommt man immer Jobs. So habe ich auch Michele kennengelernt.«

»Auf einer Messe?«

»Auf der Pariser Luftfahrtschau. Damals stand er noch am Anfang seiner Karriere. Wir standen beide am Anfang und wollten zusammen die Welt erobern ...« Pippa wünschte sich die Zeit zurück. Sie wünschte sich *ihn* zurück, ihren Mann, so wie er damals war, aufstrebend und zielorientiert. Sie waren das perfekte Paar und verliebt, auch wenn sie oft wegen ihrer Berufe getrennt gewesen waren.

»Das ist sicher nicht leicht für Sie«, sagte Ella, »die Veränderung hier.«

Pippa nickte nur und dachte, dass ihr die Art, wie Michele sich verändert hatte, viel mehr zusetzte als der Umzug nach Alba. »Der Zeitpunkt war ungünstig. Ich habe letztes Jahr einen neuen Chef bekommen und seitdem ganz schön Gegenwind in der Agentur. Ich möchte dort einiges verändern, aber ich kann mich nicht durchsetzen.« Vor allem die Seilschaften der männlichen Kollegen hätte Pippa gerne aufgelöst und mehr Frauen unter Vertrag genommen. Die alten Hierarchien zerschlagen, damit endlich frischer Wind durch die Agentur wehte.

»Das ist schwierig von hier aus, oder?«, fragte Ella. Sie mochte dieses Gespräch.

»Ich habe Michele versprochen, es zu versuchen, aber nicht, dass ich meine Träume dafür aufgebe. Ich will diese Agentur eines Tages leiten, und das schaffe ich auch.« Ein Traum, den Michele nicht kannte und Pippa verbarg, weil sie befürchtete, dass er sie endgültig entzweien würde. »Wir sind uns ähnlich, Ella, denken Sie nicht?«, sagte sie schließlich. »Wir lieben beide, was wir tun, sind leidenschaftlich und können kämpfen, wenn es sein muss.« Ella war geschmeichelt. Pippa setzte ihre Tasse ab. »Ich weiß gar nicht, wann ich das das letzte Mal gemacht habe.«

»Was denn?«

»Mit einer Freundin zusammengesessen und geredet. Einfach nur so. Wahrscheinlich während des Studiums.«

»Mit einer Freundin?«

»Komisch, nicht? Wir kennen uns ja kaum. Und ich habe normalerweise nicht das Bedürfnis, viel von mir zu erzählen. Michele behauptet sogar, ich sei eine Insel.« Pippa hatte mit Silvestre in Mailand darüber gesprochen, und er hatte gesagt: »Von Haien umkreist!« Schon wieder diese Nacht, die kurze Beziehung und die Erinnerung an das Empfinden, an seiner Seite kein Mängelwesen zu sein, kinderlos und ohne tiefere Bestimmung. Eine Eiskönigin.

»Ich kenne das Gefühl, eine Insel zu sein«, erwiderte Ella. Und gestern hatte Danilo dann auch noch diesen Sturm losgetreten, der das Wasser um sie bedrohlich ansteigen ließ. Eine Welle, die sich immer weiter aufbaute. Die Wellen des Lebens rollten über Jahre heran.

»Wie präsentiere ich denn nun die neuen Produkte?«, fragte Pippa, als sie schon fast wieder in der Tür stand, die Schachtel mit den Pralinen in der Hand. »Casa Rossa ... Fällt Ihnen dazu was ein?«

»Heimat«, sagte Ella spontan. »Und nach der sehnt sich doch jeder.«

»Heimat?« Pippa war skeptisch. »Also mir bedeutet Heimat ehrlich gesagt gar nichts. Ich bin überall zu Hause, Hauptsache, ich habe einen WLAN-Anschluss.« Heimat war in ihren Augen etwas für die, die verwurzelt waren. Aber Wurzeln machten unbeweglich. Was half einem der sichere Stand, wenn der Standort nicht mehr passte?

»Dann ist Ihre Heimat eben Ihre Arbeit«, schlug Ella vor.

Pippa dachte darüber nach. »Casa Rossa, der Geschmack von Heimat. Etwas in der Art?«, fragte sie.

»Ich würde es kaufen«, stimmte Ella ihr zu, »jederzeit.«

Als Pippa zum Haus zurückging, sah sie Michele. Er setzte mit Danilo Donati junge Haselnusssträucher auf dem Land jenseits der Straße, das sie gepachtet hatten. Sophia hatte beim Essen erzählt, es habe früher zur Plantage gehört, so wie die Flächen südwestlich, die jetzt bebaut waren. Ihre Schwiegermutter hatte sich im Rathaus alte Flurkarten angesehen. Offensichtlich hatten die Donatis in der ersten Hälfte des 19. Jahrhunderts, als etliche Weinbauern der Region unter Missernten litten, günstig Land erworben, das Philippe Donati, der Vorbesitzer, aber nicht hatte halten können. Doch die jüngere Geschichte fand Pippa viel interessanter – und Ella. Vielleicht war sie ja das Bindeglied, das ihr noch fehlte, der Schlüssel, um zu verstehen, was ihren Mann bewegte, warum er sich so verändert hatte und wer er jetzt war.

Wie glücklich er aussah! Pippa beobachtete ihn oft von ihrem Bürofenster aus, wenn er frühmorgens über die Plantage streifte, bei Sonnenaufgang, sich hinsetzte und das Licht betrachtete, die Schatten und letzten Blätter im Herbstwind. Er trug keine Uhr mehr, seit sie hier lebten. Die Zeit hatte für ihn nicht mehr die gleiche Bedeutung wie für sie. Als würden sie in zwei verschiedenen Welten existieren, beständig auf der Suche nach einem Übergang, einer Brücke, die sie verband. War Ella Donati womöglich diese Brücke und ihre Begegnung kein Zufall?

28

Am Samstag war Markttag in Alba, das ganze Jahr über. Die Stände der Händler wurden ab fünf Uhr früh lautstark aufgebaut und zogen sich dann bis zum Mittag durch die gesamte Altstadt. Sie ließen nur zwei schmale Gassen zwischen den voll beladenen Verkaufstischen und den Läden frei, durch die sich ganze Hundertschaften schoben, verweilten, die Waren prüften, feilschten und damit den Weg für jene versperrten, die weitermussten. Ella hatte einen Lederwarenhändler vor ihrer Chocolaterie – Geldbörsen, Gürtel und billige Taschen. Mahesh hatte einen der vielen Stände mit Kleidung – Wintermäntel, Pullover, Halstücher und Hosen, die der Standbesitzer am Morgen aus alten Bananenkisten zauberte. Da die Verkaufstische allesamt überdacht waren und im Gestänge der Konstruktionen ebenfalls Waren hingen – Staubwedel, eingeschweißte Handyhüllen, Stoffbahnen oder Koffer –, sah man samstags in Alba nie den Himmel.

Jetzt, Mitte Oktober, lag der neue Wein schon in den Kellern, und die *trifolai* wanderten durch die Wälder. Salvatore brach vor Sonnenaufgang auf und kam zum Frühstück wieder zurück, die weißen Alba-Trüffel in den Taschen und den Nebel in den Knochen. Die Feuchtigkeit setzte ihm zu, und es war kühl geworden. In der Stadt wurde der *aperitivo* unter Heizstrahlern getrunken, es wurden Schals umgewickelt und Krägen hochgeschlagen, was die Zusammenkunft der Neun vom Stadtplatz langsam ungemütlich machte. Außerdem kam immer pünktlich zur Trüffelmesse der Jahrmarkt nach Alba, und ein prächtiges, antik anmutendes Kinderkarussell mit bunten Gondeln, springenden Pferdchen und einem kleinen weißen Elefanten mit rotem Sattel schmückte die Piazza Savona. Und da waren Stände mit Süßwaren aus der Region, grelle Lichter, Popmusik aus diversen Lautsprechern, die sich mit Kirmesklängen vermischte und die Unterhaltung erschwerte. Das Caffè Savona brauchte jetzt in der Hochsaison alle seine Stühle, weshalb sich die Neun bei den Bänken neben dem Karussell trafen und die letzte Barriere zu den voll besetzten Bars und Cafés rund um den Platz bildeten. An einer Litfaßsäule hing seit Tagen ein Bild von Sergio Manolo auf Tornado, das Zielfoto des strahlenden Siegers.

»Ich hab es immer noch nicht verwunden«, murrte Mancini bei seinem Anblick, »der ganze Aufwand, und dann hat dein dämlicher Esel gewonnen!«

»Man weiß erst, was in einem steckt, wenn man sich der Herausforderung stellt«, entgegnete Salvatore.

»Hätt er's mal besser stecken lassen!«, warf Parisi ein und blickte gebannt auf das ständige Kreisen des Karussells – Gondeln, Pferdchen und ein weißer Elefant.

»Irgendwelche neuen Gaunereien in Planung?«, fragte Monsignore De Luca die alten Herren besorgt, die aufgereiht wie die Hühner auf den Bänken saßen und ab und an ihre Schirmmützen lüpften, um einen Passanten zu grüßen.

»Nein, an diesem Wochenende haben wir frei. Wir treffen uns morgen im Zelt.« Gemeint war das riesige Zelt im Cortile della Maddalena in der Via Maestra, das seit einer Woche den Weltmarkt des Weißen Albatrüffels beherbergte, die berühmte Trüffelmesse, auf der die *trifolai* der Langhe unter den strengen Augen einer Qualitätskommission ihre Fundstücke verkauften. Käufer konnten die sündhaft teuren Knollen hier prüfen lassen, damit nicht etwa ein Stein oder gar Schrotkugeln eingeschleust wurden, um das Gewicht und damit den Preis zu erhöhen, oder Billigware aus China und Osteuropa über die Theke ging. Aber auch andere Anbieter präsentierten ihre regionalen Produkte: Käse, Wurstwaren, Nudeln und Haselnüsse, Esskastanien, Pilze und natürlich Wein. Ella hatte in diesem Jahr einen kleinen Stand auf der Messe, an dem sie ihre Pralinen anbot, die *torta di nocciole,* mit deren Backzeit sie neuerdings experimentierte, weil sie noch immer nicht perfekt war, und auch Micheles Produkte.

»Richtig, wir müssen die Weine der Konkurrenz verkosten«, stimmte Rizzo zu, dessen Weingut nebst Tochter natürlich auch vertreten war, »und der Ernüchterung über den missglückten *palio* mit ein paar Gläsern vom besten Jahrgang begegnen.«

»›Und saufet euch nicht voll Wein, daraus ein unordentlich Wesen folgt, sondern werdet voll Geistes ...‹ Epheser 5, Vers 18«, kommentierte der Monsignore das alljährliche Gelage.

»Voll Geistes sollten wir schaffen!«, rief Parisi und verfolgte noch immer das bunte Kreisen – Gondeln, Pferdchen und ein weißer Elefant, lautes Lachen und kleine Hände, die sich an hölzerne Mähnen klammerten. »Das haben wir schon bewiesen!«, fuhr er fort und spielte auf die legendäre Gedenkfeier für Romano Levi an, den Inhaber der Distilleria Levi Serafino in Neive unweit von Alba, der den besten Grappa überhaupt gebrannt hatte. Ehrlich, kräftig und von stärkerem Charakter als mancher, der ihn trank. Die Flaschen mit seinen handbeschriebenen Etiketten und kleinen selbst gemalten Bildern waren berühmt: Hügel mit gelben Häuschen in Tuschezeichnung, Blumen und die *donne selvatiche*, die wilden Frauen, die in den Wolken wohnten, Hüterinnen des Kreislaufs der Natur. Wer Glück gehabt hatte, hatte von Levi ein Fläschchen direkt ab Hof bekommen, das war dann bezahlbar gewesen. Nur musste der alte Mann einen mögen, denn Levi war mitunter etwas kauzig und zum Schluss hin gebeugt. »Ich erkenne meine Besucher jetzt an den Schuhen«, soll er gesagt haben. Trotzdem lief er auch da noch täglich zwischen seiner finsteren Brennstube und dem Ofen im Nebenzimmer hin und her, in dem er mit getrockneten Tresterballen wahre Höllenfeuer schürte.

»Ich hab einen Levi«, hatte ein Händler auf der Messe 2008 die Neun vom Stadtplatz angesprochen – das war ein halbes Jahr nach Levis Tod gewesen – und den Grappa unter dem Verkaufstisch hervorgezaubert wie Salvatore seinen *tartufo bianco* am Gemüsemarkt hinter dem Rücken der *guardia di finanza*. »Hundert!«

»Hundert Euro?«, hatte Rizzo gefragt und sofort einen Schein gezückt, weil die Restbestände Sammlerwert hatten. Mit der hochprozentigen Rarität hatten sie sich dann auf den Parkplatz hinter der Cortile della Maddalena unter die Kastanien gesetzt, auf Romano Levi und das Leben angestoßen und die Flasche geleert – ein Teufelszeug! Anschließend waren sie zur Weinprobe ins Zelt zurückgegangen. Barbieri war in dieser Nacht aus dem gemeinsamen Schlafzimmer geflogen, Rizzo hatte gleich in seinem Gärkeller geschlafen, um sich im Haupthaus nicht sehen zu lassen, und Parisi hatte sich von seiner Tochter eine Strafpredigt anhören müssen, die Monsignore De Luca nicht schärfer hätte halten können. Nur Mancini war davongekommen, wenn man von einem unbotmäßigen Kater einmal absah. Die Neun hatten geschworen, nie wieder ein Glas Alkohol anzurühren, und am nächsten Tag auf der Piazza Savona feierlich darauf angestoßen.

»Ich hoffe, euch wenigstens vorher in meiner Kirche zu sehen«, sagte der Monsignore jetzt und blickte streng in die Runde. Die Herren nickten ergeben und betrachteten stumm das Karussell, das sich unermüdlich drehte – Gondeln, Pferdchen und ein weißer Elefant. Parisi war regelrecht hypnotisiert.

»Auf mich müsst ihr verzichten«, entschuldigte sich Salvatore, der dem Wein ohnehin nur in Maßen zusprach und noch seltener, seit Danilo bei ihm wohnte, »ich habe morgen eine Verabredung mit einer Dame.«

»Als ob!«, entgegnete Barbieri. »Du willst dich doch nur nicht fragen lassen, wo du Jahr für Jahr deine Trüffel verscherbelst, du Gauner!«

Als Salvatore am Sonntagvormittag mit Sophia das Messezelt betrat, war es schon gut besucht, und der dumpfe erdige Trüffelduft warf sie fast um. Die ganze Stadt roch danach, die Straßen, die Läden, doch hier potenzierte sich der Duft noch um ein Vielfaches.

»Du riechst genauso, wenn du aus dem Wald kommst«, sagte Sophia sanft, »und an deinem Gesicht kann ich ablesen, wie viele du gefunden hast, *il mio truffolotto.*« Ja, sie kannte ihn schon gut, seine Schweigsamkeit, wenn es zu viel zu sagen gab, um es in Worte zu sperren, seinen Gleichmut und leisen Humor. Seit ihrem ersten gemeinsamen Ausflug im September sahen sie sich jeden Tag und tauschten scheue Zärtlichkeiten aus, genossen das Begehren und die Schmetterlinge im Bauch. Das Wissen um die wenige verbleibende Zeit machte diese Gefühle für Sophia noch intensiver und dass sie sich ganz und gar auf sie einlassen konnte, ohne die Ablenkungen des Berufs, der Kindererziehung und Existenzsicherung. Hier stand sie, war alt und so frei wie noch nie!

Sophia ging Nacht für Nacht an ihr Fenster und sah zu Salvatores Haus hinunter – und er von dort zu dem Lichtschein ihres Zimmers hinauf. Ein Licht im Haus auf dem Hügel ... Ein Licht, das ihm sagte, er solle hinübergehen ... Salvatore hatte Sophia davon erzählt, vom Krieg und der Zeit des Widerstands, der Laterne in Maria Donatis Fenster und Gianna in ihrem Keller. Er hatte ihr von ihr erzählt – das Siegel war gebrochen – und sie ihm von ihrem Mann. Von ihrer tiefen Liebe und der Freundschaft, die mit den Jahren aus ihr erwachsen war, der Verbundenheit, der langen gemeinsamen Fahrt auf einer ruhigen See.

»Der Achtzig-Gramm-Trüffel hat mich fast ein bisschen besoffen gemacht vor Glück«, erwiderte Salvatore. »So einen hatte ich lange nicht mehr in der Hand.« Sophia hatte Salvatore gemalt, wie er unter einer leuchtend gelben Ulme kniete, den Hund an seiner Seite, und diesen Schatz ausgrub. Jetzt legte er seinen Arm um sie, genoss das Gefühl, ihren Körper so nah an seinem zu spüren, und ging mit ihr zu den Trüffelhändlern – Männer mit wilden Bärten und Jägerkluft –, deren Stände prominent in der Mitte des Zelts aufgebaut waren.

»Werden alle Trüffel der Region hier verkauft?«, wollte Sophia wissen. Ihr Blick glitt über die schwarzen und weißen Knollen, fein säuberlich mit Gewicht, Preis und Identifikationsnummer ausgezeichnet und bei Nachfrage mit Andacht unter ihrem Glassturz hervorgeholt.

»Die wenigsten, würde ich sagen. Das hier ist vor allem für die Touristen gedacht und die Leute von der Presse. Und ein paar Zwischenhändler natürlich.« Ein Landsmann zückte gerade seine Kreditkarte und unterschrieb unter den prüfenden Augen eines offiziellen Kontrolleurs ungerührt den Beleg über tausendfünfhundert Euro für gut dreihundert Gramm des *tartufo bianco*. Sophia dachte an Juwelen. »Kurz nach meiner Geburt kamen sie mit Sonderzügen aus Turin, die Feinschmecker. Giacomo Morra hat damals die erste Messe organisiert ... und einen Schönheitswettbewerb, *La bella trifulera!* Der da drüben!« Salvatore deutete auf ein übergroßes Schwarz-Weiß-Foto, das in der Stadt häufig zu sehen war. Giacomo Morra, ein Herr mittleren Alters mit Glatze und runden Brillengläsern, der entfernt an Mahatma Gandhi erinnerte, wie er Alfred Hitchcock einen spektakulären weißen Trüffel überreichte. »Er hat jedes Jahr den schönsten an eine Berühmtheit geschickt, irgendwo auf der Welt – Churchill, Eisenhower, die Monroe –, und so die Werbetrommel gerührt. War ein Fuchs!«

»Sind wir nicht an einem Feinkostladen vorbeigekommen, der nach ihm benannt ist?«, fragte Sophia und ließ sich einen Trüffel aus einer Vitrine holen.

Salvatore schüttelte energisch den Kopf. »Du wirst sie doch nicht kaufen, wenn ich sie dir frisch aus dem Wald bringe!«, sagte er entrüstet. Mittlerweile war das Zelt gänzlich voll. Menschen verschiedenster Nation und jeden Alters schoben sich von Stand zu Stand, vorbei an Bergen fein geschnittener Steinpilze, Nudeln, Käselaiben, Salamiwürsten und allem, was sich einlegen oder mit Trüffeln aromatisieren ließ, Salz, Öl, Honig, ja, sogar Schokolade. An jedem Stand wurde etwas verkostet.

»Natürlich kaufe ich sie nicht, ich konnte nur nicht widerstehen«, entgegnete Sophia, ging weiter und blieb vor einer Pyramide aus Gläsern stehen. *Acciughe al tartufo* stand darauf. »Diese Sardellen gibt es hier wirklich überall«, sagte sie verwundert.

»Stimmt«, erwiderte Salvatore, »die sind aus unserer

Küche nicht wegzudenken.« Er dachte an Jacopos Sohn und dessen Laden in Cuneo, den er Sophia bald einmal zeigen wollte, und schlenderte mit ihr weiter zu Ella. »Na, wie läuft das Geschäft?«, fragte er sie, und Ella begrüßte ihn und Sophia und zeigte sich zufrieden.

»Nach so vielen Pilzen über und unter der Erde sind die Leute froh über meine Schokoladentrüffel«, erklärte sie und reichte beiden einen. »Außerdem verkaufen sich Micheles Produkte gut.«

»Eure Produkte«, korrigierte Sophia sie und strahlte Ella an. Wie glücklich sie war, dachte Ella da, und Salvatore auch. Sie hatte ihn noch nie mit einer Frau gesehen, geschweige denn verliebt. Und so gepflegt wie heute mit Anzug und Krawatte! Er war ein hübscher junger Mann gewesen, sie kannte Fotos, doch irgendwann hatte er sich in einen Baum verwandelt und war mit dem Wald verschmolzen – raue Rinde und tiefes Wurzelwerk. Ein Ableger seiner Kastanie, unter der er so gerne saß.

»Kommen Ihr Sohn und Ihre Schwiegertochter auch?«, wollte Ella wissen.

»Sie sind drüben im anderen Zelt in der Schauküche. Heute ist ein Professor der Uni von Bra da und kocht mit Christian Milone, einem Sternekoch aus Pinerolo. Das wollte Pippa sehen.«

»Milone? Ich kenne nur einen Radsportler, der so heißt«, sagte Salvatore.

»Das ist er«, stimmte ihm Sophia zu, »aber seit ein paar Jahren kocht er in seinem eigenen Restaurant. Wer sagt, dass man sich nicht neu erfinden darf, Salvo? Wir tun es doch auch.«

»Ja, wir auch«, erwiderte er und sah ihr tief in die Augen. Du hast mich ganz gemacht, sagte sein Blick, und der ihre antwortete: Und du hast mich geweckt.

29

Die Neun vom Stadtplatz – alle außer Salvatore und dem Monsignore – waren bereits in bester Weinlaune und hatten sich vor dem Stand des bekanntesten Winzers des Piemont versammelt, Angelo Gaja. Das Weingut residierte in Barbaresco, der Gemeinde mit dem schönsten Blick über die Langhe und einer zauberhaften Vinothek in den umgewidmeten Kirchenräumen von San Donato. »Ein Sori San Lorenzo Nebbiolo von 2014«, klärte der junge Önologe am Stand die Neun auf und schenkte ihnen den Barbaresco zwei Fingerbreit ins Glas – ein kleines flüssiges Vermögen. Die Neun rochen hinein, schwenkten, rochen, schwenkten erneut und nahmen einen Schluck. Schlürften, schmeckten, zogen den Barbaresco durch die Zähne, kauten ihn ordentlich durch und schluckten ihn dann erst hinunter. Zwei-, dreimal, dann bat Rizzo, ihnen nachzuschenken, was der junge Mann nur tat, weil er ihn kannte und vor dem Kollegen gerne ein wenig mit seinem Produkt glänzte. »Er reift acht Monate im Barrique- und anschließend zwei Jahre im Eichenfass«, erklärte er. »Durch die Flaschenreife gewinnt er noch.«

Rizzo schlürfte den dunklen granatroten Wein vernehmlich. »Akzeptable Fruchttöne«, murmelte er, »klassische Teernoten ...«

»Und leichte Minzanklänge«, meinte Mancini.

»Lakritz«, korrigierte ihn Barbieri, und Parisi fügte an: »... und Erdspuren, würde ich sagen ... Pflaume?«

»Ein perfekt ausgeglichenes Tanningerüst«, warf der Önologe ein.

Rizzo aber nörgelte: »Etwas sperrig, oder?«, nahm

noch einen großen Schluck, strahlte dann unfreiwillig und meinte: »Doch er läuft fein aus, wirklich fein!«

»*Vedo doppio?* Seh ich doppelt, oder ist das dahinten im Anzug wirklich Salvatore mit einer Frau?«, fragte Barbieri verdutzt in die Runde, als er ihn und Sophia in der Menge entdeckte. Er winkte ihnen zu, und sie kamen herüber.

»Accidenti!«, rief Mancini und küsste Sophia die Hand, nachdem Salvatore sie vorgestellt hatte. »Bitte sagen Sie mir, dass Sie seine Pflegekraft sind, Signora.«

»Wir pflegen einander, würde ich sagen«, gab Sophia charmant zurück und küsste Salvatore, woraufhin Mancini Caruso das Glas aus der Hand nahm und dessen Barbaresco auch noch leerte.

»Können wir Sie zu einem Gläschen überreden?«, fragte Rizzo Sophia. »Vielleicht von *meinem* Weingut?« Er zog den Bauch ein und sein Sakko zurecht.

»Oh, ich weiß nicht, ich habe gerade Schokoladentrüffel gegessen …«

»Dann einen Moscato, Signora, eine feine süße Muskatnote und frische weiße Blüten, ein wunderbarer Perlwein. Meine Tochter hat mit ihm sogar die berühmten Moscato d'Asti aus dem Rennen geschlagen.«

»Salvo?«, fragte Sophia Salvatore, und Mancini, der an ihren Lippen hing, warf sich gleich dazwischen.

»Salvo trinkt gern ein Schlückchen!«

Und so zogen die Neun – Sophia mit eingerechnet, waren sie wieder vollständig – zu Rizzos Stand weiter. Seine Tochter ließ sich vertreten, weshalb der Wein reichlich floss, die Herren Sophia abwechselnd ein frisches Glas in die Hand drückten und sie sich als profunde Weinkennerin erwies. Außerdem war sie trinkfest, womit niemand gerechnet hatte, was aber allen mächtig imponierte.

»Ziehen Sie doch in … in den Borgo Santa Rosal…lia«, schlug Barbieri gegen Mittag vor, »dann werfen wir Gallo raus, un… und Sie werden eine von uns, jawohl!« Der ehemalige Steuerbeamte Gallo horchte auf. »Wir ha…abn sowieso zu viele Finanz…«, Barbieri hickste, »Fin…nanzbeamte in der Runde.« Er prostete Gallo zu. »Die's mit der Verschwiiie…schwiegnheit ßu genau nemn. *Cin-Cin!*«

»Wer bringt ihn heim?«, fragte Parisi.

»Zu Matilda? Ich nicht!«, entgegnete Rizzo, ebenfalls mit schwerer Zunge, und alle Übrigen schüttelten vehement die Köpfe.

»Dann parken wir ihn eben«, schlug Mancini vor, »wie den guten Momento.«

»Auf keinen Fall!«, verwarf Parisi den Vorschlag, während Sophia, der Salvatore den Austausch der Esel schon am nächsten Tag gebeichtet hatte, schmunzelte. Diese Truppe war wirklich genauso unterhaltsam, wie Salvatore sie ihr beschrieben hatte.

»Hinten in Rizzos Lager«, erklärte Mancini seine Absicht und deutete auf die Rückseite des Standes. »Da setzen wir ihn zwischen die Kartons, er schläft ein bisschen, und am Ende unseres Rundgangs holen wir ihn wieder ab.«

»Also *wir* sind am Ende«, sagte Salvatore. »Sophia und ich werden jetzt gepflegt zu Mittag essen. Wir sehen uns heute Abend auf der Piazza.«

»*Arrivederci*, Signora«, verabschiedete sich Rizzo als Erster. »Sie sind eine Offenbarung, der edelste Jahrgang, der mir seit Langem untergekommen ist!«

»Ich glaube, der hat auch genug«, kommentierte Parisi das Kompliment und hakte Barbieri unter.

Mahesh und Andrea kamen am frühen Nachmittag begeistert aus der Schauküche ins große Zelt herüber. Die Veranstaltung mit Andreas ehemaligem Professor war zu Ende. Jetzt standen sie bei Ella und naschten Pralinen.

»Du bist hier in Alba genau richtig, Mahesh«, sagte Andrea. »Die piemontesische Küche entwickelt sich weiter, das Sensual Food ist im Kommen.«

»Was ist das eigentlich?«, fragte Ella.

»Das sind Gerichte, die die sensorische Kompetenz deiner Geschmacksnerven ansprechen, Essen mit allen Sinnen«, erklärte er enthusiastisch. »Das ist doch genau dein Ding, Mahesh!«

»Trotzdem ist sein Lokal schlecht besucht«, warf Ella ein.

»Weil Mahesh sich nicht mitverkauft wie die anderen.« Andrea legte seinen Arm um ihn und küsste ihn verstohlen in den Nacken. »Seine Geschichte, seine Persönlichkeit.«

Ella bediente nebenher Kunden und unterbrach das Gespräch. »Nehmen Sie einen Flyer mit«, sagte sie zu einem gut gekleideten Ehepaar, das aus Schweden kam. »Da finden Sie die Internetadresse der Produkte. Sie können auch online bestellen. Entschuldigt«, wandte sie sich dann wieder Mahesh und Andrea zu. »Ich glaube, Andrea hat recht. Du musst dich zeigen, dich und deine Küche besser inszenieren. Du brauchst gute Presse und solltest auch in irgendeiner Jury sitzen oder hier auf der Messe kochen.«

»Richtig«, stimmte Andrea Ella zu und senkte dann die Stimme. »Deine Gerichte offenbaren schließlich deine Seele, Mahesh, du erzählst Geschichten auf den Tellern, so wie die, die du mir in unserer ersten Nacht erzählt hast.« Mahesh sah Andrea an, und sie vergaßen, wo sie waren. Er küsste ihn, und Andrea erwiderte diesen Kuss – gerade als seine Tante auf der Suche nach ihrem Mann vorbeikam! Sie blieb stehen, erstarrte und sah die beiden bestürzt an. All die Absagen, die Andrea den jungen Frauen erteilt hatte, die kleinen Gesten, die abgebrochenen Sätze, jetzt machte es Sinn. *Oddio!* Es würde Gerede geben, dachte sie verzweifelt, und auf sie und ihren Mann zurückfallen, auf die Familie, das Geschäft.

Andrea machte sich los. »Tante Matilda, es tut mir leid. Ich wollte nicht, dass du es so erfährst.«

»Dass ich was erfahre?«, fragte sie streng und so laut, dass die umstehenden Besucher aufhorchten. Sie verlor die Nerven.

»Dass ich …«

»Ja?« Sie hatte immer noch die Hoffnung, es gäbe eine andere Erklärung als die untragbare, denn für sie und in ihrer Welt war sie untragbar. Michele und Pippa kamen dazu. Sie wollten nach Ella und ihrem Stand sehen, erkannten den Koch, in dessen Lokal sie manchmal aßen, und blieben stehen. Eine merkwürdig angespannte Stimmung lag in der Luft.

»Dass ich …«, setzte Andrea erneut an und sah sich plötzlich mit den Augen seiner Tante. Er drehte sich zu Mahesh um und zuckte mit den Schultern. »Entschuldige, ich bringe meine Tante nach Hause.«

»Meldest du dich?« Mahesh wusste nicht, wie er helfen konnte. Ob er auf Matilda zugehen und ihr erklären sollte, dass sie sich liebten? Dass Andrea für ihn der wichtigste Mensch auf der Welt war und sie sich deshalb keine Sorgen um ihn zu machen brauchte? Aber es war keine Sorge, die er aus ihrem Blick herauslas, nein, diesen Blick kannte er. Nicht von seiner Familie, für die er immer in Ordnung gewesen war und mehr noch, vollkommen, aber von anderen, von Mitschülern, Kollegen und Ausbildern. Blicke, die im Land seiner Vorväter nicht einmal die Unberührbaren trafen. Seelenhiebe.

»Später«, sagte Andrea bedrückt, und Mahesh verstand. Später hieß vielleicht, und vielleicht hieß, ich weiß es nicht, ich muss alles überdenken. Mich, uns und mein Leben in dieser Stadt. Jenes unten in den Straßen, im Licht, denn oben auf deinem Turm und im Schutz der Nacht, Mahesh, da bin ich sicher und habe Gewissheit.

Als Andrea mit seiner Tante das Zelt verließ, durchfuhr Mahesh die Einsamkeit. Er stand in der Menge der vielen Menschen, die aßen, tranken und lachten, und spürte den Schmerz. Spürte Andreas Verzagtheit, die auf einmal alles klein machte und beschmutzte, was rein gewesen war.

»Gib ihm ein bisschen Zeit«, sagte Ella tröstend. »Es ist ein großer Schritt für Andrea, es allen zu sagen. Und du kennst die Barbieris, die sind borniert.« Sie war hinter ihrer Theke hervorgekommen und schmiegte sich jetzt an ihn, wie sie es immer tat, wenn einer von ihnen entmutigt war. »Er liebt dich, das weiß ich. Das sieht doch jeder!«

»Aber er will nicht, dass jeder es sieht«, entgegnete Mahesh traurig und stand wieder im Büro des Chez Manu. Gedemütigt und am Ende eines Traums.

»Doch, ganz bestimmt«, versicherte ihm Ella. »Und deshalb wird er auch bald mit seiner Familie und seinen Freunden reden. Er wird es für dich tun.«

»Aber das ist falsch, Ella, verstehst du das denn nicht?!« Mahesh war aufgewühlt. »Wenn er das tut, dann muss er es für sich tun, nur für sich.« Er hätte Andrea nie gedrängt, aber er wollte auch nicht in einer Beziehung leben, in der er sich verstecken musste. Dazu war er zu alt ... und zu stolz, und das wusste Andrea.

Jetzt erst entdeckte Mahesh Pippa und Michele. Er

kannte sie aus seinem Lokal. Sie standen unschlüssig an Ellas Stand. Wie lange schon? Und er sah den alten Barbieri. Der lehnte an einem Stehtisch zwischen seinen Freunden vom Stadtplatz, und sie tranken einen *ristretto* und starrten ihn an.

»Jetzt denkt wohl keiner mehr, dass wir ein Verhältnis haben«, stellte Ella fest, die seinem Blick gefolgt war.

»Wer weiß«, erwiderte Mahesh. »Mir trauen sie sicher beides zu, dem Ausländer mit der Opiumplantage. Die Barbieri wird schon dafür sorgen.«

30

Das war eine merkwürdige Szene am Sonntag auf der Messe«, sagte Michele zu Ella, als sie in der Woche darauf gemeinsam nach Grinzane Cavour fuhren, einer Nachbargemeinde von Alba und Barolo-Land. Hier dominierten die Weinberge und die imposante Burg die leise Landschaft. Camillo Benso von Cavour, Architekt der italienischen Einheit und Verfassung, war als junger Mann in Grinzane Bürgermeister gewesen und hatte in der Burg aus dem 12. Jahrhundert gewohnt. Heute beherbergte sie die Enoteca Regionale Piemontese Cavour, die neben erlesenen Weinen auch andere Produkte aus der Region anbot, außerdem ein Museum und ein bezauberndes kleines Restaurant. In der Burg fand alljährlich eine Trüffelversteigerung für wohltätige Zwecke statt, die sechsstellige Summen einbrachte, und ein renommierter Literaturpreis wurde vergeben. Piemont-Touristen durften an Grinzane Cavour nicht vorbeifahren, zumal es jetzt im Herbst besonders schön und in weiche Farben eingebettet in den Hügeln der Langhe lag.

»Sie sind in Turin aufgewachsen, einer modernen Stadt, für Sie ist das nichts Erwähnenswertes, ein gleichgeschlechtliches Paar, nicht wahr?«, meinte Ella.

»Natürlich nicht!«, entgegnete Michele. »Wir leben im 3. Jahrtausend.«

»Aber hier bei uns blendet man so was noch gerne aus. Alles, was von der vermeintlichen Norm abweicht.«

»So rückständig kommt mir Alba gar nicht vor«, erwiderte Michele. Sie waren angekommen, parkten unter der Burg und spazierten zum Eingang hoch. Sie hatten einen

Termin mit der Geschäftsführung der *enoteca*, damit dort künftig auch ihre Produkte angeboten wurden, und stellten sie heute vor. Pippa war in Genua, weshalb Ella sich bereit erklärt hatte, Michele zu begleiten. Außerdem machte es einen besseren Eindruck, wenn jemand aus der Region hinter der Marke Casa Rossa stand, das öffnete ihnen Türen.

»Da ist natürlich viel im Umbruch. Mit den Touristen kommen neue Einflüsse in die Stadt«, erklärte Ella. »Sie wird jünger und weltoffener. Aber wir sind eben auch sehr ländlich geprägt, die Kirche hat großen Einfluss, und Menschen wie die Barbieris urteilen sowieso gerne über andere. Besonders Matilda.« Ella überlegte. »Ich glaube, ich habe sie noch nie etwas Gutes über jemanden sagen hören.«

»Eindrucksvoll«, sagte Michele staunend, als er jetzt vor der Burg stand. Der hohe, fast quadratische Backsteinbau mit überhängenden Türmen war imposant.

»Die Burg gehört zum UNESCO-Welterbe, genau wie die Landschaft.«

»Das meine ich«, erwiderte Michele. »Wir haben hier so viele große Errungenschaften, die Kulturlandschaft, die Esskultur, Lebensart, Geschichte ... Da ist doch kein Platz für Engstirnigkeit.«

»Sie meinen Mahesh und Andrea?«

»Ja.« Sie standen an einem Aussichtspunkt und genossen den Blick auf das bunte Rebstockmeer. Die Sonne ahnte man nur am weißen Himmel, doch ihr Licht war weich. »Ich habe Sie und Mahesh einmal zusammen im Lokal gesehen, Ella, da kannten wir uns noch nicht«, erzählte Michele. Er trug heute wieder Anzug und Krawatte, ein Geschäftsmann mit Aktenkoffer und der Ausstrahlung eines wilden Buben am Bolzplatz. Einem, dem man nicht böse war, wenn er ein Eigentor schoss oder verträumt den Anstoß verpasste.

»Ach ja?« Michele war ihr unter den Gästen gar nicht aufgefallen und Pippa auch nicht. Aber Ella verfügte über einen Tunnelblick. Sie bemerkte so manches nicht, wenn sie sich auf ihre Arbeit oder ein Gespräch konzentrierte. Möglicherweise die Quelle ihrer kleinen Unfälle.

»Sie waren so vertraut, Sie beide. Ich dachte, Sie seien ein Paar.«

»Das ging vielen so. Und ich hab es nie aufgeklärt, um potenzielle Verehrer in Schach zu halten.«

»Sind es viele?«

»Schon, aber die falschen. Als ich den Laden eröffnet habe, hab ich sogar kurz darüber nachgedacht, mir einfach einen Ring anzustecken.«

»Möchten Sie sich denn nicht binden? Gar nicht?«

»Ich komme gut alleine zurecht, ich brauche wirklich keinen Mann.«

»Vielleicht nicht brauchen, aber ...«

»Signorina Donati? Signor Mariani?« Eine Dame in einem dunklen Kostüm mit hochgestecktem Haar kam auf sie zu. Sie musste Signora Bernardi sein, mit der Ella telefoniert hatte. Sie begrüßten einander. »Lassen Sie uns in mein Büro gehen, und wenn Sie möchten, zeige ich Ihnen nachher das Haus«, sagte sie. Das Haus – eine ungewöhnliche Bezeichnung für ein Gebäude mit diesen Ausmaßen.

Der Termin lief gut. Ella und Michele konnten Signora Bernardi mit ihren Produkten überzeugen. Die Aussicht, dass Casa Rossa in absehbarer Zeit ein Bioproduzent sein würde, weckte ihr Interesse, denn es gab davon noch nicht viele in der Langhe. Und die Aufmachung ihres Flyers, den Pippa gestaltet hatte, gefiel ihr ebenfalls. Er verströmte Nostalgie, zeigte Fotos der alten Mühle in Molino di Roddi, den idyllischen Haselnusshügel, das rote Haus, die alte Röstmaschine und – Ella hatte es erlaubt – Lisa und Lauro, die sich in einer lauschig inszenierten Frühstücksszene Brote mit der *crema di nocciole* strichen. Vanillepuddingwerbung ... Strahlende Kinderaugen und selige Mütter in gestärkten Küchenschürzen. Der Traum vom ungetrübten Familienglück.

»Dürfen wir Sie zum Mittagessen in unser Restaurant einladen?«, fragte die Signora am Ende der Besprechung. »Wir haben uns erlaubt, einen Tisch für Sie zu reservieren.«

»Hätten Sie Zeit, Ella?«, erkundigte sich Michele, und Ella zögerte. Sie hatte nie Zeit. »Bitte.«

»Na gut. Die Kinder kommen erst am Nachmittag aus der Schule, warum also nicht?«, entschied sie spontan und wusste, dass es bedeutete, dass sie wieder in der Pralinenküche stand, sobald Lisa und Lauro im Bett waren.

Das Restaurant war nicht groß. Es lag im zweiten Stock der Burg. Die Wände des Gastraums waren – wie das ganze »Haus« – aus Klinkerstein, aber weiß gestrichen, sodass sie heller wirkten, wie von Nebeln überzogen. Die Tische waren alle mit gestärkten weißen Tischtüchern und Servietten eingedeckt, die Stühle mit passenden bodenlangen Hussen bezogen. Edle Gläser strahlten, feines Besteck glänzte, und darüber kontrastierte eine dunkle Holzdecke mit schweren Balken. Das Restaurant war lichtdurchflutet, doch das Highlight war der kleine, schmale Nebenraum, abgetrennt durch eine doppelflügelige Glastür, in dem nur ein einziger Tisch mit acht Stühlen Platz fand. Ihn dominierte ein Panoramafenster, das bis zum Boden reichte und einen spektakulären Blick über die Weinberge und in den Himmel erlaubte. Wer hier saß, schwebte über dem Land und flog mit den Wolken.

»Ist Ihnen der Tisch recht?«, fragte Signora Bernardi, und Ella und Michele bedankten sich und nahmen Platz. »Mich müssen Sie leider entschuldigen, ich muss wieder an die Arbeit, aber der Küchenchef, Signor Lanteri, wird sich um Sie kümmern.« Sie verschwand, und ein Ober in weißem Jackett erschien, fragte, ob sie besondere Wünsche hätten oder ob er das Menü servieren dürfe, das der Chef heute empfahl.

»Sind Sie experimentierfreudig?«, fragte Michele Ella.

»Ich bin Piemontesin«, entgegnete sie, »wir essen gewissermaßen alles. Das beweist unser *fritto misto.*«

»Sie vergessen, dass ich in Turin geboren wurde. Ich bin also auch Piemontese, aber das kenne ich trotzdem nicht.«

»Ein Armeleuteessen, Resteverwertung: frittiertes Gemüse, ein bisschen Artischocke, ein kleiner Steinpilz, was eben so da ist, und alles in einer Panade aus zerstoßenen Grissini.«

»Das klingt doch gut«, meinte Michele.

»Ja, aber die Hauptzutat ist das, was nach dem Schlachten übrig bleibt – Hirn, Lunge, Leber. Soll ich weitererzählen?« Michele wollte Nein sagen, da fuhr Ella schon fort: »Schweinerüssel, Füße, die Ohren, und wie gesagt, alles frittiert.«

»Ich glaube, das macht es nicht besser.«

»Keine Angst, so was servieren sie hier nicht.«

Kurz darauf erschien der Ober schon mit dem ersten Gang: *tortino di alici impanate con insalatina di finocchi e arancia,* panierte Sardellen an Orangen-Fenchel-Salat. Eine winzige kunstvoll arrangierte Portion, die Fischchen fein miteinander verflochten. Pinienkerne, etwas Dill, eine Komposition aus sonnigen Farben, fein-süß und salzig. Der Ober schenkte einen Roero Arneis ein und ging wieder.

»Erzählen Sie mir von Ihrem Freund«, forderte Michele Ella beim Essen auf und nahm einen Schluck Wein.

»Bitte?«

»Mahesh Bai, Ihr Freund. Wir sprachen doch vorhin über ihn. Als ich erzählt habe, dass ich Sie zusammen in seinem Lokal gesehen habe.«

»Ach so, natürlich. Wir kennen uns erst, seit ich im März in die Stadt gezogen bin.« Michele dachte daran, wie er das Anwesen gekauft und zu dieser Zeit mit der Renovierung begonnen hatte. Pippa hatte recht, seit sie die Vorbesitzer kannten, lebten sie irgendwie mit ihnen dort, auch wenn Ella, wie er wusste, es vermied, das Haus zu betreten, wenn sie auf dem Grundstück war.

Die *pappardelle con gallinella, capperi, porri e bucce di melanzane fritte* wurden serviert – Bandnudeln mit Hühnchen, Kapern, Lauch und gebratener Auberginenhaut, die das zart duftende Gericht wie ein kleines schwarzes Vogelnest krönte. Der Wein wechselte, sie tranken jetzt einen Barbera d'Alba. Draußen im Lokal waren mittlerweile alle Tische besetzt, und sie fühlten sich privilegiert, so ganz allein in dem schönen Nebenraum, genossen den Ausblick, das Essen und ihre Gesellschaft.

»Als ich Mahesh das erste Mal gesehen habe, hatte ich das Gefühl, ihn schon ganz lange zu kennen. Er ist wie ein Bruder für mich«, erzählte Ella.

»Ihr Bruder war lange weg, er hat es einmal erwähnt.«

»Er wurde eingezogen und hat sich verpflichtet. Er war erst im Irak, dann immer wieder in Afghanistan, und später ist er ins Mairatal gegangen. Er hat mit seinen Dämonen gekämpft.«

»Und Sie mit Ihren?«, fragte Michele.

»Ich hatte nie Zeit für so was. Ich meine, um nachzudenken. Ich musste funktionieren und Verantwortung tragen. Ich glaube, wir Donati-Frauen sind da eher praktisch veranlagt.« Das stimmte nicht. Ella focht auch ihre inneren Kämpfe aus, nur hatte sie sich nie erlaubt, sich gehen zu lassen wie ihr Vater oder sich selbst aufzugeben wie Danilo. Sie war stärker und kompromissloser und lebte in der Gnade der Verdrängung.

»Apropos«, sagte Michele und zog aus seinem Aktenkoffer ein Blatt Papier heraus. »Meine Mutter lässt Sie grüßen. Ich soll Ihnen das geben.« Er legte ein Bild neben ihren Teller, das Sophia gemalt hatte. Die Kopie der Szene aus dem *Zauberer von Oz* an ihrer Schlafzimmerwand. In einer einzigen Nacht, dachte Ella da wieder und spürte, wie sich ihr der Magen zusammenzog. »Sie meinte, Sie hätten es vielleicht gerne.«

»Das ist sehr lieb von ihr. Bitte sagen Sie ihr Danke«, erwiderte Ella leise und starrte auf das Aquarell. Wenn sie das Bild jetzt ansah, umfing sie nicht mehr die vertraute Geborgenheit, die sie früher damit verbunden hatte. Und auch nicht, wenn sie in das alte Rezeptbuch schaute, ihre Kuchen backte, Pralinen machte oder für ihre Kinder kochte. Danilo hatte ihr diese heile Welt genommen, in die sie sich geflüchtet hatte, das Leben ihrer Mutter, in das sie geschlüpft war, um die nackte Angst der ersten Jahre in ihrer Haut zu überstehen. Geschützt, umfangen, eingehüllt. *Ella, du lebst ihr Leben stellvertretend und hast dich selbst dafür aufgegeben.*

»Ella?«

»Ja?«

»Ist alles in Ordnung?«, fragte Michele besorgt. »Sie sind auf einmal so still.«

Ist alles in Ordnung – hatte er sie das nicht erst kürzlich gefragt? Sie schüttelte den Kopf. Er nahm ihre Hand in seine. Sie sah auf. Er tauchte in ihren Blick, in die Traurigkeit, die darin schwamm. »Er hat sie mir weggenommen«, sagte sie verzagt.

»Wer, Ella? Wer hat Ihnen etwas genommen?«

»Dino. Er hat meine Erinnerungen zerstört. Sie sind nicht, was sie scheinen.« Nicht mal die, die sie von ihrem Vater gehabt hatte. *Es hätte dir nur wehgetan, mein Mädchen* – hatte er das nicht gesagt, kurz vor seinem Tod? Nein, ihr Vater war auch nicht der, für den sie ihn gehalten hatte, und wenn sie jetzt zurückblickte, sah sie nur noch Lügen, Verstellung und unentschuldbare Unterlassungen.

»Ist das nicht immer so? Dass wir unsere Erinnerungen verklären?«, fragte Michele. »Sie einfärben wie meine Mutter die Landschaften, die sie malt? Erinnerungen sind keine Fotografien, Ella, sie bilden nie die Realität ab. Oder zumindest nur unsere eigene. Aber deshalb sind sie doch nicht falsch oder weniger wert.« Sie nickte skeptisch. »Wenn sich Menschen an jemanden erinnern, hat doch jeder andere Bilder im Kopf ... und im Herzen. Würden sie alle zusammensetzen, käme ein völlig neuer Mensch heraus.«

»Ich hab mir die Bilder meiner Mutter wie einen warmen Mantel umgelegt«, sagte sie niedergeschlagen, »wie eins der Kleider aus ihrem Koffer.« Der abgewetzte Koffer, mit dem ihr Vater aus Cuneo zurückgekommen war. Er hatte ihn nie ausgepackt. Danilo hatte ihn in der Abstellkammer entdeckt, unter sein Bett geschoben und manchmal eines der Kleider herausgenommen. Er hatte es auf sein Kopfkissen gelegt, sein Gesicht darin vergraben und sich mit dem schwindenden Duft ihrer Nähe getröstet. Was war eigentlich aus dem Koffer geworden? Hatte Danilo ihn damals mitgenommen? Ella hatte lange nicht mehr an ihn gedacht.

»Erzählen Sie mir von Ihrer Mutter«, bat Michele, »und von sich«, und Ella begann mit ihrem fünften Geburtstag, an dem sie aufgewacht und alleine in die Küche hinuntergegangen war. Dort hatte sie dann im Schlaraffenland gestanden – *la cuccagna* –, ein einsamer Ort trügerischer Glückseligkeit.

31

Der dritte Gang wurde aufgetragen, Lammkotelett mit einer Polenta-Creme und frischen bunten Blüten, die von der Fensterbank kommen mussten. Der Wein wurde schwerer, ein Barolo, der lange geatmet hatte und sich jetzt förmlich im Glas verschwendete. Ella stieg er schon zu Kopf. Sie trank tagsüber sonst nie Wein, aber er passte zu ihrer Stimmung, der Schwermut und dem unglaublich schönen Ambiente. Das war das erste Mal seit vielen Jahren, dass sie in einem feinen Restaurant saß, außer bei Mahesh am kleinen Tisch neben der Küche.

»Ich würde in Ihrem Haus gerne neue Erinnerungen zurücklassen«, sagte Michele.

»In *meinem* Haus?«

»Sie wissen, was ich meine«, erwiderte er.

»Manchmal glaube ich, dass es verflucht ist«, sinnierte Ella, »dass es die Menschen, die dort wohnen, bestiehlt. Es stiehlt Träume …«

»Das hoffe ich doch nicht! Aber meine Mutter meint, dass es durchaus seine Geister hat.« Er schmunzelte. »Dieser Versorgungsoffizier, dessen Briefe wir gefunden haben, scheint sich im alten Weinkeller eingerichtet zu haben.«

»Denken Sie?«, fragte Ella.

»Nein, ich nicht, aber meine Mutter. Sie nimmt Dinge wahr, die sich anderen nicht erschließen. Übrigens auch so eine Sache. Sind sie deshalb weniger real, nur weil die meisten sie nicht spüren?«

»Wahrscheinlich nicht.« Ella dachte an die Zuckerdose und den Duft nach Schokolade und Nüssen. Er war immer wie eine Botschaft gewesen: Ich bin hier, mein Kind. Erinnere dich, damit ich bleiben kann. »Sie leben von unserer Erinnerung«, sagte sie.

»Die Geister?«

»Ja, sie ernähren sich von ihr. Wenn wir die Menschen vergessen, verschwinden sie.« Ella dachte darüber nach. »Ihre Mutter ist ein Seelengräber. Sie hört wie ich das Geflüster.«

»Seit ich hierhergekommen bin, scheint mir vieles möglich«, stimmte Michele zu, »auch wenn meine eigene Wahrnehmung eher physikalischer Natur ist. Und spiritueller. Gott speist sich auch aus unserem Glauben. Wer ihn nicht anerkennt, wird ihn nicht in sich finden. Wer den Geist verneint, wird die Materie nie befreien.« Ella staunte stumm. »Entschuldigung, das muss der Wein sein, ich philosophiere sonst nicht beim Mittagessen.«

»Der Küchenchef empfiehlt die *lampone alla verbena* – Himbeeren an Verveinemousse.« Der Ober war hereingekommen und räumte die Teller des Hauptgangs ab.

»Möchten Sie auch einen *caffè* dazu, Ella?«, fragte Michele.

»Gern.« Der Ober kam wenig später mit den *dolce* wieder. Ein Kollege servierte die *espressi.*

»Ich glaube, meine Mutter wollte sich mit diesem Bild bei Ihnen einladen«, erzählte Michele nun. »Sie ist so neugierig auf das Porträt Ihrer Ahnin.«

»Jederzeit«, sagte Ella. »Sie muss nur in den Laden kommen, dann gehe ich mit ihr in die Wohnung hinauf und zeige es ihr.«

»Haben Sie die Briefe denn schon alle gelesen?«, wollte Michele wissen. »Sind sie interessant?«

»Ja, sehr«, antwortete Ella, die erst kürzlich eine Entdeckung in Legrands Zeilen gemacht hatte.

25. Dezember 1808

Geliebte,

Du hast die Lichter im Haus angezündet, gekocht und die kleine Familie am Bett Deines Mannes versammelt, während ich hier an meinem Schreibtisch sitze und arbeite, um die Leere nicht zu sehr zu spüren. Wie einsam dieses Weihnachtsfest doch für mich ist.
Womöglich spricht Selbstmitleid aus mir, denn ich denke in letzter Zeit wieder öfter an meine Heimat, an Saint-Enimie und meine lieben Eltern. Erst gestern kam ein Schreiben. Meine Mutter bedankt sich für das Rezept Deiner torta di nocciole und schreibt, sie habe noch etwas zeste de citron râpé zum Teig gegeben. Sie bat mich, es Dir auszurichten, und übersendet Dir im Gegenzug das Rezept ihrer tarte tatin.
Das Kind meiner Schwester ist zur Welt gekommen. Sie hat einem gesunden Jungen das Leben geschenkt. Ich denke daran, sie zu besuchen. Nur weiß ich nicht, ob ich die Kraft aufbrächte, zurückzukommen, oder mich stattdessen entschlösse, mich meiner Ämter in Alba entbinden zu lassen. Diese Entscheidung fürchte ich, meine Geliebte. Und mehr noch den Gedanken, Du könntest mir zuraten zu gehen. Ich bin hier nichts ohne Dich und wäre dort genauso wenig. Ich bin gar nicht mehr in der Welt ohne Deine Liebe. Captaine Jean-Baptiste Legrand, den der Krieg in Alba angeschwemmt hat wie Treibgut auf dem Tanaro, ist sich selbst verloren gegangen. Ich fürchte mich vor der Jahreswende und einem weiteren Jahr der Versagung.

Der Deine auf ewig

»Mariella hat ihren Sohn praktisch alleine großgezogen, so wie ich meine Kinder«, erklärte Ella Michele. »Oder meine Großmutter meinen Vater und er uns. Das scheint ein roter Faden in unserer Familie zu sein.« Ein Umstand, der ihr erst durch die Briefe bewusst geworden war. »Ich kann Mariella nicht verdenken, dass sie sich verliebt hat, aber sie war doch verheiratet!«

»Das Leben stellt uns eben manchmal auf die Probe«, erwiderte Michele und dachte an Pippa. Sie hatte der Versuchung auch nachgegeben. Er gabelte die frischen Beeren auf und zog sie nachdenklich durch das Verveinemousse – herbes Zitronenaroma.

Ella fragte nicht, was genau er meinte, sie wollte nicht indiskret sein. Stattdessen wechselte sie das Thema, um keine Verlegenheit aufkommen zu lassen.

»Haben Sie eigentlich auch Geschwister, so wie Ihre Frau?«

»Nein«, antwortete Michele, »aber ich habe mir immer welche gewünscht. Mein Vater war Rektor an einer Oberschule, und meine Mutter hat dort Kunstgeschichte und Französisch unterrichtet. Wahrscheinlich wäre das mit mehr Kindern schwierig gewesen.«

»Es ist schön, Geschwister zu haben. Lisa und Lauro kann ich mir ohne den anderen gar nicht vorstellen. Und Danilo ist wie mein rechter Arm.« Sie hatte sich amputiert gefühlt, als er fort war, als hätte man ihr diesen Arm bei lebendigem Leib ausgerissen. Kein sauberer Schnitt, keine Narkose, nur der brennende Schmerz und Postkarten zur Wundversorgung.

»Wahrscheinlich wünsche ich mir deshalb so sehr Kinder ... und weil ich selbst eine glückliche Kindheit hatte«, spekulierte Michele. Diese Zeit war sein Schatz.

»Ach ja? Sie wollen hier eine Familie gründen?« Ella

war überrascht, aber warum eigentlich? In das Haus auf dem Hügel gehörten Kinder!

»Nein, nicht wir, nur ich. Aber Pippa hat mir klargemacht, dass das für sie nicht infrage kommt.«

»Oh!« Ella schwieg. Was sollte sie auch dazu sagen? Sie hatte Nicolo drei Jahre in dem Glauben gelassen, sie würde nach Amerika nachkommen, nur um selbst noch ein bisschen länger an diesem Traum festzuhalten.

»Sie fragen sich jetzt sicher, warum zwei Menschen heiraten, die so unterschiedliche Vorstellungen vom Leben haben«, sagte Michele. Ella zuckte mit den Schultern. Das ging sie nun wirklich nichts an. Aber sie hatte ihm heute selbst so viel Persönliches erzählt, da war es nur recht, wenn er ihr auch sein Herz ausschüttete. »Aber damals war ich so verliebt, dass ich dachte, sie wäre mir genug. Ich dachte, diesen Traum kann ich aufgeben, aber sie nicht.« Er schob seinen Dessertteller beiseite und blickte durch die große Panoramascheibe über die Hügel der Langhe. »Heute mache ich mir Vorwürfe, weil ich nicht ehrlich zu mir war … und zu ihr.«

Jetzt war es Ella, die nach seiner Hand griff, und er sah sie überrascht an. »Ich kenne Paare ohne Kinder, die sehr glücklich sind«, versicherte sie ihm. »Sie haben Zeit füreinander, sind aufmerksam und unternehmen viel gemeinsam.«

»Vielleicht, wenn sich beide damit abgefunden haben …«

»Ja, vielleicht.«

»Wie kann das nur sein, dass einem etwas fehlt, das man nie kennengelernt hat, Ella?«, wollte Michele von ihr wissen. Er klang traurig.

»Darf es noch etwas sein?« Der Ober war wieder hereingekommen, und sie bedankten sich für das Essen und den wunderbaren Service. Michele legte zwanzig Euro auf den Tisch, ehe er aufstand, und Ella griff nach ihrer Handtasche – die nicht da war! Sie hing nicht an ihrer Stuhllehne und stand auch nicht auf dem Stuhl neben ihr. Sie hatte Sophias Bild in der Hand, das sie einstecken wollte, und sah panisch aus.

»Meine Handtasche ist nicht da«, sagte sie und versuchte, sich zu erinnern, wann sie sie zuletzt gehabt hatte. Ihr Geldbeutel, die Schlüssel und alle Papiere waren darin.

»Ich habe mich schon gefragt, wann es Ihnen auffällt«, erwiderte Michele gelassen und zog sie hinter seinem Aktenkoffer hervor, der auf seiner Seite des Tisches am Boden stand. »Sie haben sie bei Signora Bernardi im Büro stehen lassen. Ist Ihnen gar nicht aufgefallen, dass ich sie mitgenommen habe?«

»Sie hätten auch was sagen können ...«

»Und Sie besser darauf aufpassen.«

Ella nahm die Tasche und verstaute das Bild. »Waren wir wirklich eingeladen?«, fragte sie Michele auf ihrem Weg zum Parkplatz verblüfft.

»Offensichtlich.«

Was für ein Luxus! »Die müssen Ihre Produkte ja wirklich unbedingt haben wollen.«

»Unsere Produkte, Ella«, korrigierte er sie. Er hielt ihr die Wagentür auf, setzte sich hinters Steuer, startete den Motor und drehte den Zündschlüssel dann wieder um – der Motor erstarb. Hinter ihnen gingen Besucherscharen den Weg zur Burg hoch, vor ihnen erstreckte sich die Aussicht über den Weinberg, und im Inneren des Wagens griff das Ungesagte Raum. Die zurückgenommenen Berührungen offenbarten sich, die Vermeidung. Beide sahen sie in die Ferne, als würden sie einander dort finden, hinter dem Horizont. Jetzt könnte er seine Hand nach ihr ausstrecken, dachte Michele. Würde sie sich ihm zuwenden? Ihn ansehen? Würdest du mich ansehen, Ella, wenn ich mich nur genug nach deinem Blick sehne? Mir erlauben, dich an mich zu ziehen, nicht, weil du dich verletzt hast, sondern weil ich mich verletzlich fühle? Dich zu küssen, Ella? Bitte schenk mir die Illusion, wir wären allein ... und frei. Michele hörte ihren Atem. Sie schwieg so laut wie er. Spürte, was er spürte, und rührte sich nicht, um den scheuen Moment nicht zu verscheuchen. In ihrer Vorstellung hielten sie sich in den Armen, doch die kleinste Bewegung würde sie in die Wirklichkeit zurückholen. Diese Stille ... und die vielen Menschen – draußen. Jetzt sah er sie an, und sie wandte sich ihm zu.

Nicht, sagte sie ohne ein Wort.

Nur dieses eine einzige Mal, flehte er. Ein Augenblick, den ich bewahren kann.

Er beugte sich ihr entgegen, fürchtete sich und küsste sie. Ein Kuss, den sie nicht erwiderte, nur zuließ und liebte. Und dann wieder und zu guter Letzt so innig, so zärtlich, dass sie spürte, dass alles, was sie bisher über sich und ihr Leben gewusst hatte, alles, was noch verbindlich und sicher gewesen war, jetzt auch noch zerbrach. Doch die Scherben waren nicht scharf und spitz wie die des alten Spiegels, sie waren rund und bunt und leuchtend und jede für sich vollkommener als das Ganze zuvor.

»Ich weiß nicht, wie es weitergeht«, sagte Michele nach einer Weile bedrückt. »Wenn ich den Zündschlüssel umdrehe und losfahre, bringe ich uns in ein Leben zurück, in das ich womöglich gar nicht mehr zurückwill, Ella.«

»Womöglich?«, fragte sie und wusste nicht, vor welcher Antwort sie mehr Angst hatte.

»Du weißt, wie es sich anfühlt, wenn alles zerbricht.«

Ja, das wusste sie. Sie hatte die Scherben sogar aufgehoben, um sich und ihre Träume irgendwann wieder zusammenzusetzen.

»Was soll ich nur tun?«, wollte Michele wissen.

Ella strich ihm liebevoll durchs Haar und zögerte kurz, ehe sie zum Gurt griff, sich anschnallte und sagte: »So ein Mann bist du nicht, Michele. Ich weiß es, weil ich dich sonst nicht so gernhätte.« Gern ... »Und ich bin keine Frau, die eine Ehe zerstört. Also fahr zurück und lass uns nicht mehr daran denken.«

»Wie soll das gehen, Ella?«

»Indem du dich daran erinnerst, was du an deiner Frau geliebt hast, als ihr geheiratet habt. Und warum du mit ihr hierhergezogen bist.«

»Ella, ich ...«

»Nein«, sagte sie bestimmt, »nicht. Auf Betrug baut man kein Glück.« Und auch nicht aus den Scherben ungelebter Träume, aber die Idee war tröstlich.

32

Der November raubte der Landschaft die letzten Farben. Die Hügel der Langhe schwammen auf einer weißen See, und Krähen und Elstern tauchten hindurch, um die letzten vertrockneten Weinbeeren zu plündern. Ihr Ruf kündigte den Winter an. Salvatore und die übrigen *trifolai* gruben nach wie vor den weißen Alba-Trüffel aus der kalten Erde, und die Touristen strömten unvermindert durch die Stadt. Noch war sie nicht zu spüren, die Melancholie, die die Feinschmecker am Ende der Saison befiel, wenn sie ein letztes Mal auf der Messe den aphrodisischen Trüffelduft einsaugten, gierig und betört vom schweren, traumverlorenen Schwindel, den der *tartufo bianco* in ihnen auslöste.

Salvatore hatte Sophia versprochen, Ella mit ihr zu besuchen, um das Bild ihrer Vorfahrin anzusehen. Deshalb spazierten sie gegen Mittag in die Altstadt. Ein Weg von einer guten halben Stunde, den Corso Italia entlang, vorbei am Karussell auf der Piazza Savona – Gondeln, Pferdchen und ein weißer Elefant –, durch die Via Maestra und an ihrem Ende links in die Via Cavour. Als sie im *La Cuccagna* ankamen, stand Mahesh mit Ella an dem schmalen Stehtisch, den Danilo ihr hinten in den Laden gebaut hatte, damit ihre Kunden dort einen *caffè* trinken und ein Stück Kuchen essen konnten. Greta bediente eine Kundin.

»Er geht mir seit Wochen aus dem Weg«, sagte Mahesh zu Ella und sah traurig durch ihre Schaufensterscheibe zur *panetteria* hinüber. Andrea stand mit seiner Tante im Laden.

»Habt ihr gar nicht mehr miteinander gesprochen?«, fragte Ella.

»Nur einmal kurz. Und da hat er gesagt, dass ich ihn nicht drängen soll. Ich habe Angst, dass er weggeht, Ella, dass er auf die Uni zurückgeht. Darüber hat er nachgedacht.«

Die Ladenglocke schlug an. Sophia und Salvatore kamen herein, begrüßten die beiden, und Mahesh stellte sich vor.

»Ich weiß, wer Sie sind«, sagte Sophia zu ihm. »Mein Sohn und meine Schwiegertochter essen manchmal in Ihrem Lokal. Aber wie ich sehe, haben Sie jetzt montags und dienstags Ruhetag.«

Mahesh hatte ein Schild an die Tür gehängt. Seit dem Vorfall auf der Messe kamen noch weniger Gäste. Matilda hatte sich alle Mühe gegeben, auch noch ihren letzten Kunden von den »unchristlichen Neigungen« Maheshs zu überzeugen. Sie titulierte sein Lokal als »Zigeunerküche« und verbreitete, dass er »Götzen anbetete«. Sie bediente jedes noch so dumme Klischee und pochte auf die Solidarität der Gemeinde. Sie war sogar zu Monsignore De Luca gegangen und hatte die »Sünden« ihres Großneffen gebeichtet, um sich anschließend im Gefühl der Rechtschaffenheit zu baden, da die Position der Kirche in »diesen Dingen« erfreulich eindeutig war. Ihr Mann schwieg währenddessen. Matilda fasste es als Zustimmung auf, doch tatsächlich schien der alte Barbieri auf etwas zu warten. Auf einen Befreiungsschlag womöglich, der ihm erlaubte, endlich seinen Mann zu stehen.

»Ich musste meine Küchenhilfe entlassen«, gestand Mahesh betrübt und blickte wieder wie ein geschlagener Hund zur Bäckerei hinüber.

»Das tut mir sehr leid«, entgegnete Sophia. »Reservieren Sie uns doch bitte für Freitag einen Tisch. Begleitest du uns, Salvo?«

»Stehen Trüffel auf der Karte?«

»Für Sie mache ich ein ganzes Menü damit«, versprach Mahesh.

Wenig später bestaunte Sophia dann das Porträt von Mariella Donati in Ellas Wohnzimmer und erzählte ihr, was sie über den Maler Jacques-Pierre Tinet herausgefunden hatte. Er war ein relativ unbekannter Künstler gewesen, Entwurfzeichner für Armeekleidung und Mitglied eines Expertenteams, das während Napoleons Feldzügen in ganz Europa bedeutende Kunstschätze konfisziert hatte – so auch im Piemont.

»Sie nannten diese Leute Extrakteure, was ziemlich genau beschreibt, wie sie die wertvollsten Objekte im Tausch gegen den Frieden erpresst haben«, berichtete Sophia.

»Dann war er also ein Räuber«, stellte Ella fest.

»Im Auftrag seiner Regierung, ganz genau. Aber Ihre Familie hat ihm wenigstens dieses Bild zu verdanken.« Sophia betrachtete jetzt die junge Frau in der einfachen hellbraunen Kurzjacke aus Leinen, die sie über einem Mieder trug, mit einem weißen Fichu, dem für die Zeit typischen diagonal gefalteten Tuch, das ihr Dekolleté verdeckte. Unter Mariellas Haube spitzten dunkle Locken hervor. Ella sah ihr wirklich ähnlich, wenn sie in ihrer Pralinenküche arbeitete oder im Kelterhaus. »Und sie erinnert mich auch ein wenig an das Schokoladenmädchen von Liotard«, sagte Sophia, »*La Belle Chocolatière de Vienne*, eine zauberhafte Pastellmalerei. Ich glaube, es hängt in Dresden. Kennen Sie es?«

»Nein«, erwiderte Ella, und Sophia versprach, ihr eine Abbildung zu besorgen.

Die beiden Frauen saßen bald über Legrands Zeilen und tauchten in die Vergangenheit ein, während Salvatore es sich in Philippes altem Sessel gemütlich machte. Sophia kannte bereits alle Briefe, doch sie verriet Ella nichts über den Ausgang der geheimen Verbindung.

12. Januar 1809

Teure Freundin,

verzeih, dass ich Dich in diesem Jahr nicht bei der Inventur unterstützt habe. Ich war nun doch für ein paar Tage zu Hause und habe meiner Seele erlaubt, auszuruhen.
Bitte sorge Dich nicht, sollten Deine Bestandsangaben diesmal nicht korrekt sein. Ich werde sie persönlich zu den Akten legen und für eine erträgliche Steuererhebung Sorge tragen. Vielleicht kann Dich künftig Dein Sohn bei der administrativen Arbeit unterstützen, er ist jetzt alt genug. Ich zeige ihm gerne das Notwendige und mache ihn mit allem vertraut.

Jean-Baptiste

17. Januar 1809

Teure Freundin,

Du beklagst, meine Zeilen seien kühl und von bürokratischer Natur. Das war gewiss nur der Fürsorge geschuldet und dem, was mir in der Heimat begegnet ist. Die Familie meiner Schwester hat mir so schmerzlich vor Augen geführt, dass ich mich von Dir lösen und fortgehen muss oder dazu verdammt bin, für immer alleine zu bleiben, ohne Frau, ohne Kinder. Ich kann doch nicht auf den Tod Deines Mannes warten, des Vaters Deines Sohnes, um mein Glück darauf zu gründen! Ich überlege, mich wieder dem Heer anzuschließen, die Grande Armée hat Bedarf an Männern meiner Profession. Hier in der Amtsstube setze ich doch nur Fett an und werde grau über den Büchern.

Jean-Baptiste

»Denken Sie, er hat Alba verlassen und ist wieder in den Krieg gezogen?«, fragte Ella. »Hatte er nicht eine Verletzung in seinem ersten Brief erwähnt, wegen der er aus dem aktiven Dienst ausgeschieden ist?«

»Ja, da war etwas«, erinnerte sich Sophia.

»Wer bringt sich denn selbst in solche Gefahr?«, fragte Salvatore und zog ein Kissen hinter seinem Rücken hervor. Er versank nicht gerne in Polstern, er bevorzugte weiches Gras oder Moos.

»Mein Bruder zum Beispiel«, erwiderte Ella.

Und Gianna, dachte Salvatore und versank nun doch.

Dronero, im Juli 1944, nachdem Gianna Maria Donatis Haus verlassen hat

Gianna schlug sich mit dem Geld unbehelligt bis Dronero durch. Salvatore hatte sie bis Cuneo begleitet und war dann auf ihren Wunsch hin schweren Herzens umgekehrt. Sie übernachtete diesmal im Pfarrhaus neben der Basilika der heiligen Andrea und Ponzio in der Obhut des Stadtpfarrers – Don Rosario unterstützte ihre Sache – und verließ es am frühen Morgen des nächsten Tages Richtung Taleingang. Jetzt war sie nicht mehr allein. Sarah war bei ihr, ein junges Mädchen, fünfzehn, genau wie ihre kleine Schwester Sandra, die noch immer interniert war. Vor zwei Tagen hatte die Waffen-SS achtzig Juden in einen Zug verladen wie Vieh, und Sarah hatte als Einzige fliehen können. Ein Kamerad aus der Brigade, Richard, Deckname Giulio, hatte ihr geholfen. Ein deutscher Deserteur, der sich 1934 freiwillig zur Wehrmacht gemeldet und später die Plünderungen Warschaus miterlebt hatte, die Gewaltmärsche nach Stalingrad, das er kurz vor der Einkesselung durch russische Verbände noch verlassen konnte – er hatte Heimaturlaub –, und der dann über Frankreich nach Italien verlegt worden war. Am Lago di Bolsena hatte er sich zusammen mit einem Kameraden davongemacht und war mit gefälschtem Soldbuch und Marschbefehl über Florenz nach Turin gekommen. Hier traf er auf den Widerstand, der von der Arbeiterschaft ausging, die Streiks organisierte, um die Produktion für das Deutsche Reich zu sabotieren, und er schloss sich an. Jetzt unterstand er Toni Versino von der 41. Brigade und mischte sich in seiner Wehrmachtsuniform mutig unter die ehemaligen deutschen Kameraden, sobald die Züge in Dronero beladen wurden. Doch bei seiner letzten Aktion wäre er fast aufgeflogen. Ein SS-Oberscharführer hatte ihn gefragt, zu welcher Einheit er gehöre, gerade als er Sarah aus der Schlange treten ließ. Ein Gerangel am Bahnsteig lenkte die Aufmerksamkeit des Offiziers jedoch auf zwei Männer, die vor dem Zug auf die Gleise sprangen und dort erschossen wurden, als sie auf Zuruf nicht stehen blieben. Diesen Moment nutzte Richard und tauchte mit

Sarah unter. Er brachte sie zur Basilika und verabredete mit Don Rosario, die beiden Frauen Sarah und Gianna in die Berge zu begleiten, sobald Gianna aus Alba zurück und bereit zum Aufbruch wäre. Sein Gesicht war jetzt bekannt. Wenn er der SS noch mal in die Hände lief, würde er als Deserteur standrechtlich erschossen werden. »Wir treffen uns an der roten Kapelle«, hatte Richard Gianna ausrichten lassen, weshalb sie heute über die Teufelsbrücke musste, ein Nadelöhr, aber andererseits auch eine gute Tarnung. Denn wer sich so offen präsentierte, hatte nichts zu verbergen, und die beiden jungen Mädchen in leichten Sommerkleidern mit den hübschen Strohhüten und einem Blumenstrauß wollten nur zur Kapelle hinüber, um dort den Altar zu schmücken. Gianna wusste, dass die einfachen Soldaten für ihre Reize empfänglich waren. Sie durfte nur keine Angst zeigen, wenn sie angehalten und nach ihren Papieren gefragt wurde – sie kannte die Prozedur.

Gianna sah den Pulk sandfarbener Wehrmachtsuniformen schon von Weitem – kurze Hosen, ungebügelte Hemden mit Abzeichen und die leichten Schirmmützen. Im Sommer sahen sie aus wie Pfadfinder, da trugen sie nicht mal Uniformjacken. »Lächeln«, sagte sie zu Sarah, »und lass mich reden.«

Ein Unterfeldwebel löste sich aus der Gruppe, die Maschinenpistole im Anschlag. »Wo geht's denn hin?«, fragte er in schlechtem Italienisch, und auch das war ein Vorteil, denn solange Gianna so tat, als würde sie ihn nicht verstehen, gewann sie Zeit. »Die Papiere, Fräulein«, sagte er jetzt schärfer auf Deutsch und dann: »Dokumento!« Gianna holte ihren Ausweis aus der Tasche. »Verena Santacroce«, las der Mann und deutete auf Sarah. »Und sie?«

»Scusi, no borsetta«, erklärte Gianna – keine Tasche – und lächelte ihn an. »No borsetta ... Lei è mia cugina ... Vogliamo solo portare dei fiori alla cappella.« Gianna nahm Sarah, die sie als ihre Cousine vorgestellt hatte, die Blumen aus der Hand, zog eine kleine Rose aus dem Strauß und hielt sie dem Soldaten hin. Seine Kameraden lachten, einer griff sich in den Schritt. Der Unterfeldwebel deutete mit dem Lauf seiner Waffe an den Straßenrand. Sie sollten zur Seite treten, sie durften die Brücke nicht passieren. In dem Moment hörte Gianna ein zackiges »Heil Hitler!«, und die Soldaten nahmen Haltung an. »Heil Hitler, Oberscharführer!«, riefen sie unisono, die Arme gestreckt, und Gianna sah einen Mann von der Waffen-SS auf sie zukommen, den Totenkopf am Mützenband.

»Das junge Fräulein hier hat keine Papiere«, gab der Unterfeldwebel Auskunft, »und diese hier«, er hielt Giannas Ausweis hoch, »sollten wir überprüfen. Das verdammte Partisanenpack glaubt, dass es vor unserer Nase herumspazieren kann. Aber wir wissen, dass eine größere Geldsumme unterwegs ist.« Gianna verstand kein Wort. Sie wusste nur, dass die Situation immer aussichtsloser wurde.

Der SS-Mann ließ sich ihre Papiere geben. »Verena Santacroce«, las er vor. »Dann wollen wir doch mal sehen, ob wir es hier nicht vielleicht mit einer kleinen Botin zu tun haben. Ausziehen!«, befahl er. »Spogliare!«

Gianna erschrak, und Sarah hatte Tränen in den Augen und zitterte am ganzen Leib. Den Soldaten gefiel der Befehl, sie standen schon seit Tagen nur herum und konnten etwas Abwechslung vertragen.

»No, per favore«, bat Gianna und griff schützend nach der Knopfleiste ihres Kleides.

»Subito!«, sagte der Offizier und lächelte breit.

»Vogliamo solo portare dei fiori alla cappella«, wiederholte Gianna – wir wollen nur die Blumen zur Kapelle bringen – und überlegte, ob sie sich freikämpfen könnte. Aber sie war unbewaffnet. Der SS-Mann trat dicht an sie heran. Er wollte sie einschüchtern, sie roch seinen Atem. Wenn ich hier sterbe, dann aufrecht, dachte sie, wenn, dann aufrecht. Der Mann riss ihr Kleid auf, die Knöpfe sprangen ab. Sarah schrie und sank zu Boden, und der Offizier trat einen Schritt zurück, um Gianna zu taxieren. Sie stand jetzt in ihrer Unterwäsche vor den Männern, in dem alten Korsett mit Strapsbändern und Strümpfen. Die letzten Nylons, die sie am Schwarzmarkt erstanden hatte.

»Mein Sohn«, klang ihr plötzlich die Stimme des Stadtpfarrers ins Ohr, »das ist doch eines Ehrenmannes nicht würdig. Bitte, die beiden Mädchen sind doch nur auf dem Weg zur Kapelle, um den Altar für unsere Heilige Jungfrau zu schmücken.« Richard war an seiner Seite, in Zivilkleidung, das blonde Haar dunkel gefärbt. Er übersetzte für Don Rosario und versuchte dabei, den deutschen Akzent zu verbergen. Die Soldaten der Wehrmacht richteten ihre Maschinenpistolen auf die Mädchen, der Oberscharführer zog seine Walther aus dem Holster und nahm Richard ins Visier. Womöglich hatte er ihn wiedererkannt.

»Sie soll das Korsett ausziehen«, befahl er. »Übersetz das, Itaker!«

»Du sollst das Korsett ausziehen, sagt er«, übersetzte Richard und streute dann das wenige Piemontesisch ein, das er gelernt hatte, damit die Deutschen ihn nicht verstanden. »Hör zu, Don Rosario und ich lenken sie ab, und dann lauft ihr, hast du verstanden?! Ihr lauft über die Brücke und, so schnell ihr könnt, Richtung Wald.«

Gianna öffnete den ersten Haken, die Soldaten johlten, den zweiten, und dann ging alles ganz schnell. Richard griff nach der Walther und riss sie dem SS-Offizier aus der Hand. Gianna zog Sarah am Arm hoch und rannte mit ihr los. Don Rosario stellte sich den Soldaten der Wehrmacht entgegen, die kurz zögerten, den Geistlichen dann aber mit einem gezielten Schlag mit der Waffe niederstreckten. Er brach zusammen und blutete stark aus einer Wunde am Kopf. Sie überwältigten Richard, der einem der Männer einen Streifschuss mit der Walther verpasst hatte, und übergaben dem Oberscharführer seine Waffe.

»Stehen bleiben!«, schrie er, lief auf die Brücke, zielte und schoss erst Gianna und dann Sarah in den Rücken. Das Mädchen, das dem Abtransport ins Lager entkommen war, war sofort tot, doch Gianna schleppte sich weiter. Sie hatte ihr Ziel schon vor Augen, den Weg am Ende der Brücke, die rote Kapelle, den Wald. Schützend hielt sie eine Hand unter sich, damit dem Kind nichts passierte. Jetzt stand der Offizier über ihr, trat mit den schweren Schuhen nach ihr, bis sie sich krümmte und umdrehte. Er richtete die Walther auf sie, und Gianna spuckte vor ihm aus. Sie tastete nach der Tasche ihres Kleides, griff mit blutigen Fingern hinein, zog den Stern der Garibaldi-Brigade heraus, steckte ihn sich zitternd ans Mieder und lächelte.

Don Rosario hatte damals überlebt und Gianna und Sarah auf dem Friedhof seiner Kirche beerdigt, denn es gab niemanden, der sie unter die Erde gebracht hätte. Richards Leiche war tags darauf im Fluss getrieben. Die Kameraden der Brigade hatten es Salvatore erzählt und ihm Giannas Haarspange und ihr Abzeichen gebracht.

»Sie hat mir nicht erlaubt, sie zu begleiten«, murmelte er jetzt. Er war kurz in Philippes Sessel eingenickt. »Hat's mir nicht erlaubt.«

»Was meinst du, Salvo?«, fragte Sophia und sah von den Briefen auf.

»Nichts«, erwiderte er, »nichts. Nur ein schlechter Traum.«

33

Mahesh und Ella sahen sich in letzter Zeit oft und pflegten gemeinsam ihren Liebeskummer. Wobei Ella nicht darüber sprach, dass sie sich nach Michele sehnte und etwas in ihr erwacht war. Nicht nur in ihrem Herzen, sondern auch in ihrem Körper. Der Teil, der sich nach Berührung sehnte und jetzt voller Verlangen war. Der ihre Hände nachts wandern und Traumbilder aufsteigen ließ, wie sie auch Mahesh in seiner Einsamkeit schuf. Wenn nicht ein Wunder geschah, würde er sein Lokal bald schließen müssen, doch das bedrückte ihn viel weniger als Andreas Schweigen. An diesem Morgen – Mahesh stand schon wieder bei Ella im Laden, denn es war Dienstag und das Samsara geschlossen – war ihm schon beim Reingehen das Tuch im Schaufenster der *panetteria* aufgefallen, das es komplett verhüllte. Womöglich versuchte sich Matilda an einer neuen Auslagen-Dekoration.

»Keine guten Aussichten, kleine Rose, nicht wahr?«, sagte Mahesh betrübt und seufzte.

»Allerdings!«, erwiderte Ella. »Du musst etwas unternehmen, sonst habe ich nächstes Jahr einen neuen Nachbarn, und dein Lokal heißt wieder Il Gallo Nero.«

»Das meine ich nicht, Licht meiner Augen ...«

»Ich weiß, was du meinst.« Ella sah ebenfalls zu den Barbieris hinüber, die längst geöffnet haben sollten, aber dort tat sich heute nichts. Die Kundschaft stand vor verschlossener Tür. Bis ... ja, bis Andrea erschien, den Laden von innen aufsperrte und das Tuch aus dem Schaufenster nahm. Ella stellte sich auf die Zehenspitzen, damit sie über ihr Puppenhaus hinweg etwas erkennen konnte. In der Auslage standen neue Körbe mit allerlei Brötchen und Kleingebäck. Brotlaibe türmten sich – *ciabatta, focaccia, crochette, pane nero und pane sciocco* – sowie lange handgezogene *grissini*. Die Auswahl war deutlich umfangreicher als sonst, und auf einem Schild in der linken unteren Ecke des Fensters stand: »Wir backen täglich frisch.« Die Körbe und Brote gruppierten sich um einen indischen Gott – Rama, der vorbildliche Herrscher, Vater und Ehemann, Sohn und Freund. Und ein leidenschaftlicher Liebhaber war er auch – das *Ramayama* erzählte die schönste Liebesgeschichte Indiens. Andrea hatte um den linken Arm der gewitterblauen Statue mit Pfeil und Bogen zwei selbst geflochtene regenbogenfarbene Freundschaftsarmbänder gewunden, ihr rot glasierte Plunderteilchen in Herzform zu Füßen gelegt und einen großen Regenbogen aus Pappmaschee über die Inszenierung gespannt. Die Passanten blieben stehen und staunten. »Ich glaube, du solltest da mal rübergehen«, sagte Ella. »Andrea möchte dir was sagen.«

Mahesh strahlte und sorgte sich. Diese Geste war nicht gerade unauffällig. Eben wollte er Ellas Ladentür öffnen, da kamen die Barbieris die Via Cavour herauf, und Matilda traute ihren Augen nicht, als sie in die Auslage sah. Sie schrie auf, weinte hysterisch, schimpfte – man hörte Wörter wie »Schande«, »Demütigung« und »Sittenverfall« – und schlug mit der Handtasche nach ihrem Mann. Noch mehr Passanten versammelten sich.

»Das ist alles deine Schuld, Massimo!«, rief sie. »Du musstest ihm ja unbedingt die Bäckerei übergeben. Jetzt siehst du, was er daraus gemacht hat.« Sie war außer sich vor Wut. »Ich verlange, dass unser guter Name über der Tür abgenommen wird!«

»Aber der Junge heißt doch auch so«, entgegnete der alte Barbieri. »Und du weißt ganz genau, dass es überfällig war zu übergeben. Jetzt werden wenigstens wieder ordentliche Produkte bei uns angeboten.« Matilda schnappte nach Luft. Sie knöpfte ihren Mantel auf, weil ihr heiß wurde, und schob sich den Hut zurecht.

Mahesh fasste sich ein Herz, ging hinaus, bahnte sich einen Weg durch die Menge und betrat die *panetteria*. Andrea stand hinter der Verkaufstheke. Er hatte eine blütenweiße Schürze umgebunden und faltete die Hände vor der Brust.

»*Namasté*, Mahesh Bai«, sagte er und verbeugte sich leicht.

»*Namasté*, Andrea«, entgegnete Mahesh gerührt. »Das ist ...«

»... meine Art, dir zu sagen, dass ich dich liebe«, vollendete Andrea Maheshs Satz. »Und dass ich mit meinen Eltern gesprochen habe und mit meinen Freunden.«

»Und jetzt auch noch die ganze Stadt informierst«, sagte Mahesh.

»Genau. Die Stadt, deine Götter und jeden, der es sonst noch hören will.« Andrea kam hinter der Theke hervor. Sie waren allein im Laden. Aber davor standen die Leute in Trauben und diskutierten, während Matilda sich unvermindert über ihrem Mann ausschüttete.

»Diese Blamage!«, wetterte sie.

»Das einzig Blamable bist du!«, blaffte er zurück. »Ich weiß wirklich nicht, wann das passiert ist, Tilda, dass du jede Lebensfreude verloren hast. Früher hatten wir Spaß zusammen, da warst du immer gut gelaunt, und jetzt fürchtet sich die halbe Stadt vor dir.« Er drehte sich um, winkte Andrea und Mahesh kurz zu und ging wieder nach Hause. Matilda blieb die nächste Tirade im Hals stecken.

Sie stieß die Leute aus dem Weg und eilte in der entgegengesetzten Richtung davon.

»Ich wollte nicht, dass du das für mich tust, Sāthiyā«, sagte Mahesh, noch immer überwältigt, »und schon gar nicht so.«

»Ich habe es für *mich* getan«, korrigierte Andrea ihn, »und für uns. Außerdem braucht Alba neuen Gesprächsstoff. Die Trüffelmesse endet nächste Woche, dann wird es hier verdammt ruhig.« Er ging zur Auslage, während die Passanten neugierig hereinschauten, nahm die Freundschaftsarmbänder von Ramas Arm und kam zu Mahesh zurück. »Darf ich?«, fragte er, und Mahesh hielt ihm sein Handgelenk hin. »Was heißt das übrigens, Sāthiyā?«, fragte er und band es ihm um.

»Mein Seelenverwandter«, erklärte Mahesh zärtlich und band nun seinerseits Andrea ein Armband um. Der sah durch die Schaufensterscheibe auf die vielen Leute, die sie wie im Kino betrachteten und gespannt warteten, wie der Film endete. Da umarmte Andrea Mahesh und küsste ihn, bis die meisten applaudierten und ein paar wenige auf Matildas Spuren kopfschüttelnd weiterzogen.

Das war es, worauf der alte Barbieri gewartet hatte. Dass sein Großneffe sich endlich zu seinen Gefühlen bekannte und von den Vorurteilen der anderen befreite. Und das würde er jetzt auch tun, sich befreien! Die Zeit der Duckmäuserei war vorbei, er hatte schon viel zu lange stillgehalten.

Als sich die Neun vom Stadtplatz an diesem Abend trafen, bat er sie deshalb um Hilfe.

»Wir müssen etwas für den jungen Mann tun, mit dem mein Neffe zusammen ist«, sagte er, »sonst muss er sein Lokal zusperren.«

»Und wessen Schuld ist das?«, fragte Salvatore. »Doch nur die deiner Frau. Dabei sollte sie froh sein, so eine feine Familie zu haben.« Gestern hatte Danilo ihn nach Dronero gefahren und war mit ihm auf den Friedhof gegangen, wo er Gianna von Sophia erzählt und ihr Blumen gebracht hatte. Danilo hatte keine Fragen gestellt, er kannte den Krieg und das Schweigen darüber. Nach dem Ende des Zweiten Weltkriegs hatte es ganz Italien befallen und war doch nur ein Pflaster auf der klaffenden Wunde der Ohnmacht gewesen. Eine Krücke für die Überlebenden der Massaker von Marzabotto, Sant'Anna di Stazzema, vom Lago Maggiore oder jenem am Passo del Turchino, und das waren beileibe nicht alle.

»Ich weiß auch, dass meine Tilda an diesem Unglück schuld ist«, gab Barbieri Salvatore recht. »Ein Grund mehr, es in Ordnung zu bringen.«

»Mich überrascht, dass du dich nicht um dein eigenes Geschäft sorgst«, warf Mancini ein. Er sprach laut, weil er zunehmend schlechter hörte. »Diese Regenbogen-Brötchen sind sicher nicht nach jedermanns Geschmack.«

»Das war eine einmalige Aktion, ihr Langweiler«, kommentierte Barbieri die Kritik.

»Schade«, meinte Lombardo, »ich fand es gut«, und gab damit Spekulationen Raum. Er war nicht verheiratet, und keiner hatte ihn je mit einer Frau gesehen. Monsignore De Luca räusperte sich.

»Sie haben auch Schuld, Monsignore«, warf Barbieri ihm vor. »Wenn Sie Tilda nicht unterstützt hätten ...«

»Die Kirche hat sich dem Schutz der Familie verschrieben«, erwiderte er salbungsvoll. »Sie bewahrt das heilige Sakrament der Ehe und ...«

»... die schlüpfrigen Geheimnisse ihrer Priester!«, beendete Parisi den Satz.

»Schon gut, schon gut, ich habe verstanden.« Der Monsignore stand auf und ging vor den Bänken auf und ab. Das Karussell spielte munter seine Jahrmarktsmusik, die Menschen drängelten sich um die Neun, und es roch penetrant nach Zuckerwatte. »Es wird Zeit für eine Predigt aus dem Lukasevangelium. ›Urteilt nicht über andere, damit Gott euch nicht verurteilt. Denn so, wie ihr jetzt andere richtet, werdet auch ihr gerichtet werden‹«, schlug er vor.

»Und die Stelle mit dem Splitter im Auge der anderen und dem Balken im eigenen schicken Sie am besten auch noch von der Kanzel«, forderte Parisi. »Dann vergeht Barbieris bösem Weib die üble Nachrede bestimmt.«

»Das verbitte ich mir«, entrüstete sich Barbieri, dem in den letzten Tagen ein Rückgrat gewachsen war. »Wenn jemand Tilda beleidigt, dann bin ich das!«

»Du bist was?«, fragte Mancini.

»Kauf dir endlich ein Hörgerät, alter Mann«, sagte Barbieri entnervt und klang schon fast wie Mancinis bessere Hälfte. Die lag ihm damit auch täglich in den tauben Ohren.

»Wir sollten nicht streiten, sondern lieber nachdenken«, ermahnte Mancini die Truppe. »Hast du was Geistreiches beizusteuern, Rizzo?« Der Winzer zog eine Flasche Grappa aus der Jutetasche neben der Bank. Die Gläser wurden gefüllt, und sie stießen an. Monsignore De Luca leerte seines in einem Zug und bat um ein zweites. Die strengen Weisungen aus Rom und sein Gestaltungsspielraum strapazierten sein Gewissen. Die Außenwirkung und die Innenschau stimmten nicht immer so klar überein, aber das würde er seinen Schäfchen nicht sagen. Und den Neun schon gar nicht, die musste er schließlich mit ganzer Autorität bei der Stange halten.

»Der Koch also«, sagte Rizzo.

»Genau«, stimmte Barbieri ihm zu.

»Meine Tochter kennt da so einen Restaurantkritiker, der hat kürzlich ihren Barbaresco über den grünen Klee gelobt. Überregional!«

»Und?«, fragte Mancini begriffsstutzig.

»Na, den laden wir ein. Der soll bei diesem schrägen Inder essen und darüber schreiben.«

»Aber nur, wenn er ihn gut findet«, gab Parisi zu bedenken. »Andernfalls kann er gleich zusperren. Wenn das so läuft wie mit dem Esel, dann gute Nacht.«

»Das läuft nicht so«, versprach Rizzo. »Der Mann bekommt ein paar Kisten vom Roten und singt einen Lobgesang. Das drehen wir schon.«

»Würdet ihr bitte alle an diesem Abend kommen«, fragte Barbieri, »falls das klappt? Monsignore?«

»Was, ich?« De Luca hatte sich gerade ins Caffè Savona ins Warme hinübergeträumt. In seiner Kirche fror er schon genug, und die abendlichen Zusammenkünfte im Freien setzten noch eins drauf. »Ich darf nicht. Das würde meine Wirtschafterin verstimmen«, gestand er.

»Wir müssen klar Stellung beziehen!«, ermahnte ihn Barbieri.

»Die Haltung der katholischen Kirche gegenüber derlei moralischer Unordnung ...«, begann De Luca, und die Neun vom Stadtplatz sahen ihren Geistlichen vorwurfsvoll an.

»Dass Sie Ihnen nicht im Hals stecken bleibt, Monsignore, Ihre moralische Unordnung. Ihr Onkel, Don Rosario, würde sich im Grab umdrehen, bei so wenig Zivilcourage«, warf Salvatore De Luca vor. »Der wusste, wann es Zeit ist, die Deckung zu verlassen und gegen Ungerechtigkeit zu kämpfen. Der hätte sein Leben dafür gegeben.«

Das saß! Monsignore De Luca gab klein bei und versprach zu kommen.

»Und ich schleppe Tilda dahin«, sagte Barbieri, »damit sie sieht, dass sie hier nicht für alle spricht. Vielleicht geschieht ein Wunder, und sie lenkt ein.«

»›Denn bei Gott ist kein Ding unmöglich‹«, zitierte der Monsignore Lukas und ging zum Abendessen.

34

Am letzten Samstag im November öffnete das Samsara wie immer um sieben und erwartete die ersten Gäste um halb acht. Rizzos Tochter hatte den Restaurantkritiker gewinnen können, und die Neun vom Stadtplatz hatten ebenso viele Tische reserviert. Der alte Barbieri weihte seinen Großneffen ein und der Mahesh, damit ihn der unvermutete Andrang nicht überraschte. Seine Küche war deshalb mit einem zusätzlichen Souschef besetzt sowie Maheshs alter Küchenhilfe. Ella unterstützte den Ober beim Servieren und hatte gemeinsam mit Mahesh *il dolce* für das siebengängige Menü kreiert.

»Bist du bereit?«, fragte sie Mahesh und zündete die Kerzen auf den Tischen an. Sie waren liebevoll eingedeckt. Kleine Brotkörbe mit Andreas feinstem Ciabatta standen darauf, Schälchen mit frischer Trüffelbutter – Salvatore hatte Mahesh den Fund der ganzen Woche überlassen – und Blumen.

»Das Beste aus drei Kulturen schmort in meinen Töpfen, schöne Morgenröte. Es wird ein Trüffelfest, eine Gewürzorgie, eine Reise über Kontinente.« Mahesh spielte mit der Morgenröte auf Ellas Kleid an. Sie hatte es passend zum Blumenschmuck ausgesucht, ihre Haare aufgesteckt, und sie trug Danilos Turmalinohrringe.

»Dann verschwinde in deiner Küche«, erwiderte sie, »damit du die Abfahrt nicht verpasst.«

Als Luigi Magliano, der Kritiker, gegen acht Uhr kam, waren Rizzo und seine Frau, Parisi und seine Tochter Viola, die drei von der Steuerbehörde mit ehemaligen Kollegen und Massimo Barbieri mit Matilda und Andrea bereits da. Außerdem einige Touristen, die noch Platz fanden. Magliano bekam einen Fensterplatz und beriet sich mit Maheshs Ober, der ein kundiger Sommelier war.

»Zum Gemüseflan Garam Masala empfehle ich einen leichten Roten, den Zweitausendsiebener Barbera vom Weingut Rizzo, Signore.« Magliano bestellte ihn und strich sich die Trüffelbutter aufs Brot. Ella servierte ihm stilles Wasser und rückte die Schiefertafel zurecht, auf der das Menü angeschrieben war.

»Wenn mich Monsignore De Luca nicht um eine Geste des guten Willens gebeten hätte und ihr beide mich nicht derart gedrängt hättet, wäre ich heute nicht hier«, nörgelte Matilda. Der Monsignore hatte wie versprochen eine überzeugende Predigt gehalten und im Anschluss an Matilda als gute Christin appelliert, ihre Großherzigkeit gelobt und die Vorbildfunktion, die sie doch in der Gemeinde habe. Ein Vorbild, das Risse bekäme, würde bekannt, dass die Barbieris über Jahre billiges Fabrikbrot als handgemachte Bäckerware verkauft hätten. »Woher wissen Sie das, Monsignore?!«, hatte Matilda gefragt und vor Schreck ganz vergessen, es abzustreiten. De Luca hatte vielsagend geschwiegen und dem alten Barbieri so eine weitere Szene erspart. Jetzt zog Matilda ihre Rüschenbluse über dem üppigen Busen zurecht und wunderte sich über den Andrang. Sie hatte die Rizzos im Lokal entdeckt und diesen Parisi.

»Der Küchenchef empfiehlt als *primi piatti* den Gemüseflan Garam Masala«, sagte Ella an ihrem Tisch und nahm die Getränkebestellung der Barbieris auf.

»Garam was?« Matilda verzog ihr Gesicht.

»Garam Masala, eine Gewürzmischung aus schwarzem Kardamom, Zimt, Nelken, Pfeffer und Kreuzkümmel. Jede indische Familie hat ihr eigenes Rezept.«

»Tilda?«, fragte Massimo streng. Eine ganz neue Eigenschaft, die sie in Rage brachte, aber irgendwie auch anziehend fand. In dem Moment kam Monsignore De Luca in Begleitung von Don Teodoro, dem Pfarrer der Wallfahrtskirche von La Moretta, ins Lokal.

Matilda war verwundert wie nie, die beiden hier zu sehen, und sagte artig: »Das nehmen wir.«

Die Geistlichen setzten sich an den Nebentisch. Mancini mit Familie und Salvatore und Sophia betraten ebenfalls das Samsara, in dem jetzt nur noch zwei Plätze frei waren. Ella hatte gedacht, Sophia hätte sie reserviert, doch da ging die Tür auf, und Michele und Pippa kamen herein. Sie fühlte ein Ziehen in der Magengrube. Seit ihrem gemeinsamen Ausflug nach Grinzane Cavour hatten sie nicht mehr allein miteinander gesprochen.

Jetzt war Maheshs Lokal so voll wie noch nie. Die Gespräche tönten durch die Gaststube, Gläsergeklirr, die Aromen der Vorspeisen vermischten sich – Magliano war bereits beim zweiten Gang, der Wildbret-Paté mit Barolo-Konfitüre –, und über allem lächelte glücklich und dickbäuchig Ganesha mit dem Elefantenkopf, Herr der Scharen, Überwinder der Hindernisse, der Erfolg und gutes Gelingen bescherte. Seine Statue stand in einer Nische. Ella hatte sie mit frischen Blumenkränzen geschmückt.

»Ist alles zu Ihrer Zufriedenheit?«, fragte sie den Kritiker und schenkte ihm Wasser nach.

»Vielen Dank«, erwiderte der und notierte etwas. »Sagen Sie, die Chocolaterie dort drüben ...«

»Ja?«

»... sieht sehr ansprechend aus«, fuhr Magliano fort.

»Die einzige und beste in Alba«, erwiderte Ella stolz und strahlte charmant. »Sie gehört mir.«

»Mich lacht schon die ganze Zeit die *torta di nocciole* an, die ich dort sehe.« Ella hatte die Schaufensterbeleuchtung eingeschaltet und das indirekte Licht über den Regalen. Zwar sah Magliano nicht in die große Auslage, in der ihr Puppenhaus stand, aber durch die tiefen Fenster zur Seitenstraße über ihre Theke hinweg.

»Es gibt heute Dattelpralinen als Dessert«, verriet sie, »aber wenn Sie wollen, hole ich Ihnen auch ein Stück von meinem Kuchen.« Ella war neugierig, was der Kritiker wohl über ihn sagen würde. Die Zitronenzeste, die Legrands Mutter dem Teig beigefügt hatte, verlieh ihm eine feine frische Note und rundete das Rezept ab. Endlich war sie vollauf zufrieden.

»O bitte, ja. Die *torta di nocciole* ist ein Gradmesser der Konditorenkunst. Sehr freundlich, dass Sie sich für einen einzelnen Gast so viel Mühe machen.«

»Hier ist jeder Gast König«, entgegnete Ella, und sie sahen sich vielsagend an.

»Die Paprikaschoten mit warmem Knoblauch-Sardellen-Dip, Signore«, kündigte der Ober an und servierte. Magliano nahm den ersten Bissen und schrieb wieder etwas auf.

Diese Restaurantbesprechung war anders als die anderen. Er war angekündigt worden, auch wenn das natürlich niemand erwähnte, und erwies einer bezaubernden Dame damit eine Gefälligkeit. Die jedoch keineswegs mit seiner Berufsethik kollidierte, denn wäre die Küche nicht gut, schriebe er eben nicht darüber. Nur, die Küche war ganz ausgezeichnet, international, kreativ, beste Zutaten, ansprechende Präsentation. Die Weinkarte war eine Offenbarung und der Service erstklassig. Diese Gefälligkeit fiel ihm also leicht, und die kleine Mission, die Signorina Rizzo ihm noch abgerungen hatte, würde gewiss ein Spaß.

Wo war sie denn eigentlich, diese Barbieri? Magliano sah sich um und erschnupperte schon die Gnocchi mit weißem Trüffel. Ein Gedicht! Er entdeckte den Tisch der Barbieris, und Massimo zwinkerte ihm unauffällig zu, genau wie Parisi, Mancini und die anderen der Neun, ja, sogar Monsignore De Luca tauschte verschworene Blicke aus, die Matilda jedoch nicht bemerkte.

»Ich wollte es dir erst sagen, wenn es sicher ist«, erklärte Pippa Michele, und Ella wurde unfreiwillig Zeuge des Gespräches, weil sie am Nebentisch bediente.

»Du wirst Partner in der Agentur, übernimmst die Geschäftsleitung und besprichst dich vorher nicht mal mit mir?« Er schien fassungslos. »Pippa, wir sind hierhergezogen, um mehr Zeit füreinander zu haben. Ich nehme sie mir, du nicht!«

»Darauf habe ich gewartet, seit Silvestre in die Staaten gegangen ist und sie mir einen völlig Fremden vor die Nase gesetzt haben. Das ist es, was ich immer wollte – mein Name auf dem Firmenschild.«

»Und ich wollte uns«, erwiderte Michele enttäuscht und griff nach seinem Weinglas. Als er aufsah, bemerkte er Ella und nahm einen tiefen Schluck.

Maheshs Perlhuhn mit Thymian, das fast alle im Lokal bestellt hatten, löste Begeisterung aus und sein Kaninchen an sautierten Steinpilzen ebenfalls. Magliano stand nach dem Hauptgang auf und kam zum Tisch der Barbieris herüber.

»Bitte entschuldigen Sie«, sagte er, »dürfte ich mich kurz zu Ihnen setzen, gnädige Frau?« Matilda deutete hoheitsvoll auf einen freien Stuhl, und Magliano senkte die Stimme. »Ich dürfte es eigentlich niemandem sagen, aber ich bin Restaurantkritiker«, verriet er ihr. »Ich hoffe auf Ihre Verschwiegenheit.«

»Nein, wirklich?!«, gab sie zurück, denn sie wusste es als Einzige nicht – abgesehen von den Touristen natürlich und Pippa und Michele.

»Ich schreibe für ein überregionales Blatt, die Redaktion ist in Turin ansässig«, erklärte Magliano hinter vorgehaltener Hand, »aber bitte, kein Wort.« Matilda versicherte ihm Stillschweigen, und Barbieri und Andrea nickten. »Das Restaurant war ein Geheimtipp, aber ich muss zugeben, ich hatte da so meine Zweifel.«

»Das kann ich mir vorstellen«, stimmte Matilda zu, und ihr Mann stieß sie unter dem Tisch ans Schienbein.

»Zweifel, ob ein Lokal mit derart innovativer Küche in einer kleinen Stadt wie Alba Fuß fassen kann«, fuhr er fort. »Jenseits der Metropolen begegnet man ja immer noch gerne dem Althergebrachten.«

»Also, ich ...«, setzte Matilda an.

»Aber dann sah ich Sie, Signora, und dachte mir, eine Dame! Eine Frau von Welt! Und sie isst im Samsara! Da habe ich mich für meine Vorurteile doch direkt geschämt.« Matilda blickte betreten auf die Reste ihres Perlhuhns, ein dürftiges Häppchen ohne vernünftige Beilage. »Wie gerne würde ich Sie in meiner Kritik erwähnen, Signora.«

»Was Sie nicht sagen ...«

»Unbedingt, es wäre eine Bereicherung. Verzeihung, wie unhöflich, Luigi Magliano, *Corriere della Sera*, Kultur und Gesellschaft«, stellte er sich vor. Dabei flüsterte er fast und hielt sich dann den Zeigefinger vor die Lippen.

»Matilda Barbieri«, erwiderte Matilda, »und das ist mein Mann Massimo und unser Großneffe Andrea. Er hat in Bra studiert, Gastronomie. Wir führen die *panetteria* gegenüber. Das beste Brot der Stadt. Barbieri.«

»Ich wusste es doch gleich«, entgegnete der Kritiker erfreut, »Sie verstehen etwas von Lebensmitteln. Und sagen Sie, der Chefkoch, Signor Bai ...«

»Ein Inder!«, stöhnte Matilda. »Also indisch und dann noch irgendwie arab...«

»... aus Turin«, ging Andrea dazwischen. »Mahesh Bai. Er hatte dort das Chez Manu. Ein Sternerestaurant.«

»Ich bin informiert«, erwiderte Magliano. »Sagen Sie, Signora Barbieri, was begeistert Sie an seiner Küche am meisten? Das würde meine Leser interessieren.« Der Restaurantkritiker sah Matilda an und zückte Notizblock und Bleistift. Sie wurde bleich.

»Am meisten ... nun ja ...« Verflucht, was für eine Zwickmühle! Aber eine namentliche Erwähnung im *Corriere della Sera* konnte sie nicht vorbeiziehen lassen, die würde in Alba für Wochen für Gesprächsstoff sorgen. »Also am meisten mag ich ...« Ihr Mann und Andrea sahen sie gespannt an. »... die Vielfalt, genau. Die Vielfalt an Gewürzen und ... äh, das Ambiente. Wissen Sie, mein Mann und ich, wir reisen gern. Wir sind anderen Kulturen gegenüber sehr aufgeschlossen.« Massimo bemühte sich, das Grinsen zu verbergen, das er gerade nicht abstellen konnte, und trank deshalb sein Wasserglas leer. »Im Frühjahr haben wir Istrien gebucht«, fuhr sie fort, »pauschal.«

»Und darf ich das schreiben, Signora Barbieri?«, fragte Magliano.

»Ich wäre entzückt«, antwortete Matilda und ließ sich von Magliano die Hand küssen, ehe er an seinen Tisch zurückkehrte.

Die Neun vom Stadtplatz erhoben alle ihre Gläser, jeder für sich, nickten einander verstohlen zu und freuten sich an ihrem Erfolg. Der dann noch von Ellas *torta di nocciole* mit Schokoladendatteln an einer Zabaglionecreme gekrönt wurde, die Matilda endgültig die Sprache verschlug. Es war die beste, die sie je gegessen hatte. Dass Andrea die Kuchen aus seinem neuen Sortiment genommen hatte, war so gesehen wohl richtig, aber das behielt sie für sich.

Ella hantierte an der großen Espressomaschine, als Michele aus dem Waschraum zurückkam. Er stand unentschieden hinter ihr an der Bar, während sie ihm den Rücken zuwandte und Milch aufschäumte.

»Dürfte ich auch einen haben?«, fragte er nach einer Weile, und Ella drehte sich um und stellte zwei Cappuccino auf die Theke, die der Ober gleich mitnahm.

»Einen *espresso?*«

»Ja, bitte.« Ella bediente die Maschine, stellte ihm die kleine Tasse hin, gab ihm die Zuckerdose und sah zu, wie er den Zucker in die Tasse löffelte und umrührte. Pippa telefonierte an ihrem Tisch. »Sie übernimmt die Agentur«, sagte Michele.

»Ja, ich habe es gehört. Ich gratuliere.«

»Vielen Dank.« Michele trank einen Schluck. Der *espresso* war heiß und stark. »Sonst sagst du nichts?«, fragte er.

»Nein«, erwiderte sie. Das Lokal war noch immer voll, nur die Mancinis und ein paar der Touristen waren schon gegangen, und der Kritiker zahlte. »Es war ihr größter Wunsch«, erklärte sie dann doch noch.

»Woher weißt du das?«

»Sie hat es mir erzählt.«

Er rührte weiter in seiner Tasse. »Mir nicht.«

»Ändert es denn etwas?«, fragte Ella.

»Nein … nein.« Michele trank den letzten Schluck und schob Ella die Tasse über den Tresen. Sie nahm sie, und er griff nach ihrer Hand. Sie sah ihn erschrocken an. »Ich vermisse dich so sehr, Ella, dich und die Kinder«, sagte er traurig, ließ sie los und ging zurück zu Pippa. Sophia und Salvatore hatten sich zu ihr gesetzt. Die beiden hielten sich schon den ganzen Abend über an der Hand, und Salvatore hatte Ella nach einem Juwelier gefragt.

Ich vermisse dich auch, dachte Ella da, jeden Tag. Wenn ich alleine im Kelterhaus arbeite und weiß, dass du da bist, nur ein paar Meter weiter, oben im Haus. Und wenn du mit mir sprichst und wir nicht sagen dürfen, was wir sagen wollen, weil wir es nicht aussprechen dürfen, dann auch. Ich vermisse dich, dort drüben an deinem Tisch, neben deiner Frau, die ich gernhabe und für die ich mich freue, und wenn du meine Hand hältst und ich weiß, dass du sie gleich wieder loslassen musst, dann auch.

35

In dieser Nacht schlief Salvatore schlecht. Er stand schon um vier wieder auf, zog sich an, stieg entgegen seiner sonstigen Gewohnheit mit Toto in seinen Wagen und fuhr los. Viel zu früh, aber die anderen *trifolai* waren auch schon unterwegs. Die Scheinwerfer seines alten Autos durchschnitten die Dunkelheit. Er fuhr Richtung Süden, über Diano d'Alba und Montelupo Albese, hügelauf, hügelab, hielt ab und zu an und las etwas in seinem kleinen schwarzen Buch nach. Als er an dem Waldstück ankam, das er gesucht hatte, griff er nach seiner Taschenlampe, dem Stock, der *sapin* und lief mit seinem Hund los. Es war kalt und roch nach Schnee. Über sich erkannte er die Sterne durch die lichten Baumkronen, und erste Wolken zogen auf. Der Ruf eines Uhus klang durch den Wald, einsam und schaurig. »*Beika bin,* Toto! *Beika bin*«, rief er seinem Hund mit gedämpfter Stimme zu, der mal hier, mal da einen Baum umrundete und schnüffelte. Die Erde war gefroren, zumindest in der obersten Schicht. Toto scharrte und lief weiter, und Salvatore begleitete seine Suche mit den üblichen Signalen. Er stützte sich auf seinen Stock, setzte die Füße im unebenen Gelände vorsichtig einen vor den anderen und hielt sich an den Stämmen der Bäume fest. Sie kamen tiefer in den Wald hinein. Nachtaktive Tiere machten Geräusche, scheue Wildkatzen, die er nie zu Gesicht bekam, und Wildschweine, die auch nach den Trüffeln gruben. »*Beika bin,* Toto!« Salvatore schlugen Äste ins Gesicht, er schwankte einmal kurz. Vielleicht hätte er doch erst bei Tagesanbruch losgehen sollen, dachte er, aber ein Gefühl sagte ihm, dass heute der Tag war, an dem er ihn fand, den einen Trüffel, der sie alle ausstach, den, nach dem er schon sein halbes Leben lang suchte. Toto raschelte durchs Laub. Es war von einer dünnen Reifschicht überzogen und knisterte unter Salvatores schweren Schuhen. Wieder erklang der Ruf des Uhus, und ein Waldkauz segelte lautlos zwischen den Ästen hindurch. Nur ein gleitender Schatten. Als wäre er in eines von Sophias magischen Bildern gefallen, dachte Salvatore auf seinem Weg durchs Unterholz, als könnten jederzeit Kobolde aus dem Nichts auftauchen und vor ihm tanzen. Oder die *sarvanòts*. Salvatore leuchtete mit seiner Taschenlampe zwischen den Bäumen hindurch und gab Toto Anweisungen. Die *sarvanòts!* Verrückt, die waren doch längst verschwunden. Sie hatten sich in Schmetterlinge verwandelt, seit die Menschen nicht mehr an sie glaubten, kleine schwarz-rote Schmetterlinge, das wusste doch jeder!

Toto gab einen Laut von sich. Salvatore schwenkte seine Taschenlampe und sah ihn im flackernden Schein graben. »Basta, Toto, basta!«, flüsterte er, zog ihn weg, gab ihm eine Käserinde und harkte vorsichtig mit der *sapin* tiefer und noch ein bisschen tiefer. Ja, da war einer ... ein weißer Trüffel, er konnte ihn schon unter seinen Fingerspitzen fühlen. Er war groß, wirklich groß. Salvatore leuchtete in das Loch, das er freigelegt hatte, und seine Taschenlampe flackerte erneut. Er schlug mit der Hand dagegen, noch einmal, da ging sie endgültig aus. *»Maledizione«,* murmelte er, »verflucht, verflucht!« Er tastete nach dem Trüffel, grub mit beiden Händen, doch er sah so gut wie nichts. Es war zu dunkel. Aber dass er da einen Schatz gefunden hatte, das wusste er auch so, den vielleicht größten Trüffel, den er jemals ausgegraben hatte!

Salvatore setzte sich erschöpft auf die kalte Erde, lehnte sich an den Baumstamm und legte sein Taschentuch über die Fundstelle. Toto war bei ihm, ganz nah, er spürte seine Körperwärme. »Wir müssen warten, Toto«, sagte er, »bis es heller wird. Wir dürfen ihn nicht kaputt machen, den nicht, hörst du.« Und so verging die Zeit. Als es zu schneien begann, ganz leicht, nur ein Tanz kleiner Flocken, da war Salvatore schon eingeschlafen, und Toto vergrub seine Schnauze in seinem Schoß. Er winselte leise, doch Salvatore hörte es nicht. Er war weit fort, auf dieser Brücke in Dronero, wo er vor dreiundsiebzig Jahren hätte sein sollen, um sie zu beschützen. Gianna, seine Gianna! Wie hübsch sie aussah in ihrem Kleid! Ihr Strohhut saß schräg auf dem flachsfarbenen Haar, das sie mit der Spange zusammenhielt, die er ihr geschenkt hatte. Sie hatte Blumen in der Hand, kleine wilde Rosen, und der Krieg lag jetzt nicht mehr in ihrem Blick.

»Gehst du mit mir hinüber, Toto?«, fragte sie ihn und deutete zur roten Kapelle.

»Geht es dir gut? Dir und dem Kind?«, wollte er wissen und bemerkte das kleine Mädchen, das neben ihr stand. Seine Augen kamen ihm seltsam vertraut vor, er kannte es, das wusste er, nur nicht, woher.

»Gehst du mit uns hinüber, *papà?«,* fragte die Kleine ihn, und sein Herz zersprang vor Glück.

Salvatore sah sich um. Er suchte nach den Soldaten, doch sie waren allein. Wartet ihr schon lange, wollte er Gianna fragen, aber er begriff, dass die Zeit nur den Körpern eingeboren war und mit ihnen verging.

Gianna nahm seine Hand und er die des Mädchens, und so überquerten sie die steinerne Brücke. Es war wie ein Einschlafen, während die Seele weiter wachte. Nur dass sie jetzt nicht mehr zurückkonnte in den alten müden Leib und sich ein anderes Gefäß suchte, in dem sie weiter existierte. *Seinen* Leib, den des einen, Salvatore nannte ihn Gott. In ihm erwachte seine Seele, während das alte Kleid, das er zurückließ, das abgenutzte, geschundene, zerschlissene, langsam zerfiel. Ein einziges Mal noch sah er sich um, weil er spürte, dass jemand zurückblieb, zu dem er gehörte. Sie. Doch dann ging er weiter, da ihm und Sophia nur die Endlichkeit bestimmt gewesen war und die Ewigkeit ihm und Gianna gehörte.

Danilo fand Salvatore erst am späten Nachmittag. Als er nicht nach Hause gekommen war, hatte er die *carabinieri* nach seinem Wagen fahnden lassen und war sofort losgefahren, als sie ihn an einem Waldrand in der Nähe von Montelupo Albese gefunden hatten. Michele begleitete ihn, um seine Mutter zu beruhigen, die fast umkam vor Sorge. Sie durchkämmten mit einer kleinen Suchmannschaft das Waldstück, bis Danilo Totos Winseln hörte, nach ihm rief und der Hund anhaltend bellte.

Salvatores Taschentuch lag noch immer auf dem Erdloch, aus dem Danilo den Trüffel ausgrub und mitnahm. Der größte weiße Alba-Trüffel, der seit Langem gefunden worden war. Er wickelte ihn sorgfältig ein, legte ihn auf den Beifahrersitz neben das Kästchen vom Juwelier, das Salvatore dort deponiert hatte, und fuhr dann mit Toto nach Hause. Das Kästchen gab er später Michele und der seiner Mutter. Ein schlichter goldener Ring war darin mit einem weißen Stein und einer Gravur auf der Innenseite. »Du machst mich ganz« stand da. Sophia steckte ihn an den Finger, zog ihn dann wieder ab und legte ihn unter die Dielen, wo sie all die Schätze aufbewahrte, deren Bedeutung die Zeit ihr nicht rauben konnte, obwohl Kummer an ihnen haftete.

Auf Salvatores Beerdigung auf dem *cimitero urbano* trug sie Schwarz, so wie jeder, der gekommen war: Die Neun vom Stadtplatz, die jetzt nur noch zu acht waren – Monsignore De Luca leitete die Trauerfeier –, Danilo und Ella, Michele und einige Nachbarn. Pippa war in Genua. Sie hatte einen dringenden Termin, den sie nicht verschieben konnte, und sich deshalb bei Sophia entschuldigt. Sie war ihr in den letzten Tagen eine Stütze gewesen, hatte so viel Zeit wie nur möglich mit ihrer Schwiegermutter verbracht, um sie abzulenken, während Michele Danilo half, die Beerdigung zu organisieren.

Ella hatte ihren Bruder gebeten, einen kleinen Haselnussstrauch neben Salvatores Grab zu pflanzen, das bald wieder mit der alten Steinplatte bedeckt werden würde, auf der schon die Namen seiner Eltern standen – eines der wenigen schlichten Gräber im weiten Meer von Mausoleen. Sie hatte bunte Bänder an den Strauch gebunden und würde es nun jedes Jahr am 26. November tun. Bunte Bänder als Gruß an die Ewigkeit.

Sophia zitterte trotz des Mantels, den sie trug. Michele hatte seinen Arm um sie gelegt und stützte sie. Sie warf Dahlien ins Grab, einen prächtigen Strauß, und verabschiedete sich von Salvatore mit leisen Worten. »Mach dir keinen Kummer, Salvo, ich komme zurecht«, sagte sie zärtlich. »Sie war schön, unsere gemeinsame Zeit. Wir wollen sie nicht daran messen, dass sie so kurz war, nur an unserem Glück.« Und dann schenkte sie ihm einen Kuss, ein zartes Winken und ging zu einer Bank beim Eingang, um sich auszuruhen. Die Abschiede zehrten. Jeder Freund, der ging, nahm etwas von ihr mit, jeder geliebte Mensch. Es dauerte eine Weile, bis ihre Seele sich wieder austarierte und die Unwucht überwand.

Jetzt schüttete Michele mit der kleinen Schaufel, die

dafür bereitlag, Erde ins offene Grab. Er wartete auf Ella, die es ihm gleichtat, ehe er zur Seite trat und sich mit ihr etwas abseits hinstellte.

»Wie geht es dir?«, fragte er sie.

»Ich bin zu oft hier.«

»Und den Kindern? Sehe ich euch nächste Woche auf der Plantage, Ella?«

»Ich bin bis Weihnachten fertig, dann ist die Ernte verarbeitet«, sagte sie, ohne seine Frage zu beantworten. »Nächstes Jahr wird sie schon besser ausfallen, dann musst du dir jemanden suchen, der mich ersetzen kann.«

»Niemand kann dich ersetzen, Ella.« Die Schar schwarz gekleideter Menschen zog langsam vorbei, und Ella und Michele beobachteten, wie sich einer nach dem anderen von Salvatore verabschiedete. Danilo griff als Einziger nicht zur Schaufel, sondern mit beiden Händen in die Erde und warf sie auf den Sarg. Heute Morgen hatte er den Tisch für den Leichenschmaus gedeckt, den Ella und er im Anschluss an die Beerdigung in Salvatores Haus abhalten wollten, und einen Teller für seinen alten Freund dazugestellt, so wie er es im Mairatal gelernt hatte. Und er hatte den Schlüssel auf die Türschwelle gelegt, falls Salvatore vor ihnen ankäme und hineinwollte. Sie würden heute den weißen Trüffel essen, den er mit seinem Leben beschützt hatte, in einer *fonduta piemontese*, die Salvatore Sophia bei seinem ersten Besuch unten bei der Maria mit dem Haselnusszweig versprochen hatte. In dieser Zeit hatte er auch sein Testament gemacht und von Mancini gegenzeichnen und aufbewahren lassen. Salvatore vermachte Danilo darin sein Haus und das wenige, das er besaß. Er bat ihn, sich um den Esel und seinen Hund zu kümmern. »Verkauf mein schwarzes Buch, Junge«, hatte er noch daruntergeschrieben, »es ist Gold wert.« Aber Danilo hatte es ihm in den Sarg gelegt, damit er auch drüben ohne Mühe die besten Trüffelplätze fand. »Willst du unsere Partnerschaft denn auflösen?«, fragte Michele Ella unsicher, und sie sah ihn lange an und überlegte.

»Weißt du noch, wie ich dir gesagt habe, dass ich Angst habe, dass es mich traurig macht, auf der Plantage zu arbeiten«, sagte sie dann. Es war im Kelterhaus gewesen, sie hatten über das Schicksal und ihre Bestimmung gesprochen.

»Und ist es so?«

»Du hast es gut gemeint, Michele, alles«, wand sich Ella, »aber ich will nicht länger gegen meine Gefühle ankämpfen. Dauernd machen wir uns gegenseitig was vor und deiner Frau auch, und das liegt mir nicht.« Michele nahm sie bei der Hand und zog sie hinter eines der Mausoleen. »Bitte nicht«, wehrte sie sich, nur nicht entschieden genug, weil sie sich in Wahrheit nichts mehr wünschte, als mit ihm allein zu sein. Selbst hier, selbst heute.

»Wirf diese Tür noch nicht zu, Ella«, sagte Michele. »Bitte. Ist es denn nicht besser, befreundet zu sein und sich zu sehen, als sich ganz aus den Augen zu verlieren?« Sie weinte, aber das würde heute niemanden verwundern, es war egal. »Uns verbindet doch so viel, Ella, das Land ... und Casa Rossa, das haben wir doch gemeinsam aufgebaut ... und ...«

»Ja?«

Er sah sie an, ihre dunklen Augen, der traurige, fragende Blick, den er so gerne beantwortet hätte, und die Schwerkraft setzte schon wieder aus. Band ihn für den Bruchteil einer Sekunde nicht mehr an sein altes Leben und holte ihn dann umso heftiger auf den Boden der Tatsachen zurück.

»Du hast recht«, sagte er enttäuscht, »es wäre nicht fair. Dir gegenüber ... und Pippa gegenüber auch nicht.« Er zog sie an sich und küsste sie auf die Stirn. »Es tut mir so leid, dass ich dir das angetan habe ... und Lisa und Lauro«, flüsterte er.

»Sie dürfen euch besuchen, schon wegen der Katzen, wenn es dir recht ist«, versprach Ella.

»Natürlich.«

»Und mit der Zeit nabeln sie sich ab. Sie kommen nächstes Jahr auf eine neue Schule, dann ändert sich sowieso einiges.«

Danilo tauchte am Weg auf. Er wollte Michele und Ella nicht stören, aber sie mussten zu Salvatores Haus fahren und den Leichenschmaus vorbereiten. Sie sahen traurig aus, die beiden, aber Danilo ahnte, dass es nichts mit der Beerdigung zu tun hatte. Er hatte die Schwingungen gespürt – wer weniger sprach, sah mehr – und das Schweigen gedeutet.

»Achte auf dich, Ella«, sagte Michele.

»Und du auf dich.« Sie ging.

»Ella?«, rief er ihr nach.

»Ja?« Sie kam noch einmal zurück.

»Ich liebe dich ... Ich finde nur keinen Weg ...«

»Ich weiß«, sagte sie. »Ich auch nicht.«

36

An San Nicolò, dem 6. Dezember, fanden Lisa und Lauro am Morgen kleine Geschenke vor ihren Kinderzimmertüren. Ein Brauch, den es in Norditalien eigentlich nicht gab, aber den Ellas Mutter aus Kalabrien mitgebracht hatte. Hier im Norden kannte man nur die Befana, die alte Hexe, die in der Nacht zum 6. Januar auf ihrem Besen ritt, durch den Schornstein fuhr und den braven Kindern Süßigkeiten in die Schuhe steckte. Lauro bekam heute ein Schnitzmesser. Ella hatte Danilo erlaubt, es ihm zu schenken, denn er sollte wissen, dass die Erwachsenen ihm etwas zutrauten, um selbstsicherer zu werden. Und Lisa fand vor ihrer Tür ein feines Goldkettchen mit Herzanhänger, das sie noch am selben Tag in der Schule trug.

Die beginnende Weihnachtszeit war in der ganzen Stadt zu spüren. Die Geschäfte schmückten ihre Auslagen, und Lichterketten wurden ausgepackt. Die gesamte Altstadt war illuminiert mit großen Sternen, die quer über den Straßen der Fußgängerzone hingen, leuchtenden Kugeln und einer Fülle an Lämpchen, die wie schimmernde Wasserfälle über Fassaden stürzten. In zwei Tagen, an Mariä Empfängnis – einem Feiertag, an dem die Kinder schulfrei hatten –, würde der große Weihnachtsbaum auf dem Domplatz aufgestellt werden und die lebensgroße Krippe. Und auch Ella würde ihren Baum zu Hause schmücken. Eine Zeitreise, denn es war derselbe, der auch schon in ihrem Elternhaus gestanden hatte, kein echter natürlich, denn die standen vor allem draußen.

Ellas Schaufenster war so schön wie noch nie. Sie hatte altes Porzellan ausgestellt, silbernen Christbaumschmuck in Kuchenförmchen gefüllt, Engelsflügel aufgehängt und Bäumchen aus Schokolade mit hellgrünem Zuckerguss und Schleifen kreiert. Danilo hatte bei Salvatore einen Schlitten aus dessen Kindertagen gefunden. Der stand jetzt vor Ellas Laden, und darauf waren eine weiße Laterne, in der eine Kerze brannte, goldschimmernde Hirsche und ein Korb mit Pralinen, in Zellophan verpackt. Ellas Schlittschuhe lehnten daran. Und auch im Inneren war die Chocolaterie herausgeputzt. In den Regalen brannten Teelichter in bunten Gläsern zwischen Spieluhren und Schneekugeln, Girlanden mit Tannengrün hingen über der Tür und umrundeten die Fenster, und Christsterne standen auf dem schmalen Tisch, an dem Ellas Kunden bei einem schnellen *caffè* kurz rasteten. Das Weihnachtsgeschäft war in ihrer Branche das turbulenteste, dicht gefolgt von Ostern. Und so bediente Ella jetzt immer öfter mit Greta gemeinsam ihre Kunden, begann ihre Tage früh in der Pralinenküche, fuhr am Nachmittag für ein paar Stunden auf die Plantage und war noch vor Ladenschluss wieder zurück. Danilo hatte mit dem Schnapsbrennen begonnen, einer Arbeit, die er gut alleine mit Michele machen konnte, und auch das Ölpressen war keine Hexerei.

»Buon giorno.« Ein kleiner rundlicher Herr mit grauem Haar und ausladendem Schnauzbart betrat den Laden. Seine Augen funkelten mit Ellas Lichtern um die Wette, und er lächelte breit übers ganze Gesicht. Kein Einheimischer, Ella kannte ihn nicht. Vielleicht ein Tourist, doch die wurden nun zunehmend weniger, bis Alba im Januar ganz ausgestorben sein würde. Die meisten Hotels und Restaurants schlossen dann für zwei, drei

Monate, renovierten bei Bedarf und erlaubten ihren Angestellten, Urlaub zu machen.

»*Buon giorno*, was kann ich für Sie tun?«, fragte Ella den Herrn, der nur unwesentlich größer war als sie. Er trug einen grünen Anzug mit Weste und roter Krawatte. Sein Mantel war kariert, dezent in Grautönen, und doch war die ganze Erscheinung wie aus einem Märchenfilm – originell und unwirklich.

»Ich bin auf der Suche nach Signorina Donati«, erklärte er, »Mariella Donati.«

»Da kommen Sie leider zu spät«, entgegnete Ella, »gut zweihundert Jahre.«

»Bitte?«

»Mariella war eine Vorfahrin zur napoleonischen Zeit. Ich bin nach ihr benannt, Ella Donati.«

»Oder so«, antwortete der Herr, der einen kleinen Scherz zu schätzen wusste. »Alberto Barone, sehr erfreut«, stellte er sich vor, »Barone wie die große Schokoladenmanufaktur in Turin.«

»Das sind Sie?«, fragte Ella überrascht. Den bekanntesten Chocolatier Turins hatte sie sich anders vorgestellt, irgendwie Ehrfurcht gebietender. Kurz dachte sie an den Zauberer von Oz, der sich in allerlei magischen Verkleidungen inszenierte, hinter denen sich in Wahrheit nur ein weiser alter Mann verbarg, den es mit seinem Heißluftballon aus Omaha ins Land der Munchkins geweht hatte, so wie Dorothy mit ihrem Farmhaus aus Kansas. Als Dorothy am Ende ihrer langen Reise mit ihren Gefährten bei ihm in der grünen Stadt ankam, musste sie feststellen, dass er gar keine magischen Kräfte besaß und sie deshalb auch nicht nach Hause zurückbringen konnte.

»Höchstpersönlich«, bestätigte Barone.

»Und jetzt sind Sie auf der Suche nach Inspiration?«,

fragte Ella selbstbewusst. Schließlich war sie auch Unternehmerin.

»Nein, ich möchte Ihren Laden kaufen, Signorina.« Ella glaubte, sich verhört zu haben. Er blickte auf ihre Espressomaschine. »Dürfte ich?«

»Aber gern, natürlich.«

»Und bitte geben Sie mir doch ein Stück Ihrer *torta di nocciole* dazu.« Ella ging mit Barone zum kleinen Stehtisch, und Greta servierte ihm dort die Bestellung. »Von diesem Kuchen habe ich gelesen«, sagte er, griff nach dem Zuckerstreuer und süßte seinen Espresso, »und von Ihren Dattelpralinen.« Der Artikel im *Corriere della Sera* hatte überall Beachtung gefunden. Die Leute kamen jetzt sogar aus Turin nach Alba, um bei Mahesh zu essen, und die Einheimischen stritten sich um eine Reservierung. Matilda Barbieri hatte eine imposante Kehrtwende hingelegt und ließ sich nun für ihre multikulturelle Einstellung und Toleranz loben. »Und von Ihnen, Signorina. Dieser Magliano hat Sie ja praktisch mit Worten gemalt.«

»Ja, das war sehr schmeichelhaft«, tat Ella es ab.

»Nun, ich will gar nicht lange darum herumreden ...« Barone gabelte ein Stück Kuchen auf, schob es sich in den Mund und sagte: »O mein Gott, die ist ja wirklich gut. Die Eloge wird ihr ja gar nicht gerecht!« Er klopfte mit der Gabel an den Tellerrand. »Ein Familienrezept?«

»Ja, es stammt von Mariella, besagter Ahnin, die Barone übrigens schon vor zweihundert Jahren mit ihren Haselnüssen beliefert hat.« Den Anteil von Legrands Mutter am Gelingen des Kuchens erwähnte sie nicht.

»Was Sie nicht sagen?!« Der Chocolatier war erstaunt und verlor kurz den Faden. »Also wie gesagt«, fand er dann zu seinem Anliegen zurück, »ich will nicht lange darum herumreden. Sie wissen vielleicht, dass ich Filialen in ganz Oberitalien habe, in Florenz, Venedig und Mailand.« Ella nickte. »Und Ihr kleines Schlaraffenland würde perfekt in mein Portfolio passen.«

»Aber der Laden gehört mir gar nicht«, entgegnete Ella. »Er ist nur gemietet.«

»Ich weiß, ich habe mich erkundigt.« Und das gründlich. Barone kannte Ella und ihren Werdegang genau. Er hatte sogar mit dem alten Barbieri über sie gesprochen, bei dem sie das Bäckerhandwerk gelernt hatte, und die besten Referenzen erhalten. »Ich könnte Ihren Mietvertrag übernehmen und Ihnen die beweglichen Wirtschaftsgüter abkaufen. Außerdem das Rezept für Ihre *torta di nocciole*, die ich gerne in all meinen Geschäften verkaufen würde – exklusiv.«

Ella war völlig perplex. »Aber ich habe meine Chocolaterie doch gerade erst eröffnet«, sagte sie. »Das ist meine Existenz.«

»Signorina Donati, ich zahle Ihnen für Ihr Rezept eine ordentliche Summe. Und biete Ihnen darüber hinaus die Geschäftsführung meines kleinen Imperiums an.«

»Wie bitte?!«

»Sehen Sie, ich bin nicht mehr der Jüngste, und mir fehlt ein tatkräftiger Nachfolger. Es wird Zeit für mich, jemanden einzuarbeiten.«

»Aber doch nicht ausgerechnet mich!«, entgegnete Ella, obwohl sie ihren Kindheitstraum nicht vergessen hatte. Turin ... Aber das war absurd! »Ich kann Barone nicht leiten, ich habe nicht mal Betriebswirtschaft studiert.«

»Ich auch nicht«, erwiderte Barone. »Ich habe das Handwerk eines Zuckerbäckers in Wien gelernt und dann ganz unten im Betrieb meines Vaters angefangen.« Er zwinkerte Ella vielsagend zu. »Wir beide wissen also, wie der Hase läuft.« Anschließend zwirbelte er seinen ausladenden Schnurrbart. »Signorina, ich möchte, dass über diesem Geschäft mein Name steht. Und ich habe nicht vor, es zu standardisieren. Jede meiner Filialen hat ihr eigenes Gesicht und führt neben den Klassikern aus meiner Produktion auch ihr ganz spezielles Sortiment.« Ella sah Barone zu, wie er den Kuchen aufaß und auch noch den letzten Krümel vom Teller pickte. »Und in Zukunft auch Ihre einzigartige *torta di nocciole*, wie ich hoffe.« Sie wirkte unentschlossen. »Bitte, kommen Sie nach Turin! Ich zahle Ihnen als Geschäftsführerin ein gutes Gehalt, und Sie bekommen eine Gewinnbeteiligung, die sich sehen lassen kann. So schön Ihr Laden ist, Signorina Donati, aber ich bin mir sicher, Sie verdienen damit nicht die Hälfte von dem, was ich Ihnen anbiete, und arbeiten doppelt so viel.« Das stimmte wohl, zumal mit ihrem kleinen Nebenjob bei Michele. Aber den würde sie ja nun bald abgeben. Und trotzdem ...

»Ich habe Kinder«, erklärte Ella jetzt, »Zwillinge, sie sind zehn. Die kann ich nicht einfach aus ihrem Leben reißen.«

»Und Ihr Mann?«

»Ich bin alleinerziehend und mein eigener Herr. Aber auf meine Kinder muss ich natürlich Rücksicht nehmen.« Barone reichte Ella seine Karte. »Alberto Barone« stand in Goldschrift darauf mit dem berühmten Logo seines Ladens, das ganz Italien kannte. »Signorina, Sie bestimmen die Richtung«, sagte er. »Sie führen meine Manufaktur ins 21. Jahrhundert, die Produkte, der Einkauf, das Image, Sie haben freie Hand.«

»Vielen Dank«, entgegnete Ella höchst geschmeichelt und griff nach der Visitenkarte, »aber ich denke nicht ...«

»O doch, denken Sie!«, fiel Barone ihr ins Wort. »Denken Sie darüber nach und kommen Sie zu mir nach Turin. Ich führe Sie ganz unverbindlich herum, Sie lernen Ihre neuen Mitarbeiter kennen, die Abläufe, ich mache Sie mit allem vertraut.« Er zog eine goldene Taschenuhr aus der Westentasche und sah darauf. »Und es gibt gute Schulen in Turin. Vielleicht fangen Sie im Juni an, wenn die Sommerferien beginnen … Kommen Ihre Kinder dann nicht ohnehin auf die Mittelschule?«

»Ja, richtig.«

»Ich kann Ihnen bei der Wohnungssuche behilflich sein, ich habe Kontakte.« Barone verbeugte sich vor Ella und legte die rechte Hand ans Herz. »Signorina Donati, wagen Sie ein Abenteuer, machen Sie sich in der Branche einen Namen und einen alten Mann glücklich.«

Ella war sprachlos. Ihr bot sich noch einmal die Chance, ihrem Leben eine völlig neue Richtung zu geben. So wie damals, als sie vorgehabt hatte, mit Nicolo in die Staaten zu gehen. Alles hinter sich zu lassen und sich neu zu erfinden. Bei Barone würde sie mehr verdienen und hätte jede Menge Mitarbeiter, womöglich Urlaubsansprüche und halbwegs geregelte Arbeitszeiten. Das wäre für ihre Kinder gut, denn die brauchten sie. Lauro brauchte sie.

Aber Alba verlassen … Das war doch verrückt! Alles, woran sie hing, war hier. Ihr Elternhaus – das ihr nicht mehr gehörte. Ihre Kinder – die sie mitnehmen würde. Ihr Bruder – dessen Pläne sie nicht kannte. Ihre Freunde – Mahesh und Salvatore, der tot war. Und dann war da noch der Mann, in den sie sich verliebt hatte und der nicht frei war. Das Grab ihrer Eltern fiel Ella noch ein, aber würde es nicht genügen, ein paarmal im Jahr vorbeizuschauen?

»Ella?« Danilo riss sie aus ihren Gedanken. Er kam gerade aus der Pralinenküche herauf, wo er ihre Überziehmaschine repariert hatte. Der Temperaturregler war defekt gewesen. Sie hatte eine ganze Charge ihres Trüffeltraumas geschmolzen, bis es ihr aufgefallen war. »Willst du das wirklich aufheben?« Er hatte den Karton mit den Spiegelscherben in der Hand.

»Woher hast du den?«

»Stand im Regal. Ich habe nach der Betriebsanleitung gesucht. Was ist das?«

»Meine Zukunft«, sagte Ella und dachte, dass es kein Zufall sein konnte, dass diese Scherben ausgerechnet jetzt wieder auftauchten. »Ich wollte sie irgendwann wieder zusammensetzen.«

»Ist das beim Umzug passiert?«, wollte Danilo wissen.

»Nein, früher, viel früher. An dem Tag, an dem Dottor Ruggiero mit den Untersuchungsergebnissen von *papà* gekommen ist.«

»Willst du sie wirklich aufheben? Ich fürchte, da ist nichts mehr zu machen, Ella.«

»Ja, das fürchte ich auch«, erwiderte sie, und etwas in ihr schloss damit ab. Es war Zeit, nach vorn zu schauen, so wie Danilo es tat. »Wirf sie draußen in den Müll, wenn du gehst, hinten im Hof«, sagte sie deshalb.

»Sicher?«

»Sicher.« Danilo war schon auf dem Weg, da hielt sie ihn zurück. »Sag mal, was ist eigentlich aus Mutters altem Koffer geworden, den du früher unter deinem Bett gehabt hast? Er war irgendwann einfach verschwunden.«

»Ich hab ihn zu Salvatore gebracht, als ich fort bin, nach Turin. Vielleicht hat er ihn aufgehoben.«

37

An Mariä Empfängnis schmückte Sophia den kleinen Weihnachtsbaum im Wohnzimmer, eine echte Tanne mit Wurzelballen, die noch im Pflanztopf stand. »Habt ihr überhaupt Baumschmuck, Liebes?«, hatte sie Pippa gefragt, denn in Albenga hatte es keinen Christbaum gegeben.

»Nein, ich habe es nicht so mit dem Dekorieren«, hatte Pippa geantwortet. »Aber wenn es dich freut, mach es ruhig. Michele erinnert sich gern an euren Baum in Turin, er spricht oft davon.«

Sophia hatte zwei Kisten voller Christbaumkugeln, Anhänger und sogar Lametta mit nach Alba gebracht und sich dann darauf gefreut, einen Baum mit Salvatore zu schmücken. Doch jetzt hängte sie den bunten Zauber alleine an die immergrünen Zweige und sah unglücklich zu seinem Haus hinunter. »Ich bringe dir ein Bäumchen auf den Friedhof«, sagte sie, »heute Nachmittag, Salvo.« Dann griff sie nach der Lichterkette. Diesen Baum zu putzen, war tröstlich, der Weihnachtsglanz, der Nadelduft, das lieb gewordene Ritual. Bald käme die längste Nacht im Jahr, und danach wurden die Tage wieder heller. Das Licht siegte immer, es kehrte jedes Jahr zurück.

»Heißt das, du gehst fort?«, fragte Michele Pippa ungläubig. Sie saßen in ihrem Büro und sprachen über ihre neue Position in der Agentur.

»Ich übernehme ab Januar die Geschäftsleitung«, erwiderte sie fast nüchtern, »und werde mir zeitnah eine Wohnung in Genua suchen, ja.«

»Um dort unter der Woche zu wohnen?«

»Nein, Michele, um dort zu leben.«

»Aber ich kann nicht mit, das weißt du, Pippa. Meine Mutter lebt doch jetzt hier, und Salvatores Tod nimmt sie mit.«

»Das ist doch selbstverständlich.«

»Und die Plantage kann ich auch nicht einfach aufgeben, da steckt so viel Geld drin, die Kredite laufen ...«

»Und du liebst sie, du bist hier wirklich angekommen«, bestätigte ihm Pippa. Er hatte sich auf eine Auseinandersetzung eingestellt, aber sie wirkte so ruhig und entspannt wie lange nicht mehr. »Du gehörst hierher, Michele, das sehe ich jeden Tag. Die Plantage zu kaufen, war die richtige Entscheidung«, sagte sie ohne jeden Vorwurf.

»Aber nur für mich, wie es aussieht.«

»Ja, nur für dich. Ich habe mich hier nie wohlgefühlt. Ich vermisse das Leben in der Stadt. Ich will ausgehen und schnell ins nächste Flugzeug steigen können. Ich will nicht ständig die wichtigen Events verpassen und arbeiten können, ohne mich dafür entschuldigen zu müssen.« Sie war wirklich nur hierhergezogen, um wiedergutzumachen, dass sie ihn betrogen hatte, aber das war falsch gewesen, das wusste sie jetzt. »Du hast gehofft, dass ich hier andere Prioritäten setze, und ich habe es versucht, aber ich muss mich dafür verbiegen, Michele, und das sollte ich genauso wenig tun müssen wie du.«

Er blickte aus dem Fenster – dunkle geduckte Bäume vor einem weißen Himmel. Viel war in der Plantage in diesen Tagen nicht zu tun. Trotzdem ging er jeden Morgen hinaus und verband sich mit der Stille. In ihr fühlte er sich grenzenlos und frei. Salvatore hatte einmal gesagt, dass ihm nur die Jahreszeiten und das Wetter vorschrieben, was er zu tun hatte, der Rhythmus der Natur, nicht die Menschen, und so ging es ihm auch, endlich. Jetzt war er selbst Berg und Baum und spürte die Kraft der Schöpfung in sich. Dieses Land zu bestellen, war seine Art zu beten, die Natur seine wahre Religion. Wieso empfand Pippa das nicht auch so? »Ich wollte nicht, dass du dich für mich änderst, Pippa«, sagte er.

»Doch, du hast gehofft, dass ich eines Tages Kinder haben möchte.« Ja, das hatte er – zutiefst. »Und dass mir die Zeit mit dir wichtiger ist als meine Arbeit.« Selbstverständlich, deshalb heirateten zwei Menschen doch, sonst könnte man ja gleich alleine bleiben! »Du hältst mich für oberflächlich, weil ich offen zugebe, dass ich meinen Namen schon immer auf dem Firmenschild sehen wollte, und ehrgeizig bin. Aber das erfüllt mich eben, so wie dich dieses Land.« Michele wollte etwas einwenden, aber Pippa ließ ihn heute nicht zu Wort kommen, denn auch sie hatte in den letzten Monaten viel nachgedacht. So gesehen, hatte der Umzug nach Alba auch sein Gutes gehabt, denn ihr war hier klar geworden, welches Leben sie *nicht* führen wollte. Und dass sie mit sich im Reinen war, trotz des vermeintlichen Fehltritts. »Und keine Kinder zu wollen, ist nicht verwerflich oder wider die Natur, es sagt nur, dass ich mich auch ohne sie vollständig fühle, Michele, ich schon. *Du* bist derjenige, der sich selbst nicht genug ist.«

Michele lehnte sich erschöpft auf dem schwarzen Ledersofa zurück und schwieg eine Weile. War das das Ende? »Als du damals mit Silvestre geschlafen hast ...«, begann er dann seinen Satz, und Pippa unterbrach ihn gleich wieder.

»Da hab ich mich lebendig gefühlt, weil er mich genau so begehrt hat, wie ich bin.« Das hatte sie noch nie ausgesprochen, und Michele erschrak fast über ihre Offenheit.

»Haben wir uns auseinandergelebt, Pippa?«, wollte er wissen.

»Du hast dich verändert, in Albenga warst du noch ein anderer.«

»Aber der wollte ich nicht länger sein!«

»Und ich nicht die Frau, die du gern in mir gesehen hättest.« Pippa wurde nun doch ungeduldig. »Michele, wir drehen uns im Kreis. Du hast gefunden, was du gesucht hast, ich hatte es längst. Du änderst dich nicht für mich und ich mich nicht für dich. Und deshalb gehe ich, damit wir Freunde bleiben können und uns nichts vorzuwerfen haben.«

»Für immer? Du meinst, du verlässt mich? Einfach so?«

»Ja, es ist Zeit. Wenn wir beide glücklich werden wollen, müssen wir uns trennen.« Michele stützte seinen Kopf in die Hände. »Ich sehe es als Chance. Für uns beide.«

»Fällt es dir wirklich so leicht?«, fragte er.

»Noch vor einem halben Jahr nein. Aber jetzt fühlt es sich richtig an, weil wir beide bei uns angekommen sind.« Und dass das so war, hatte sie durch Ella verstanden. Ihre Begegnung war ganz sicher kein Zufall gewesen, aber eine Brücke in Micheles Welt, wie sie geglaubt hatte, war Ella auch nicht. Vielmehr ein Katalysator, der die Einsicht beschleunigt hatte. Dass Michele sie gernhatte, war Pippa nicht entgangen, doch sie spürte keine Eifersucht. Es schien ihr merkwürdig stimmig.

Michele stand auf und ging zur Tür. »Es tut mir leid, dass du mit mir unglücklich warst, Pippa«, erklärte er resigniert.

»Sag das doch nicht! Wir haben wundervolle Dinge zusammen erlebt und uns geliebt.«

»Früher …«, erwiderte Michele bitter.

»Nein, heute auch noch. Ich liebe dich nach wie vor, Michele, aber ich sehne mich nicht mehr nach dir und einer gemeinsamen Zukunft. Das ist ein Unterschied.«

Ja, das war ein Unterschied. Und wenn er ehrlich war, kannte er ihn, denn er sehnte sich seit Wochen heimlich nach Ella. Er hatte nur Angst, es sich einzugestehen. Von wegen strahlender Ritter! Die Frauen in seinem Leben saßen allesamt fester im Sattel als er und ritten ihre Turniere mit offenem Visier.

»Ich danke dir für deine Ehrlichkeit, Pippa«, sagte er und meinte es so. Ihre Klarheit und Kompromisslosigkeit rangen ihm Respekt ab. Er wünschte, er hätte diese Stärke auch.

»Die bin ich dir schuldig. Wenn irgendetwas, dann Ehrlichkeit. Wenigstens jetzt.«

»Wie wollen wir es regeln?«

»Ich besuche meine Eltern über Weihnachten und bleibe dort, bis ich eine Wohnung gefunden habe.«

»Wir müssen es meiner Mutter sagen.«

»Ich bin sicher, sie weiß es, aber wir sprechen natürlich mit ihr. Heute noch.«

Ella erzählte Danilo an diesem Abend von Barones Angebot. Sie schmückten gerade gemeinsam den alten Weihnachtsbaum, und Danilo erkannte die Kugeln und den Engel, der schon früher auf der Spitze der unechten Tanne gestanden hatte. Lisa und Lauro hatten außerdem die Krippe aufgebaut, bevor sie schlafen gegangen waren, und die Figuren platziert – alle außer dem Jesuskind, das sie erst in der Nacht zum 25. Dezember in sein Strohbett legen würden, um dann am Morgen mit Geschenken seine Ankunft zu feiern.

»Überlegst du es dir? Das mit Turin?«, fragte Danilo seine Schwester.

»Was hältst *du* denn davon?«, wollte sie von ihm wissen.

»Es würde dir guttun. Du könntest dich ausprobieren, wachsen, dich entdecken ohne den ganzen Ballast hier.«

»Aber die Kinder«, wandte Ella ein. »Lauro wäre todunglücklich, wenn er schon wieder sein Zuhause verlieren würde.«

»Ella, *du* bist sein Zuhause.« Sie öffnete die Schachtel mit den gravierten Glaskugeln. Es waren ursprünglich vier – der Name ihres Vaters und ihrer Mutter stand darauf, Danilos und ihrer –, aber ihr Vater hatte noch zwei neue anfertigen lassen, für Lisa und Lauro. »Du hast ja wirklich alles aufgehoben«, meinte Danilo staunend, als er sie sah.

»Wie du immer sagst, ich lebe in der Vergangenheit.«

»Stimmt, aber das muss ja nicht so bleiben. Lass sie los, dann hast du die Hände frei.«

»Und du?«

»Ich?«

»Ja, was hast du vor, Dino? Die Kinder fänden es furchtbar, wenn sie dich schon wieder verlieren würden ... und ich auch.«

»Ella, Turin ist doch nicht aus der Welt. Das ist eine gute Stunde mit dem Auto. Ihr kommt vielleicht mal übers Wochenende zu mir, und Lisa und Lauro können ihre Ferien hier verbringen. Nimm eine Wohnung, in der genug Platz ist, dann kann ich auch mal länger bleiben.«

»Kannst du nicht, weil du dich um Tornado kümmern musst und um Toto.«

»Den Hund kann ich ja wohl mitnehmen, und Tornado kommt sowieso weg. Ein Landwirt in Molino di Roddi nimmt ihn, der unten bei der Mühle. Er hat schon einen Esel und noch Platz im Stall.«

»Du gibst ihn weg?!«

»Tornado ist traurig, seit Salvatore tot ist. Dem wird ein Tapetenwechsel auch guttun, glaub mir. Und die Gesellschaft einer Eseldame ...«

»Kannst du den Engel anbringen?«, fragte Ella, die einen Stuhl gebraucht hätte, und reichte ihn ihrem Bruder. Danilo streckte sich und setzte ihn auf die Spitze.

»Mach mal die Lichter an«, bat Ella, und Danilo drückte den Schalter der Steckerleiste. Sofort funkelte der ganze Baum. »Ich finde ihn jedes Jahr wieder schön«, sagte sie andächtig.

»Wird jemand mit uns feiern?«, fragte Danilo.

»Mahesh und Andrea, dann sind wir wenigstens zu sechst.« Ella seufzte. »Wenn ich mir da andere Familien anschaue ...« Sie kamen von nah und fern zusammen, Großeltern, Eltern und Kinder, Tanten und Onkel, Nichten, Neffen, Cousins und Cousinen, es wurde gekocht, Karten und Bingo gespielt, gegessen, getrunken und noch mehr gegessen. Und am Abend des ersten Weihnachtsfeiertags oder genauer in der Nacht auf den zweiten schliefen sie dann alle ein, wo immer sie gerade saßen oder lagen, oft noch mit einem Glas in der Hand. Weihnachten war in Italien das Familienfest schlechthin und der Moment im Jahr, in dem Ella immer auffiel, wie klein die ihre doch war.

»Schön, ich freue mich schon«, sagte Danilo. »Und wann wirst du dich entscheiden?«

»Wegen Turin?« Er nickte und aß einen der Zuckerkringel, die Ella an den Baum hängen wollte. »Barone hat mich eingeladen, seinen Betrieb und die Mitarbeiter kennenzulernen. Ich rufe ihn am Montag an und vereinbare einen Termin.«

Ella schaltete die Deckenbeleuchtung aus, und Danilo betrachtete mit ihr den Baum. Auf der Air Base in Afghanistan hatten sie auch einen gehabt, und erwachsene Männer hatten bei seinem Anblick geweint. Und im Mairatal hatte einer in Jacopos Stube gestanden mit selbst geschnitztem Schmuck und Papiersternen. Dottor Silva hatte ihn einmal über Weihnachten besucht, um mit ihm Schneeschuhwanderungen und Skitouren zu unternehmen, und echte Kerzen für den Baum mitgebracht. Damals hatte er den Mut gefunden, ihm endlich die ganze Geschichte seiner Mutter zu erzählen.

»Wer weiß davon?«, hatte Silva gefragt.

»Nur mein Vater und ich. Und Salvatore, ich hab es ihm erzählt, bevor ich hierhergekommen bin.«

»Wird es dann nicht langsam Zeit, auch mit Ihrer Schwester zu reden?«

Danilo hatte Silva zweifelnd angesehen. »Sollte *er* das nicht tun?«

»Sie sollten aufhören, von Ihrem Vater als *er* zu sprechen.«

»Ich weiß.«

38

Mairatal, im Dezember 2012,
Danilos siebter Winter in den Bergen

Es waren die Tage vor Weihnachten, das Fest der Santa Lucia, der Botin des Lichts, wurde begangen, man spendete für die Armen, und die Christbäume standen schon in den Wohnstuben. Paolo Silva erfüllte sich den lang gehegten Wunsch, das Mairatal einmal im Winter zu erleben. Er machte Station in Chialvetta und erkundete von dort aus die Gegend. Manche Weiler waren jetzt vom Rest der Welt abgeschnitten, andere nur noch über Hohlwege zu erreichen, die die Leute freigegraben hatten. Die Wolken hingen oft so tief, dass die Bergspitzen sie wie Zuckerwatte durchbohrten, und die Sonne kam nur noch für drei bis vier Stunden ins Dorf. Die Petroleumlampen in Jacopos Haus brannten ständig und rußten. Jetzt im Winter hatte der alte Mann viel Zeit und spielte die Ghironda, eine Drehleier. Danilo mochte die okzitanische Musik. Manchmal gesellte sich auch Rolando vom posto tappa mit seinem Akkordeon dazu, und Silva, der wieder bei ihm wohnte, schlug als Dritter im Bunde das Tamburin. Er war Rolandos einziger Gast und wollte bis ins neue Jahr hinein bleiben. Nahm seinen Jahresurlaub und genoss die Stille, die ihm der Klinikalltag nicht gönnte.

»Das ist schrecklich«, sagte Silva zu Danilo und las in dem Schriftstück, das er ihm gegeben hatte. Der Polizeibericht war schon ganz abgegriffen und löste sich an den

Stellen, an denen Danilo ihn wieder und wieder auf- und zugefaltet hatte, langsam auf. »Woher haben Sie ihn?«

»Aus den Unterlagen meines Vaters. Als ich damals eingezogen worden bin und meinen Einberufungsbefehl gesucht habe, hab ich ihn gefunden. Ich musste zur Grundausbildung nach Turin.«

Danilo und Silva stapften langsam über einen schneebedeckten Saumpfad auf die Schlucht von Elva zu, früher der einzige Weg, der das Dorf mit dem Tal verband. Heute gab es auch noch eine Straße, die die Bewohner dem Fels abgetrotzt hatten und die mit Schneeketten auch zu dieser Jahreszeit befahrbar war. Am Colle San Giovanni, bei der runden Wegkapelle, machten sie Rast. Leider war die Sicht stark eingeschränkt und das Bergpanorama kaum auszumachen.

»Ich verstehe, dass Ihr Vater es verschwiegen hat. Man kann einer Fünfjährigen und einem knapp Siebenjährigen nicht erklären, dass ihre Mutter sich umgebracht hat.«

»Für uns war schon ihr Tod kaum vorstellbar.«

»Natürlich. Und dann kommen die Vorwürfe, ich kenne das aus meiner Praxis. Kinder geben sich oft selbst die Schuld am Tod eines Elternteils, weil sie denken, dass sie etwas Falsches gesagt oder getan haben, kurz bevor es passiert ist.« Danilo wusste, wovon Silva sprach. Er hatte so oft die Autoschlüssel seiner Mutter versteckt, damit sie nicht mehr einfach losfuhr, aufgedreht und übermüdet. Aber nicht an diesem Tag. »Sie haben von dem Streit Ihrer Eltern erzählt, bevor Ihre Mutter ins Auto gestiegen ist.«

»Sie hat nach mir gerufen. Ich hätte sie aufhalten können, aber ich hab mich versteckt, weil ich Angst hatte.«

»Sie haben sich damals als schwach empfunden, Sie

waren hilflos, und diese Empfindung hat Sie geprägt. Ich vermute, dass Sie sich deshalb später zum Wehrdienst verpflichtet haben.«

»Ich wollte mir selbst etwas beweisen, das stimmt. Aber ich hatte keine Ahnung, was mich da erwartet. Wir waren keine Hilfe.« Danilo schüttelte resigniert den Kopf. »Von wegen Friedenssicherung!« Immer wieder war der Tod aus dem Himmel gefallen und hatte Unschuldige getroffen. Kameraden waren verschleppt worden, Transporte angegriffen. »Und dann der verdammte Alkohol und die Tabletten …«

»Wie sonst kann man der Todesangst begegnen und der Verrohung?«, fragte Silva. »Es ist unmenschlich.«

»Als ich zurückgekommen bin, war ich am gleichen Punkt wie meine Mutter. Ich habe auf einer Brücke gestanden und wollte springen.«

»Sie wollten«, sagte Silva mit ruhiger Stimme, »aber Sie sind nicht. Das ist der Unterschied. Ein gravierender Unterschied.«

Danilo hatte damals an Ella gedacht. Und an seine Mutter. Sie war am Morgen ihres Todes von Alba aus nach Cuneo gefahren, durch den Gewittersturm, den Koffer am Rücksitz. Der Polizeibericht, den er nun schon so lange mit sich herumtrug, erzählte ihre letzten Stunden, so wie die carabinieri sie ermittelt hatten. Es gab einen Strafzettel wegen Falschparkens in der Innenstadt. Francesca hatte ihren Wagen an der Piazza Galimberti abgestellt und muss von dort aus zu Fuß zum Krankenhaus gelaufen sein. Um acht Uhr vierunddreißig hatte sie dort nach Dottor Sala gefragt, der an diesem Tag keinen Dienst gehabt hatte. Ihr Name fand sich auf einer Besucherliste am Empfang. Dann war sie ins Zentrum zurückgegangen, zu einem Schuhgeschäft,

Calzature Pagano. Die Besitzerin hatte gerade aufgesperrt, als sie barfuß in ihrem Laden erschien. Francesca wollte die silbernen Ballerinas aus der Auslage kaufen, »scarpett d'argent«, erzählte die Dame später der Polizei und beschrieb die junge Frau als verwirrt und freundlich. »Diese blauen Augen, come stelle, wie Sterne. Sie trug eine Küchenschürze und keine Schuhe.«

»Keine Schuhe, Signora?«, hatte der Polizist nachgefragt.

»Ja, sie hat gesagt, sie käme vom Strand, che strano.«

Danach verlor sich Francescas Spur, bis sie gegen Mittag plötzlich auf der Doppelstockbrücke der Strada Statale Venti stand, auf deren unterer Ebene die Tendabahn fuhr. Sie hatte ihren Koffer bei sich, doch ihr Wagen stand noch immer an der Piazza Galimberti im Halteverbot.

Dreißig, vierzig Meter vielleicht, und die Sonne brannte. Die Autos fuhren schnell an ihr vorbei. Ein schmaler Gehweg, und die schmiedeeiserne Brüstung reichte ihr gerade bis zur Taille. Das Metall war blau, ja, es war blau. Und die Brüstung so niedrig, dass sie einfach darübersteigen konnte, wie schon so viele vor ihr. Die Absätze der neuen Schuhe noch am Sims, die Hände hinter sich ans Geländer gekrallt. Sie hielt sich fest. Unter ihr der Fluss, hinter ihr der fließende Verkehr – ein Rauschen wie am Meer.

Dottor Sala war nicht da gewesen, aber der Geruch nach kaltem Kaffee und Desinfektion. Er hatte sie an die Zeit in der Klinik erinnert. Das Zweibettzimmer mit dem Gitter am Fenster, von dem aus sie auf die Gleise und zur Brücke hinübergesehen hatte. Die Tabletten, die sie forttrugen, bis sie sich die Seele aus dem Leib würgte. Weiße

Kittel, keine Buttermesser. Verwaiste Stühle auf langen Gängen, das Warten hatte schon Platz genommen. Schlaflose Dekaden. Und dann öffnete sich eine Tür. Nur diese eine, die anderen blieben verschlossen.

Jetzt blickte sie in den Abgrund, und der Himmel darüber gerann. Er war schwer wie Alteisen, und von irgendwoher griff schon wieder der Tang nach ihrem grünen Herzen. Sie schlafen im Wasser, sie schlafen doch nur …

Die Gedankenspiralen führten immer nach unten, alles führte nach unten.

Fallen wie in einen Traum. Tiefer, immer tiefer ins eigene Unterbewusstsein. Was lauert am Grund?

Dieser Körper gehörte ihr nicht.

Die Autos fuhren hinter ihr vorbei, Fußgänger passierten die Brücke, das Leben im Rücken und kein Wort, das sie band. Da waren nur der Abgrund und der Sog.

Ihre Hände lösten sich.

Eine Frau schrie, sie schrie so laut! Dieser Schrei begleitete Francesca, sie nahm ihn mit. Fiel und hörte aus der Ferne das alte Schlaflied ihrer Mutter. Sie hatte es für sie gesungen, in einem anderen Leben, in der Stadt am Meer.

Als Philippe Donati seine Frau identifizierte, war ihm, als hätte er sie selbst gestoßen. Sein ganzes Leben verdichtete sich in diesem Moment zu einer einzigen Sekunde, die implodierte. Ein Riss in der Zeit, der sich nie wieder schloss. Ein Polizist verlas das Protokoll, gab ihm eine Abschrift und erklärte, dass die Staatsanwaltschaft die Ermittlungen voraussichtlich in ein, zwei Tagen einstellen würde. Und dann würde auch Francescas Leiche freigegeben werden. Ihr Wagen stand jetzt auf dem Hof des Präsidiums. Er ließ ihn stehen und nahm nur ihren

Koffer an sich. Ihren Koffer und ihre Wertsachen in einer Plastiktüte: die Uhr, den Ehering und das Blut daran. Und seine Kreditkarte, anhand derer sie ihn gefunden hatten, denn Francesca hatte weder Geld noch einen Ausweis bei sich gehabt.

»Nein, ich bin nicht gesprungen«, sagte Danilo zu Dottor Silva. Sie gingen jetzt weiter Richtung Elva, das mit seinen Häusern über die Hänge verteilt lag, als hätte sie jemand willkürlich über der Landschaft ausgekippt. Die Dorfkirche thronte auf einem Felssporn. Silva wollte ihre berühmten Fresken sehen. »Das hätte ich Ella nie angetan. Wie kann eine Mutter ihre Kinder zurücklassen?«

»Sie dürfen da keinen rationalen Maßstab anlegen, Danilo. Es könnte eine Affekthandlung gewesen sein, während einer gemischten Episode womöglich.«

»Was meinen Sie?«

»Während einer gemischten Episode treten manische und depressive Symptome auf. Der Antrieb der Manie und die Endzeitstimmung treffen aufeinander. Das birgt ein hohes suizidales Potenzial.«

Die Santa Maria Assunta war verschlossen. Danilo und Silva mussten sich den Schlüssel in einem nahe gelegenen Hotel holen, das ebenfalls nicht geöffnet hatte. Aber die Besitzer waren da und boten an, die beiden zu begleiten. Sie lehnten dankend ab.

Die schlichte schwarze Holztür knarrte, als Danilo sie öffnete. Sie traten ein, gewöhnten sich an das diffuse Licht und betrachteten die biblischen Szenen in der Apsis, die ein Meister vor über sechshundert Jahren geschaffen hatte.

»Waren Sie schon mal hier?«, fragte Silva seinen Begleiter andächtig, und Danilo verneinte es.

»Meine Mutter hat auch gemalt«, erzählte er dann, »nicht so natürlich, aber sehr gut. Und sie hat unglaubliche Kuchen und Pralinen gemacht.«

»Die Kreativität ist der bipolaren Störung eigen. Was denken Sie, warum so viele Künstler diese Diagnose haben? Schriftsteller, Maler, Komponisten, Schauspieler, Sänger ...«

»Ach ja?«

»Ja. Virginia Woolf, Edgar Allan Poe, Hemingway, Dickens, Mozart, Beethoven, van Gogh ... Charles Dickens schrieb einmal: ›Es war die beste der Zeiten, es war die schlimmste der Zeiten ... es war die Jahreszeit des Lichts, es war die Jahreszeit des Dunkels, es war der Frühling der Hoffnung, es war der Winter der Verzweiflung ...‹ Ein Klassiker.« Silva schien beinahe fasziniert. »Bei Künstlern ist das manische Schaffen ja sogar erwünscht und eine gewisse Exaltiertheit. Denken Sie an Sting oder Amy Winehouse.«

»Winehouse? Kenne ich nicht«, erwiderte Danilo.

Silva lachte. »Junger Mann, Sie leben hier ja wirklich hinter dem Mond!«

Sie setzten sich in eine Bank und schlugen die Krägen ihrer Jacken hoch, weil der Wind durch die geöffnete Kirchentür pfiff. Womöglich würde es bald schneien, andauernd und so kräftig, dass sie bis dahin in Chialvetta zurück sein oder hier übernachten mussten.

»Wenn ich Ihnen etwas raten darf«, sagte Silva nach einer Weile, »gehen Sie nach Hause und sprechen Sie sich mit Ihrem Vater aus. Erzählen Sie ihm, was Sie wissen – was wir über die Krankheit Ihrer Mutter zu wissen glauben –, und nehmen Sie damit die Schuld von seinen Schultern. Sagen Sie Ihrer Schwester die Wahrheit, und schließen Sie dieses Kapitel Ihres Lebens ab.«

»Mein Vater hat uns damals, als wir klein waren, gesagt, dass unsere Mutter auf dem Heimweg gewesen ist, als sie den angeblichen Unfall gehabt hat. Ich weiß, er wollte uns damit nur trösten, aber Ella hat sich daran festgehalten.« Danilo stand auf. »Sie hat ihren ganzen Seelenfrieden daran festgemacht. Das will ich ihr nicht nehmen.«

»Ich verstehe. Die Vorsätzlichkeit ist nicht leicht zu ertragen, die Absicht und damit verbundene Zurückweisung.«

»Reicht es denn nicht, dass mein Vater und ich damit leben?«

»Vom Standpunkt des Arztes aus sage ich Nein. Aber als Freund ...«

Silva drehte sich nach Danilo um, der jetzt Richtung Ausgang ging und alte Schwarz-Weiß-Fotos im Vorraum der Kirche betrachtete, die die Bewohner Elvas vor fast hundert Jahren zeigten – Armut, Entbehrungen und Genügsamkeit in den Gesichtern. Viele von ihnen waren fortgegangen, nach Frankreich hinüber, Emigranten – Männer, Frauen und Kinder –, auf der Suche nach Arbeit und Brot. Nur wenige waren geblieben, ein paar der Bauern und die caviè, die Haareinkäufer von Elva, die Danilo in einer Gruppe stolzer Anzug tragender Männer mit üppigen Schnauzbärten erkannte.

»Sie haben den Frauen in ganz Italien ihre Haare abgekauft«, erklärte er Silva, der nun neben ihm stand. »Ein paar Lire gab's für einen schönen Zopf. Den haben sie direkt an der Kopfhaut abgetrennt.« Und das Stigma der Armut unter Tüchern und Hauben versteckt. Das Haar aus Oberitalien fand seinen Weg zu den Perückenmachern in Paris und London. Die weißen Perücken des britischen House of Lords waren allesamt daraus ge-

macht worden. Silva hatte schon davon gelesen und wollte deshalb noch ins Haarmuseum hinüber, aber langsam bekam er Hunger. Da traf es sich gut, dass der Patron des Museums zugleich auch der Wirt der Locanda San Pancrazio war, wo sie auf ein einfaches Mittagessen hoffen konnten.

»Wie kam das«, fragte er auf dem Weg in die Gaststube hinüber, »dass sich dieser Wirtschaftszweig ausgerechnet im Mairatal angesiedelt hat? Haareinkäufer?«

»Das ist wie mit den acciugai, den Sardellenhändlern«, erwiderte Danilo, »ein Mysterium.« Oder wie Jacopo sagen würde: »E chi lo sa.«

Nur wenige Tage später schrieb Danilo seinem Vater und teilte ihm Silvas Vermutung bezüglich der Krankheit seiner Mutter mit. Er bat ihn, mit Ella zu sprechen und die Lüge vom Unfall seiner Mutter endlich aufzugeben. »Bitte, Vater, mach reinen Tisch. Ich möchte nach Hause kommen und Ella nichts vormachen müssen.« Aber die Antwort, die ihn zwei Wochen später über Salvatore erreichte, machte ihm keine Hoffnung auf eine baldige Rückkehr.

39

Der Tag, an dem Pippa ihre Sachen packte und zu ihrer Familie nach Genua zog, war auch der Tag, an dem Danilo Michele von Ellas Angebot erzählte, in Turin zu arbeiten.

»Sie ist heute Morgen zu Barone gefahren, um sich sein Geschäft mal anzusehen und die Mitarbeiter kennenzulernen.«

»Aber ihre Chocolaterie? Und die Kinder? Würden Sie Ihre Schwester denn begleiten, Danilo?«, hatte Michele fassungslos gefragt und nur gedacht, dass sie alle fortgingen, alle.

»Wie gesagt, es steht noch nicht fest.«

»Ich bin hier aufgeschmissen ohne Sie!«, sagte Michele verzweifelt.

»Keine Sorge, ich habe doch jetzt Salvatores Haus und mag meine Arbeit. Ich gehe nicht weg.« Michele war trotzdem beunruhigt. Eine innere Stimme sagte ihm, dass sein Leben auseinanderbrach. So ähnlich musste es Ella ergangen sein, als ihr Vater gestorben war und sie die Plantage verloren hatte. »Aber für Ella wäre es gut. Schon allein finanziell. Und mal rauszukommen und zu sehen, welche Möglichkeiten das Leben sonst noch so bietet«, erklärte Danilo. »Sie hat das damals verpasst, als sie nach Amerika wollte und unser Vater krank geworden ist.« Michele verstand es nur zu gut. Er hatte viel von der Welt gesehen und Chancen ergriffen, hatte geheiratet, Karriere gemacht und dann alles infrage gestellt. Er hatte nie angehalten, bis er hier bei sich angekommen war. Und Ella war jung, also wann, wenn nicht jetzt?

Die Arbeit ging ihm heute nicht von der Hand. Immer wieder dachte Michele an Pippas Auszug und dass Ella womöglich auch bald fortgehen würde. Wie gern hätte er sie aufgehalten, ihr gesagt, dass ihre Zukunft hier war, an seiner Seite. Aber Pippa war noch keine zwei Stunden fort, und er konnte nicht klar denken. Nein, das stimmte nicht. Pippa war schon seit Jahren fort, sie hatte sich längst von ihm entfernt, und wenn er auch gerade nicht auf seinen Verstand vertrauen konnte, so doch auf sein Herz. Und das sagte ihm, dass er um Ella kämpfen musste und es gleichzeitig nicht durfte. Hatte sie diese Chance nicht verdient? Nach allem, was sie in ihrem Leben für andere getan hatte?

Michele stieg in seinen Wagen und fuhr kurz entschlossen zum Aeroporto di Cuneo Levaldigi. Dort charterte er ein einmotoriges Leichtflugzeug und startete Richtung Süden, mit dem Plan, die Seealpen zu überqueren und auf dem Flughafen Villa Nova d'Albenga zu landen. Jenem, auf dem auch sein ehemaliger Arbeitgeber seinen Firmensitz hatte.

In dieser Maschine – einer Piaggio P.149 – hatte er zuletzt auf Sizilien gesessen. Es war ein ganz ähnliches Modell gewesen, nur ein paar Jahre älter. Der leistungsstarke Sechszylinder brummte satt, das kleine Flugzeug stieg schnell. Michele fühlte sich sicher und hatte gute Sicht. Leichte Quellwolken über den dick verschneiten Bergen, durch die er jedoch mühelos navigieren konnte. Er war fast ein Jahr nicht mehr geflogen, hatte nur ein paar Platzrunden gedreht, aber das Empfinden absoluter Freiheit stellte sich sofort wieder ein – so weit weg von allem, über allem. Hier oben verlor der Mensch an Bedeutung und seine Kontur. Er war nicht mehr als eine dieser Wolken, die dahinzogen und formwandelten – jenseits der Ausdehnungskrisen des ängstlich kauernden Ichs.

Westlich der Seealpen baute Michele Höhe ab und hielt auf die Ligurische Küste zu. Das Meer kam immer näher. Pippa hatte es geliebt und vom ersten Tag an in Alba vermisst. Sie war in Genua in einer Villa mit Meerblick aufgewachsen und hatte sich deshalb auch in Albenga gleich zu Hause gefühlt. Anders als er, der er in Turin groß geworden war. Jetzt flog er an der Küste entlang über Ventimiglia, San Remo und Imperia und dann hinaus über die weite blaue Wasserfläche. Kleine weiße Punkte tanzten darauf. Er verlor sich zwischen Himmel und Meer. Die Instrumente zeigten keine Position an, er musste sie selbst bestimmen. Hier oben und in seinem Leben auch.

Warum zog es ihn gerade hierher? Vermisste er Pippa und die gemeinsame Zeit? Er meldete sich bei der Flugleitung und erbat die Landeinformationen, hielt auf die Stadt zu und entdeckte sein altes Haus unter sich – ihr altes Haus.

Nach der Landung überlegte er, seine ehemaligen Arbeitskollegen zu besuchen, rief sich dann jedoch ein Taxi und fuhr in die Stadt. Kam an Cafés und Restaurants vorbei, in denen er mit Pippa gesessen hatte – hier im Il Pernambucco hatten sie zuletzt ihren Hochzeitstag gefeiert, schweigsam –, beim Juwelier, wo er oft Schmuck für sie gekauft hatte, ihrer Lieblingsboutique und an der Kreuzung, wo sie diesen furchtbaren Streit gehabt hatten. Er lief ein Stück zu Fuß, stand vor ihrem Haus – weißer Anstrich, türkisfarbene Fensterstöcke und die blaue Tür – und sah den fremden Namen am Klingelschild. Er las ihn mehrmals, als wollte er sichergehen, dass Pippa und er wirklich fort waren, suchte noch ein letztes Mal nach ihren Anfängen, fand aber nur das Ende. Dabei hatten sie es doch eingepackt und nach Alba mitgenommen.

Dort, wo die Centa ins Meer mündete, war es jetzt im

Winter still, und nur ein paar Spaziergänger liefen auf der Uferpromenade oder direkt am Wasser entlang. Als Michele am Strand ankam, zog er Schuhe und Strümpfe aus und setzte sich in den groben Sand. Die Brandung landete stetig an, schäumte und schob Tang und Muscheln an Land. Ella – jetzt dachte er wieder an Ella. Würde sie wirklich mit den Kindern nach Turin ziehen? Sie hatte ihm von ihren Bewerbungen erzählt, die sie geschrieben hatte, nachdem ihr Vater gestorben war und sie wusste, dass sie nicht auf der Plantage würde bleiben können. Und von den Absagen. Wie musste es sich da anfühlen, wenn der bekannteste Chocolatier Turins sie jetzt als Geschäftsführerin haben wollte? Michele hatte keinen Zweifel, dass sie diese Position ausfüllen konnte und dass Turin für sie das sein würde, was Albenga damals für ihn gewesen war – eine kreative Spielwiese ohne finanzielle Einschränkungen und eine echte Herausforderung. Hier hatte er viel gelernt und Kompetenzen erworben, die ihm auch auf seiner Plantage zugutekamen – Teamarbeit, Disziplin und die Stärke, über lange Zeiträume zu planen, Geduld und Sorgfalt.

Michele vergrub seine Hände im Sand und spürte dem Gefühl nach, das die Erde in Alba zwischen seinen Fingern hinterließ. Sie war schwer und dunkel und forderte Kraft, auch Willenskraft, um bestellt zu werden. Aber Ella hatte dieses Land mehr genommen als gegeben, und deshalb sollte sie sich jetzt auch ein Stück von ihrem Leben zurückholen. Ja, das sollte sie! Aber was wäre das für ein Leben ohne ihre vertrauten Gespräche und das Lachen der Kinder? Ohne Ellas kleine Unfälle und die ständige Suche nach Schlüsseln und Schmuck?

Auf dem Rückflug sah Michele im Norden drei Heißluftballons im Himmel stehen. Vor Jahren war er einmal bei einer Montgolfiade dabei gewesen. Unzählige Ballons waren damals fast zeitgleich aufgestiegen und hatten den Himmel mit ihren bunten Farben überzogen. Es war eine neue Erfahrung für ihn gewesen, sich den Elementen zu überlassen und die Richtung nicht bestimmen zu können. Kein vorgefasster Flugplan, nur der Wunsch zu treiben und das Staunen darüber. Kein Plan … kein Plan!

Plötzlich wusste er, warum er heute in diesen Flieger gestiegen war und zwischen sein altes Leben und das neue, das er sich so sehr wünschte, ein Stück Himmel gepackt hatte. Er näherte sich Levaldigi, setzte zur Landung an und spürte Zuversicht. Die Weite begleitete ihn noch ein Stück.

Ella hatte die Chocolaterie Barone in Turin etwa zu der Zeit betreten, als Michele Richtung Albenga aufgebrochen war. Acht Verkäufer bedienten in dem edlen Geschäft in der Via Roma Kunden auf zwei Etagen. Sie trugen lange dunkelgrüne Schürzen und gleichfarbige Schiffchenmützen. Die Verkaufstheken blitzten, der Duft von Nugat, Schokolade und Zimt lag in der Luft, die Weihnachtsdekoration war opulent. Barone begrüßte Ella an der Tür und führte sie herum. Er unterhielt sich mit ihr und den Mitarbeitern, die sich trotz des Andrangs kurz Zeit nahmen, und fuhr dann mit ihr weiter zum Stadtrand, wo in einem modernen Gebäudekomplex die Produktion und Büroräume untergebracht waren. Sie sprachen über den Ausbau des Onlinehandels, Ella brachte ihre Erfahrungen ein, die sie bei der Markteinführung von Casa Rossa gesammelt hatte, und prüfte die Verträge mit den großen Zulieferern. Sie würde sie neu verhandeln, das war eine ihrer größten Stärken. Außerdem plante Barone eine weitere Niederlassung in Stresa am Lago Maggiore, die Ella für ihn aufbauen sollte. Die passenden Räume hatte er bereits gefunden.

»Ein Herzensprojekt, da ich das dortige Grandhotel liebe und den Blick auf die Borromäischen Inseln«, sagte er. »Ich stelle mir den Laden ähnlich wie Ihr Geschäft in Alba vor, vor allem auf gut situierte Touristen zugeschnitten.«

»Sie stehen wohl nie still«, erwiderte Ella.

»Wenn ich Sie für die Geschäftsführung gewinnen kann, Signorina Donati, vielleicht schon.« Er lächelte zufrieden. »Oder zumindest gehe ich es dann etwas ruhiger an und erlaube mir, mehr Zeit in Stresa zu verbringen.« Mit der Dame, der der Hutladen direkt neben der geplanten Chocolaterie gehörte, denn die hatte es ihm angetan. »Haben Sie einen besonderen Wunsch, wohin ich Sie zum Mittagessen ausführen darf?«

»Kennen Sie das Chez Manu?«, fragte Ella. Sie war neugierig auf Maheshs ehemaliges Restaurant und seinen treulosen Lebensgefährten.

»Ich glaube, es hat seinen Stern verloren, wenn ich mich recht erinnere, und seither auch mittags geöffnet. Wir können es versuchen.«

Barones Sekretärin reservierte einen Tisch für sie, und Ella glaubte, während des Essens Emanuele an der Bar zu sehen, ein Mann mit Bauchansatz und trübem Blick. Er scheuchte seine Ober und wirkte nicht glücklich, was sie ein bisschen freute, auch wenn sie es Mahesh nicht erzählen würde.

Am Nachmittag spazierte Barone mit ihr durch das festlich beleuchtete Turin – viele der Lichtinstallationen brannten schon –, zur Eislaufbahn auf dem Schlossplatz, unter den Arkaden entlang zur Mole Antonelliana und weiter zum Fluss. Ella erläuterte Barone unterwegs ihre Pläne für seine Chocolaterie und genoss das Hauptstadtflair. Sie kannte die Barockmetropole bisher nur von Bildern. Aber Michele hatte ihr viel über die Stadt erzählt. Wie schön es doch wäre, ihn jetzt an meiner Seite zu haben, dachte sie. Er würde mir seine Lieblingsplätze zeigen. Plötzlich wurde sie traurig, und die Euphorie des Tages verflog. Etwa zu der Zeit, als Michele die Heißluftballons am Firmament entdeckte, vermisste sie ihn.

»Wollen wir uns kurz setzen?«, fragte Barone und deutete auf eine Bank am Ufer des Po. »Ich muss verschnaufen.«

»Gern.« Sie knöpften ihre Mäntel zu und sahen gemeinsam aufs Wasser. Ellas Gedanken schwammen mit dem breiten Strom. Kamen, gingen, bildeten kleine Strudel. Formten monotone Zeilen, und eine bekannte Melodie stieg in ihr auf: *Ninna nanna, coccolo della mamma ...* Die Stimme ihrer Mutter. Wo ist dein Schmerz, Ella, hörte sie Danilo fragen. *Ninna nanna, coccolo del papa ...* Wo ist dein Schmerz? Wie viel sich seither verändert hatte, ihr Gestern, ihr Morgen.

Ella tauchte in das dunkle wandernde Wasser, ihre Augen folgten dem Fluss. Ich habe meinen Schmerz mit Schokolade ummantelt, Dino, wollte sie ihm antworten, ihn mit Zucker bestäubt und karamellisiert, damit er nicht mehr so bitter schmeckt.

Was geschah da gerade mit ihr?

Ich habe ihn in Kuchenduft und mein Versprechen gehüllt, immer für euch da zu sein.

Barone sah sie an, fast zärtlich, väterlich. Eben noch hatte sie mit ihm über sein Geschäft gesprochen, und jetzt saß sie hier, und ihr liefen Tränen übers Gesicht. Das alte Schlaflied ihrer Mutter vermischte sich mit den Klängen eines Weihnachtssongs, der von der Piazza Vittorio Veneto herüberwehte. Barone griff nach ihrer Hand. Der kleine alte Mann, der sie kaum kannte, spendete ihr wortlos Trost. Sie murmelte eine Entschuldigung, doch Barone unterbrach sie mit einem leisen »Sch-sch-sch …« – sanften Lauten, die dem Kind in ihr galten – und reichte ihr sein Stofftaschentuch. Es roch nach Pfefferminz. Linderung.

»Und, Signorina Donati«, fragte er, als Ellas stumme Tränen endlich versiegt waren, und zauberte eine Tüte mit bunten Schokolinsen aus seiner Manteltasche hervor, »konnte ich Sie überzeugen, mein Angebot anzunehmen?« Er öffnete sie und bot sie ihr an.

»Bis wann muss ich mich entscheiden?«

»Wäre Ihnen Anfang Januar recht? Ein neues Jahr, ein neues Leben?«

40

Das Weihnachtsfest begann am 24. Dezember mit einem Abendessen im Kreis der Familie. Traditionell *magro*, also ohne Fleisch. Ella hatte für Danilo, die Kinder und sich eine Selleriecremesuppe mit Äpfeln und karamellisierten Haselnüssen gekocht, frische Gnocchi mit Haselnussbutter und zum Nachtisch gefüllte Crêpes, für die Erwachsenen mit einem Grappa-Sabayon.

»Ich weiß nicht, wie ich es beim Kochen halten soll«, hatte sie zu Danilo gesagt, »da du ja keinen Alkohol trinkst. Ich nehme nicht viel, das meiste essen sogar die Kinder, aber ich will dich nicht in Versuchung führen.«

»Das macht nichts, Ella, wirklich. Ich stoße an Silvester auch mit einem Glas Spumante mit dir an und trinke dann wieder Wasser. Es fällt mir nicht schwer, nichts zu trinken. Schon lange nicht mehr.«

Um Mitternacht hatten die Kinder dann *il Bambin Gesù* in die Krippe gelegt und waren mit ihrer Mutter und ihrem Onkel in die Kirche gegangen, während Toto, den Danilo mitgebracht hatte, zu Hause auf sie wartete. Ella hatte ursprünglich vorgehabt, die Weihnachtsmesse in La Moretta zu besuchen und mit Don Teodoro und ihrer ehemaligen Gemeinde zu feiern, sich dann aber doch für den kurzen Spaziergang zum Domplatz und für San Lorenzo entschieden. Das war jetzt ihre Kirche. Außerdem gingen Michele und Pippa in die Wallfahrtskirche ihres alten *borgo,* und sie wollte ihnen nicht begegnen.

Ella verstand diese Gefühle nicht. Sie hatte so lange ohne Mann an ihrer Seite gelebt, ohne sich zu verlieben, und sich – seit die Kinder auf der Welt waren – nie allein gefühlt. Wieso musste es unter all den Männern, die sich um sie bemühten, ausgerechnet ein verheirateter Mann sein? War es eine Art Vermeidung? Eine aussichtslose Liebe, um davor gefeit zu sein, sich wirklich zu binden? Der Traum, in dem sie mit Nicolo und den Zwillingen heimlich in ihrem Elternhaus wohnte und der neue Besitzer sie aufschreckte – der Mann ohne Gesicht –, hatte sich verändert. Jetzt lebte sie mit Michele dort, und Pippa kam nach Hause, aber Ella konnte nicht sagen, ob es noch immer das Haus war, das sie band, oder er. Sie sollte endlich loslassen. Wie Lisa, die Augenblicke einfing wie Löwenzahnsamen, sie bestaunte und gleich wieder dem Wind überließ.

Am Morgen des 25. Dezember war *babbo natale* gekommen und hatte seine Geschenke neben die Krippe gelegt. Danilo hatte in Lauros Zimmer übernachtet, und die Kinder waren mit Toto bei Ella in der Traumhöhle. Danilo würde noch bis morgen bleiben, denn der erste Weihnachtsfeiertag war der eigentliche Festtag, an dem üppig gefrühstückt, ausgiebig das Mittagessen genossen, *caffè* und *vin brulé* getrunken und Kuchen gegessen wurde – der Panettone mit Spumante war ein Muss! Das vielgängige Abendessen krönte dann den Tag. Dazwischen sahen sie zusammen Weihnachtsfilme an, spielten mit den Kindern *sette e mezzo*, ein Kartenspiel, und sangen Weihnachtslieder: *Tu scendi dalle stelle* und *Astro del ciel.* Im Radio spielten die gängigen amerikanischen Songs, allen voran *Jingle Bells,* das alle Italiener liebten.

Während Ella kochte, ging Danilo in den Laden hinunter und baute für sie ein kleines Einbauregal, das sie sich gewünscht hatte.

»Es tut mir so leid, Dino, dass du an Weihnachten arbeiten musst«, hatte sie mit schlechtem Gewissen gesagt, und er hatte ihr versichert, dass es ihm nichts ausmache und es schließlich in absehbarer Zeit die einzigen Tage seien, an denen die Chocolaterie geschlossen habe.

»Aber du darfst es dir erst ansehen, wenn es fertig ist«, hatte er verlangt. »Sag das auch den Kindern. Unten liegt mein Werkzeug herum und die Standkreissäge. Ich will nicht, dass ihnen was passiert.«

Am frühen Nachmittag – die Kinder sahen fern, und Danilo werkelte im Laden – setzte sich Ella dann in den alten Sessel ihres Vaters und öffnete die Kassette mit Legrands Briefen. In der Küche schmorte ein Rehbraten im Ofen, nach dem Toto sich verzehrte, das Gemüse war geputzt, die Maronen ausgelöst und der Fasan für den Zwischengang vorbereitet. Ein Rezept mit Portwein und einer Lebkuchenkruste. Mahesh hatte versprochen, für den Nachtisch zu sorgen, und Andrea wollte frisches Brot mitbringen. Ella liebte die Winterküche und ganz besonders die Vorbereitung des Weihnachtsessens. Draußen hörte die Welt auf, sich zu drehen, und drinnen rückten alle zusammen und feierten.

25. Dezember 1812

Geliebte,

schon wieder ein Weihnachtsfest, und Du bist nicht bei mir. Aber in diesem Jahr ist es still in Eurem Haus. Ich sah Dich gestern nicht in Vorbereitungen, keinen Schmuck in der Stube, kein Kuchenduft.
Ich danke Dir für das Privileg, Deinen Sohn nun endlich kennengelernt zu haben, und für die gemeinsamen Stunden. Er war mir gegenüber so unbefangen, hat sich so sehr für meine Arbeit und meine Zeit in der Ar-

mee interessiert. Fast scheint es mir, als würde er nach einem Vater suchen, da der seine schon so lange kaum an seinem Leben Anteil nehmen kann.
Mit Deinem Mann geht es zu Ende. Du sagst, der Arzt mache Dir keine Hoffnung mehr. Doch das Sterben wohnt nun schon so lange unter Eurem Dach, dass man sich ein Leben ohne die tägliche Kapitulation gar nicht mehr auszumalen vermag.
Bitte schicke nach mir, wenn Ihr Hilfe benötigt. Und sei versichert, ich bin da, wie lange es auch dauert.

Der Deine auf ewig

Als hätte Legrand diesen Brief an sie geschrieben! Genauso war es Weihnachten vor einem Jahr gewesen, wenige Wochen bevor ihr Vater starb. Ella faltete den Brief zusammen und legte ihn unter die anderen. 1812! Über zehn Jahre war Jean-Baptiste Legrand nun schon in Alba und in Mariella verliebt. Über zehn Jahre Sehnsucht und unerfüllte Träume. Sein Leben hatte in dieser Zeit angehalten, und er hatte all seine Pläne zurückgestellt. Ob Mariellas Mann wirklich in diesem Jahr gestorben war? War das Weihnachtsfest im Haus von einem Todesfall überschattet gewesen? In welchem Zimmer hatte er wohl gelegen? Hatte sie ihn auch nach unten ins Erdgeschoss geholt, um ihm das Treppensteigen zu ersparen? Ihn womöglich im selben Raum einquartiert wie sie ihren Vater, gleich neben dem Wohnzimmer? Wie viele Seelen waren dort wohl schon aus und ein gegangen? Vielleicht war auch seine eine der Stimmen im Chor des Geflüsters.

Ella griff in die Kassette und nahm einen weiteren Brief heraus. Ein Zeitsprung, 1814, eine Jahreszahl, die sie aus dem Geschichtsunterricht kannte.

12. Januar 1814

Meine Geliebte,

die politische Lage ist äußerst angespannt, und ich kann Dir nicht versprechen, meine Zukunft in Alba zu finden. Sollte Piemont-Sardinien wieder unter italienischer Hoheit stehen, muss ich zurück in meine Heimat. Bitte, Mariella, begleite mich! Im Haus auf dem Hügel ist kein Platz für einen Fremden, die Plantage ist das Erbe Deines Sohnes. Aber Du, Geliebte, Du könntest mir folgen und endlich meine Frau werden. Haben wir nicht lange genug gewartet? Dein Mann ist nun schon über ein Jahr tot, die angemessene Trauerzeit ist eingehalten. Wie viel Leben wollen wir noch vorbeiziehen lassen, ehe Du zu mir und unserer Liebe stehst? Der Junge ist alt genug, er kommt ohne Dich zurecht. Bitte, lasse nicht noch mehr Zeit vergehen, ich flehe Dich an, um unseretwillen.

Der Deine auf ewig

20. April 1814

Meine Geliebte,

der Kaiser ist auf dem Weg nach Elba. Er geht ins Exil, wie es heißt. Beauharnais hat mit Österreich einen Waffenstillstand vereinbart, das französische Heer zieht sich zurück, und auch ich bin nun meines Postens in Alba enthoben. Das ist der Abschied, und ich kehre zurück nach Saint-Enimie.

Ich habe gemeinsam mit Deinem Sohn die Bestände aktualisiert. Es ist mein hilfloser Versuch, Dich in sicheren und ordentlichen Verhältnissen zurückzulassen, und hat mir erlaubt, noch ein letztes Mal Zeit mit ihm zu verbringen. An seiner Seite den Traum von einer eigenen Familie zu träumen.
Ach, hätte ich doch für immer in diesem finsteren Keller bleiben können, den Jungen an meiner Seite und Dich oben in der Küche wissend, als gehörte ich dorthin. Jeder Schritt hinauf über die Stiegen quälte mich, und jeder weitere, der mich von Dir forttrug, noch mehr.
Ich weiß jetzt, Du wirst Alba nie verlassen, egal, wie sehr ich Dich liebe, egal, wie sehr wir uns nacheinander sehnen. Das Haus auf dem Hügel und Dein Land sind Deine Erfüllung.
Geliebte, meine Heimat bist Du, und ich werde sie nun verlassen, um nach Hause zu gehen. Achte auf Dich und sorge Dich nicht um die Zukunft. Du hast jetzt einen starken Mann an Deiner Seite. Gemeinsam mit Deinem Sohn wirst Du alle Stürme des Schicksals überstehen. Erlaube Dir, Dich anzulehnen.

Der Deine auf ewig

PS: Ich übersende Dir mein Abschiedsgeschenk. Eine Marienstatue, die ein Schnitzer aus dem Valle Maira für mich angefertigt hat. Möge sie über Dir und Deinem Sohn wachen und Euer fruchtbares Land segnen. Ich werde Dein Porträt mitnehmen, um Dich auch künftig bei mir zu haben, und hoffe, dass Du beim Anblick der Fayencen in Deiner Küche, dem Scheppern der Mühle in Roddi und jeder neuen Ernte auch ein wenig an mich denken wirst.

Ella blickte auf Mariellas Porträt. Sie fragte sich, wieso es noch immer im Besitz der Familie war, wenn Legrand es doch mitgenommen hatte, und seufzte. Auch wenn sie die Liaison Mariellas mit dem Franzosen nicht gutgeheißen hatte, so sehnte sie sich doch danach, dass wenigstens ihre Ahnin glücklich wurde, glücklich geworden war. Was hält dich denn noch hier, hätte sie ihr am liebsten durch die Jahrhunderte zugerufen und spürte in dem Moment die eigenen Wurzeln, Generationen tief verankert.

Als sie den Brief zurücklegte, entdeckte sie noch einen weiteren, kleineren in anderer Handschrift. Er stammte aus dem Jahr 1832 und von Legrands Schwester. Sie teilte Mariella mit, dass ihr Bruder verstorben sei und sie seinem letzten Wunsch nachkomme, ihr Tinets Porträt zuzusenden. Ella spürte förmlich den Schmerz ihrer Ahnin. Sie sah sie vor sich, wie sie die Briefe zur Marienstatue hinunterbrachte und sie für alle Ewigkeit bei ihr zurückließ, um einen Abschluss zu finden.

»Buon Natale!« Mahesh und Andrea standen gemeinsam mit Danilo in der Tür. »Ich bin fast fertig«, sagte Ellas Bruder, »aber geht bitte nicht ohne mich runter. Es liegt immer noch einiges herum. Ich habe die Jalousien runtergelassen, damit keiner das Chaos im Laden sieht.«

»Muss ich putzen? Da wird doch sicher überall Holzmehl herumliegen.«

»Hab ich alles schon gemacht, du bekommst deinen Laden von mir zurück, wie er war.«

»Nur mit einem neuen Regal.«

»Genau.«

Andrea und Mahesh gingen direkt in die Küche, stellten das Brot und die mitgebrachten Schüsseln ab und küssten sich unter einem Mistelzweig. Ella deckte den

Kaffeetisch und stellte ihre *torta di nocciole* neben den Panettone. Die Kinder schalteten den Fernseher aus und machten das Radio an – Radio Cuneo Nord, *Last Christmas*.

»Dein Baum ist wirklich schön, Hüterin des Palastes«, sagte Mahesh, der selbst keinen hatte.

»Danke«, entgegnete Ella. »Fahrt ihr denn nicht zu deinen Eltern, Andrea?«

»Doch, morgen. Dann lernen sie Mahesh kennen.« Mahesh legte seine rechte Hand aufs Herz und murmelte einen kleinen Segen. »Und Maheshs Eltern besuchen wir dann im neuen Jahr in Turin. Sie feiern ja kein Weihnachtsfest.«

»Und dein Onkel und deine Tante?«, fragte Danilo. Er kannte die Barbieris von klein auf, so wie Ella.

»Die sind auch bei meinen Eltern, wie immer, wir treffen sie dort«, erklärte Andrea und lachte. »Damit hat Tante Matilda sicher nicht gerechnet, dass sie Weihnachten künftig mit einem Hindu unterm Baum sitzt!«

»Dürfen wir mit Toto in meinem Zimmer mit der neuen Eisenbahn spielen?«, fragte Lauro seine Mutter. Er saß schon ganz unruhig auf seinem Stuhl.

Ella erlaubte es. »Aber macht die Tür zu, sonst verstehen wir hier unser eigenes Wort nicht mehr, und dreht bitte das Radio leiser.«

»Deine *torta di nocciole* ist noch besser als früher, Ella«, lobte Danilo den Kuchen. »Hast du was verändert?«

»Ja, eine Kleinigkeit. Gerade genug, dass das Rezept Barone ein paar Tausend Euro wert ist.« Alle am Tisch staunten. »Du bekommst natürlich die Hälfte«, sagte Ella zu ihrem Bruder, »schließlich ist es ein Familienrezept.«

»Heißt das, dass du zugesagt hast, kleine Rose?«, fragte

Mahesh mit gedämpfter Stimme. »Du verkaufst dein Geschäft und ziehst nach Turin?« Seine dunklen Augen schimmerten traurig.

»Nein, ich verkaufe erst mal nur das Rezept.«

»Also bleibst du, Licht meiner Augen?«

»Ich weiß es noch nicht.«

41

Das Abendessen dauerte Stunden. Die Kinder standen immer wieder auf und spielten. Danilo half Ella zwischendurch beim Abspülen, da die Teller sonst nicht ausgereicht hätten, und brachte, nachdem Mahesh und Andrea gegangen waren, die Kinder mit ihr ins Bett.

»Liest du uns noch was vor?«, fragte Lauro und schlüpfte mit Lisa unter die Decken. Sie mussten sich diesmal eine Matratze teilen, da Danilo Lauros brauchte.

»Ist das Mutters altes Buch?«, fragte Danilo Ella verwundert, als sie den *Zauberer von Oz* unter Lisas Kopfkissen hervorholte.

»Ja, ich lese den Kindern oft daraus vor.«

»Hat die *nonnina* Francesca dir das auch vorgelesen, Onkel Dino, so wie der *mamma?*«, fragte Lauro.

»Ja, sicher. Aber ich erinnere mich kaum noch daran.«

»Du kennst die Geschichte nicht mehr?!«, fragte Lisa, und ihr Unterton verriet, dass doch ganz sicher niemand die Geschichte vom *Zauberer von Oz* vergaß!

»Da war dieses Mädchen, das mit ihrem Haus weggeflogen ist«, sagte Danilo.

»Das ist Dorothy, und es war ein Wirbelsturm. Der hat sie mit dem ganzen Haus hochgehoben. Und dann ist sie bei den Munchkins gelandet …«

»Ihr könnt eurem Onkel die Geschichte ein anderes Mal erzählen«, unterbrach Ella sie, »sonst geht die Sonne auf, bevor ihr eingeschlafen seid.« Sie schlug das Buch am Ende auf, dort, wo sie das letzte Mal aufgehört hatten, und begann zu lesen: »›Dorothy erzählte der Hexe ihre ganze Geschichte: wie der Zyklon sie ins Land Oz gebracht, wie sie ihre Gefährten gefunden hatte und was für aufregende Abenteuer sie miteinander erlebt hatten. Mein größter Wunsch jetzt ist es, fügte sie hinzu, nach Kansas zurückzukommen, denn Tante Em glaubt bestimmt, dass mir etwas Schreckliches zugestoßen ist, und sie wird Trauerkleidung haben wollen, und wenn die Ernte dieses Jahr nicht besser ausfällt als im letzten, kann sich Onkel Henry das sicher nicht leisten.‹« Lauro fielen schon die Augen zu, und er kuschelte sich an Toto. Danilo saß neben ihm und lehnte unter dem Deckenhimmel mit dem Rücken an Ellas Kleiderschrank. Während sie las, kam seine Erinnerung zurück, an die Geschichte und die Stimme seiner Mutter. Und an das Gefühl, wenn sie ihn geküsst und ihre Liebe ihn berührt hatte, an das schwere Glück, das sich, gleich wenn er die Tür ihres Zimmers hinter sich zuzog, verlor. Jetzt konzentrierte er sich wieder auf Ellas Worte. »›Die Silberschuhe, sagte die gute Hexe, haben Zauberkräfte. Eine ihrer seltsamsten Eigenschaften besteht darin, dass sie dich in drei Schritten im Handumdrehen an jedes gewünschte Ziel bringen …‹« Danilo horchte auf. Die Silberschuhe … Sie erinnerten ihn an etwas. In Ellas Weihnachtsbaum hing auch ein Paar. Sie sahen aus wie kleine Ballettschuhe mit Perlrand an einem silbernen Band. Hatten sie früher schon in ihrem Baum gehangen? Zu Hause in seinem Elternhaus? »›Du brauchst nur die Hacken dreimal zusammenzuschlagen und den Schuhen zu befehlen, wo sie dich hinbringen sollen. Wenn das so ist, jubelte Dorothy, werde ich sie bitten, mich sofort nach Kansas zu bringen.‹« Danilos Gedanken rasten auf einmal. Die alte Frau im Laden in Cuneo, Calzature Pagano … Seine Mutter hatte die Schuhe aus der Auslage gekauft, silberne Schuhe! Die Verkäuferin hatte es ihm erzählt, *scarpett d'argent,* hatte sie gesagt, und er hatte gewusst, dass es irgendetwas bedeutete, aber er konnte die losen Enden damals nicht miteinander verknüpfen. Ella kam zum Schluss: »›Auf der Stelle wurde sie in die Luft gehoben‹«, las sie, »›und es ging so schnell, dass sie nichts anderes wahrnahm als den Wind, der an ihren Ohren vorbeipfiff.‹« Danilo liefen Tränen übers Gesicht. Die Kinder schliefen, Ella klappte das Buch zu, und er wischte die Tränen fort. Sie sah ihn an und verharrte. »Dino, du weinst ja«, sagte sie leise.

»Ja.«

»Du hast nicht mehr geweint, seit unsere Mutter gestorben ist.«

»Ich weiß.«

»Liegt es an der Geschichte? Hast du dich erinnert?«

»Ja«, sagte er, streichelte Toto und kroch dann unter den Decken hervor.

»Ich wollte dich nicht traurig machen«, entschuldigte sich Ella, »schon gar nicht an Weihnachten.« Und sie umarmte ihn.

»Ist schon gut, Ella.«

Die Kinder weckten Ella am nächsten Morgen um zehn. »Onkel Dino ist weg!«, sagten sie.

Ella war noch nicht richtig wach. »Vielleicht ist er im Laden und macht das Regal fertig«, erwiderte sie.

»Nein«, sagte Lisa, »wir haben unten an der Tür gehorcht, und es ist ganz still.«

»Warum habt ihr nicht nachgesehen?«

»Weil wir nicht reinsollen, hat Onkel Dino gesagt«, erklärte Lauro und hielt Ella ihren Schlüsselbund hin. »Außerdem hängt der Schlüssel, den du ihm gegeben hast, wieder an deinem Bund.« Ella setzte sich im Bett auf. Richtig, der Schlüssel vom Laden war wieder an ihrem Bund.

»Onkel Dino wollte doch mit uns frühstücken, das hat er versprochen«, sagte Lisa.

»Ich weiß ...«

»Und jetzt geht er nicht mal an sein Handy.«

Ella dachte nach. Ihr Bruder war letzte Nacht in einer ganz eigenartigen Stimmung gewesen, als sie schlafen gegangen waren.

Als sie die Schlüssel nahm, fiel ihr auf, dass doch einer fehlte, der des Mausoleums auf dem *cimitero urbano*. »Ich glaube, ich weiß, wo euer Onkel ist«, sagte sie deshalb und schlüpfte aus dem Bett. »Zu Hause, um Tornado zu füttern. Und darum mache ich mich jetzt schnell fertig, gehe eine Runde mit Toto spazieren und hole ihn dann mit dem Auto ab. Ihr könnt so lange schon mal den Tisch decken.«

»Wie lang brauchst du?«, fragte Lisa.

»Höchstens eine Stunde.«

Danilo war schon um fünf aufgestanden und leise in den Laden hinuntergegangen. Er hatte seine Arbeit beendet und sauber gemacht. Und dann war er zum Friedhof gelaufen, keine zwanzig Minuten, und die Treppe zur Grabstelle seiner Eltern hinuntergestiegen. Jetzt saß er auf der vorletzten Stufe und sprach mit seinem Vater. »Wusstest du es? Hast du uns deshalb erzählt, dass sie nach Hause kommen wollte? Weil sie diese Schuhe gekauft hat?« Er sah auf die Grabplatte und schüttelte resigniert den Kopf. »Ein schöner Gedanke, aber wir wissen beide, dass *wir* nicht ihr Zuhause gewesen sind. Etwas in ihr hat sich immer fortgesehnt.« Er zog den Brief seines Vaters aus der Jackentasche und nahm ihn aus dem Kuvert.

14. Januar 2013

Mein lieber Sohn,

ich kann Dir gar nicht sagen, wie sehr ich mich über Deinen Brief gefreut habe, auch wenn der Inhalt traurig ist und ich immer mehr begreife, wie wenig ich Deine Mutter gekannt habe.
Von Dir zu hören, dass es Dir gut geht und Du in Sicherheit bist, das hat mich am Weihnachtsfest aufgerichtet. Ich weiß, Du schreibst Deiner Schwester ab und zu. Sie sagt es mir nicht, denn sie befürchtet, es könnte mich kränken, dass sie Post von Dir bekommt und ich nicht. Aber das ist in Ordnung, mein Junge, ich verstehe es gut. Und auch, dass Du mir keine Adresse nennst. Ich gebe diese Zeilen also Salvatore, damit er sie an Dich weiterleitet.
Dino, Du bittest mich, mit Deiner Schwester zu reden, ihr von der Diagnose und dem Freitod Eurer Mutter zu erzählen. Du sagst, es wäre meine Angelegenheit, nicht Deine, aber ich finde keinen Weg. Jedes Mal, wenn ich es versuche, male ich mir ihre Enttäuschung und die Tränen aus. Ist es nicht leichter, mit einem Schicksalsschlag zu leben, dem Unfalltod, als mit der Gewissheit, dass sie für immer gehen wollte und selbst Hand an sich gelegt hat?
Du denkst, ich wäre durch die Umstände entlastet. Du sagst, Du verzeihst mir und verstehst meine Situation von damals nun besser. Doch ob es Ella genauso gehen wird? Wie kann sie mir den grausamen Tod ihrer Mutter verzeihen, wenn ich es selbst nicht kann? Ich habe mich schuldig gemacht, ich habe meine Frau in einem schwachen Moment aus dem Haus und in

den Tod getrieben, egal, wie man es wendet. Damit lebe ich nun, seit sie gestorben ist. Es hat uns entzweit, mein Junge, Dich und mich, und so viel Leid über unsere Familie gebracht. Aber jetzt, da Du Frieden findest, wie Du sagst, und Ella sich in ihrem Leben eingerichtet hat, bitte ich Dich, lass es auf sich beruhen, rühre nicht mehr an der Vergangenheit. Erlaube Deiner Schwester, mit der gnädigen Lüge zu leben, und auch Deiner kleinen Nichte und Deinem Neffen. Bitte respektiere meinen Wunsch, den letzten heilen Ast der Familie nicht auch noch zu brechen, und kümmere Dich um Deine Schwester, wenn die Zeit kommt. Nicht, dass sie Deine Hilfe bräuchte, sie ist eine starke junge Frau, die aufsteht, wenn sie fällt. Kompromisslos in ihrer Liebe zu uns und unserem Land. Aber ich fürchte, sie wird die Plantage nicht halten können, wenn ich tot bin, und dieser Verlust wird sie treffen.

Ich liebe Dich, Dino, immer, und es war nie anders.

Dein Vater

»Ella weiß jetzt alles, Vater. Ich hab ihr erklärt, warum ich so lange fort war«, sagte Danilo. Er saß noch immer auf den Stufen des Mausoleums. »Nein, mach dir keine Sorgen, ich sag ihr das von Mutter nicht. Du hast recht, es genügt, wenn wir es tragen. Jetzt, wo Salvatore tot ist, bin ich der Letzte. Und ich nehme es mit, so wie du.«

Danilo hörte, wie oben die Tür geöffnet wurde, und dann Schritte auf der Treppe. Ella erschien neben ihm. Er steckte den Brief in die Tasche.

»Was machst du hier?«, fragte sie.

»Es gab da was, das ich ihn fragen wollte«, sagte er, »unseren Vater, meine ich. Und was machst *du* hier?«

»Ich hab den Kindern versprochen, dich zu suchen, und bin mit Toto Gassi gegangen. Er ist im Wagen, er darf nicht auf den Friedhof.«

»Ich bin schon fertig, wir können gehen.«

»Wollen wir noch kurz bei Salvatore vorbeischauen?«, fragte Ella, als sie oben ankamen, und er nickte.

Sie waren nicht die Einzigen auf dem Friedhof, auch andere besuchten ihre Verwandten am zweiten Weihnachtsfeiertag, manche brachten Blumen. Auf Salvatores Grab stand ein kleiner Christbaum. Er war liebevoll geschmückt und stammte sicher von Sophia.

»Ich glaube, ich weiß, was mit dir los ist, Dino«, sagte Ella.

»Was meinst du?«

»Na, warum du hierherkommst und mit *papà* sprichst.« Danilo schwieg. »Mich beschäftigt es auch.«

»Wovon redest du, Ella?«

»Na davon, dass *papà* nicht mit mir gesprochen hat. Er wusste, dass du erst heimkommst, wenn er mir alles erklärt hat, und er hat trotzdem nichts gesagt. Es quält mich, dass er so feige war, und ich verstehe einfach nicht, warum.«

»Er wollte dich eben nicht damit belasten, dass unsere Mutter so krank war«, versuchte Danilo, sie zu beschwichtigen.

»Unsinn! Er wollte nicht, dass ich erfahre, dass er sie rausgeworfen hat. Er hat nicht an mich gedacht, sondern nur an sich!«

»Ella …«

»Nein«, unterbrach sie ihn energisch, »sein Verhalten ist unentschuldbar, und das hat er auch gewusst!«

»Er hatte Gründe, Ella …«

»Ach ja?!« Sie wandte sich zum Ausgang. »Die Kinder warten auf uns, wir sollten gehen.«

»Ella, warte!« Danilo zog seine Schwester auf eine Bank.

»Was ist?«, fragte sie ungeduldig. Ihr Bruder war auf einmal so ernst. Sie fühlte sich beklommen.

»Ella, unser Vater wollte dich vor etwas beschützen. Etwas, über das du nichts weißt. Es war sein letzter Wunsch, aber Silva meinte …«

»Dottor Silva? Der Psychologe, der Mutters Krankenakten gelesen hat?«

»Ja.«

»Du machst mir Angst, Dino.«

Danilo holte den Polizeibericht aus seiner Brieftasche, der schon Risse hatte. »Ich hab das an dem Tag, an dem ich nach Turin gegangen bin, in Vaters Unterlagen gefunden«, sagte er und gab ihn ihr. »Deshalb war unser Streit so schlimm.«

Ella faltete das Papier auf und las. Langsam. Ungläubig. Es musste jemand anderen betreffen, dachte sie, es war sicher ein Irrtum. »Das stimmt nicht«, sagte sie nach einer Weile und spürte Tränen aufsteigen. »Nein, das stimmt nicht.« Danilo legte seinen Arm um sie, und sie stieß ihn weg. »Lass mich!«, schrie sie ihn an. »Warum tust du das?« Sie sprang auf.

»Damit du nicht länger auf unseren Vater böse bist, Ella, und endlich alles verstehst.« Denn eine Lüge zog die nächste nach sich, und die halbe Wahrheit war nicht wahrhaftig. Die Wahrheit war absolut.

»Nein«, sagte sie wieder. »Es war ein Autounfall, sie war auf dem Heimweg.« Und dann las sie noch einmal die Aussage der Dame aus dem Schuhladen. »Silberne Schuhe?«, fragte sie ungläubig.

»Ja.«

Ein Strohhalm, etwas, woran sie sich festhalten konnte. »Sie hat sie angehabt, als sie gesprungen ist?«

»Schon, aber ...«

»Sie hat sie angehabt, so wie Dorothy ...«

»Ja, Ella, das ist mir gestern auch aufgefallen«, sagte er. »Aber das Leben ist kein Märchen, und wer stirbt, ist einfach nur tot. Glaub mir, keiner weiß das besser als ich.« Ella nickte verzagt. Sie wollte gehen. »Das hier ist der Brief, den unser Vater mir geschrieben hat«, fuhr Danilo fort. »Lies ihn und entscheide dann, ob er eigennützig gehandelt hat.«

»Ich denke, ich habe für heute genug gelesen«, sagte sie und stand auf.

»Bitte, Ella.«

Sie nahm ihn widerwillig und setzte sich erneut.

»Ist es nicht leichter, mit einem Schicksalsschlag zu leben, dem Unfalltod, als mit der Gewissheit, dass sie für immer gehen wollte und selbst Hand an sich gelegt hat?« Ella las es und begriff langsam das ganze Ausmaß, die Verzweiflung ihres Vaters, den Hass ihres Bruders und das fatale Schweigen – das Ver-schweigen – und die Scham. Die gründete noch viel tiefer, als sie es je hätte erahnen können. »Du denkst, ich wäre durch die Umstände entlastet. Du sagst, Du verzeihst mir und verstehst meine Situation von damals nun besser. Doch ob es Ella genauso gehen wird? Wie kann sie mir den grausamen Tod ihrer Mutter verzeihen, wenn ich es selbst nicht kann?«

42

Auf dem Rückweg sagte keiner der beiden ein Wort. Danilo saß am Steuer. Ella war nicht in der Lage zu fahren. Er hatte die Kinder angerufen und ihnen gesagt, dass sie jetzt nach Hause kämen, aber noch kurz in den Laden gingen. Sie dürften fernsehen, bis sie hochkämen.

Er sperrte die Ladentür auf und zog dann die Jalousien hoch. Alles war blitzblank und das Werkzeug aufgeräumt.

»Wann bist du denn fertig geworden?«, fragte Ella mit tonloser Stimme und sah sich um.

»Heute Morgen, ich bin um fünf aufgestanden. Ich habe sowieso kaum geschlafen.«

»Das Regal ist wirklich schön, danke.« Es stand gleich am Eingang bei der Tür. Die Produkte von Casa Rossa sollten hinein, die sie in ihrem Laden verkaufte.

»Gern geschehen. Aber mein eigentliches Weihnachtsgeschenk ist das hier.« Danilo deutete auf die Wand neben dem Stehtisch. Dort klebten jetzt die Spiegelscherben aus ihrem alten Karton, ein Mosaik aus Reflexion und Farbe, das einen Baum darstellte. Ella blickte auf einen breiten Stamm, der von der Bodenleiste hochwuchs, und weitverzweigte Äste. Die Scherben waren so harmonisch angeordnet, dass aus dem Zerschlagenen wieder ein Ganzes geworden war. Und dazwischen gestreut, wie kleine Blüten, Fragmente der alten Fayencefliesen, blau und rot. »Gefällt er dir, Ella?«

»Es ist ein Baum ...«, sagte sie bewegt.

»Unser Stammbaum, ja.« Eher ein Scherbenbaum, dachte sie und erkannte die Ironie. »Er hat starke Wurzeln, die siehst du nur nicht, und einen kräftigen Stamm.

Seine Zweige blühen und tragen irgendwann Früchte, du wirst sehen.«

»Du hast die Bruchstücke wieder zusammengefügt …«, sie fuhr mit den Fingerspitzen darüber und schluckte, »und sie geheilt. Du hast meinen Traum für mich geheilt, Dino.«

Ella nahm ihren Bruder in den Arm, und ihre Gedanken beruhigten sich. Auf einmal hatte sie das Gefühl, ihre Mutter wäre hier. Als ob zwei Seelen sich berühren würden, die eine im Diesseits und die andere wandernd zwischen den Welten. Der Duft von frisch gemahlenen Nüssen und Schokolade umfing sie, und sie sah, dass auf dem Stehtisch der Zuckerstreuer umgefallen war. Es war seltsam erbaulich, denn sie hatte gedacht, dass diese Empfindung an ihr Elternhaus gebunden war, dabei begleitete sie sie, egal, wohin sie ging.

Michele klopfte an der Ladentür, und Danilo winkte ihn herein.

»Entschuldigt, ich weiß, dass heute geschlossen ist. Ich wollte gerade an der Haustür klingeln, da habe ich euch gesehen.« Die Ladenglocke schlug an, und die Tür fiel hinter ihm zu. »Hättest du kurz Zeit für mich, Ella?«, fragte er, und Danilo sagte, dass er schon mal zu den Kindern hochgehe und sie mit dem Frühstück auf Ella warten würden.

»Kommst du klar, Ella?«, fragte er noch besorgt.

»Ja, sicher. Ich bin gleich da«, erwiderte sie. Dann stand sie mit Michele stumm im Laden. Er betrachtete mit ihr den Baum, die kleinen Spiegel reflektierten ihre Befangenheit.

»Der ist neu«, sagte er nach einer Weile.

»Ja, und irgendwie auch nicht.«

»Ich wollte dir frohe Weihnachten wünschen, Ella, und

dir das hier geben.« Ein Geschenk, ein flacher Karton in Weihnachtspapier.

Sie nahm ihn, legte ihn auf den Tisch, stellte den Zuckerstreuer wieder auf, malte mit dem Finger ein Herz in die verschütteten Kristalle und entgegnete geistesabwesend: »Ich habe gar nichts für euch. Soll ich ein paar von den Pralinen einpacken, die Pippa so mag?«

»Sie ist nicht da. Sie feiert mit ihren Eltern in Genua und bleibt dort, bis sie eine Wohnung für sich gefunden hat.« Ella sagte nichts. »Wir haben uns getrennt.«

»Wegen ihres Jobs? Der neuen Position?«

»Nein, weil unsere Ehe am Ende ist. Sie war es schon lange, ich wollte es nur nicht wahrhaben.«

»Das tut mir sehr leid.« Ella hatte sich das nicht gewünscht. Aber sie wusste, dass es für Pippa eine größere Erfüllung gab als ihre Ehe und ein Leben in Alba. »Wirst du die Plantage verkaufen müssen? Ich meine, falls ihr euch scheiden lasst.«

»Dass wir uns scheiden lassen, steht fest. Aber wir haben einen Ehevertrag und getrennte Konten. Die Plantage gehört mir und meiner Mutter.«

»Wirklich?« Ella fand das befremdlich.

»Pippa wollte das so. Ihre Familie ist vermögend, da hat sie sich abgesichert. So können wir uns wenigstens einen gemeinsamen Anwalt nehmen. Wir haben das besprochen.« Das und vieles mehr. So offen wie in den Tagen vor ihrem Auszug hatten sie lange nicht miteinander geredet. Es war schmerzhaft gewesen und reinigend, so wie sein Ausflug nach Albenga.

»Ich hoffe, es hat nichts mit mir zu tun«, sagte Ella.

»Nein, nur mit Pippa und mir. Aber du und ich, wir hätten vielleicht eine Chance, wenn du …«

»Ich ziehe nächstes Jahr mit den Kindern nach Turin«,

unterbrach Ella ihn, damit er nichts sagte, was ihnen unnütz Hoffnung machen würde. »Auf mich wartet auch eine neue Aufgabe, auf die ich mich freue.«

»Dein Bruder hat es erwähnt.« Michele stand da in seinem besten Anzug und wirkte verloren. »Was sagen die Kinder?«

»Sie wissen es noch nicht, ich habe mich gerade erst entschieden.« Hatte sie das wirklich? »Aber sie schaffen das schon, ich muss es ihnen nur zutrauen, verstehst du?« Er nickte. »Und mir auch. Es ist Zeit.« Mehr denn je, dachte Ella, um die alten Muster endlich zu durchbrechen und ihr eigenes Leben zu leben. Nicht das ihrer Ahnin und schon gar nicht das ihrer Mutter.

»Ich will es dir nicht ausreden, Ella. Ich will nur, dass du in deine Entscheidung alle Möglichkeiten mit einbeziehst ... unsere Möglichkeiten.« Er hatte viel darüber nachgedacht, warum alles so gekommen war und warum er sich immer wieder in Frauen verliebte, die ihn nicht brauchten und nicht bei ihm blieben. Aber diesmal war es anders, denn Ella liebte ihn, dass hoffte er zumindest. Sie würde ihn – anders als Pippa – nicht aus ihrem Leben ausschließen. »Ich glaube, dass ich deinetwegen nach Alba gekommen bin.«

»Aber ich werde nicht deinetwegen dableiben«, sagte Ella gefasst.

»Du bist schon mal für einen Mann hiergeblieben«, gab Michele zu bedenken.

»Das war etwas anderes. *Papà* war Familie.«

»Ich hoffe, irgendwann auch dazuzugehören«, erwiderte er und sah sie lange an. Es war der gleiche Blick wie in Grinzane Cavour, als er sich gewünscht hatte, sie wären allein und er wäre frei. Als er sich einen einzigen Augenblick mit ihr gewünscht hatte, um ihn für alle Zeit zu bewahren. Aber jetzt war das nicht mehr genug. Jetzt wollte er alles, sie, die Kinder und eine Zukunft, die tragfähig war.

Ella wandte sich ab und nahm Micheles Geschenk in die Hand. »Darf ich es aufmachen?«

»Natürlich.« Sie zog das Geschenkband ab und wickelte es aus. In dem Karton lag ein runder Lampion aus rotem Papier. »Warte, ich helfe dir«, sagte Michele, nahm ihn ihr ab, klappte ihn auf und stülpte ihn über die Lampe, die über dem Stehtisch von der Decke hing. Er griff in den Karton, holte einen kleinen geflochtenen Korb heraus, hängte ihn darunter und setzte zwei Stoffkatzen hinein, eine grau getigerte und eine bunte. Sie hatten entfernt Ähnlichkeit mit Henry und Em.

»Du schenkst mir einen Lampenschirm?«, fragte Ella überrascht. Er sah sehr schön aus, wie ein kleiner Heißluftballon. Sie würde ihn dort lassen, er passte zur Weihnachtsdekoration.

»Ich schenke dir eine Ballonfahrt, wenn du möchtest, dir und den Kindern.«

»Was?«

»Wenn es mit dem Wetter klappt, würden wir an Silvester aufsteigen und Richtung Turin fahren.«

»Oder wo der Wind uns sonst so hinweht«, meinte Ella skeptisch.

»Nein, nein, so ist das nicht, Ella. Mit einem Ballon kann man schon navigieren, mehr oder weniger. Es kommt nur darauf an, in welcher Höhe man fährt und dass die Windrichtung passt.« Michele stand jetzt hinter ihr und legte seine Hände über ihre Augen. Ella zuckte kurz zusammen. Sie spürte seinen Körper an ihrem, und er war ihr merkwürdig vertraut. »Stell dir vor, wir heben langsam ab«, beschrieb er ihr jetzt die Fahrt, »der Brenner faucht, die riesige bunte Ballonhülle bläht sich über unseren Köpfen auf, und du schwebst plötzlich. Kannst du es spüren?«

»Ja.«

»Gut«, sagte er. »Wir steigen auf, das Land unter uns wird kleiner. Siehst du das rote Haus? Meine Mutter winkt uns.« Ella winkte in ihrer Vorstellung zurück. Sie stand ganz nah am Rand des Korbs und reiste mit dem Wind über die Landschaft einer Modelleisenbahn. Friedlich und still. »Uns erfasst eine Südostströmung. Wir treiben über die Hügel, die Weinberge, die Haselnussplantagen und auf die Berge zu. Sie sind weiß verschneit, und es ist kalt. Aber du spürst es nicht, weil du genauso schnell bist wie der Wind.« Ella sah die Alpenkette vor einem klaren blauen Himmel. »Das Land wird jetzt flacher. Dort drüben fließt der Po. Kannst du ihn erkennen?« Ella nickte. Erst vor ein paar Tagen war sie mit Barone an seinem Ufer gesessen und in seinem Wasser versunken. Michele sprach leise weiter, ganz nah an ihrem Ohr. Er schmiegte sich an sie, und sie erlaubte es ihm, weil er gerade den Himmel für sie eroberte. »Und dort ist schon Turin! Erkennst du die Mole Antonelliana? Gleich dort? Wenn du die Hand ausstreckst, kannst du ihre Spitze berühren.« Michele wartete einen Moment, nahm dann seine Hände von Ellas Augen und drehte sie an ihren Schultern zu sich um. »Hast du's gesehen? Turin ist gar nicht weit weg, wenn der Wind günstig ist.«

»Wie lange braucht man mit einem Ballon?«, fragte sie.

»Etwa eineinhalb Stunden«, gab Michele zu. »Das Ballonfahren ist ja mehr ein sanftes Gleiten. Aber in einer Cessna wäre ich in einer Viertelstunde dort, und ich habe einen Flugschein.«

»Mit dem Auto braucht man eine Stunde«, sagte Ella.

»Also vielleicht nicht mit meinem Punto, weil er ständig liegen bleibt, aber mit einem neuen.« Barone hatte ihr einen Firmenwagen angeboten.

»Ich kann euch dort besuchen, wenn du es mir erlaubst, Ella. Dein Bruder führt die Plantage sowieso fast allein. Und ich könnte meine Mutter mitnehmen. Sie hat Freunde in Turin und würde sich freuen, wieder öfter hinzukommen.« Die Aussicht ermutigte ihn. »Und dich und die Kinder dort zu sehen.«

Ella stand noch immer in dem imaginären Ballon, aber sie hatte keinen festen Boden mehr unter den Füßen, nicht einmal den des massiven Weidenkorbs. »Und wann immer ihr wollt, kommt ihr nach Alba, Ella. Bitte sag mir, dass das möglich ist.« Sie war aufgewühlt. An diesem Vormittag war sie erst abgestürzt und dann wieder aufgestiegen, einmal durch die Hölle gegangen und dann im Himmel mit den Wolken geflogen. »Bitte sag mir, dass du das auch willst ... Bitte.«

War das möglich, dass man plötzlich zu viel Zukunft hatte?

43

Am 31. Dezember war die selbst gesetzte Frist der Neun vom Stadtplatz abgelaufen, und sie mussten sich der Wahl eines neuen Mitglieds stellen. Sie saßen an diesem Abend in festlicher Kleidung und Mänteln unter den Arkaden der Piazza Savona und zogen ihre Schirmmützen tief ins Gesicht. Das hypnotische Karussell und die bunten Buden waren mit dem Ende der Trüffelmesse und den letzten Touristen verschwunden und die Stapelstühle wieder frei. Hinter ihnen prangte neben einem Hauseingang ein Schild, das auf die Praxis eines Schönheitschirurgen im zweiten Stock hinwies, was immer wieder für dumme Witze sorgte. Außerdem versperrten die Neun den Zugang zum Bankautomaten der Banca d'Alba, sodass sich die Leute zwischen ihnen hindurchschieben mussten. Der Platz war nicht ideal, aber windgeschützt.

»Es hilft nichts, wir müssen«, sagte Rizzo resigniert.

»Ich hätte ja Binello vorgeschlagen«, meinte Barbieri, »den ehemaligen Schulleiter, aber er wohnt genau auf der Grenze und offiziell schon im Borgo dei Brichet.«

»Dann nützt er uns erst, wenn Lombardo abtritt«, erwiderte Parisi ungerührt, »aber bis dahin brauchen wir einen aus La Moretta.«

»Danilo Donati wäre ein guter Nachfolger. Er spricht nicht viel, kann Piemontesisch und ist ...«

»... zu jung!«, unterbrach Parisi den Bäcker. »Daran wird nicht gerüttelt, fünfundsechzig muss er mindestens sein.«

»Und trinkfest«, gab Rizzo zu bedenken und entkorkte

einen Spumante. Die Neun zogen ihre kleinen Wassergläser aus den Manteltaschen, und Rizzo schenkte ein. Sie stießen an, tranken und schwiegen.

»Gioetti vielleicht«, spekulierte der Monsignore nach geraumer Zeit, weil ihm kalt war und er zu seiner Wirtschafterin und einem warmen Abendessen nach Hause wollte, »der Kaplan von Nostra Signora della Moretta. Er ist ein humorvoller Mensch und gottesfürchtig.«

»Dafür haben wir Sie doch schon, Monsignore«, brachte Mancini sich nun ein, »für den Humor, meine ich!«

»›Ein frohes, heiteres Gemüt ist die Quelle alles Edlen und Guten‹«, zitierte De Luca.

»Bergpredigt«, spekulierte Parisi und zupfte an seiner Krawatte herum. Das blöde Ding trug er nur seiner Tochter zuliebe, schließlich war Silvester, und sie wollten im Anschluss zusammen feiern.

»Nein, Schiller, mein Sohn«, korrigierte ihn der Monsignore.

»Kommt jedenfalls nicht infrage«, wischte Mancini den Vorschlag vom Tisch, und die Runde war sich einig.

»Bitte entscheidet euch«, flehte De Luca, »bevor die nächste Eiszeit anbricht.«

»Oder das neue Jahr«, erwiderte Parisi.

Rizzo brummelte etwas Unverständliches.

»Ich versteh dich nicht, Rizzo«, sagte Mancini.

»Dann dreh dein Hörgerät lauter!«

»Was?«

»Hochdrehen!«, riefen alle im Chor.

Mancini fummelte das Ding aus seinem Ohr und drehte an einer viel zu kleinen Schraube. »Ich hab es erst seit gestern«, rief er in die Runde, ehe er es wieder einsetzte.

»Das wissen wir«, riefen alle zurück.

»Wieso schreit ihr denn so?«, fragte Mancini beleidigt, und die Neun schüttelten die Köpfe und brüteten weiter.

»Ich habe über Salvatores Nachbarn nachgedacht«, sagte Rizzo.

»Mariani?«, fragte De Luca. »Zu jung.«

»Ich meinte seine Mutter«, erklärte Rizzo, dem Sophia noch lebhaft im Gedächtnis war.

»Entschuldigung, aber müssen Sie ausgerechnet hier sitzen?« Eine Frau drängte sich durch die Runde zum Bankautomaten. »Das ist unglaublich rücksichtslos!«

»Wir versuchen, unseren Freund Mancini zu einer Nasenkorrektur zu überreden, Signora«, sagte Parisi. »Deshalb sitzen wir hier bei Dottor Marolo vor der Tür. Wir haben ihn fast so weit.«

Die Dame schimpfte, zog zweihundert Euro am Automaten und ging verärgert davon.

»Sophia Mariani?«, fragte De Luca noch einmal nach.

»Da müsste Dottor Marolo aber ordentlich nachhelfen«, meinte Parisi, »und so eine Geschlechtsumwandlung dauert seine Zeit.«

»Aber diese Frau hat Klasse«, gab Barbieri zu bedenken.

»Und versteht was von gutem Wein«, ergänzte Rizzo anerkennend.

»Eine humorvolle Person«, hörte man von Caruso. »Sie hat sich schließlich Salvatore ausgesucht.«

»Auf Salvatore!« Mancini erhob sein Glas.

»Auf Salvatore!«, stimmten alle mit ein und tranken einen Schluck. Wann immer Salvatores Name in den letzten Wochen fiel, stießen sie auf ihn an.

»Sophia Mariani also«, wiederholte Mancini den Vorschlag, und alle nickten, ganz besonders Monsignore De Luca, dem die Aussicht, eine Frau aufzunehmen, behagte.

Sie würde die Runde Anstand und gutes Benehmen lehren und die unsinnigen Unternehmungen sicher etwas eindämmen. »Das wäre ein Novum.«

»Und entspräche dem Zeitgeist, meine Herren«, unterstützte De Luca die Idee.

»Das mal ganz sicher«, bestätigte Mancini. Schweigen. Über die ausgestorbene Piazza Savona fegte der Wind, die Straßenlaternen brannten, und es war ungemütlich.

»Bitte, meine Herren, mir ist kalt«, flehte De Luca. »Ja oder nein?«

»Sind wir uns einig, dass das ein klarer Verstoß gegen unsere Statuten wäre?«, fragte Mancini, der sich langsam mit seinem kleinen Verstärker im Ohr arrangierte, auch wenn ihm seine Hände wie Pranken vorkamen, seit er ihn hatte.

Alle nickten. »Keine Frage, ein klarer Verstoß«, wiederholte Barbieri.

»Und dass es ein Ding der Unmöglichkeit ist?«, fuhr Mancini fort.

»Auf jeden Fall«, pflichtete die Runde bei.

»Abstimmung!«, rief Mancini. »Wer ist für Sophia Mariani?« Alle hoben die Hände.

De Luca hatte schon befürchtet, Gefrierbrand anzusetzen. »Jetzt also doch?«, fragte er deshalb nur vorsichtig.

»Verstöße und das Unmögliche sind unsere Sache, Monsignore, das wissen Sie doch«, antwortete Mancini. *»Pròsit!«* Er erhob das Glas, und alle stießen an. »Auf Sophia Mariani!«

»Auf Sophia!«

Rizzo erklärte sich bereit, Sophia die frohe Botschaft noch am selben Abend zu überbringen, weil er von Barbieri wusste, dass sie und ihr Sohn im Samsara ins neue Jahr feiern würden und er selbst auch dort reserviert hatte. Barbieri hatte es von seinem Großneffen erfahren, der ebenfalls da sein würde, genau wie Parisi mit seiner Tochter und Ella mit ihren Kindern und ihrem Bruder. Außerdem hatten zahlreiche Gäste aus Turin Maheshs Silvestermenü gebucht und ein Zimmer in einem der nahe gelegenen Hotels.

Das Samsara war an diesem Abend wieder bis auf den letzten Platz besetzt. Mahesh hatte den Souschef behalten, der ihm ausgeholfen hatte, als der Restaurantkritiker da gewesen war, seine Küchenhilfe wieder eingestellt und einen weiteren Ober.

Michele saß mit seiner Mutter an Ellas Tisch bei Danilo und den Kindern. Er war mit Ella und den Zwillingen am Morgen in den Himmel über Alba aufgestiegen, und Ella hatte jede Minute der Fahrt genossen. Nach Süden gewandt, hatte sie kurz nach dem Start noch die Plantage ausmachen können, doch die Hügel der Langhe duckten sich unter ihren Blicken und verschmolzen bald mit dem Land. Sie bewunderte wenig später die maritimen Alpen hinter Cuneo, den dick verschneiten Monte Viso und hielt Ausschau nach dem Monte Rosa an der Grenze zur Schweiz. Einer Grenze, die es in ihrem Empfinden gar nicht mehr gab. »Bring den Göttern ein Opfer, kleine Rose«, hatte Mahesh gesagt, als sie ihm von der Ballonfahrt erzählt hatte, »dann segnen sie deine Reise und wachen über dich.« Sie hatte gelacht, doch hier oben war sie Maheshs Göttern wirklich nahe. Hier wirkte eine eigene Magie, eine Unbeschwertheit, die sie sonst nur erlebte, wenn sie backte oder Pralinen machte, ihre Hände in Bewegung waren und ihr Geist ruhte. Über unbesiedeltem Land griff sie deshalb in ihre Tasche und holte etwas heraus, das Danilo ihr am zweiten Weihnachtsfeiertag zurückgegeben hatte, weil er nicht wusste, ob sie es wirklich wegwerfen wollte – das lichtblaue Band, das bei den Spiegelscherben im Karton gelegen hatte. Sie hielt es über den Korbrand, ließ es fallen und sah, wie es erst unter dem Ballon verschwand und dann von einer Luftströmung mitgenommen wurde. Wie es tanzte, sich immer mehr entfernte und irgendwann ganz aus ihrem Blickfeld verschwand.

»Wirfst du Ballast ab?«, fragte Michele und schmunzelte. Er stand hinter Lisa und Lauro, und seine Hände lagen beschützend auf ihren Schultern. »Das ist kein Fesselballon, Ella, wir fliegen mit Heißluft, da muss man nur die Hitze drosseln, wenn man landen will.«

»Ich weiß«, entgegnete sie. »Und trotzdem ist es eine gute Idee, hin und wieder Ballast abzuwerfen.« Den emotionalen vor allem, anstatt ihn seinen Kindern und Kindeskindern aufzuladen.

»Das ist wahr«, sagte Michele und dachte an seinen kurzen Ausflug nach Albenga. Dort hatte er seinen Ehering im hohen Bogen ins Meer geworfen und mit ihm sein Scheitern.

»Sehen Sie«, der Kapitän deutete nach Norden, »dort erkennen Sie schon Turin!«

Lisa und Lauro staunten, wie groß die Stadt war, in der sie nun bald leben würden. Ella hatte ihnen am zweiten Weihnachtsfeiertag von ihren Umzugsplänen erzählt, gleich nachdem Michele gegangen war, und versprochen, dass sie so oft wie möglich nach Alba kommen und ihren Onkel und Henry und Em besuchen dürften. Sie hatte Tränen erwartet, doch Lauro war lediglich eine Weile schweigsam gewesen und hatte dann erklärt: »Das sag ich Luca und Giacomo. Die geben nämlich dauernd damit an, dass sie nächstes Jahr aufs Internat gehen, aber Turin ist viel besser!« Und dann hatte er mit Lisa überlegt, wie sie ihre Zimmer in der neuen Wohnung einrichten würden, und kurz darauf unaufgefordert seine alten Legokartons entsorgt, die Kindergartentasche und sogar den Holzspan von der Haustür vom Haus auf dem Hügel. Nur die Streichholzschachtel mit den Radiergummibröseln behielt er. Ella sah es als Zeichen, dass seine Gemütslage sich langsam stabilisierte, denn auch das Blau seiner Augen kehrte zurück, das vertraute Funkeln des von Kornblumen umstandenen Bachs. Im Himmel über Turin hatte sie es wiederentdeckt.

Jetzt erzählte Lauro Sophia aufgeregt von der morgendlichen Ballonfahrt, und sie fragte: »Hattet ihr denn gar keine Angst?« Da erklärte er ihr, dass der Zauberer von Oz doch auch in einem Ballon gefahren sei, einem grünen, und dass das seine Lieblingsstelle im Buch sei.

»Warum bist *du* nicht mitgeflogen?«, wollte Lisa von Sophia wissen.

Lauro korrigierte sie: »Mitgefahren heißt das doch!«

»Ich hab mich nicht getraut«, gab sie offen zu. »Ich bin einmal mit Michele in so einer kleinen Maschine geflogen und war steif vor Angst.«

»Michele hat gesagt, dass er im Sommer mit dem Flieger nach Turin kommt und uns abholt«, erzählte Lauro aufgeregt.

»Signora Mariani, dürfte ich mich kurz zu Ihnen setzen?« Rizzo war an Sophias Tisch gekommen und gab sich geheimnisvoll.

»Ja, sicher, gern.«

»Wir haben heute abgestimmt, wissen Sie. Wir müssen Salvatore ersetzen, es wird langsam Zeit.«

»Das verstehe ich doch«, entgegnete Sophia freundlich. »Aber es ist nett, dass Sie es mir sagen.«

»Wir wissen natürlich, dass man ihn nicht wirklich ersetzen kann«, meinte Rizzo, »aber wenn ihm einer gerecht wird ... also eine, dann Sie, Signora, das haben wir alle gesagt.«

»Ich?!« Sophia war gerührt. »Als eine der legendären Neun vom Stadtplatz?«

»Wir haben extra für Sie unsere Statuten geändert«, erklärte Rizzo stolz.

Michele hatte die kurze Unterhaltung wie alle am Tisch verfolgt und sagte: »Du wirst in den höchsten Rat der Stadt berufen, Mutter, da solltest du nicht lange überlegen.«

Sophia zögerte. Salvatore hatte ihr viel von den Neun erzählt. Sie waren ein unorthodoxes Grüppchen, das Alba von einem Stapelstuhl aus regierte, hatten Einfluss und verrückte Ideen. Sie genossen ihren Ruhestand und gingen füreinander durchs Feuer.

»Ich spreche aber kein Piemontesisch«, gab sie zu bedenken, »obwohl ich fast mein ganzes Leben in Turin verbracht habe. Aber aufgewachsen bin ich in der Lombardei.«

»Gnädige Frau, wir sind doch vielsprachig. Daran soll es nicht scheitern.«

»Bekäme ich denn dann auch mein eigenes Wasserglas?«

»Selbstverständlich! Wenn Sie zusagen, Signora, stoßen wir gleich morgen mit meinem besten Tropfen an.« Im Geiste traf Rizzo bereits eine Auswahl und notierte sich, ein Kissen für die Dame mitzubringen, damit sie es etwas bequemer haben würde.

»Na, dann ist es mir eine Ehre«, stimmte Sophia kurz entschlossen zu, und Rizzo bestellte gleich eine Runde Punt e Mes, um das piemontesische Lebensgefühl zu feiern.

Als um Mitternacht die Raketen den Himmel über Alba illuminierten, standen Mahesh und Andrea, Sophia, Danilo und die Kinder, Ella und Michele auf Maheshs Turm, wo kleine Scheite in einer Feuerschale brannten. Maheshs Ober kümmerten sich um die Gäste, die auf der Straße feierten und das Feuerwerk von dort aus bestaunten.

»Das wird unser Jahr, Sāthiyā«, sagte Mahesh zu Andrea – es roch nach Schwarzpulver und knallte anhaltend –, »den Göttern sei Dank.«

»Sie haben deinen Papierflieger bestimmt bei deinem Seelenplan abgeheftet, damit deine Wünsche nicht verloren gehen.«

»*Focaccia*, zwei Euro neunundsiebzig?«, fragte Mahesh und lächelte verträumt.

»Nein. Da steht jetzt: ›Ich, Mahesh Bai, wünsche mir, dass Andrea Barbieri mit mir zusammenzieht.‹«

»Wirklich? Und was denken die Götter darüber?«

»Na, sie sind in Geberlaune, ihr Himmel leuchtet doch gerade so schön.«

Ella und Michele sahen zur Plantage hinüber. Die Lichter im Haus auf dem Hügel brannten. Es stand wie ein Leuchtturm in der Landschaft.

»Hast du in der Zwischenzeit darüber nachgedacht, Ella?«, fragte er sie. »Ob es einen Platz für mich in deinem neuen Leben gibt?«

Danilo bestaunte mit Lisa und Lauro die farbenfrohe Nacht und wärmte sich an der Feuerschale. Sophia stand dabei und freute sich über ihre Gesellschaft. Sie hatte Salvatore verloren und sich von ihrer Schwiegertochter verabschiedet, aber sie hoffte auf eine neue Verbindung für ihren Sohn. Meine Heimat bist du, hatte Jean-Baptiste

Legrand Mariella in seinem letzten Brief geschrieben, und das schien auch bei Michele und Ella so zu sein. Sie waren einander Heimat, egal, an welchem Ort, davon war sie überzeugt.

»Ich weiß noch nicht einmal genau, *wo* mein Platz in diesem Leben ist«, antwortete Ella Michele, lehnte sich an ihn und sah zu ihrem Bruder hinüber.

»Wir haben beide Bindungsangst, Ella«, hatte Dino erst gestern zu ihr gesagt. »Wir müssen endlich lernen, Nähe zuzulassen.«

»Ich kann das doch«, hatte sie ihm widersprochen, »ich habe schließlich die Kinder. Näher kann man einem Menschen überhaupt nicht sein.«

»Das ist etwas anderes, Ella. Völlig anders.«

»Warst du denn immer alleine, Dino?«, hatte sie ihn gefragt und festgestellt, dass sie zu keiner Zeit darüber nachgedacht hatte.

»Nein, als ich in den Bergen gelebt habe, gab es jemanden. Sie war älter als ich.«

»Hast du sie geliebt?«

»Ich weiß es nicht«, hatte Danilo geantwortet und sich an das Blau ihrer Augen und ihr dunkles Haar erinnert. Sie war seiner Mutter ähnlich gewesen, die er noch immer in jeder Frau suchte. Sie suchte und sich davor fürchtete, sie zu finden, nur um wieder von ihr verlassen zu werden.

»Du trägst deinen Ehering nicht mehr«, bemerkte Ella, als Michele sie umarmte und sie ihre Hand auf seine legte. »Es ist mir schon heute Morgen aufgefallen.«

Er nickte. »Früher dachte ich, der Ring wäre eine Garantie für Glück. Aber das Leben wirft unsere Pläne sowieso ständig über den Haufen, egal, was man sich verspricht.«

»Weißt du noch, wie du mir gesagt hast, dass dein Leben ein bisschen Impulsivität vertragen würde? Du meintest, es wäre in den letzten Jahren viel zu vorhersehbar gewesen und dass du dir ein paar Überraschungen wünschst.« Richtig, das war, als er ihr das Angebot zur Zusammenarbeit gemacht hatte. »Ich glaube, dass sich dieser Wunsch jetzt für uns beide erfüllt.«

»Hast du Angst, Ella?«

»Ja, mehr, als ich zugeben will.«

Danilo holte den Polizeibericht aus seiner Brieftasche. Er hielt ihn über die Feuerschale und sah Ella fragend an. Sie ging zu ihm, griff danach und nickte. Gemeinsam warfen sie ihn in die Flammen, betrachteten, wie er aufglomm und die Vergangenheit zerstob. Wie der Dämon die Kraft, kleine Seelen zu schwärzen, am Ende der Suche für immer verlor.

Epilog

Piemont, Turin, August 2018

An Ellas dreiunddreißigstem Geburtstag musste sie arbeiten. Es war ein Freitag, und sie konnte erst am Samstagnachmittag nach Alba fahren, um mit ihren Kindern, die ihre letzten Ferientage bei Danilo verbrachten, zu feiern. Mahesh, der eine Berufung in die Jury der nächsten nationalen Ausscheidung des Bocuse-d'Or-Wettbewerbs bekommen hatte und nun immer öfter in Fachzeitschriften auftauchte, plante das Fest im Samsara schon seit Wochen. Andrea, Danilo und die Zwillinge würden dabei sein, Sophia, Michele und Greta, die noch immer in Ellas ehemaliger Chocolaterie arbeitete, über deren Tür jetzt Barones Name stand. Der Verkauf war Ella unerwartet schwergefallen, doch der Umzug nach Turin nicht.

Sie hatte sich auf einen ruhigen Abend eingestellt. Wollte mit ihren Kindern telefonieren, die sich bereits in der neuen Wohnung eingerichtet und die Stadt erkundet hatten – ihren zukünftigen Schulweg, die Kinos und die besten Eisdielen Turins –, und die Unterlagen eines Buchführungsseminars studieren, das sie nächste Woche besuchen würde. Gerade als sie es sich in dem alten Sessel ihres Vaters gemütlich machte, klingelte es an der Tür. Vielleicht einer der Nachbarn, der ein Paket für sie angenommen hatte, als sie in der Arbeit gewesen war. Womöglich eine Geburtstagsüberraschung! Sie stand auf, durchquerte ihr geräumiges Wohnzimmer und den langen Flur ihrer schönen Altbauwohnung an der Piazza Vittorio Veneto und öffnete. Michele stand im Treppenhaus, eine kleine Tüte in der Hand.

»Alles Gute zum Geburtstag, Ella«, sagte er und küsste sie.

»Ich dachte, wir sehen uns erst morgen, zur Feier?«, erwiderte sie überrascht.

»Hätte ich anrufen sollen?«

»Nein, natürlich nicht, komm rein.« Michele schloss die Tür und zog Ella an sich. »Wie lange bleibst du?«, fragte sie.

»Wenn du mich nicht rauswirfst, bis morgen Nachmittag. Ich dachte, wir fahren zusammen zurück.«

»Dann hast du also deine Zahnbürste dabei?«

»Unten im Wagen. Ich wollte nur nicht gleich mit der Tür ins Haus fallen.«

»Oder mit mir ins Bett«, zog sie ihn auf.

»Doch, das schon«, sagte er und hob sie hoch.

Michele trug Ella ins Schlafzimmer, und sie sträubte sich. »Ich wollte aber noch mit den Kindern telefonieren!«

»Sie rufen dich um neun an, soll ich dir ausrichten, sie sind beschäftigt.«

»Womit denn, bitte?«

»Wir waren am Morgen alle zusammen auf dem Friedhof. Lisa und Lauro haben mit deinem Bruder die Bänder an den Haselnussstrauch gebunden und ihrer *nonnina* Francesca Blumen gebracht. Und dann haben sie mit meiner Mutter Salvatores Grab besucht.«

»Wie geht es ihr?«

Michele knöpfte Ellas Bluse auf und betrachtete sie wie ein Gemälde in der Galleria Sabauda. Eine der Frauengestalten von Orazio Gentileschi, die er mit ihr dort kürzlich angesehen hatte – weiche weibliche Formen, Anmut und Alabasterhaut. »Es hat ihr gutgetan, dass die Kinder dabei waren. Das lenkt sie ab und macht sie glücklich.« Jetzt öffnete er den Reißverschluss ihrer Jeans und küsste ihren Bauch. Fast schon ein vertrautes Ritual. »Im Moment richtet sie mit den beiden ihr altes Kinderzimmer ein.« Lisa und Lauro durften sich in Zukunft aussuchen, ob sie lieber auf der Plantage oder bei ihrem Onkel übernachten wollten, wenn sie in Alba waren. Michele hatte Ella schon vor Wochen gefragt, ob es ihr recht sei, und sie hatte nach langem Zögern zugestimmt.

»Deine Mutter gibt also wirklich ihr Atelier auf?«

»Sie ist damit in Pippas Büro umgezogen.«

Pippa. Michele und sie hatten sich einvernehmlich getrennt, weshalb die Scheidung bereits Anfang August ausgesprochen worden war.

»Ist das nicht zu klein?«, fragte Ella.

»Mutter würde mit ihren Bildern in die Vorratskammer umziehen, wenn sie dafür die Kinder im Haus haben darf.« Michele blickte auf Ellas Wecker am Nachttisch. »Es ist schon fast acht. Willst du wirklich über meine Mutter reden, bis dein Telefon um neun klingelt?«

»Nein ...«

»Nein?«

»Nein!«

»Also nein«, wiederholte er noch einmal und zog sie aus. Und sie ihn. Langsam und tastend. Zwei Körper im selben Rhythmus, zwei Menschen im selben Traum, ungebunden, vereint, nur im Heute.

»Möchtest du jetzt dein Geschenk haben, Ella?«, fragte Michele, als sie später nebeneinanderlagen und sich noch im anderen spürten.

»Ach, das war's noch nicht?«

»Nein.«

»Du hast die Eismaschine im Wagen«, spekulierte Ella.

»Die willst du immer noch?«

»Selbstverständlich.« Michele griff nach der kleinen Tüte, die er mitgebracht hatte.

»Da ist sie wohl nicht drin«, sagte Ella enttäuscht und schlüpfte in ihre Unterwäsche. Sie holte ein Stück ihrer *torta di nocciole* aus der Küche, neben der auch heute eine Kerze für ihre Mutter brannte. Als sie zurückkam, lagen ein Päckchen und eine kleine Schmuckschatulle auf ihrem Kopfkissen. Michele griff mit einem breiten Lächeln nach dem Teller, aß von dem Kuchen und beobachtete, wie sie das Geschenk auspackte. Es war ein Seidentuch mit bunten Heißluftballons.

»Falls wir noch mal zusammen Ballon fahren«, sagte er, »und du wieder Ballast abwerfen willst.« Sie lachte und öffnete dann zaghaft die Schatulle. »Es ist kein Verlobungsring«, erklärte er, als sie auf einen schmalen Goldring mit Smaragden blickte – ein kleines grünes Leuchten. »Aber du hast mir letztes Jahr erzählt, dass du überlegt hast, einen Ring zu tragen, damit du nicht so viele Anträge bekommst, und da dachte ich mir, vielleicht nimmst du den – nur zur Sicherheit.«

»Smaragde?«

»Meine Mutter meinte, sie wären so eine Art Wegweiser für dich.« Ella war gerührt. Sophia wusste, dass im *Zauberer von Oz* alle auf der Suche nach etwas waren, das sie längst besaßen, und dass die Reise sie in Wahrheit zu sich selbst führte: den Blechmann, der sich ein Herz wünschte, obwohl er empathisch war, die Vogelscheuche, die nur Stroh im Kopf hatte und trotzdem kluge Entscheidungen traf, und den feigen Löwen, der keinem Kampf aus dem Weg ging. Selbst Dorothy hatte die silbernen

Schuhe vom ersten Tag an getragen und nur nichts von ihrer Zauberkraft gewusst. Die Erkenntnis fand sich auf dem Weg, dem gelben Ziegelsteinweg – und das Abenteuer abseits der vorgegebenen Pfade. »Versteh das nicht falsch, der Ring ist nicht von mir, er ist von meiner Mutter«, versicherte Michele Ella, und sie sah ihn verwundert an. »Ja, wirklich, er hat meiner Großmutter gehört.«

Ella nahm ihn und steckte ihn an. Er passte.

»Aber das Seidentuch ist von dir?«, fragte sie. »Oder muss ich mich dafür auch bei deiner Mutter bedanken?«

»Nein, bei mir«, meinte Michele. »Aber warte noch, bis ich die Eismaschine aus dem Wagen geholt habe.« Ella jubelte, und er lachte, griff nach seinem Sakko und holte etwas heraus – einen Schlüssel. »Außerdem habe ich noch den hier für dich«, sagte er zaghaft, »also, falls du ihn willst. Einen Hausschlüssel.«

»Du ...?«

Michele war so nervös, als hätte er ihr gerade einen Antrag gemacht. »Keine große Sache«, spielte er die Geste herunter.

»Hast du denn keine Angst, dass ich ihn verliere?«

»Schon. Aber ich habe sechs Stück davon nachmachen lassen. Bis die alle weg sind, brauchen wir eine neue Tür.«

Alba, zur selben Zeit

Danilo saß in seinem Wohnzimmer und dachte an den Koffer seiner Mutter. Er hatte ihn auf Salvatores Dachboden gefunden und nach über zwanzig Jahren zum ersten Mal wieder geöffnet, die einfachen Baumwollkleider herausgenommen und lange betrachtet. Das blaue trug sie auf dem Bild auf Salvatores Anrichte. Das helle, gepunktete hatte sie zu seiner Einschulung angehabt und das mit dem Blumenmuster fast jeden Tag getragen. Die Kleider waren noch immer in gutem Zustand, nur verlassen. Danilo hatte Sophia gefragt, was er mit ihnen anfangen sollte, da sie – genau wie Michele – die Geschichte seiner Mutter nun kannte. Ella und er hatten sich entschieden, sie nicht länger in ihren Herzen zu vergraben und sie irgendwann, wenn Ellas Kinder größer wären, auch ihnen zu erzählen. Denn das Schweigen beschwerte. Sophia hatte Francescas Kleider gewaschen, zugeschnitten und auf einer alten Nähmaschine eine Patchworkdecke daraus genäht, die jetzt als Tagesdecke über dem Bett der Zwillinge in ihrem alten Kinderzimmer lag. So bekam die Vergangenheit ein neues Gesicht und verlor im Licht der Betrachtung mehr und mehr von ihrer Beschwernis.

Danilo hatte sich in Salvatores Haus eingerichtet. Er hatte die alten Möbel behalten und nur ein paar Stücke aus seinem Elternhaus dazugestellt, die Ella im Keller ihrer Wohnung in der Via Cavour eingelagert hatte. Und so lebte er jetzt – es war ihm gar nicht bewusst – auch in der Vergangenheit eines anderen, nämlich der Salvatores, die er auf unerklärliche Art behaglich fand. Er griff zur Zeitung und begann zu lesen, die Nachrichten der *Gazzetta d'Alba*, die die Gräuel der Welt nicht erwähnte.

Irgendwie war es still. Das fiel Danilo heute zum ersten Mal auf. Dabei war er es doch gewohnt, im Mairatal war es immer still gewesen und die Zeit schleichend vergangen. Ein Tag wie der andere – Murmeltiertag! –, nur das Wetter hatte sich verändert, und die Leute waren älter geworden. Jacopo fehlte ihm, er würde ihn bald einmal besuchen.

Danilo streichelte Toto, der neben seinem Sessel saß und seinen Kopf auf der Armlehne abgelegt hatte, und versuchte, sich wieder auf die Zeitung zu konzentrieren. Irgendwann wird schon etwas passieren, dachte er, das Rad des Schicksals würde sich auch für ihn weiterdrehen. Und vielleicht würde er sich sogar verlieben – so wie Ella. Oder wie Salvatore in diesem Haus neunzig werden und für immer alleine bleiben. *E chi lo sa* – wer weiß das schon? Er musste schmunzeln. War er jetzt schon genauso verschroben wie Jacopo? Dann konnte er nur hoffen, dass ihm auch bald ein junger Mensch zulief, der in Not war und ein Dach über dem Kopf brauchte. Die guten Taten mussten schließlich im Fluss bleiben. Man gab und bekam von anderer Stelle etwas zurück. Nahm und gab etwas anderes weiter.

Es klopfte. Danilo sah verwundert von seiner Zeitung auf, und Toto wedelte freudig mit dem Schwanz. Jetzt klopfte es wieder, und die Türklingel rasselte. Danilo öffnete, lächelte und stellte fest, dass das Rad des Schicksals gerade in Schwung kam. Draußen stand eine junge Frau mit flachsblondem langem Haar und hellen Augen. Sie war etwa Mitte zwanzig und ihre Haut sonnengebräunt. Sie trug ein leichtes Sommerkleid und silberne Schuhe.

»Entschuldigung«, sagte sie, »wohnt Salvatore Rinaldi hier?«

»Jetzt nicht mehr. Er ist letzten Winter gestorben.«

»Oh, das habe ich schon befürchtet. Er muss mindestens neunzig gewesen sein.«

»Richtig«, erwiderte Danilo und sah die junge Frau genauer an. Sie erinnerte ihn an jemanden.

»Ich bin Gianna«, stellte sie sich vor, und er war sprachlos. Natürlich, sie war Gianna, so wie sie auf Salvatores Foto in die Kamera blickte, nur ohne Uniform und Gewehr. »Ich bin die Enkelin von Sandra, der jüngeren Schwester von Gianna Vivaldi.« Vivaldi – er hatte den

Namen auf ihrem Grabstein in Dronero gelesen, als er mit Salvatore dort gewesen war. Die junge Frau war ihre Großnichte, Giannas Großnichte, und sie sah ihr unglaublich ähnlich. »Und Sie?«

»Ich bin Danilo Donati, ein Freund von Salvatore. Er hat mir sein Haus vermacht, ich lebe jetzt hier.« Sie nickte und trat von einem Bein aufs andere. Sehr hübsche Beine, wie er fand. Er starrte auf ihre Schuhe und dachte, dass das Leben womöglich doch ein Märchen war, zumindest für die, die im Suchen lebten. »Wollen Sie nicht reinkommen?«, fragte er irritiert.

Gianna streifte durch Danilos Wohnzimmer und sah sich Salvatores Fotos an, die er nicht weggestellt hatte. »Das ist sie, nicht wahr?«, fragte sie und griff nach dem Bild, auf dem ihre Großtante mit ihm zu sehen war.

»Ja, genau, das ist sie.«

»Und das ist Salvatore, richtig?« Sie setzte sich mit dem Bild aufs Sofa.

»Ja.« Danilo stand unentschlossen im Raum. Er wusste nicht, ob er ihr irgendetwas zu trinken anbieten oder sich einfach zu ihr setzen sollte.

»Meine Großmutter hat nie von ihm gesprochen.« Sie hatte nur erzählt, dass ihre große Schwester und ihr Bruder im Widerstand gewesen waren und beide den Krieg nicht überlebt hatten. Danilo setzte sich nun doch. »Aber als sie letztes Jahr gestorben ist, da haben wir dieses Foto in ihren Sachen gefunden, genau das gleiche.« Danilo versank gerade in Giannas Augen. »Sehen Sie?« Sie zog das Bild aus ihrer Handtasche und gab es ihm. »Hinten stehen ihre Namen: ›Gianna Vivaldi und Salvatore Rinaldi, Alba 1944‹. So hab ich ihn gefunden ... also Sie.« Ja, so hatte sie ihn gefunden. »Meine Großmutter war 1944 mit ihrer Mutter in einem Konzentrationslager interniert.

Und als sie freigekommen sind, war Gianna tot und ihr Bruder irgendwo in den Bergen. Deshalb sind sie nach Neapel gegangen, weil dort mein Urgroßvater war.«

Danilo mochte Giannas Stimme. »Salvatore hat nicht gewusst, was aus ihnen geworden ist«, sagte er. Es hatte ihn gequält.

»Sie hatten hier nichts mehr, das Haus hat ihnen nicht gehört. Und sie wollten nicht jeden Tag an die schlimme Zeit erinnert werden, hat meine Großmutter mal gesagt.« Er hörte ihr aufmerksam zu und studierte ihre Gesten. Ihre Hände fuhren durch die Luft und erzählten mit. »Ich glaube, es gab auch noch einen Onkel, der nach Giannas Tod auch nach Neapel aufgebrochen ist. Aber ich habe ihn nicht mehr kennengelernt.«

»Leben Sie dort?«, fragte Danilo und betrachtete ihr Haar. Es war so wunderbar wild und unordentlich, trotz des einfachen Haargummis, der es wohl bändigen sollte.

»Ja, aber jetzt beginne ich eine Ausbildung zur Winzerin, auf einem Weingut hier in der Nähe.«

»Ach ja? Wo?«

»Kennen Sie die Azienda Vitivinicola Rizzo? Die Tochter hat vor einiger Zeit den Betrieb übernommen und ist ziemlich innovativ.«

»Sicher.« Danilo nickte. »Wo wohnen Sie denn dann?«

»Die haben mir ein Zimmer in der Nähe besorgt. Nichts Besonderes, aber für mich reicht es, ich brauche nicht viel.«

Ich auch nicht, dachte Danilo und sehnte sich auf einmal doch nach mehr.

»Darf ich Ihnen etwas zu trinken anbieten?«, fragte er jetzt.

»Nur ein Glas Wasser wäre schön, danke.«

»Ich wollte mir gerade etwas kochen. Rührei mit Sommertrüffeln. Mögen Sie die?«

»Trüffel? Dafür sterbe ich! Warum, glauben Sie, mache ich meine Ausbildung hier in der Langhe?«

»Na, dann begleiten Sie mich in die Küche und lassen Sie uns essen. Und dabei kann ich Ihnen von Salvatore erzählen.« Sie standen auf. »Ach, warten Sie, ich habe etwas für Sie. Salvatore hätte es Ihnen sicher gerne gegeben.«

»Ja?«

Danilo ging zur Anrichte und stellte das Foto zurück, nahm die Haarspange, die dort neben dem Stern der Garibaldi-Brigade lag, und gab sie ihr. »Ich glaube, die hat Ihrer Großtante gehört. Salvatore hat sie ihr geschenkt.« Gianna nahm sie, zog sich den Gummiring aus den Haaren und steckte sie mit der silbernen Spange hoch. Danilo betrachtete ihren Nacken, die zarte Haut, und das Rad des Schicksals mutierte zum Schwungrad. Ihm wurde fast ein wenig schwindlig.

»Danke«, sagte Gianna und strahlte ihn aus ihren hellen Augen an – wie ein Stern. Aber keiner, den er kannte, nein, es war einer aus einer anderen Galaxie. Einer, der eben erst geboren worden war.

Die Neun vom Stadtplatz kamen auch an diesem Abend wieder auf der Piazza Savona zusammen. Mancini stellte Sophia den Stapelstuhl in die Runde, Rizzo legte ihr Kissen darauf und entkorkte einen Barolo.

»Was steht an?«, fragte Monsignore De Luca zaghaft und reichte Rizzo sein Wasserglas.

»Ich finde, wir sollten den *palio* in diesem Jahr etwas früher planen«, sagte Sophia und blickte ihre Mitstreiter herausfordernd an. »Das mit dem Eseltausch ist letztes Jahr ja ordentlich danebengegangen, meine Herren. Das sollten wir diesmal besser hinbekommen.«

Monsignore De Luca wurde bleich. Das hatte er sich anders vorgestellt. Er hatte auf Sophia als Verbündete in Sachen Vernunft gehofft, aber seit ihrem Einstand entpuppte sich die Dame als Eulenspiegel. Sie hatte im Frühling angeregt, die Verlobung des Küsters der Santa Maria Maddalena mit seiner Wirtschafterin in der *Gazzetta d'Alba* bekannt zu geben, weil er seit zwanzig Jahren ein Verhältnis mit ihr hatte und die Neun der Meinung waren, es wäre an der Zeit, eine ehrbare Frau aus ihr zu machen. Dieser Streich war an Monsignore De Luca vorbeigegangen. Er hatte die Bescherung erst gesehen, als er selbst die Zeitung aufschlug und kurz darauf seine Wirtschafterin verlor, weil sie tatsächlich heiratete. Dem Küster hatte nur der Mut gefehlt, sie selbst zu fragen. Und vorletzte Woche erst hatte Sophia gemeinsam mit den Neun den Zaun des örtlichen Schwimmbads überwunden – nachts, als es längst geschlossen war –, und sie hatten eine Poolparty gefeiert, bis sie allesamt verhaftet worden waren. Mancini musste seine Kontakte spielen lassen, damit sie einer Anzeige entgingen. Der Vorwurf: Belästigung der Allgemeinheit – früher bekannt als grober Unfug – und Hausfriedensbruch. De Luca wäre verzweifelt, hätte Sophia nicht auch eine Initiative ins Leben gerufen, die regelmäßige Besuche auf der Kinderstation des städtischen Krankenhauses organisierte. Die Neun verdingten sich als Klinikclowns, was passender nicht hätte sein können, lasen den kleinen Patienten vor und spielten mit ihnen. Außerdem hatte Sophia eine Spendenaktion initiiert, um die häusliche Pflege für sozial benachteiligte Mitbürger zu unterstützen, und manches mehr. Sie war eine Frau mit großem sozialem Engagement und kriminellem Potenzial.

»Was schlägst du vor?«, fragte Mancini Sophia, denn

die Schmach, zum fünften Mal in Folge verloren zu haben, saß ihm immer noch in den Knochen.

»Nun, Salvo meinte damals …«, begann sie, ihren Vorschlag vorzutragen, und wurde sofort von den Rufen der Neun unterbrochen.

»Auf Salvatore!«

»Auf Salvatore!«, stimmte Sophia mit ein, und sie stießen auf ihn an. »Also Salvo meinte damals …«, setzte sie noch einmal an und sprach dann so leise, dass die Neun ihre Köpfe zusammenstecken mussten, um sie zu verstehen. Die Runde nickte zustimmend, und Monsignore De Luca sprach leise ein Gebet. Schon wieder!

Zum Buch

Das ist der Moment, an dem ich Ihnen etwas über meine Recherche und die Intention der Geschichte erzähle – die in diesem Fall meine eigene ist. Stark verändert und nach Norditalien transportiert und doch in den Grundzügen enthalten. Anders hätte ich mich wohl auch nicht an die schwierigen Aspekte der Erzählung herangewagt, das Thema psychischer Störungen, des Suizids und Verlusts des eigenen Elternhauses.

Psychische Krankheitsbilder sind so vielfältig und erschreckend facettenreich – insbesondere die bipolare Störung –, dass man unmöglich jeder Erfahrung Betroffener oder ihrer Angehörigen gerecht werden oder sie gar einbinden könnte, geschweige denn alle Bücher, Fachzeitschriften und Berichte berücksichtigen. Lassen Sie mich trotzdem ein einziges Werk herausgreifen, das mich beim Schreiben der Geschichte von Francesca intensiv begleitet hat: Thomas Melle, *Die Welt im Rücken*. Das sicher bekannteste Buch zum Thema – sprachlich gewaltig und inhaltlich bestürzend – ist ein autobiografischer Roman und hat mich tief berührt.

Die bipolare Störung und andere psychische Krankheitsbilder existieren, wie gesagt, in unterschiedlichen Ausprägungen und mitunter schwer voneinander abzugrenzenden Überschneidungen, sodass ich bei der Fiktion meiner Francesca bewusst offengelassen habe, ob die Post-Diagnose des Dottor Silva tatsächlich zutrifft. Hier bleibt auch Raum für andere Interpretationen, wie das bei lange verstorbenen Persönlichkeiten wie etwa Vincent van Gogh ja auch der Fall ist. Letztlich ist es eine

Suche und wie in meinem Fall der Wunsch, das Unbegreifliche, den Freitod eines geliebten Menschen, zu verstehen.

Tatsächlich ist mir in meiner eigenen Familie aufgefallen, was ich das »Gedächtnis der Gene« nenne. »Langsam kam es ihr so vor, als würde Lauro die Geschichte der ganzen Familie im Leib stecken, als wäre er die Summe allen Leids«, habe ich geschrieben. Gleiche Verhaltensmuster trotz eines komplett anderen Umfelds und anderer Erfahrungen.

Solche »Muster« gibt es in vielen Familien, und es war immer mein größter Wunsch, den roten Faden, der sich durch meine zieht, zu durchtrennen, den »Ballast«, den ich wie viele Menschen aus meiner Kindheit mitgebracht habe, nicht mehr an meine Kinder weiterzugeben. Es hilft, sich selbst als Mutter oder Vater immer wieder zu hinterfragen, sich Fehler einzugestehen und sie nach Möglichkeit nicht mehr zu wiederholen.

Und damit blicken wir auch schon nach Alba und auf die hellen Seiten meiner Erzählung. In der Stadt der hundert Türme gibt es, soweit ich weiß, nur noch fünf derselben, und sie wurden in der Höhe gestutzt. Aber wenn Sie in der Via Cavour nach einem davon Ausschau halten, stehen Sie auch schon vor Mahesh Bais Lokal – das natürlich anders heißt – und finden daneben Ellas Chocolaterie *La Cuccagna,* die im wahren Leben ein Kaffeegeschäft ist. Und natürlich die Panetteria Barbieri, auch mit anderem Namen und ausschließlich frischen, selbst gemachten Backwaren!

Alba ist klein und nur im Zentrum schön. Wer nicht gerne schlemmt, wird dort nichts finden, das ihn glücklich macht. Aber wer es tut, entdeckt für sich den Himmel. Ich will verraten, dass sich mir persönlich die Begeisterung für Trüffel nicht vermittelt hat, ich kann ihnen nichts abgewinnen, und daran hat auch mein Besuch der Trüffelmesse nichts geändert. Aber der Rest der piemontesischen Küche hat auch mich zum Schwelgen gebracht. Und die großen Weine. Und die bezaubernde weiche Landschaft, gerade im Herbst. Ich mag das leicht Melancholische.

Das Eselrennen habe ich mir erlaubt ein wenig zu verkürzen, es gibt mehrere Durchläufe, bis der Sieger feststeht, und ich konnte leider auch nicht in Erfahrung bringen, wie genau die Verlosung der Grautiere vonstattengeht. Aber in den Grundzügen stimmt meine Darstellung schon. Schauen Sie sich das Spektakel gerne selbst an und tauchen Sie dabei ins mittelalterliche Alba ein.

Die Neun vom Stadtplatz? Ja, die gibt es wirklich. Alte Herren, die sich allabendlich auf der Piazza Savona treffen und die Stapelstühle des Cafés ausleihen, um ein Schwätzchen zu halten. Ihre Statuten und fantasievollen Unternehmungen sind jedoch reine Erfindung – das hoffe ich zumindest, denn sie sprachen Piemontesisch, ich habe sie nicht verstanden.

Das Karussell finden Sie ebenfalls, wenn Sie im Herbst zur Trüffelmesse kommen, allerdings ohne den weißen Elefanten. Der ist bei Rilke entlehnt und drehte wohl dereinst im Jardin du Luxembourg seine Runden.

Salvatores Vergangenheit ist die Vergangenheit des ganzen Piemont und Oberitaliens. Der Widerstand zur Zeit des Zweiten Weltkriegs, besonders in den Jahren 1943–45, prägt das Land noch heute und begegnet dem, der mit offenen Augen reist, überall. Er macht die Menschen aus, ihr Selbstverständnis, ihren Stolz und auch die Zweifel. Die *resitenza* hat nicht nur Befürworter im eigenen Volk gefunden, nicht jeder Partisan war ein Held, und doch sollten wir dem italienischen Widerstand (der im Übrigen aus drei unterschiedlichen politischen Strömungen geboren wurde, auf deren Unterscheidung ich in der Erzählung nicht eingegangen bin) allergrößten Respekt zollen. Zum Thema *resitenza* finden Sie in meiner Literaturliste ein paar Werke und Broschüren, die dem Interessierten sowohl geschichtliche Daten als auch persönliche Berichte der Widerstandskämpfer näherbringen.

Mein Ausflug ins Mairatal ist dieser Recherche geschuldet, wenngleich sich die Partisanen natürlich in alle Alpentäler zurückgezogen und von dort aus operiert haben. Das Mairatal sticht jedoch durch seine jüngere Geschichte heraus, da die alten okzitanischen Wege seit einigen Jahren – gepflegt und ausgeschildert – Wanderer anlocken, die in den kleinen Gasthöfen günstig einkehren, fürstlich essen und akzeptabel einfach übernachten können. Auch dazu finden Sie Tipps in der Literaturliste.

Das Okzitanisch stirbt leider langsam aus. Die jungen Menschen sprechen es immer seltener, da geht es dieser Sprache nicht anders als dem Walser-Deutsch etwa im Aostatal. Die Globalisierung findet auch hier ihre Opfer und lässt die Vielfalt und so manches Kulturgut verschwinden.

Und noch eine kleine Zeitreise – jene zurück in die napoleonische Zeit und zu Jean-Baptiste Legrand. Tatsächlich war durch hohe französische Einfuhrzölle auf Waren aus England und seine Kolonien ab 1806 der Kakao teuer und rar geworden, weshalb ein Turiner Chocolatier – Michele Prochet – ihn mit Haselnüssen aus der Langhe vermischte. Es entstand eine Paste, genannt *gianduia*, die sich schnell großer Beliebtheit erfreute. Daraus hat dann später, Mitte des 19. Jahrhunderts, Caffarel die berühmten *gianduiotti* kreiert, Nugatpralinen, benannt nach der Figur des Gianduja, einem listigen Bauern, der in der Commedia dell'Arte den praktisch denkenden, hartnäckigen Piemontesen per se symbolisiert.

Den Französischen Revolutionskalender (auch als republikanischer Kalender bekannt und gültig vom September 1789 bis Dezember 1905), der keine christlichen Feiertage mehr aufgeführt und den Monat in drei Dekaden unterteilt hatte, habe ich in der Datierung von Legrands Briefen nicht berücksichtigt, da das für Verwirrung gesorgt hätte. Er wurde selbst im eigenen Land nur widerwillig angenommen, und Feste wie Ostern oder Weihnachten wurden trotzdem gefeiert, zumindest von den einfachen Leuten.

Die Umstellung vieler Flächen vom Weinbau auf Haselnüsse aufgrund von Schädlings- und Pilzbefall ist in der Langhe jedoch erst im letzten Jahrhundert passiert. Hier habe ich etwas vorgegriffen, wenngleich es dort natürlich auch zu Mariellas Zeiten schon Haselnussplantagen gegeben hat.

Heute bauen übrigens auch bei uns in Deutschland immer mehr Landwirte Haselnüsse an. Hopfenbauern in Bayern zum Beispiel, die damit dem Klimawandel Tribut zollen und – besonders als Nebenerwerbslandwirte – die personalintensive Arbeit minimieren. Sie versuchen sich als Selbstvermarkter, verkaufen ihre Produkte im eigenen Hofladen und via Internet, was ich mir in der Holledau anschauen durfte.

Wertschöpfung und der respektvolle Umgang mit Lebensmitteln – da kommt die Slow-Food-Bewegung ins Spiel oder, wie Matilda Barbieri sagen würde, die Verfechter langsamer Mahlzeiten. Ich habe mir die Uni in Bra angesehen und war ganz verzaubert. Allein der Campus und die neogotische Anlage – ein Märchen! Und dann die Speisekarte der Mensa, ja, da tropfen uns normalsterblichen Kantinenbesuchern schon die Augen. Ich spreche aus Erfahrung, da ich bei meinem Haussender, beim Bayerischen Rundfunk, auch oft das Vergnügen habe. Aber es wird ja ohnehin nur alles schnell reingeschaufelt.

An dieser Stelle also mein Appell: Lassen Sie uns wieder kochen, es darf einfach sein. Lassen Sie uns beim Essen nur essen – und plaudern. Und lassen Sie sich Ihr Essen etwas kosten – und weniger Fleisch entlastet die Kasse. Denn Nahrung sollte nähren, statt im Überfluss des Angebots – Masse statt Klasse – zu einer Mangelernährung an Vitaminen, Mineralstoffen und lebenswichtigen Aminosäuren zu führen, während der Zeiger der Waage trotzdem bedrohlich nach rechts wandert. Frische Lebensmittel zu verarbeiten, ist der pure Selbsterhalt, und gemeinsame Mahlzeiten sind der Kitt, der Familien zusammenhält. Nicht nur italienische.

Hatte ich schon erwähnt, dass ich das Pralinenmachen in einer kleinen Manufaktur in München-Neuhausen gelernt habe? Nicht dass ich schon so weit wäre, mein eigenes Schlaraffenland zu eröffnen, aber ich durfte doch einen Tag lang mitarbeiten, von früh bis spät, und auch in den Verkauf reinschauen. O Elysium! Das ist der reine handgemachte Luxus. Wir sollten diese kleinen Confiserien unterstützen, anstatt nach der Alle-schmecken-gleich-Pralinenschachtel im Supermarkt zu greifen, auf der man hinten auf der Schachtel erst nachlesen muss, was man gerade im Mund hat.

Warum sagt man eigentlich sündigen, wenn man vom Essen spricht? Besonders bei Süßem? Der Verzehr von Schokolade (kommt bestimmt von sich verzehren) ist keine Sünde! Nur billige Schokolade in Mengen und ohne jeden Genuss.

Zum Thema Schokolade findet sich in der Literaturliste unter anderem das Buch von Margarete von Schwarzkopf, die ich die Freude hatte, bei einer Lesung kennenzulernen. Ihr Büchlein *Schokolade* ist eine »Litera-Tour« durch mannigfache Aspekte des braunen Golds, die ordentlich Appetit macht.

Danksagung

Manche Namen wiederholen sich, was mir zeigt, dass diese Menschen mein Schreiben schon lange begleiten:

Du, liebe Nadja Kossack, die Du mir so oft in der Seele liest, und Du, Lars Schultze-Kossack – ein Agenturchef mit untrüglichem Bauchgefühl und ein starker Partner, um Träume zu verwalten.

Christine Steffen-Reimann, mein Ankerplatz beim Verlag Droemer Knaur: Chancenschmiedin, Wegbegleiterin, Mutmacherin – ja, ich denke, das ist die richtige Stellenbeschreibung!

Anja Hengge und Hanna Pfaffenwimmer, die die Werbetrommel rühren und sich um Veranstaltungen bemühen – habt Dank für Euren steten Einsatz, Ihr zwei.

Daniela Utecht vom LAGATO Verlag und Stephanie Mende vom Hörbuchverlag audio media – beide duldsam gegenüber meinen Monologen rund ums Schreiben und das Bindeglied zu meinem Hauptberuf als Sprecherin. Uns verbinden eine lange Freundschaft und so viel mehr.

Heidi Rehn und Anne Freytag, zwei Autoren-Kolleginnen, die mir die bunte Verlagswelt erklären, navigieren helfen, Erfolg und Kummer teilen und vor allem Vorbild sind.

Dr. Gisela Menza, meine Lektorin und längst Stimme in meinem Kopf, sobald ich an der Tastatur sitze. Ihre Ausdauer, die Freude an der Perfektion und der klare Blick sind immer hilfreich und machen aus einem guten Buch ein besseres.

Und dann Du, liebe Delia Peters, und Du, Matthias

Kuhlemann, um nur zwei von allen Vertreterinnen und Vertretern von Droemer Knaur zu nennen – Ihr bringt mich in die Buchhandlungen, zu meinen Lesern, ohne Euch zögen meine Geschichten ganz kleine Kreise.

Buchhandlungen! Mittlerweile werden meine Lesungen immer mehr, und ich begegne inspirierten, engagierten, begeisterten Buchhändlerinnen und Buchhändlern, die fantastische Veranstaltungen organisieren. Dafür kann ich gar nicht genug danken.

Bei Kerstin Spehr und ihrem Mann durfte ich bei der Produktion in ihrer Pralinenschule in München-Neuhausen helfen, Fragen stellen, einen Eindruck gewinnen und in allerlei Töpfen rühren. Ein bezaubernder Laden, ein Schlaraffenland wie das meiner Ella und zwei unglaublich hilfsbereite, liebe Menschen.
http://pralinen-schule.de/

Bei der Familie Neumeier in Rudelzhausen habe ich mich auf ihrem Haselnusshof und dem dazugehörigen Land umgesehen und viel über den Anbau und die Selbstvermarktung erfahren. Danke für Ihre Zeit!
https://www.eichhoernchen-bio.de

Jürgen Weber und Katrin Brüggemann von didactmedia in Konstanz haben mich großzügig und unbürokratisch mit Büchern und Dokumentationen wie *Partigiani in Piemonte* und *Deutsche Besatzung in Italien* versorgt und damit ebenfalls meine Recherche unterstützt.
http://www.didactmedia.eu

Ein Glücksfall, dass ich Grazia Lega im Studio getroffen habe, eine Kollegin, die aus der Nähe von Biella stammt. Ihr verdanke ich die kleinen Passagen und Redewendungen in Piemontesisch und allerlei Hintergrundinformationen zum Beispiel rund um das norditalienische Weihnachtsfest.

Und wie immer zum Schluss danke ich meinem Mann, der diese Recherche auch diesmal wieder dokumentiert hat, mich zu meinen Lesungen begleitet und Hunderte von Kilometern für mich fährt, meinen Rückzug hinnimmt, meine Zweifel, meine überbordende Begeisterung – so eine Autorin ist nicht immer leicht zu ertragen. Lieber Schatz, Jean-Baptiste Legrand würde sagen: Meine Heimat bist Du.

Literaturliste

Bade, Sabine / Mikuteit, Wolfram: *Partisanenpfade im Piemont,* Verlag Querwege, Konstanz 2012

Bauer, Ursula / Frischknecht, Jürg: *Antipasti und alte Wege,* Rotpunktverlag, Zürich 2004

Baum, Lyman Frank: *Der Zauberer von Oz,* Arena Verlag, Würzburg 2001

Bonaparte, Napoleon: *Briefe an Joséphine,* Europäischer Hochschulverlag GmbH & Co. KG, Bremen 2010

Diritti, Giorgio: *Der Wind zieht seinen Weg,* Kairos Film, Göttingen 2009

Flaßpöhler, Svenja: *Wir Genussarbeiter – Über Freiheit und Zwang in der Leistungsgesellschaft,* Deutsche Verlags-Anstalt, München 2011

Melle, Thomas: *Die Welt im Rücken,* Rowohlt Verlag, Berlin 2016

Neubronner, Eberhard: *Die Letzten löschen das Feuer,* Verlag Berg & Tal, München 2009

Notari, Giacomo: *Ihr Partisanen, nehmt mich mit euch!,* Papy Rossa Verlag, Köln 2015

Schroll, Armin: *Napoleon Bonaparte – Italien, Bayern und Europa,* AVM Akademische Verlagsgemeinschaft München, München 2017

Schuhmacher, Karl / Forsthofer, Leopold / Rizzi, Silvio: *Das große Buch der Schokolade,* Teubner Edition, Füssen 1996

Von Schwarzkopf, Margarete: *Schokolade – Köstlichkeiten von Trüffel, Mousse und Praliné,* Hoffmann und Campe, Hamburg 2006

Weber, Jürgen: *»Einmal Partisan – immer Partisan«,* Verlag Querwege, Konstanz 2011

Jede Frau, die nach einer großen Liebe sucht,
muss erst zu sich selbst finden

Julia Fischer

Die Fäden des Glücks

Roman

Mit der Magie opulenter Stoffe und leuchtender Farben weckt die Turiner Damenschneiderin Carlotta Calma die besondere Anziehungskraft jeder Kundin und schickt sie auf eine Reise zu sich selbst. Kleine Botschaften, heimlich unters Futter gestickt, weisen den Frauen den Weg.

Doch findet Carlotta auch ihren? Als die barocke Schönheit, die als Kind unter ihrer Figur gelitten hat, ihren Jugendfreund Daniele wiedertrifft, wird ein Märchen wahr. Aber hält es der Wirklichkeit stand? Das Chaos der Gefühle, in das die abenteuerlustige Carlotta gerät, stellt sie bald vor eine unerwartete Entscheidung.

KNAUR

Manche Dinge kann man besser schreiben …

Julia Fischer

Sehnsucht auf blauem Papier

Roman

Seit 20 Jahren ist die Heilpraktikerin Milli Gruber heimlich verliebt – in Paul, mit dem sie seit ebenso vielen Jahren eine tiefe Freundschaft verbindet. Als Pauls Frau stirbt, weiß Milli mit ihrem besonderen Gespür für Menschen, dass selbst ihre Nähe ihn nicht trösten kann. In liebevollen Briefen versucht sie, ihm Halt zu geben und in seiner Verzweiflung beizustehen.
Doch kann es eine Liebe geben ohne Begehren, eine Sehnsucht ohne Anhaften, ein Tasten, das unter die Haut geht, ohne sie zu berühren?

»Die Autorin besitzt die besondere Gabe, den Leser in eine andere, in eine poetische Welt zu entführen. Sie schafft Bilder, beschreibt Gefühle und Empfindungen, die mich tief berührt haben.«
Sky Dumont

KNAUR

Ein Sommerroman voller Düfte und unvermutetem Glück

Julia Fischer

Die Galerie der Düfte

Roman

In den ehrwürdigen Räumen der Officina Profumo di Santa Maria Novella, jener traditionsreichen Apotheke inmitten der lebendigen Gassen und Plätze von Florenz, duftet es verführerisch nach Kräutern, Potpourris und edlen Seifen. Es ist ein beinahe himmlischer Ort, an dem die junge Münchnerin Johanna auf den Spuren eines berühmten Parfums zwei ungleichen Brüdern begegnet. Doch während Luca zaghaft um sie wirbt, hat sie ihr Herz längst an den stürmischen Sandro verloren – der einer anderen versprochen ist.

KNAUR